文春文庫

自転車泥棒

呉明益
天野健太郎訳

文藝春秋

自転車泥棒　目次

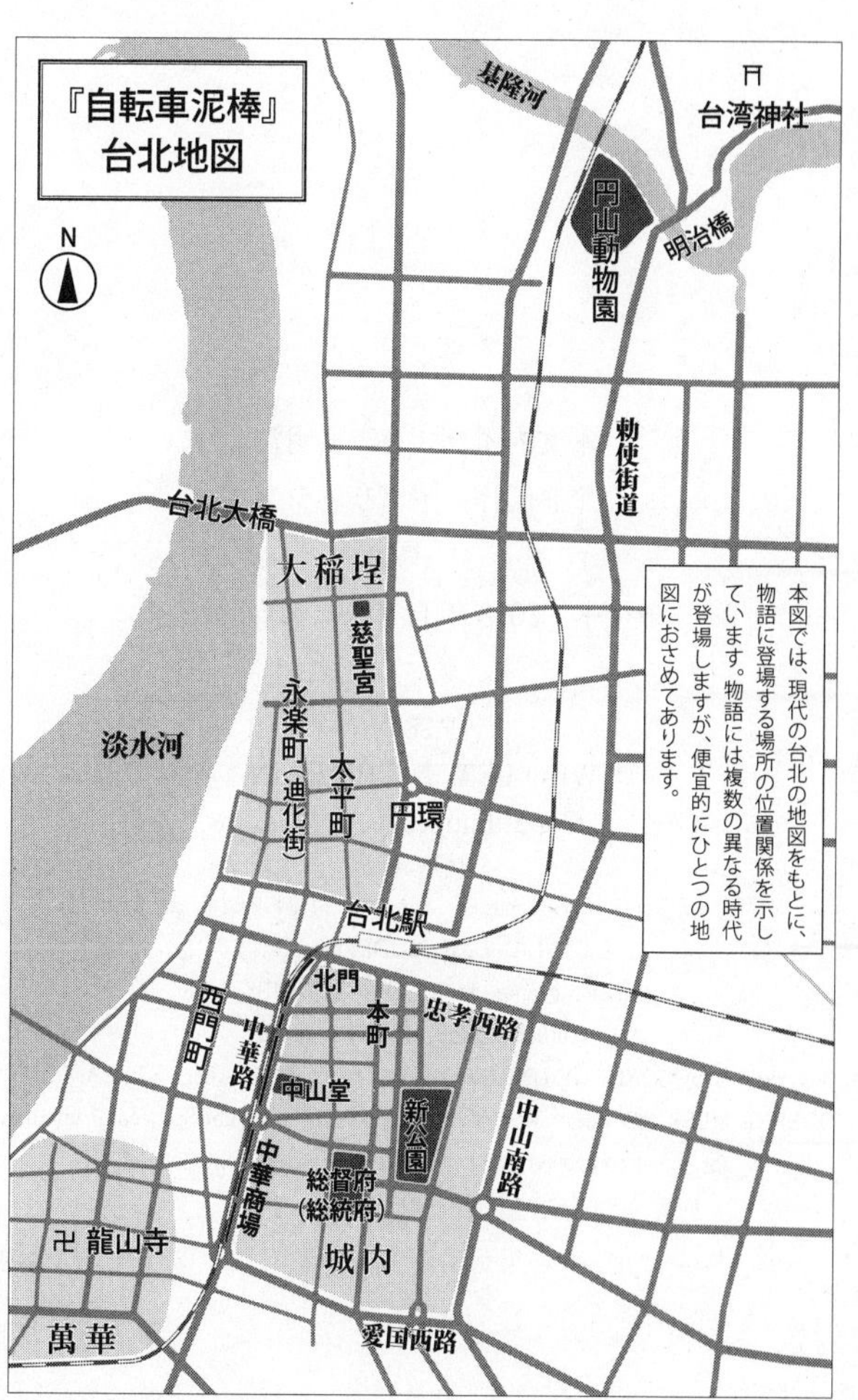
『自転車泥棒』
台北地図
N
基隆河
台湾神社
円山動物園
明治橋
勅使街道
台北大橋
大稲埕
慈聖宮
永楽町（迪化街）
太平町
円環
淡水河
台北駅
北門
西門町
中華路
本町
忠孝西路
中山堂
新公園
中山南路
中華商場
総督府（総統府）
龍山寺
城内
萬華
愛国西路
本図では、現代の台北の地図をもとに、物語に登場する場所の位置関係を示しています。物語には複数の異なる時代が登場しますが、便宜的にひとつの地図におさめてあります。

本文内イラスト　呉明益
ＤＴＰ制作　エヴリ・シンク

単行本　2018年11月　文藝春秋刊

自転車泥棒

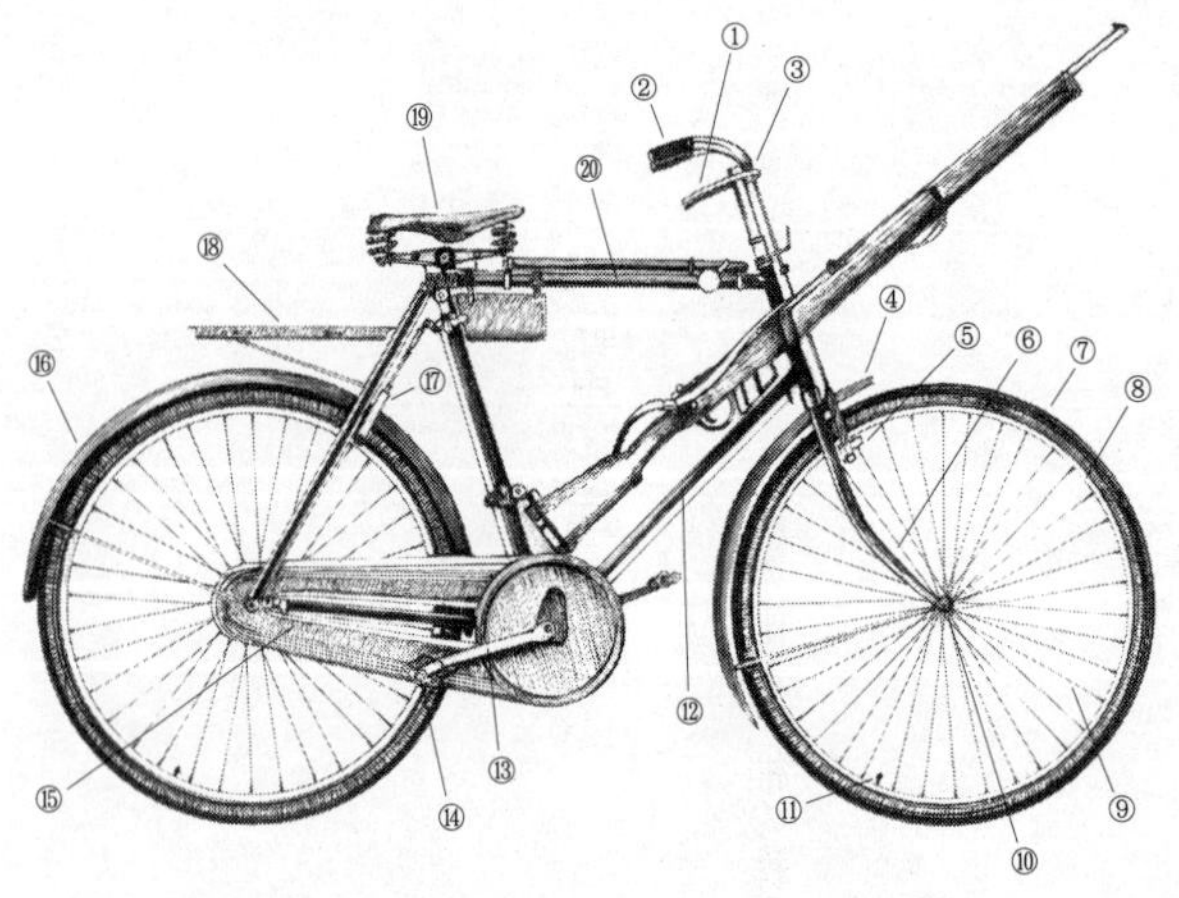

自転車パーツ図

①ブレーキレバー
②グリップ
③ハンドル（中央部はステム）
④マッドガード
⑤ロッドブレーキ
⑥フロントフォーク
⑦タイヤ
⑧リム
⑨スポーク
⑩ハブ
⑪バルブ
⑫ダウンチューブ
⑬クランク
⑭ペダル
⑮フルチェーンカバー
⑯マッドガード
⑰リアブレーキ
⑱荷台
⑲サドル
⑳トップチューブ

あの朝の情景を、ぼくは描かなければならない。なぜって、新しい情景には必ず、その新しい意味があるはずだから。まず早朝の太陽を輝かせ、そこから落ちる光を少しずつ動かしてみる。樹がある。村落の家々と小学校。そして色とりどりの田畑や平原、海辺で風に揺れる漁船……。将棋でもしているように、ぼくはそのひとつひとつを風景に置いていく。

村はまだ、家々から煙が吐き出される前の時間だ。空気は甘く清らかで、田んぼもどこまでも濁りなく、未明の雨が、稲の株を残らずきれいに洗い流してくれたかのようだった。もしここに立って風景を見おろせば、いちばん奥に素朴でさびしげな、見るものをなつかしい気持ちにさせる半農半漁の村がある。

村のさらなる向こうは、砂浜と海だ。

風が運ぶ海の音は、打ち捨てられたようなわびしさを村に零(こぼ)しながら、田んぼのあたりまで届いた。風に押され、稲は波打つ形に固まったままだ。目覚めたばかりの太陽はまだ淡い光で、実ったばかりの稲穂を照らす。粒がひとつひとつ際立ってくる。遠くから見ていると、静かすぎて不安になる。
ゴイサギが隊列を作って帰巣していく。暁を告げる鳥の声がかすかに聞こえる。遠いあぜ道の先に、黒い点がいくつか現れた。どんどん大きくなって、どんどん近づいてくる。ほら。そう、子どもたちが走ってくる。四人の子どもは揃ってズボンを穿(は)き、みんな短髪だったから、もっと近くまで駆けて来たところでやっと、男の子がひとりと女の子が三人の組み合わせだとわかった。

男の子は真っ黒に日焼けして、顔に特徴はなかったが、手足がひょろっと長かった。女の子のうちふたりは双子のようだった。肌色も同じで、駆けているときの顔の振りかたや息継ぎの間隔まで同じ。でもよく見れば、ひとりはなにか任務を命ぜられたように一心不乱で、もうひとりは少し内股だった。そうだ。わかりやすい特徴がひとつあった。遅れたほうの女の子には、笑ってないときも消えないほどはっきりした、えくぼがあるのだ。それから最後尾の女の子は背が小さくて、おそらくいちばん幼いのだろう。置き去りにされないよう、必死に走っている。四人が着る服はどれも古びて、実際の体より大きめだったが、少なくとも小ぎれいなものだった。

あぜ道が十字になったところで子どもたちは足を止め、丸くなってなにか相談をしたあと、四方の田んぼへそれぞれ、ワーッと駆け出していった。まるで空から急降下してきたヒバリが行方(ゆくえ)をくらますように、四人の姿は見えなくなり、それぞれ稲と稲のあいだに匿(かくま)われた。

「ワー！」子どもたちの甲高い叫び声が弾(はじ)けて、あちこちから聴こえた。みんな楽しそうだ。

子どもたちが稲のあいだへ消えたかと思うと、四体のカカシが持ち上がり、田んぼからゆらゆらと揺れて出てきた。これが今日の子どもたちの仕事――「スズメっこ」を追っぱらうのだ。芒種(ぼうしゅ)のころだったから、「稲穂刈り」がじきに始まる。その前にスズメっこが稲穂を食べ尽くしたら大変だ。とはいえスズメは賢いから、動かないカカシなどすぐ偽物と見抜いて、驚きもしない。スズメたちは小さな頭をかしげて、今年の出来映えを語らいながら、カカシなどどこ吹く風、実った米をぜんぶ食べてしまう。

稲穂が垂れて収穫を待つだけのこの時期、農家は仕事がない。だから、村の大人たちは家の小さな子どもに、カカシを揺らす手伝いをさせた。そして男は海へ出て魚を捕り、女は近所の小さな畑で野菜を植える。分業して少しでも多く仕事をすることで、一家はやっと生計が立つ。

田んぼのなかにそれぞれ座り込んで、子どもたちは大きな声でおしゃべりをする。稲穂の香りが乗った声が、ちょっと離れた場所に匿われている子どものところまで届いた。話し終わった子は、相手の返事を待っている。でも、しばらく風の音しか聴こえないこともある。だって、次の子は稲にもたれて眠ってしまったから。

ひとしきりおしゃべりして、笑ったあと、えくぼの女の子はすぐそこにある、稲の茎からぶらさがる鳥の巣を見つけた。いつだったか、父さんが教えてくれたことがある。それは「稲陰の尾」――マミハウチワドリの巣だ。この鳥も稲穂を食べるので、父さんは見つけるとすぐ巣を落とし、卵を踏み、ヒナを殺した。憎いわけでなく、農作物を守るためしょうがなしにやっているだけだ。少女が巣のなかを覗き込むと、なかにヒナが数羽いた。振動が伝わったらしく、ヒナたちは首を伸ばしてピーピー鳴いたが、親鳥でないと気づくと、口をつぐんで、巣の底に引っ込んだ。

「あ、四羽もいて」

えくぼの少女は、父に知らせないでおこうと思った。彼女くらいの年頃なら、稲より鳥の味方をするだろう。彼女は顔をあげて、手もとから伸びるカカシを見た。これのせいで親鳥が近づけないのだ。だから彼女は、そっと巣から離れることにした。太陽の光が少しずつ、明るくなってきた。遠くのほうでゴーゴーと普段は聞こえぬ変な音がしていたが、彼女は気づかなかった。上に目を向けた少女は、きらきら輝く露に気を引かれ、美しいと思った。でも同時になにか……言葉にならぬ、奇妙な気持ちになっていた。もう少し大きくなれば、母親の口から零れる言葉から、適切な単語を見つけるだろう――「さびしい」ほかの子はみんな眠ってしまったんだろう、と、彼女もまた、自らを眠りにあずけた。

どれくらい時間が経っただろう。えくぼの少女の鼻腔は、空気に含まれる異常に気づいた。それは彼女が生まれて初めて感じる刺激だった。頭がずしりと重くなり、声を出そうとしたが、その声は自分の耳にさえ届かなかった。田んぼに虫がうるさく飛び交っているのに、その音がまるで聞こえないのと同じように。

　少女は立ち上がった。地面に倒れていたカカシを蹴って、あぜ道に駆け上がった。地平線を望むと、濃い緑色がずっと続いていたはずのそこに、虫食いがあるのに気づいた。空のかなたは、鉛のような雲が広がっている。「まさか、もう夜が来たか？」少女はそう考えた。

　そんなことあるはずがない。ちょっと、うとうと眠っただけだ。四方に声を上げ、仲間の名を叫んだ。でも、返事がない。なにも聴こえてこない。クサゼミの鳴き声さえない。カエルも口を塞がれてしまったように静かだった。「おさなじっこ」を見つけに田んぼへ入ろうとしたが、のけ者にされたような悪意を感じて、足を止めた。恐怖にかられた少女は走り出した。とにかくあぜ道からあぜ道へ、やみくもに走った。自分がいつ走り出したかさえわからない。これはさっきみんなといっしょに来た道だろうか？　そうだろうか？

「村っこへ、帰れ。げ早く」心のなかから声が聴こえた。それは母親から日頃言われていた、言いつけだった。なにかことが起こったら急いで村へ帰って、大人に言え――それを思い出した彼女は、焦って、転んだ。そして這い上がると、そこに黒い自転車があることに気づいた。自分はきっとこの自転車に躓いたんだ。少女はいつだったか、日本人警察官が自転車でだれかを追いかけているのを見たことがあった。とても速かった。これに乗れば、あっという間に、村へ戻れるに違いない。

「げ早く！」焼け焦げた稲穂が言った。

「げ早く！」一列に並んで飛ぶ、アマサギが言った。

「げ早く！」用水に流れる水が言った。

でも、自転車はあんまり大きくて、彼女にはそれが「鐵でできた馬」みたいに思えた。でも、ここには一刻たりととどまりたくない。するとどこから出て来た力なのか、少女はハンドルをつかんで、えいっと起こし、自転車を前に押し始めた。こんな小さな女の子の足が駆けるリズムに合わせて、ハブとホイールとチェーンが回り、カラカラと少しずつ軽やかに動き出す。カラカラカラ……。彼女の身長ではサドルに座れない。無理におしりを乗せれば、足がペダルに届かない。でも動物的な直感で彼女は自分の片足をフレームの三角形のなかへ入れた。そうすれば、右側のペダルも踏める！　それは子どもたちが「サンカクノリ」と呼んでいる乗り方だった。

ハー、フー。ハー、フー。自転車が走りだした。ハー、フー、げ早く！　ハー、フー、帰れ！　ハー、フー、村っこへ。

空から黒い雨が降り出した。いや、よく観察するとそれは、なにかが燃えたあとの細かい粒子でできた黒いスモッグだった。それが太陽を遮っている。まるで黒い砂嵐に周囲を覆われているようだ。本当の雨ではない。でも、雨に似た、なにかだった。

1　我が家族と盗まれた自転車の物語

My Family's History of Stolen Bicycles

　ぼくがこれから話そうとする物語は、どうしたって自転車から始めなければならない。もっと正確に言えば、盗まれた自転車がストーリーの起点となる。「鐵馬（ティーベ）のせいで、家族の運命が変わった」――これがうちの母の口癖だ。つまり母は新歴史主義者であり、彼女の記憶のなかには歴史上有名な人物や英雄など存在せず、真珠湾攻撃も起きておらず、覚えているのはただ、自転車が失（な）くなったとかそんな些細なことだけだった。戦後世代の我々が標準語たる中国語で「命運（ミンユン）」と呼ぶ概念が、母が日常的に使う台湾語で「運命（ウンミアー）」と発話されたとき、ぼくはいつも、この言葉がある種の庶民信仰のようなものをつないでいるように感じるのだ。つまりあくまでも「運」がまず先にあって、「命」はそのあとに続くしかないということに。（台湾語とはもともと福建省南部の方言で、台湾のエスニックグループのうち現在約七割の人が用いる言語。戦後台湾の標準語である中国語とは発音、文法、語彙において大きく異なる）

　ときどき、自問自答することがある。ぼくは本当に自転車マニアと言えるのだろうか？　ぼくは自転車に乗るのがけっして好きではない。もちろん嫌いではないが、正直に答えるなら、自転車には好ましく感じる以外に、うんざりするところがある。たとえば、自転車のシンプルな造形がぼくは大好きだ。三角形のフレームとそれを前後で支える丸いふたつの車輪。この車輪がチェーンのたゆまぬ回転によってアスファルト道路を進み、森林や小径、湖畔を走る姿は、この世界でなによりも美しいシーンのはずだ。でもロングライドのあとの尻の痛みは本当にうんざりするし、なにより気に入らないのが、全身ガチのウェアで身を包み、イカしたつもりでサングラスをかけ、でも陽明山に向かう仰徳通りも登りきれず、高価な車体を見せびらかすように路肩へ停め、自らはお腹を上下させながら寝っ転がっているサイクリストだ。そんな光景を見るたびにぼくは、やつらの自転車のチェーンが外れ、タイヤがパンクし、スポークが折れてしまえばいいと思ってしまう。

ときにぼくは、自分が夢中になっているのは自転車に乗るという行為ではないと考えてしまう。つまり、ピエール・ミショーとエルネスト・ミショーの親子（クランクペダルの発明者とされる）が「踏み板を持つ高速の足（vélocipède à pédales）」と呼び、ピエール・ラルマンが造語した「二つの輪（bicycle）」という言葉と、それが指すものごと全般に惹かれているのではないか。

いつごろからか忘れたが、異言語を操る人に出会ったら必ず、「自転車」をなんと言うか訊くようにしていた——bike vélo cykel 자전거 велосипед jizdní kolo دراجة……。会話はふたつの言葉でしかできないが、自転車という単語なら三十六種類知っている。

だからぼくは、自転車におけるマルチリンガルということになる。

自分が育った環境においても、自転車という単語から地域的属性を見出すことができる。台湾で今「脚踏車（ジャオターチャー）」という単語が指すものを、もし「自転車（ジテンシャ）」と言ったなら、それは戦前台湾の日本語教育を受けた人だろう。「鐵馬」や「孔明車（コンビンチアー）」と言うなら、その人の母語は台湾語ということになる。「単車（ダンチャー）」や「自行車（ズーシンチャー）」という単語を口にすれば、おそらく中国南部からやってきた人たちだろう。もっとも今は、それぞれ交じり合って、明確な区別はなくなってきている。

ぼくがいちばん好きなのは、やっぱり母が台湾語で言う「孔明車」と「鐵馬」だ。とくにこの「鐵馬」という言葉の美しさたるやどうだ。大自然と人為の力をみごと結合させている。創造主が地中に残した鉄の石が人類によって掘り出され、溶かされて真っ黒な鋼（はがね）に変じて、最後は一頭の馬となる――この言葉はそんなプロセスをだれにでも想像させてくれる。でも、美しいものは往々にして、美しくないものによって取って代わられる。世界はそんなものだ。鐵馬は自行車や脚踏車になった。ぼくからしたら、それは愚かしい文化的後退でしかない。

ぼくはまた、鐵馬がそれぞれに持つ個性にも惹かれている。それはつまり、ある時代に作られた、その時代にしかない鐵馬のことだ。いつかだれかが鐵馬の歴史を本にしたなら、代表的な車種の名がその時代ごとに冠せられるだろう。たとえば「富士覇王」元年、「ケンネット（堅耐度）」元年、「幸福」元年……。この点から、ぼくに唯物史観的傾向があると言ってもらっても構わない。つまり鐵馬がある世界とない世界では、その発展過程は自ずと異なるのだ。

最初に言った通り、ぼくの家族の物語は盗まれた自転車から始まる。そしてその起点は明治三十八年――一九〇五年だ。

もし歴史に多少の興味がある人なら、この年の一月、百五十七日間にわたり包囲されてきた旅順のロシア軍が日本軍に投降したことを知っているはずだ。そして一ヶ月後、この戦争の最後の戦いとなる「奉天会戦」が始まることも。この会戦に勝利したことで、日本の軍事的野心は、その捌け口を大きく変えることになったのかもしれない。その後しばらくして、インド北部のカングラでマグニチュード8・6の巨大地震が発生し、一万九千人もの人が亡くなった。孫文が革命政党・中国同盟会を結成し、また同じころ、大英帝国は「単一口径巨砲」を備えたドレッドノート（弩級戦艦）の建造を始め、海戦の歴史を塗り替えることとなった。さらには、多くの人を苦しめた梅毒の病原体がドイツの動物学者フリッツ・R・シャウディンによって発見されている。

ぼくの母方の祖父もまた、この年に生まれた。

祖父の誕生は歴史の大事件なんかではない。だから当然、新聞に載ってもいないが、ぼくの母はぼくの祖父が生まれた日の新聞をずっと大事に取ってあった。いや、それは、祖父の誕生日と一台の自転車をワンセットにして大事にしていたということかもしれない。母によれば、祖父は子どものころからある目標を持っていた。それは収穫した稲や農具を運ぶための、あるいは将来お嫁さんを貰って、子どもが生まれそうになったとき、病院まで我が妻を乗せていく自転車を持つことだった。そしてその願いは祖父が死ぬまで変わらなかった。今から思えば、なんともひかえめな願望の原点は、明治三十八年、新暦九月二十七日の『台湾日日新報』（1898年創刊の日本統治時代最大の日本語新聞。中文の紙面もあった）にある。

曽祖父は字が読めなかったから、その新聞は彼が町に出て、魚を売りにいったときに拾ったものだった。生まれてくる我が子へのお祝いとしてである。大きくなったその子が農家でなく、勤め人になれるよう願って……。祖父はその新聞をハンカチほどに畳み、厚手の布で包んで、当時は珍しかった鉄の缶カンにしまった。また祖父は町へ出て、字が読める人にその新聞を読んでもらった。だから彼は、自分が生まれたその日に起きたことをつぶさに知っていた。母によれば、初めてこの「ボロボロで黄ばんだ」新聞紙を目にしたとき、祖父は右下のすみを指さし、彼にとって極めて重要な意義を持つ小さな記事のことを彼女に語った。その見出しは「自転車はどこへ消えた」――ある台南の名医が自転車で往診にでかけた。患者の家に着くや、先生は急いでなかへ駆け込んで診察を始めた。自転車を外に置きっぱなしはまずいと考えた患者が女中に家のなかに入れるよう命じたところ、自転車はすでに盗まれていた。「仙人と飛んでいったツルのように、その行方は杳（よう）として知れなかった」

日本統治時代・台湾の大衆史研究者には自明だろうが、あのころの自転車は今のメルセデス・ベンツ──いや、一戸建ての家に匹敵するほどの価値があり、盗まれたら当然、新聞に載るほどのおおごとだった。だからこの盗難事件は祖父の頭にこびりついて生涯にわたって剝がれぬほどの感慨を持たせた。「オレが生まれたあの年、鐵馬を盗まれる金持ちがもういたんだ。心底うらやましい」

祖父は、戦争が終わった一九四五年に亡くなった。まだ働き盛りの年に、自転車の盗難事件が原因で死んだ。盗難された自転車は彼のものではなかったにもかかわらず……。祖父はついに生涯、自転車を買うことなく、自らの志を現実とすることのないまま死んだ。祖母は、町の産婆さんが取り上げてくれた九人の子どもを、全員立派に育て上げた。もっとも、もともと貧しかった家庭が大黒柱を失った境遇において、それは不幸と言うよりほかなかった。

もちろん、もしうちの母と存分におしゃべりする機会があるのなら、母はきっと、我が家と深い関わりを持ち、盗難にあった三台目の「鐵馬」とぼくの五番目の姉の物語を話すだろう。これは父にとっては初めて買った自転車で、メーカーも型もわからない。

ぼくの父は「仕立て屋」だった。のちにジーンズを売るようになったが、母は背広作りのほうが父の性分に合っている、と言った。なぜなら父は「無口」だったからだ。鋏と型紙、針と糸さえあれば、父は一日中黙っていた。ぼくらの耳に届くのは、鋏が水のようにすうっと生地を切り開く音か、ミシンがトロッコのようにゴトゴト動く音だけだった。母は布端の始末を担当するお針子さんだった。彼女が美しい瞳を持っているのは、きっと作業中、生地の同じ場所を見つめ続けていたからで、だから母はいつも夢を見ているようだった。

父と母のあいだにはすでに娘が四人いた。だがあのころ、息子がないという事実は貧しさよりずっと絶望に近かった。夜なべで仕事をしていたとき、父は母に言った。生まれた五人目の女の子は、田舎の遠い親戚にやってしまおう。「そのほうが、幸せだ」じつは四番目の娘が生まれたあとすぐ、ふたりは、五人目が男だったらそれで子どもは最後にしよう。女だったらよそへやって、もう一人作ろうと夫婦で決めていた。「運命」がそんな意地悪なはずはないと信じた母はそれに同意した。果たして、生まれてきたのはまたしても女の子で、母は初めて運命に抗った。父は内心後ろめたかったのか、その約束を蒸し返さなかった。

だからふたりは、太陽があるうちは必死で働いた。とはいえシャツは一日になん枚か作れても、背広はそんなに早く作れない。採寸から仮縫い、補正、仕上げ……安手にしたってなん週間もかかる。母は、服飾メーカーの内職を始めた。長女によれば、母は一時期ポケットばかり縫製していて、家のなかには同じ形のポケットが数千数万もあったという。夜は夜で、ふたりは男の子を諦めず、また次の子が女でないよう、五番目の娘に「満」と名付けた。そう、女の子はもう十分、という意味だ。

とはいえ、「運命」はいつもその偶然性と、人が決めたことのあてにならなさを証明する。一年後、母はぼくの兄を産んだ。家族がひとり増えたことで、家計はとりもなおさず危機に陥った。六番目の子どもは男の子だったから、運命から「零れ落ちた」のは女の子のほうだった。

その日の朝、父は五番目の娘を抱きあげると、なにも言わず台北駅へ急いだ。始発に乗って、子どものない遠い親戚がいる田舎へ向かうのだ。夜中に薄めたかゆを食べさせたから、赤ん坊は父が提げた竹かごのなかでぐっすり眠っていた。初夏の太陽はとっくに顔を出し、街は活気にあふれていた。母は兄をおぶって、朝早くから市場に出かけた。市場をどれだけ歩きまわろうと、わびしい財布の中身ではいかほどの食料も買うことができなかった。落胆した母は、買い物を早々に切り上げて帰宅した。長女は、四女を背負って湯を沸かしていた。次女は米を研ぐ。三女は店のガラスを拭いていた。兄は母の背中でずっと泣いている。まるで、この男が生涯にわたって、周りの人びとに迷惑をかけ続けることになると、予言するかのように。

母はその母たる直感がため、満がいないことにすぐ気づいた。いちばん上の娘に訊ね、夫が連れだしたと知ると、以前夜な夜な話し合われた約束事をふと思い出し、母は「こりゃいかん！」と叫んだ。すぐさま家を駆け出たが、兄を背負ったままで汽車に追いつくはずがない。取って返して長女に赤ん坊を預け、躊躇(ちゅうちょ)なく引出しからカギを取り出すと、父が毎日ピカピカに手入れをしている自転車の箱型錠を解いた。父はどうして自転車でなく、歩いて駅へ行ったのか？　その理由はだれにもわからない。もしかするとそれは、父の迷いのあらわれだったのかもしれない。

それは母が生まれて初めて自転車に乗った瞬間で、かつ二度と乗ることはなかったと本人から聞いた（そりゃもちろん、母の思い違いだろう。さもなくば、最初に乗ったあの日のことを意図的に忘却しているか、だ）。不思議なことに、母はわずか数秒で自転車の乗り方を理解した。まるで嵐の日に菅笠（すげがさ）をかしげ、雨と風のなかどうやって田植えするか熟知しているように。あるいは赤ん坊にお乳をどうやるか、はたまた人生の苦しみにどう耐えるか、当然知っているように……。自転車を漕いで母は、中華商場（ちゅうかしょうば）（台北市中華路の中央に１９６１年より９２年まであった八棟の商業施設）の「愛」、「仁」、「孝」、「忠」棟の前を通り、北門を過ぎ、郵便局から右折して忠孝西路へ。一路、列車が待つ駅を目指した。もしそのとき駅にいた人はきっと、花柄のワンピースを汗で背に貼りつけ、スカートを白い花びらのように舞わせて走る母の姿を目にしたことだろう（そのワンピースは、父が仕立てたものだ）。字が読めない母は、切符売り場へ駆け込み、アリのように集まる乗客たちを押しのけ、駅員にＹ町行きの列車がいつ、どのホームから発車するか訊いた。

母の姿を見て父はまず驚き、それから気まずさのあまり目を伏せ、腹立ちを抑えるようにため息をついたという。この瞬間、自らの「運命」が変わったことに気づき、大泣きし始めた娘を母に手渡したあと、父はまったくいつもの調子で、背中に手をあてて一言も発せず、駅を出た。母も黙って、その後ろをテクテクついていった。父は怒りのためか大股で歩き、遅れたくない母は小走りになり、だから、駅に停めた自転車のことは失われた。彼らの小さな商いで、数ヶ月稼いでやっと買える高価な自転車はこうして忘れられた。

父がそのことについてどう考えていたかは、だれも知らない。なぜなら父は、自分の考えを露わにするような人ではなかったからだ。新聞は読むが、時事は論じず、過去も語らず、母の昔話に付き合うようなこともなかった。まるで、自分の人生をだれかに譲り渡してしまったかのように……。なにが起ころうがそれは自分と無関係であるように……。

今に至るまでこの事件はぼくにとって、時間というものを具体的に、そして抽象的に考えるいい材料となっている。一本につながっている具体的な時間のなかで、列車の発車が一分遅れ、かつ、うちの鐵馬が母の脚で走るより二十分早く駅に到着した——この二十一分間が発生したおかげで、五番目の姉さんはこの家に留まることができた。それが我が家の歴史に起こった厳然たる事実だった。いっぽう、概念として自由に想起される抽象的時間ならば、この二十一分はこれまで一度たりと立ち消えたことがない。母のつらい人生のなかで、ほぼ唯一慰めとなる話題として……、なん十年ものあいだ母から五女へ（そして我々家族へ）いくども語られ続け、存在してきたのだ。あの二十一分間と父の瞳は、この家族が当時いかに貧しさ、悲しさとともに生きてきたかの証明であり、もっと言えば、愛の証しだったと言えるだろう。

そして、すぐ上の姉をはじき出す原因となりながら、（それを自覚することなく）姉の背中で無邪気に眠っていた我が家の最初の息子——ぼくの兄もまた、父が二台目の鐵馬を盗まれる原因になるのだが、それはさらに十六年後のこととなる。

そして、父が失くす三台目の自転車が、ぼくと深く関わる鐵馬ということになる。

ぼくはいちばん下にできた子で、姉弟のなかでも年の差が一段と開いていた。母がもう産まないと決めてから十四年経ったあと、予定外に生まれた「末っ子」なのだ。だからぼくの話は自分が経験したこと以上に、人から聞いたものが多い。出どころはおおむね母で、そこに姉たちが付け加えたことが混じっている。

つまりぼくは、家族が生きた時代をかなり後ろから追いかけていることになる。両親の時代ははるか遠く（ぼくが生まれたとき、ふたりはもう四十を超えていた）、姉と兄からもひと世代以上遅く生まれたから、ぼくは自分が含まれないまま流れる時間をただぽつんと眺めているしかなかった。中華商場であれをしたこれをしたと家族から軒並みに聞かされた挙げ句、最後はいつも「あんたにはわからん」か、「恵まれっ子」で終わる。それを聞いてぼくはいつも不服だった。どうして父さんと母さんが生きた、あの激動の時代を経験できなかったのか？　どうしてあの貧しい時代にゴム跳びとか、兄さんや姉さんたちといっしょに商場の屋上で遊べなかったのか？　どうして自分だけが、「恵まれっ子」などという汚名を着せられるのか？

大きくなってから、ぼくはひとつの方法をあみだした。それはつまり、家族の話を聞いて、かつてあったできごとを文章として再構築し、自分もそこで生き直すことだ。言葉の世界なら、ぼくは家族と――母とも兄とも姉とも同じ速度で成長し、同じように苦しみ、同じように笑うことができる。ただ残念なことに、父とはそれができない。父が自分について話すことはことさら少なく、母と結婚する前の彼の人生など、まるで台湾に漢民族よりずっと早く住み着いた先住民族（台湾では「原住民族」）「黒い小人」の歴史のように空白のままだ。

そんなきっかけもあって、意外にもぼくは、いろんな媒体に文章を発表するライター、あるいはたまに小説家と呼ばれる人間になった。母は当初、ぼくの生業をバカにしていたが（弁護士になって欲しかったらしい）、現在もやはり信用していない（彼女からしたら、形あるもので金銭を得る職業以外はあてにならないのだ）。

たしかにぼくもときに、文章を書くという職業とはいったいなんなのか、考えこんでしまうことがある。社会はどうやってこんな、人類が勝手に造り出した記号を並べて、物語を書き散らす人びとの存在を許し、なおかつそこに収益をもたらしてくれるのだろう？　そして、これを生業とする人びとはどうして、字義を曲解、捏造、定着させ、なおほかの人が読む瞬間、身動きさえできないほどの感動を覚えさせ、ひいては罪を負っていると思わせてしまうのか？

正直に言えば、ぼくにライターを職業たりえさせる基礎的な語彙と、そのセンスは、母によって築き上げられたといっていい。言葉の力というものを初めて感じたのは母からだし、また抽象的な言葉を学ぶようになったのも母のおかげだ。たとえば「愛」という言葉の、辞書に書いてない使いかたは、やはり母から教わった。母は若いころの、父との貧しい生活を語るとき、よくこんな注を加えた――「あんたらにはわからんよ。私がどれほど犠牲になったか」ぼくが知るかぎり、母は自己評価を好んだ人だった。そして母の人生でもっとも大事な評価基準は、自分がこの家庭のためにどれだけ犠牲になったか、だ。その言葉の裏には、自分が犠牲になったのと同じぶんだけ彼女を愛し、気にかけよという命令文が隠れている。

ずいぶんあとになって、少しだけわかってきた。母が口にする「犠牲」とは、つまり「愛」なのだ。これは母が一生の時間をかけてぼくに教えた、なによりも深奥、厳粛でかつ晦渋（かいじゅう）な方程式だった。それはかえって、ぼくに大きくなってから「愛」という言葉を口にしたり、耳にするのを恐れさせることになった。「愛」が現れたとき、それと表裏一体の「犠牲」が同時に登場する。犠牲になったからって、その対象となるだれかが大喜びするとは限らない。同じく、だれかのための犠牲が、なにかの喜びのためになされたものとも限らない。犠牲は愛の証しであり、また愛は犠牲の結果だ。逆もまた真なり。だから思うのだ。これが、ぼくがいつも君に「愛してる」と言えない原因なんじゃないか。

八歳のぼくに戻ろう。

母が言うには、八歳になるまでのぼくは、本当に育てにくい子どもだったらしい。母乳は飲まないわ、食べ物の好き嫌いが激しいわ。「玉」のような水ぼうそうや「蛇」のような帯状疱疹が出るわ、年がら年中転ぶわ……。でも八歳になると突然、「鳥の糞から生まれた木」（田舎ならそこらじゅうに生えているガジュマルの仲間だ）みたいに元気になった。

もしかすると、そのころ起きたふたつの事件がぼくの心と体を、別の子どもに生まれ変わらせたのかもしれない。ひとつめは死に関わる、ふたつめは生に関わるできごと。いや、分かつことのできないひとつのできごとだったと言うほうが正確かもしれない。

七歳になって、小学校に通うともなれば、トイレにひとりで行かなければならない。中華商場にはトイレをなかに備えた店や部屋などなく、だれもがビルの両端にある公衆便所を使った。男子用がこちら側なら、女子用はあちら側というように。

いったいだれがこのトイレを設計したのか？　個室のドアは一四〇センチほどの高さしかなく、板がなん枚かまばらに打ちつけられているだけで、全体は隠れていない。だからなかに入ってしゃがんでいるとき、首を傾げれば外が見えるし、ドアの外のある角度から覗き込めば、なかが見える。あとで知ったが、個室でシンナーを吸うのを防ぐ目的で設計されたのだという。

八歳の誕生日、母はぼくのために鶏モモの煮込みを買ってきてくれた。もちろんケーキも――近くのパン屋で売っている十二分の一カットのチョコレートケーキに、お祝いのヤクルトが一本ついていた。ロウソクはなかったけれど、兄と姉がお祝いの歌を歌ってくれ、ぼくはご満悦でその全部を平らげた。そしてしばらくすると、ぼくのお腹がキリキリと痛み始めた。

当然ぼくは、男子トイレに行かなければならない。小学校にあがったとき、母に言われた。もう大きくなったんだから、私にくっついて女子トイレに来たら「飛べない小鳥」って笑われるよ。

「飛べない小鳥」などと言われれば、ぼくの沽券に関わる。でも、あるできごとがぼくに焦りと恐れをもたらしていた。両親には言ってなかったが、ぼくにはひとりでトイレに行けないたしかな理由があった。初めて公衆便所に行ったときに、子どもだったぼくに理解不能なことがあったせいで、ぼくは便を我慢する癖がつき、最高で七日間うんちが出なかった。

はじめは「練習」ということで、姉が付き添い、トイレの外で待っていてくれた。でも、母の指示で姉も手伝いを止め、ぼくは勇気とトイレットペーパーを握りしめてひとり、男子トイレに向かった。その日、ぼくはいつもの場所――いちばん汚れていない、いちばん奥の個室に入った。しゃがみこんですぐ、見知らぬ人影がトイレに入ってきた。その柄シャツを着た中年男は、ぼくの真正面にある小便器の前で立ち止まった。ぼくにはその尻と、チャックを下げる動作が見えた。しばらくして、緑色のジャケットを着た別の男が入ってきて、ふたりは見つめ合った。（まばらな木の板のうち一枚に遮られて、顔は見えなかった。）緑のジャケットの男はしゃがみこみ、柄シャツの男のズボンから、すでに勃起した陰茎を取り出し、吸い始めた。子どもには想像もできない黒々とした陰毛が生えていた。

　七歳だったぼくは、それを見て、どうしたらいいかわからない。立ち上がり、便を流して帰る根性もなく、目をつぶるという動作さえ忘れていた。家に帰ってからぼくは原因不明の熱を出し、二日間寝込み、一週間便秘が続いた。

　最初、それが「たまたま」起こったことだと思っていた。でもそれ以降も同じような「事故」になん度も出くわした。思い返せば、彼らふたりが、ぼくがトイレに入るのを待ったうえで行った「ショー」だったのではないだろうか。そうだ。ふたりは、わずか七歳のぼくに、それを見せていたのだ。半分しか隠れていないドアの向こうで、ふたりの顔がこちらの様子を窺っているのを、ぼくはたしかに感じていた。想像のなかで彼らは、卑猥な笑顔を浮かべている。

　それ以降、男子トイレにひとりで行くことは、ぼくにとって死刑宣告も同然となった。毎日必ず行くように母から言いつけられ、そのたびにぼくは、トイレの紙を持って歩道橋へ逃げた。そして大便を済ませただろう頃合いに、歩道橋にあったゴミ箱へトイレットペーパーを捨てて、家に戻った。

　鶏モモの煮込みと十二分の一のチョコレートケーキを平らげ、ヤクルトを飲んでお腹を壊した誕生日、トイレに行くと、初めて見る男がいた。そいつは灰色の「パンタロン」（当時みんなが穿いていた、裾の広がったズボン）と、同じく流行のアロハシャツを着ていた。小便などとっくに済んでいるはずなのに、立ち去ろうとしないことに気づいたぼくは、まずいなと思った。ところが予想に反して、二人目の男がトイレに入ってくることはなかった。

アロハシャツの男は体の向きを変え、僕がしゃがむ個室の真ん前に立った。

ドアの木板が部分的に覆っているので、その男の顔は見えず、陰茎が半分だけ、ぼくの目の前に垂れていた。

するとアロハシャツの男は、体をしゃがませた。浮腫んでいるうえにありえないほど細長い目で、ぼくを見て、そして言った。「お前は四十五歳までしか生きられない」その口調は抑揚がなく、おだやかだった。まるでぼくの頭を撫でながら「坊主、おはよう」と言っているかのように。

その日、家に帰ってからもぼくはうつろなまま、また熱を出した。当時のぼくからしたら、「四十五歳」なんてまるで火星と同じくらい遠くにあるものだった。でもあの男の眼差しと笑みはたしかに、それまでの自分が持っていなかった感情を呼び起こした。まるで皮膚のどこかに冷ややかな針が刺されて、それが血流に乗って、心臓まで貫いたように。ぼくは三日間、高熱で寝込み、うわ言を言った。のちに母がよく、ぼくに言って聞かせた。ぼくには、命の恩人がふたりいる。ひとりは福建の神さま・開漳聖王であり、もうひとりは医者の林先生だった。

最初の二日間、両親はぼくを医者に連れて行こうとはしなかった。医者代が高いせいだ。父さんは中華商場の「信」棟にある漢方薬局で薬を買って、ぼくに呑ませ、病気のひき端で収めようとした。母さんは聖王さんにお参りして御札をもらい、焼いて煎じて、ぼくに呑ませた。

　人ひとりしか通れぬ狭い店内。中華薬材が小間物屋みたいにびっしり並んだ光景は今も覚えている。病状を話せば、あとは頭頂部が薄く、分厚い眼鏡をかけた「社長」が薬を処方してくれる。商場の住民が薬剤師だかの証書を求めたことなどいちどもない。迷いのない厳かな動きで薬の缶を倒し、丸薬をカラカラと取り出したあと、社長はあっという間にそれを紙に包みあげる。そんな自信みなぎる姿に証明などいらない。じゅうぶん信用に足る医療行為であった。

　当時、本当の「先生」に診てもらうのであれば、「城内（清末に築かれた台北城のなか——中華路、忠孝西路、中山南路、愛国西路で囲まれた、官庁・商業地域のこと）」から出る必要があった。父は例の「鐵馬」にぼくを乗せ、「仁」「孝」「忠」と中華商場を走り過ぎ（そして父は振り向いて、「ほら、本町だ」とぼくに言った）、台北城の残された北門（そう、母が、捨てられそうになった五番目の姉を取り戻しに行った道と、ここで分かれる）を出たら、城外だ。円環を過ぎたら、永楽町、太平町という昔ながらの繁華街を経て、台北大橋にたどりつく。そのころには父も汗びっしょりで、肌にシャツがぴったり貼りつき、ハンドルにくくりつけた籐椅子に腰掛けるぼくも、その熱気を感じるほどだった。

いや、このことは、中華商場にお医者さんがいなかったことを意味しているのではない。ただ父が、この小児科診療所の医師しか信用しなかったのだ。この先生は長姉（ちょうし）からぼく——つまり我が家の七人の子どもをぜんぶ診てくれ、さらには姉たちの子どもが生まれて大きくなるまでずっと、我が家のかかりつけ医であった。「風邪に勝つ」などの市販薬が効かないと、母は今でもこの小児科にかかるのだ。

診療所のなかの様子はずっと、変わらなかった。モザイク状のガラス戸を押して入れば、待合いの廊下になっていて、壁際に長椅子が置かれている。受付と薬の窓口は、曇りガラスが半円に切ってある。最初のころ、看護師は暗い顔をした細身の男で、ぼくは彼が飲み薬を作っているのを見るのが好きだった。小さなプラスチックの器に粉を入れ、温水を注ぐ。それから耳元で、まるで音楽を聴いているように揺らす。音楽とともに薬は水に溶け、薬水は淡いピンク色に変わる。

暗い顔をした彼はそれから、パラフィン紙にぼくの名前を書いた。すこぶる美しい筆跡は、まるで川に架かる橋のようだった（申し訳ない。あのころはそんな比喩しか思いつかなかった。なにしろ大きな橋のたもとにあったから）。さらに「一日三回、食後にひと目盛り分服用」と書き加えられた紙は、目にもとまらぬスピードで筆たっぷりの水糊がつけられ、プラスチックの器の上に貼りつけられた。紙の上にはくっきりと楷書で印刷してある——

台北橋小児科。

母によれば、この診療所ならば、ぼくも泣かなかったらしい。この林先生だけが、ぼくをおとなしくさせ、熱冷ましの座薬をおしりに入れられた。

発熱三日目の夜中、ぼくの口から取り出した水銀体温計は四一度を指していた。父はまずいと思い、費用は二の次として、ともあれ医者に診てもらうしかないと鐵馬を引っ張り出し、子ども用の籐椅子を据え付け、ぼくを抱き上げて座らせた。母は御札を煎じたお湯をもう一度ぼくに呑ませ、自分も自転車後部の荷台に乗った。つまりこのとき、うちの鐵馬は都合一三〇キロの親子を乗(せ)せて、「台北橋小児科」へ向かったわけだ。当然、診療時間外であったが、父は急くようにして、二階にある林先生の自宅のベルを押した。暗い顔の看護師がドアを開けてくれた。夜中に叩き起こされたはずの先生は微笑(ほほえ)みさえ浮かべ、なにも言わずに聴診器を掛けると、ぼくを抱いて、ベッドにあぐらをかかせた。

「注射(ツーシアー)、すれば早く治るよ」林先生は、うちの親とは少しなまりが異なる台湾語でそう言った。

それから先生は、アルコール綿でぼくの背中と胸元を強くこすってくれた。母によれば、そのとき、ぼくの皮膚は湯がいたエビみたいに真っ赤になったという。

「お通じは？」

「さあ。三日はないはずです」

林先生がぼくに浣腸をすると、熱い肛門から冷やっとしたなにかが腹へ流れ込んでいった。母に手を取られ、ぼくは泣きながらトイレへ向かった。そして、黒くて悪臭を放つ、魚の内臓のような汚物を全部ひりだした。このままここに泊まって様子を見たほうがいいと林先生が言ってくれたので、母はベッドのそばの腰掛けに座ってぼくを見守り、父は診察室の長椅子で休んだ。翌朝、熱もすっかり下がり、起きてきた先生はペンライトでぼくの目と喉を確認すると、薬を忘れずにと帰る許可をくれた。

「シュッシュしていい？」ぼくはそう言って林先生に甘い喉薬をねだった。本当は咳がひどいときにだけ使うものだが、先生は笑って、ぼくの口に噴きかけてくれた。おかげでぼくは満足し、病気をしてちょっと得をしたと思った。

ぼくら三人が診療所を出たとき、空はもう明るく広がり、そして鐵馬は消えていた。

父は自分の頰を、力いっぱいにぶった。その音を聞きつけ、林先生が様子を見に出てくるほどだった。たしか父はそれから、通りを十なん回も往復し、まるで自分の脚を失ったが如く執拗に探し回った。

病気が治ったのは林先生のおかげだが、母は、少なくとも半分は開漳聖王の御札のおかげと信じた。「人様も、頼り。神さんも、頼り」ということらしい。熱がひいた日の午後、母はぼくを連れて、双連市場に近い開漳聖王の祠まで行き、まずお礼の参拝を済ませてから、ふたたび願い、尋ねた——自転車はどこで見つかるでしょう？　神さんは、あの鐵馬はぼくの命と引き換えに消えたのだから戻ってこない。それが定めだ、と言った。それでも聖王さんは二枚御札を書いてくれ、一枚は父、もう一枚は家族みんなで煎じて、飲んだ。

きっと、聖王さんはうちの貧乏を憐れんだのだろう。二週間後、鐵馬は奇跡的に我が家に戻ってきた。この自転車は、兄の高校受験のときに父が失くしたあと、必死の思いで買った中古で、そして同時に——ぼくが別の小説に書いたように、商場が解体されたあと中山堂（ちゅうざんどう）（1928年築。旧台北公会堂）に停めて、それっきり行方不明になる「幸福」印の自転車だった。

2　アブーの洞窟
Ah-Bu's Cave

二十年もの長い年月を経て、自転車がぼくの目の前に戻ってきた。

知らせは、アブーからもたらされた。アブーは、ぼくが鐵馬のパーツを探しているうちに出会ったコレクターのひとりで、いつしか友だちになった。顔の肌のハリ具合からして、彼はぼくより少し若いはずだが、どのくらい年の差があるのかはわからない。普通の人なら雑談の話題から世代を判断できるだろうけど、彼の場合、その記憶を構成するのがゴミの山や亡くなった人の部屋、リサイクル回収所や道端で拾ってきた大量、かつ時代の異なるガラクタだったおかげで大混乱をきたしていた。

普段からアブーは髪の毛がボサボサで、ジーンズのポケットに手をつっこみ、毎日とりたてて用などないという風情だった。いっぽうで、彼が持つ、古道具にたいする知識は彼自身の年齢を大きく上回っていたし、外見ともすっかりマッチしなくなっていた。

あるときぼくは、古いものを集め始めたのはいつごろか訊いてみた。しばらく思い巡らしたあとアブーは答えた。「専門学校を卒業したあと、勉強する気がさっぱりなくなって、兵役に行った。退役後、オレはスーパーでガードマンの仕事を見つけた。夜勤が多かった。仕事明けの朝、家に帰る途中の路地で、見知らぬばあさんがガラクタを拾っているのを見かけた。三輪自転車の荷台には段ボールのほか、リサイクルゴミがいろいろ載っていて、レコードプレーヤーが一台あることに気づいた。ただそのときは疲れていたから、家に上がっていって横になったんだが、どうしてか心がザワついて眠れない」

きっと、荷台でカブトムシみたいに黙ってへばりついていた、木目調のレコードプレーヤーが忘れられなかったんだろう。アブーは階段を下り、マンションを出て、さっきのばあさんに「動くのか」とも訊かず、ただ、「売ってくれ」と言って、金を出した。リサイクル回収所でもらえる代金より高かったから、そのばあさんに売らない理由はなかった。

「それからあとは？　うまく動いたのか？」

「もちろん。そこで動いてなければ、話の続きはない。レコードプレーヤーには昔からよくある、折り畳み式の収納がついていた。レコードがなん枚か入っていたから、レコード針を買ってきて、家にあった、音のよしあしもわからない木製のスピーカーにつなげて、やっと試し聴きを始めた」

アブー自身、あまりレコードを聴くほうじゃないと言う。若いころも家のラジオで黄(おう)鶯鶯(えいえい)（70年代台湾やシンガポールで人気となった女性歌手）、陳淑樺(ちんしゅくか)（80年代に活躍した女性歌手）、テレサ・テン（1967年台湾デビュー、74年日本デビュー。中文名は鄧麗君。95年没）

の歌を聴いたくらいだった。家は果物屋だったから、母が店の隅っこにラジオを置いて、いつでもかけていた。

レコードプレーヤーには、四枚レコードがついていた。テレサ・テン以外はどれも英語のアルバムで、彼は英語ができなかったから（中学一年生のレベルで止まっている）、まったく期待していなかった。ところが、回る溝をつたう針から拾いあげられた音楽があの、家にあった適当なスピーカーから流れ出たとき、彼の全身から鳥肌が立った。アブーはいつしか毎日、豆乳（豆漿）と揚げ麩（油條）を食べて、寝る支度をしてからレコードプレーヤー――REALISTIC LAB‐59を立ち上げ、手元にあるわずかなレコードをかけるようになっていった。自分が知っている英語はだいたい、そのレコードのタイトルだけだと彼は言った――フランク・シナトラとナンシー・シナトラの「Something Stupid（恋のひとこと）」、パティ・ペイジの「With My Eyes Wide Open I'm Dreaming」、それからカール・ツェルニーの「ピアノ１００番練習曲」

そんな英語を口にしてアブーは笑いだした。きっと自分の発音が変だと思ったんだろう。ぼくはそのテレ笑いから彼の素朴さを感じ、ふたりの距離はぐっと縮まった。

彼は言った。「このレコードのために、わざわざ昔の同級生に発音を教えてもらったんだ」

ぼくは訊いた。「レコードはまだ手元に？」

「勿論ある。一生涯、売るつもりはない。オーバーかもしれないけれど、このレコードたちは新しい世界を開いてオレに見せてくれたカギみたいなものだ。とはいえもう十五年も前の話だ。あのころはレコードもそこまでレトロじゃなかった」

それ以降、アブーはまるで「古物レーダー」を背負ったように、漫然と道を歩くことがなくなった。つねに周囲に目を配り、なにかおもしろいものが落ちてないか探しながら歩いた。そのうちに、おもしろいことに気づいた。道端でゴミを捨てている人にアブーが声をかけると、彼らは途端に手強い交渉相手へと変わる。ゴミと思っていたものに価値があると知り、手のひらを返して物惜しみし始めるのだ。とはいえその手の反応はすぐ終わる。アブーが提示した金額が、彼らの小さなプライドをくすぐるに足ればいい。自分が所有していたものにどれだけの価値があるか、本当に興味を持つ人などいない。

アブーは最初、単に自分の好きなものを買って満足していたのだが、それを続けていく経済力が自分にないことに、すぐ気づいた。お金は早晩、底をつくだろうし、いっぽう部屋のなかは、ごみ処理場のようにものが積み上がっていく。だから六、七年前、彼は古道具屋を開くことを思いつき、ガードマンなどのバイトで稼いだ金で、永和（新北市永和区。川を隔てて台北市の南に隣接）に店舗を借り、商売を始めた。ただ、ナイトマーケット（夜市）に近い物件は家賃もそれなりにしたうえ、古道具屋というのは見る客は多いが、実際に買う客は少ない。次の更新時期をしおに、赤字で閉店とあいなった。そして当時、始まったばかりのネットオークションをメインに販売を続けることにし、数年を経て、アブーはインターネット上の数多ある出品者のなかでも、もっとも高評価を集めるショップとなり、単なるコレクターではなくなった。かくいうぼくも、「アブー古道具屋」のいいお客さんだ。

ぼくが彼と初めて会ったのは、「環球」印のダイナモを買い、ものを直接受け取りに行ったときだ。貰った住所は台北近郊の古い工業地帯、三重（新北市三重区。淡水河を挟んで台北市の西に隣接）だった。約束の場所に着いて電話をかけると、アブーは低い排気音が優雅ですらある、ヤマハの古いバイクでやってきた。ヘルメットでなく、ドジャースの「LA」マークが入った青いキャップを被っていた。色落ちしたジーンズにグリーンの柄なしTシャツを身に着け、伏し目がちに、少しつっかえながら話す姿は、まるで地面に落ちたコインを探しているようで、ぼくが予想していた出品者のイメージとはずいぶんかけ離れていた。

最初はありきたりな売り手と買い手の雑談だったが、ぼくの鐵馬への情熱が思いがけず彼を焚き付けることとなり、ぼくの古い実用車のレストアに関する疑問に、彼はいくつも答えてくれた。ぼくはぼくで、多方面にわたる知識を見せつけるこの古物商に好奇心を覚え、収蔵品を保管する彼の倉庫を見学させてもらえないか訊ねた。すると彼は少しだけ考えて、承諾してくれた。

アブーはヤマハの古バイクにぼくを乗せ、出口のない路地へ入っていくと、つきあたりにマンションがあった。一階のシャッターの前に段ボールが積み上がり、通路と言えないような一本の通路とドアが半分だけ開くわずかな出入口が残されていた。歩道に沿う「飛虎」印と「伍順」印の自転車があり、アーケードの軒下には、カギもかけてないそれ以外にも自転車の残骸やパーツが所狭しと置かれていた。それから、テーブルつき折り畳み式椅子——昔どの家庭にもあった九九やアルファベットの表が上に貼ってある子ども用のあれ——にぼくを座らせると、アブーはヤマハに寄りかかったまま、煙草に火をつけた。そんな路地の果てで、ぼくらはとりとめなく自転車の名デザインについて語り合った。文学好きがミラン・クンデラやイタロ・カルヴィーノについて、あるいはコンテンポラリーアートの愛好家がジャスパー・ジョーンズやアンディ・ウォーホールについて語り合うように。

どのくらい時間が経っただろう。彼は途中、セブン-イレブンでカフェラテを二杯買ってきて、それぞれ飲み干したころようやくシャッターを開け、ぼくに彼の「作業場」へ入らせてくれた。

覗きこめば、そこはまさに洞窟だった。

今思い返しても、アブーの作業場がいったいどれだけの大きさだったか確証が持てない。なにしろ空間いっぱいに、ものがぎっしり詰まっていたのだから。天井からはデザインの異なるシャンデリアがいくつもぶら下がり、古い木製の椅子と机がなんらかの規則で床から天井へと積み上がっていた。風変わりな椅子に気づき、じっと見てみるとそれは子どもが遊ぶ、古い木馬だった。シマウマのような柄で塗られている。きっとこれで遊んだ男の子は、ペンキが塗られた木工細工とは思わず、アフリカの草原を美しく駆ける生き物だと思ったに違いない。

向かって右手には棚があり、異なる時代の食器類がたくさん入っていた。しばらく漁っていたら、西門町（日本統治時代より栄える台北西部の繁華街）のイカとろみスープ店「ありがとう（謝謝魷魚羹）」の名入り碗と匙が混じっていた。左手には洋服ダンスがいくつも並び、その足元で、「大同」製扇風機が列をなしていた。これからも永遠に回転して、世界が果てるとも風を送り届けてくれそうだ。その上に、漁船ランプがぶら下がっている。隣には「台湾省教育庁」と印字されたブリキ缶が転がっていて、なかに飴玉を入れるガラス瓶がいくつか収まっている。昔、商場の二階でじいさんがやってた売店でよく、こんなガラス瓶からバラ売りのビスケットを買ったものだ。

ぼくはトイレをお借りした。するとそこは、洞窟のなかのさらなる洞窟だった。電灯にはなつかしいブリキの傘が覆っていたし、垂れ下がったコードは紅白二線がねじれ、「たまご」型スイッチがついていた。たまごのなかほどに動くピンがついていて、左に押して白が出れば点き、右に押して赤が出れば消える。便座を上げるのもひと苦労だった。なにしろふたの上にも、箱がぎっしり載っているのだ。箱のなかには民国五十年代、六十年代生まれ（台湾の年号「民国」を基準に十年ごとに括る世代の謂い。ここではおよそ西暦６０年代、７０年代生まれ）ならお馴染みのおもちゃ――『ザ・ウルトラマン』関連のソフビ人形、中華式メンコ、鉄やアルミ製のミニカーなどが入っていた。トイレに連なる浴槽の四辺にも、くじ引きおもちゃが吊り下げてあり、真ん中には初期のカプセルトイが一台、鎮座していた。これを見るまで、ぼくの頭のなかのカプセルトイのイメージはとっくに、ディスカウントストアの前でキラキラＬＥＤを光らせる最新型のものに置き換えられていた。ここのトイレで見た昔のやつは、カプセル型の丸いボディに鉄の脚が一本生えていた。この一本脚の怪獣は、ぼくからどれだけのお小遣いを奪い取っていっただろう。

手洗い台に置かれたおもちゃのピストルを手に取り、鏡に向かって構えた。もし巻玉火薬が装塡されていたら、ぼくも一発撃っていただろう。銃口を鼻に近づけてみると、火薬の臭いがたしかにした。これほど長い年月を経て、なお臭いが残るものだろうか？　それとも幻覚だろうか？　まさかアブーの洞窟にはなにか秘密があるのか？　ここにいるとてもじゃないが、普段通りに呼吸などできない。この倉庫の時間と空気は外の世界とまったく異なっている。

ぼくはアブーとまた、外へ出た。ぼくは訊いた。「ここにあるものはどうやって手に入れたんだ？」

彼は答えた。「やりかたはいろいろある。闇雲にバイクであちこち走り回るか、中・南部へ行く。そして気に入ったものが目に入ったら、売ってほしいと頼む。道端に古い自転車が置いてあるし、もし古い棚が玄関前に捨てられていたら、すぐさまドアのベルを鳴らす。先に情報を得てわざわざ出向く場合もある。古い商店が畳むという情報を入手したら、もちろん一走り。軍人村（国共内戦で敗れて台湾へやってきた国民党軍の兵士や家族が住むために建設された「眷村」）で改修工事があると耳にしたら、ひと月くらい近くをうろうろして、目ぼしいものが捨てられないか、一軒一軒見張る」

「古い商店が畳む情報なんて、どうしたら入ってくるんだ？　だれかが教えてくれるのか？」

「もちろん、人間関係が先に立つ。この手の店主は店の商品に愛着を持っていることが多い。だから秘訣は、転売業者と言わないことだ。ただ、大事なものを代わりにお預かりします、と言えばいい……。すぐにＯＫを貰えないこともある。でもときには、彼ら自身にもわからない理由とタイミングで電話をかけてきて、売ると言ってくる。とにかく、愛着ある品物を清掃員に取られるというのでなく、またオークションで叩き売るというのでもないと彼らに感じてもらわないと」アブーは、意味深に付け加えた。「お金じゃなく、気持ちで買うんだ」たしかにアブーの語りに、ぼくは得も言われぬ魅力を感じていた。煙草を吸いながら話す姿から、昔、マールボロのパッケージに印刷してあったカウボーイを思い出した。さらに、実入りはどうなのか、訊いてみた。彼は、まだバイトをしていると答えた。でもこのなん年かで徐々に、古道具屋の売上げで、自分の生活費をカバーできるようになりつつあるらしい。

「ま、ひとりで生きるのにそんなにたくさんのお金は要らない。本当の話」

「バイトっていうのは、なにを？」

「建設業だ。水回りに電気工事。あとは壁塗り（トーズィ）も多少はできて」アブーはそう台湾語で言いながら、ジーンズのポケットから名刺を取り出した。「どうぞよろしく」ぼくはその肩書を読んだ。「民間特別古物収集員」の下に二行ほど空白があって、「水回り・電気工事」と書いてあった。

このとき、グリーンイグアナのような生き物が視界に入った。ヒノキ造りの水屋から這い出てきて、インダストリアルデザインのフロアランプの腕に巻き付いた。てっきり目の錯覚かと思ったが、アブーがアルミのボウルで水につけてあった野菜からひとつかみ、目の前に出した。つまり生きたイグアナなのだろう。

アブーはぼくのほうに顔を向けて、言った。「ほかにもひとつパイプがある。それは死んだ人だ。死んだ人はいろんなものを残す。もしその死んだ人にたまたま家族がなかったら、オレが面倒を見てやらなければならない。こいつだってそうだ」

大学を卒業して、兵役を終えるまでの期間、ぼくもまた古道具の魅力にはまったことがあり、いらんもんばかり集めてる、と母からいつも文句を言われた。彼女からしたら、ぼくは「いらん」人間だった。だから、アブーが収集しているテレビや扇風機、古い裁縫鋏やアナログレコード、瓶や缶、器や皿などにたいし、普通の人よりは深い理解と、いくらかの羨望（せんぼう）があった。思い返してみたのだが、古いものを拾ってきたり、買ったりすることに興味を失ったのはいつごろからか、自分でもわからなくなっていた。この世界の人びとと同じように、ぼくもまたコンピューターやケータイなど情報通信機器の虜(とりこ)となり、最新型でもすぐに壊れ、壊れたって自分では修理できないものを買うことにいつしか慣れていた。とはいえそのころに買った古道具は売ってしまうことはせず、中和(ちゅうわ)（新北市の区。台北市、新北市永和区などと隣接する）の実家の物置きに置いてある。わざわざそれを見に行くこともうないけれど。

だんだんとわかってきたが、アブーという人はきっと、鑑定士とコレクターと商売人を兼ねた存在なのだろう。自分の好きなコレクションのこととなれば、彼の目はらんらんと輝く。ただ、そこにあるのは情熱だけではない。同時に、そのものの市場価値を冷静に判断する目がある。たとえばアブーの洞窟で、昔風の窓柵（鐵窗）をいくつも見かけた。鋳鉄棒を曲げて花のかたちを作り出すそれはかなり初期のもので、リベット接合だった。アブーによれば、古い窓柵は作った職人の腕次第で出来映えが変わり、デザインもそれぞれ独自のスタイルがあった。たとえば桜のようにねじれた花びらや富士山の模様、あるいは「林」という姓を織り込んだもの……ひとつひとつぼくに見せてくれたときの彼はまるで、美術館の解説員だった。「この柄は、大稲埕(だいとうてい)（清末より日本統治時代の台湾人の経済・文化の中心地）の職人たちによくあるスタイルだ。彼らはみな、劉さんという同じ親方を持つ。ほら、外枠に接するカーブの曲線が同じ角度を描いていて、それがいつしか彼ら一派の代名詞となった。思うに、そんな細部にこだわる職人さんは自らの腕に自負があり、また実際にそれを窓の外に嵌めたらどうなるか考え抜いて製作した。そして自分が手間をかけて作ったということをみんなに知って貰いたいと考えているはずなんだ」アブーはそう言って笑った。「もちろん、ここまで手の込んだものは多くない。だから売り値も高い」

「いくらだい？」

アブーの目の色が変わった。「ふたつ一組で二万八千元（2018年9月現在、1元は3・7円程度。台湾ドルのこと）だ。君はもう友達みたいなもんだ。欲しいなら、八掛けでいい」

ぼくは母が昔よく言っていた言葉を思い出した。「嫁を見つけてやって、紹介料を祝儀代わりに取られる仲人にはなるな。貰いあぶれる商売はしちゃいけない」つまり、コストとリターンの計算ができない人間は商売に向いてないというのだ。

とはいえやっぱり、どう考えても買い手が思い当たらない品物もある。たとえば、昔、豚にワクチンを打った針とか。それを買って、なにをどうしようというのか。

アブーはすずしい顔で言う。「いつか、だれかが買うものだ。焦って値引きする必要もない。パンを売るより千倍ほどの辛抱強さがあれば、十分だ」

古物の買い入れにはそれなりの知識が必要だと、彼は言った。でもそれは商売しながら実地で学ぶしかない。仕入れたときはじめて、それがこの世に存在していたことに気づくし、お客さんが実際に買ったときはじめて、この世にそれを欲する人がいたことを知る。アブーはそう言いながら、彼の左手に置かれた杉造りの本棚から、古いアナログレコードを取り出した。ジャケットはマンガ家・牛野郎（牛哥）によるイラストで、署名もついている。タイトルは『いかけやさん（補鼎師）』という、台湾語の「コント」を収録したレコードだった。出演する俳優の名前は、ぼくもまったく知らなかった。レコード会社は皇冠とあり、住所は台中。彼は言った。「昔は台湾語のコントがレコードになった。そんなことがあるなんて、オレは考えたこともなかった。仕入れたときは好奇心にかられて、いつごろ流行ったんだとか、この演者は当時人気があったのかとか、考えを巡らせる。そしてある日、本当にこれを求めている人がやってきて見つけ出してくれる。ときにその人は、わざわざオレに、それが持っている本当の価値を教えてくれる」

「たとえばどんな人？」

「台湾語の研究者とか、歴史家とかいろんな人が来る。レトロ風レストランを開く人もいれば、うなるほど金を持ってる資産家だっている」ここでアブーは笑った。「そして、彼らは値切らない」

ぼくは言った。「君もずいぶん楽しみながら仕事をしている」

「そう。ガードマンよりずっと楽しい。毎日、ものの整理をしていて、気がつくともう真夜中だ。でも家族はオレがなにをしているか、見当もつかない。だからいっそ家を出て、部屋を借りた。ここのご近所もオレのことを変人だと思っているだろうが」たしかにうちの家族も、ぼくがなんの仕事をしているのかわかってないだろう。いや、でも、ぼくらは家族の本当の仕事を理解しているだろうか？

それ以降も、ぼくはアブーからいろんなものを買った。西門町にかつてあった「人人」百貨店のバーゲンシーズンに出た景品のグラスセットや日本時代の「ＦＵＪＩ」製自転車の箱型錠、ドイツＰＥＴＥＲ製のぜんまい式目覚まし時計なんかだ。売買が成立したとき、ぼくはいつも「直接受け渡し」を選択するようにした。そうすればアブーと顔を合わせて、例の九九が貼ってある子ども用テーブルつき折り畳み式椅子に腰掛け、ゆっくりおしゃべりできる。ぼくらのあいだにはこうして、なんとも説明しようのない友情が芽生えていた。

あるとき、買い入れのときになにかおもしろいエピソードはなかったか訊いてみた。するとアブーは近くにあった「月のうさぎ」製ボールペンを手にとって、口にくわえ（ふたはもう歯型でぐにゃぐにゃになっていた）、しばらく考えたあとこう答えた。「ありすぎるよ。どこから話したらいいものか……」

そして彼は、「幸福」印自転車のパーツを仕入れた店の話を始めた。

ヴィンテージ自転車には、愛好家たちの目をぐっと引きつけるブランドがいくつかある。たとえば、日本から輸入された初期の「ＦＵＪＩ」、イギリスのラレー、台湾製の「幸福」などがそれだ。「幸福」印の鳩のロゴと、「幸福号に乗って、幸福の道をどこまでも」というスローガンは、ヴィンテージ自転車マニアにとって、ある時代を象徴している。

オートバイの時代が幕を開け、人気を誇っていた「幸福」印自転車も、多くの販売店が店を閉じた。そうすると当然、オリジナルの「幸福」印の看板を掲げた古い店は、パーツを収集する愛好家にとって垂涎の的となる。この店はとりわけそうだった。

この店はかつて、「幸福」印自転車にかかる日本との技術交流の場であった。日本の技術者がよく訪れたという理由もあり、ここには少なくない特殊なパーツが残されていた。ただ、店主の息子も成人し、十分稼いでいたから、年老いた店主が毎日店を開けることはなくなった。

自転車店は二階建てが連なる長屋の真ん中にあり、周囲の建物はどれも中高層のビルに改築されてしまったが、ここだけはデベロッパーの再開発をかたくなに拒否している。残された店舗の左側で自転車の商いをし、右側は祖先の位牌を並べた礼拝室にしている。室内に置かれていた古い米びつから、店主の親の世代は米穀店を営んでいて、自転車販売はのちの転業の結果だろうことが窺える。位牌を並べているということは、祖業を忘れない店主の気持ちの表れだ。

店主の奥さんが毎朝必ず礼拝室の戸を開け、土地の神さまと位牌に線香をあげていることにアブーは気づいた。運がいいときは、まれに店主が店を開けた日に行き合うこともあった。そんなときアブーは自転車を牽いて店に入り、パンクや些細な修理を理由に、この自転車の「先生」とおしゃべりをした。彼は寂しさに首根っこをつかまえられた年齢だったから、だれかがそばに腰掛けさえすれば、自動的にその人生のワンシーンを延々と語り続ける。

アブーはそれがなん度目かの繰り返しでも意に介さず、店主の話を聴いた。通常の買い入れのときとは違って、話の途中で、売ってくれませんかなどと切り出すことは絶対にしなかった。ただいつまでも静かに彼の話を聴き、ときどき適切な合いの手を入れるだけだった。そしてあるとき、奥さんがアブーになんの仕事をしているか訊いてきた。

そのとき初めて「民間特別古物収集員」の名刺を差し出し、もしこの店を閉めることがあるのなら、しっかりとした値段で店内の古い自転車のパーツをすべて買い取ると宣言した。すると店主と奥さんは店を片付け始め、アブーを慇懃に追い返した。

どうやら店主は、「パーツを売ってくれ」などという言葉を耳にしたくない人だったらしい。彼にとって、店にあるものはどれも、いつか必要とするお客さんを待っているだけなのだ。まして、「店を閉めることがあれば」などという話は忌み嫌っていた。実際、かつて常識のないコレクターが同意も得ないまま棚の部品を漁り始めたとき、店主はすかさず立ち上がり、木戸を閉めて、そんなヤカラを追い出したという。

その後もアブーはときどき店主のところにお邪魔した。あくまで自転車の雑談だけをして、買い入れのことはおくびにも出さなかった。さらに、店主のことを「先生」と呼ぶようになった。彼がそう呼ばれたがっているとアブーが感じたからで、実際、八十歳を超えた老先生は食べるのに困っているわけでなく、店を開ける理由はただ、自転車の修理が好きだからだと、アブーは深く理解していた。

次の年の夏、およそひと月ほどのあいだ、アブーは、先生の店の戸が開いている幸運に恵まれなかった。そこで、線香を供える奥さんに訊ねると、先生は病気で倒れたのだという。それからアブーは定期的に果物を持って、奥さんに会いに行った。先生の若いころの話などを聞き、やはり買い入れのことは口にしなかった。

そしてあるとき、奥さんが長いため息をついて、言った。「もう、この店も閉じる頃合いみたいだ。まとめて買う気はある？　全部売ってあげるよ。全部ね。いちいち選り好みせんでいいから」うれしさがなかったというと嘘になるが、でもアブーの心に、うまくいったという感覚はなかった。やはり先生の病気は重いのだ、と思い知らされた気がした。さもなくば、店のものを全部売る話が出るはずがない。

アブーは、店主との語らいの時間を思い出した。ときどき人が自転車を牽いて、修理を頼みに入って来た。だいたいが簡単なパンクの修理で、チューブにパッチを貼って、公定価格六〇元。それでも先生は、タイヤからチューブを引き出したあとの内側まできれいにして（なぜならそこに小さな石が残っていたら、チューブがまたすぐ破れるから）、おまけに前後のハブもブラシで掃除し、注油してくれる。たった六〇元の商いなのに、先生はアブーがこれまで知るかぎり、だれよりも丁寧な仕事をした。先生はいつもアブーにこう言った。自転車修理は、自転車を売ることの十倍以上の意義がある。「通常であれば、孔明車は冬を五十回漕げるものだ。いやもっと長く使う人もいる。おまけに我々の時代には本当に、みな一生に自転車一台、持てるか持てないか。貴重な財産だった」

老先生はお客さんのためにそんな気持ちで自転車を修理してきたのだ。

その日、アブーは軽トラを借りてきて、先生の店を訪れた。どんどん買い値をつけて、さっさと運び出すのでなく、まず退院してきたばかりで、二階のいちばん奥の部屋で休んでいる先生の顔を見に行った。わずか数週間たっただけなのに、先生はまるで体からなにかがごっそり抜け落ちてしまったように、ちっぽけに見えた。奥さんとのあいだで、店にあるパーツを売る話は済んでいるはずだ。ただその目からは、悔しさがありありと伝わってきた。先生はテーブルの上に置かれた工具セットを指さし、言った。「これは売らない。あとは見て、値段をくれ。常識的ならそれでいい」

先生が指さしたのは、彼が見習い時代から使っていた道具一式だった。なかには両口スパナ、トルクスレンチ、スポークレンチ、それからペダルスパナ、チェーン切り……。数十年のときを共にして、傷だらけだが独特のツヤが出ている。先生は言った。これが手にいちばん馴染んでいる。メーカーが新しい道具を送ってくれたりしたけど、使い慣れず、結局同じものを今までずっと使ってきた。アブーは、持ち手にシリアル番号が刻印されたスパナを手にした。少年だった先生が初めてそれを持ったときの情景が目に浮かぶようだった。締め付けられないナットはこの世にないとでもいうように、自信たっぷりに光り輝く真新しいスパナ……。

二十年前、父が失踪したあと、家族のアルバムを開い[illegible]た。そのとき、ぼくは一枚の写真に強く惹きつけられた。三人の大人とひとりの子どもが、小さな靴屋の前に立っている写真。革靴が並ぶショーウインドウに見覚えはなく、被写体もひとりとして見知った人はなかった。ぼくは、白内障を患う母に写真を見せてみた。すると奇妙なことに、母もそれがだれかわからないと言う。靴屋のことはさすがに覚えていた。当時、うちのとなりのとなりでやっていた、ミーの靴屋だった。

靴屋の前で、ゆったりした背広に白いスカーフを巻いた男が、鐵馬に腰掛けている。右肘は、となりのストライプ柄の背広を着た男の肩に置いている。ストライプの男はカメラから視線を外し、左手にあるなにかを遠目に見ているようだった。そして多分カーキ色だろうシャツとズボンを着た男の子が、そのそばに立っている。やや肥満体で、表情が硬い。男の子のうしろにもだれかいたが、影になっていて顔が判別できない。ぼくの注意をひいたのは、ふたりの男がどちらもきれいな革靴を履いていたことと、男の子がなかなかイカした迷彩柄の靴を履いていたことだ。冬服ということは、旧正月かなにかお祝いごとで撮ったのではないか。さもなければ、どうしてこんな薄汚い店にそぐわない洒落(しゃれ)た格好をしているのか。

男たちが着ていた背広は、父の仕立てのように見えた。また写真のおかげで、ぼくは父の鐵馬を思い出した。そしてそのとき、父の自転車を見つけだせば、父も見つかるのではないかとぼくらは思い至った。そう、父と鐵馬は同時に消えたということに、ぼくら家族はやっと気づいたのだ。

　ぼくは母に、父の鐵馬がどのメーカーだったか訊いた。すると「忘れたよ」という答えが返ってきた。母の記憶を呼び起こすため、五〇年代から八〇年代の台湾にあった自転車メーカーの名前を調べあげ、台北に近いほうから母に訊いていった。

「勝輪（しょうりん）の自転車？」

「違う」

「川口（せんこう）？」

「違う」

「ウサギ印（兎仔）？」

「それも違う」

「三角印？」

「違う」

「幸福印？」

「お。そう。それじゃないかね」

　そうだったのか。父が乗っていた最後の自転車は、「幸福」印だったのだ。ぼくが覚えている特徴は、三角フレームのうち女性が跨（また）げないトップチューブを外して斜めにできる男女両用車であること。だから、それ以降、「幸[illegible]こと、初期の男女両用自転車があると聞こえてくれば、とにかくこの目で確かめに[illegible]から、鐵馬の歴史に興味を持ち始め、資料を集めるようになった。つまり、ぼくの鐵馬への執心は、父の行方不明から始まっている。

一九九二年、ぼくら九人家族の生計の支えであった中華商場は、新しく生まれ変わる都市計画のなか、不可避的に解体された。しかし、ぼくら家族を打ちのめしたのは、中華商場の解体でなく、その翌日に発生した父の失踪だった。警察に通報し、神さんに訊ね、あらゆる交友関係を頼って父をさがした。しかしなんらかの大きな力が父の痕跡をこの世界からきれいさっぱり拭い去ったかのように、父の行方は杳として知れず、わずかな手がかりさえ見つからなかった。

「死んだって、死体はどこかに出てくるんじゃないのかね」母は一度だけそう言い、あとは言葉が刀のように、口元を離れてなにかを突き刺しに行ってしまうのを恐れた。実際、父が消えてから、彼女は全身の関節が刀の柄で打ち砕かれてしまったように、床に伏した。大きな病気をしたし、体もめっきり弱くなった。

父が我々の前から姿を消したあと、ぼくら家族は困り果てた。たしかに近寄りがたい人ではあったものの、なにせ、父はずっとこの家庭の大黒柱だったのだ。ぼく自身もそれから長いあいだ、この状況にどう向かい合うべきかわからないままだった。精神状態も平静さを失い、乱れ、流され、理性的な判断を下せなくなった。

ぼくが『眠りの航路（睡眠的航線）』という小説を書いたのはそれから数年経ってから

のことだ。それは日本統治時代、台湾の少年が志願して日本へ行き、八千人以上いた少年工のひとりとして戦闘機を作る物語だ（高座海軍工廠のこと）。主人公は戦後台湾に帰り、結婚して家庭を持ったが、息子に日本でのことを話すことはついになかった。彼が長年心血を注いで切り盛りしてきた「西門町商場」の電器店は都市再開発の名のもと解体され、それ以降、彼は行方不明となった。家族を襲った大きな波風のあと、息子は睡眠障害を患った。異常な時間帯にわけもなく眠り始め、奇妙な夢を見るようになったのだ。父の人生を知るため、息子は残された写真、本、ノートを手がかりに日本へ旅立ち、父の少年時代の足跡を辿った。

出版社が予期していたとおり、この小説は売れ行きも評価もぱっとせず、まるで忘れ去られるべき小説だったかのように静かに書店に置かれ、静かにだれかに買われ、その本棚に差し込まれた。そしてごくたまに、読者がぼくに向かって、この小説について語りだす。

刊行後ずいぶん経って、見知らぬ読者からメールが届いた。当時、ぼくに感想を書いてくるような読者はほとんどなく、それはとても珍しいことだった。メールをくれたのはメメさんという人で、ぼくがそれまで一度も考えたことのない質問をしてきた。「小説の結末で、父・三郎は自転車で中山堂まで行くと、それきり商場へも戻らず、家にも帰らず、姿を消します。このストーリー展開には無理があると思います。かりにそれを受け入れるとしても、なら、自転車は？　わたしはあの自転車はこの小説の象徴として読みました。必然として現れた象徴です。ならばあのあと、自転車はどこに消えたのでしょう？」

この手の意見が届いた場合、本の作者、とりわけ小説の書き手はだれも、感謝の文言だけは忘れず、あとは「これは小説です。作者が作品について余計な解釈を付け加えることはできません」といった返信でごまかせばいいと知っている。でも、ぼくはそんな無難な対応で終わらせることができなかった。ぼくにはその指摘が、ただのあら探しや嫌がらせとは思えなかった。

「ならばあのあと、自転車はどこに消えたのでしょう？」この一文にぼくは、漁網に搦め捕られたような気持ちがした。

執筆活動のかなり初期から、ぼくは、フィクションたる作品と現実の人生が必然的に混じり合ってしまうことを理解していた。だから文章にはなべて、疑いを持っていなければならない。小説のなかで起こったことを現実だと思うことはとても危うい。たとえば、あの小説のなかでも、語り手の「ぼく」は電器店の息子だが、実際にはうちは背広の仕立て屋をしていて、のちに、ジーンズもいっしょに売るようになった。小説の真実はけっして現実社会の事実によって成立しているのではない。そんなことは、世界じゅうの小説家だれもが知っていることだ。ただし、小説のなかにはたまに、「真実のよっかかり」みたいなものが現れる。つまりメメさんが指摘した「消えた自転車」は、ぼくにとってまさに、この小説の「真実のよっかかり」だったのだ。

ウンベルト・エーコが言った、小説を読む際の基本原則を思い出した。それは——読者はそれを虚構であると黙って理解し、受け入れる。疑わしい点があっても心にしまい込んで、小説家が組み上げた建築の構造を信じる。本のなかで語られることが想像によって作られたストーリーだと理解し、だからといって、著者が嘘をついているという認識は持ってはならず、本のなかではそれが本当に起きたことだと思い込まなければならない。

手紙をくれた読者はたしかに、この原則に則ってこの本を読み、読み終わったあともなおそのなかを漂ったままなのだろう。ただ彼女は（あるいは彼は）ぼくが組み上げた虚構世界に混ぜ込んだ自転車に気づいてしまった。それはまさに、ぼくの実生活の心に突き刺さっていた針だった。うまく隠してあるものの、それはぼくの人生のなかにあるとても深い、落とし穴だった。

小説を書くとき、よっかかる柱が十本いるなら、ぼくはいつも、三本の「実」と七本の「虚」で読者に信じさせればいいと考えていた。そうやって文章が作り上げる奇妙で壮麗な（あるいは醜悪な）非現実の城へと読者を誘う。日本時代に台湾の少年たちが徴用されて日本で戦闘機を作っていたことは事実だ。しかし、小説の多くのディテールはぼくが作り上げた虚構であることを白状しなければならない。たとえば、現実の「ぼく」は戦争を夢見ることはなかったし、また眠り病みたいなものにかかったこともない。アリスという彼女もいない。当時付き合っていた恋人は、テレサと言う。そしてそもそもぼくは、父が最後、自転車を中山堂に停めて消えたかどうか知らない。

この読者は知ってか知らずか、ぼくの人生にひとつの疑問を投げかけた。つまり、もしあの自転車と父が同時に消えたならば、自転車はどこに消えたのか？　父といっしょに？　それともなにものかに盗まれた？　それを突きつけられたぼくがまさか、その疑問に興味を持たず、その答えを知りたいという衝動にかられないなんてありえないだろう。

父が消えたあと、中華商場があった中華路を訪れることは久しくなかった。メメさんからメールを貰ったあと、ぼくは勇気を出し、中山堂を再訪した。中山堂はぼくが書いた自転車盗難シーンの舞台で、小説を書いたころは中華路側にあったアーケードも、とうに解体されていた。わざわざ自分の嘘の確認に行かされるとは、なんという無理筋だろう。

見上げると、氷色の空が見えた。心のなかでなんども、父はもういないのだと自分に言い聞かせた。父はいなくなり、もう帰ってこない。でも、ぼくらは生きていかなければならない。父も、父の自転車も忘れてしまうべきなのだ。その日、帰宅したあとぼくは、メメさんにこんなメールを返した。

メメさん

メールありがとう。また熱心に、そして丹念に作品を読んでくださり、感謝します。

卒直に申し上げれば、あなたが読んだのは小説であり、実際に自転車がどこに消えたかはぼく自身にもわかりません。でも、もし将来、また小説を書くチャンスがあれば、どうにかしてその作品のなかで、あなたの疑問に答えたいと思っています。

ご自愛ください。

ぼくはあくまで小説家の原則に反することなく、彼女（あるいは彼）に、あの小説のなかで「実」となる柱に触れられたことは隠したまま返事をしたつもりだ。ぼくは読者が、ぼくの生活に足を踏み入れることを望まない。たとえ、ぼくの記憶の引出しに手をかけるだけでも、だ。小説の独立性を守るために、せめて、自分の生きる空間を「輪」で囲うために、ぼくはぼく自身と、あらゆる人に向かってこう言いきかせる。ただの小説だ。それはなにもかも嘘で、虚構で、事実と異なる、ただの象徴かメタファーだ。ただ、見知らぬ四人と自転車が写った写真とメメさんのメールが、ぼくに「幸福」印の自転車を探させるきっかけになったことは間違いない。

最初はただ、父が乗っていたのと同じ型の自転車を探すのが目的だった。それがいつしか、古い自転車を買って、乗れるようにレストアすることがぼくの趣味となった。数えてみると、あわせて二十三台の「幸福」印自転車を購入したことになる。

そのうち珍しいものは三台ある。陽明山管理署の専用車と、特殊塗装された「ヤクルトママさん」自転車、そしてだれもが見覚えある緑色の郵便配達用自転車だ。よく出る型はレストアのあと、同好の士に譲った。つまりぼくは買い手であり、また売り手でもあった。おかげで、「幸福」印自転車となんらかのつながりがある人と多く知り合うことができた。二十一世紀という時代に、飼料用油混入事件、台風や土石流、政治スキャンダルと株式市場の混迷……と打ちのめされ続けるこの小さな島にも、幸福自転車が好きという確固たる価値観によってつながった人たちがたしかにいたのだ。まるでブラックマーケットで決行される秘密集会みたいに……。

ぼくの手元にやってきた幸福自転車はだいたいが、もう「ガラクタ」としか形容できないものばかりで、それに人間が跨がって道へ出るには勇気のほかに、実際的な整備が必要だった。たとえば——ロッドブレーキのブレーキアーチに亀裂が入っていたり、スポークが錆びて荷重を支えきれなくなったり、ハブのベアリングボールがスムーズに回転しなくなったり……だからぼくは工具をフルセットで揃え、この「ガラクタ」車の修理をした。どの個体も手に入ったときは興奮してなん日も眠れず、夢中になってクリーニングして、解体のあと、黒い獣のように重いフレームにオイルを塗った。

自転車をもう一度走らせるために、ぼくはインターネットで大量のパーツを購入し、さらにそれを同好のコレクターと交換しあった。結果、借りていた2LDKのマンションは、ヴィンテージ自転車の手術室となり変わった。そのころぼくは広告会社を辞めたあとで、ある映像制作プロダクションとスチルカメラマンとして契約しながら、兼業でフリーライターをしていた。コマーシャルやミュージックビデオの撮影に、自分の古い自転車を舞台装置として貸したりもした。ひまなときは、エンニオ・モリコーネの映画音楽を流しながら、自転車を解体して、もう一度組み立てた。そのプロセスはまるで、生活の疲れを取り除くマッサージのひとときに思えた。レストアがある段階まで進むと、見た感じも実際の使用年数よりいくらか若く感じられ、まるで自転車が試みる時間への抵抗に加担している錯覚がした。

当時の恋人、テレサはぼくのこの趣味をとことん嫌っていた。油の臭いと古い自転車のカビ臭さが混じった部屋でセックスをしていると、彼女は、ふたりの関係が絶望にしか向いてないように感じていた。

「でも、わざわざラブホテルへ行くのも、無駄遣いじゃない?」ぼくはそう言った。

「はぐらかしてる」テレサは、ていねいに整えた指でぼくの頬に触れながら、いつもの口調で言った。

それからしばらくして、テレサは黙って、ぼくのもとを去った。そしてぼくには、部屋と自転車が残された。

そんな数年間を経て、ぼくは正直なところ、あの自転車とあえて再会を望む気持ちはなくなっていた。心の底にあった水流は静止したままだった。そもそも父が幸福自転車に乗って消えたのではなく、純粋にどこかの泥棒に盗まれたのだと考えた。そして泥棒は自転車を売り払い、二十年が過ぎてくず鉄として回収され、どこかの手すりとか窓柵とか、ベルトとか交通標識とか、似ても似つかないものに形を変えているだろう。でもアブーのメッセージが届き、そして彼が送ってくれた写真を目にしたとき、ぼくの鼓動は激しく打ち始めた。

ぼくとアブーは鉄道で、南へ向かった。駅に着くと、ナツさんがぼくらを待っていた。アブーのいいかげんな格好とは違い、ナツさんは細身の体をジャケットで包んでいた。生地からして、安手のものだが、鼈甲(べっこう)色の眼鏡をかけた彼を道端で見かけたらきっと、保険の営業マンと勘違いしただろう。もっとも自転車のこととなればアブーと同じく、彼の瞳のタングステンはキラリと光った。

「状態は悪くないです。お父さんの自転車だったらいいんですが」彼は言った。

ナツさんのコレクションは、予想外の場所に置かれていた。それは地下駐車場の一区画で、自動車一台分の広さに自転車が十数台、ぎゅっと停められていた。それは防犯のためカギがかけてあるうえ、パーツも半分以上は外されて、部屋のなかで別途保管しているのだという。ぼくが見に来るというので、お目当ての車体をわざわざ手前に出してあった。地下駐車場はそのビルの一階と同じように古びていて、蛍光灯は大部分が壊れ、駐車スペースも空きが多く、いかにも殺風景だった。ナツさんの借りた区画はいちばん奥で、シルバーのチェーンロック一本でぐるりとつないであったが、それは昔、中華商場にいたラオリーと同じ駐輪のやり方だった。

「この自転車は、友達からしばらく置かせてくれと言われているものだから、ほかのものより用心しています。普段は部屋のなかにある」

「ぼくも自転車は全部、自室に置いてあります」ぼくは笑って言った。

ぼくはその前に立ち、手を伸ばしてシートポストをさわった。人生で最初に女の子と手をつないだときのように緊張していた。なぜなら、幸福号の車体番号はまさにそこにあったからだ。

正直なところ、ぼくは「運命」など信じてはいない。人生とはランダムな数字のなかから、無作為選択して進むだけのことだ。そこに「運」はあれど、「命」はない。だからだろう。母はいつも、ぼくのことを「強情っ張り」と呼んだ。ところが、車体番号に触れた刹那(せつな)、ぼくは気弱にも、なにか必然的な力によってここへ導かれてきたかのように感じたのだ。数字のデコボコは、山や谷や丘陵地の高低差のように「04886」――父の幸福自転車にあった番号を示した。数十年のときを経て、琺瑯(ほうろう)造りのエンブレムはわずかに色落ちしていたが、やわらかでなお粘り強い質感が感じられた。少しまだらになっていたが、車体から落脱して消え失(う)せてなどいなかった。

緊張する気持ちを抑えて、ナツさんに試乗していいか訊いてみた。彼は頷(うなず)いた。ぼくは父の当時の乗り方のまま、ステムを両手で押さえ(あくまでゆったりと。そうしないとハンドルが動かない)、体を自転車のそばにつけ、左足をペダルにかけ、ふた漕ぎする。速度が出てきたら、右足を後方へ払うように車体を跨ぎ、座る。走り高跳びの選手がバーを越えるのと同じだ。お尻がバネ付きのサドルに収まったとき、ぼくはあまりの昂ぶりに、ハンドルさえうまく握れないほどだった。

試乗しながらぼくは、この自転車が二十年のあいだにどんなふうに性格を変えてきたかを考えていた。短い接触のあいだにぼくは、自転車のホイールからタイヤ、荷台、ブレーキ系統の一部、ペダル、サドル、そしてグリップまで、多くのパーツが交換されていることに気づいていた。まだ見抜いてない部分もあるだろうが、それでもまちがいなくこれは、父さんの自転車だった。修理され、パーツも交換され、整備をし直されたことによって生まれ変わった幸福号。この二十年間、どこを走ってきたのだろう。父の片脚はいったい、どこを訪れていたんだろう。パーツはだれがどこをなにに、なんの理由で交換したのだろう。

記憶のなかから錨を引き揚げたぼくは、でも、それをどこに下ろしたらいいのかわからなかった。ガラガラガラとオーバーな音がして、川底から泥とともに揚げられて宙ぶらりんのまま。どうしてか、ぼくは泥にはまったように、救いのない鬱にいた。地下駐車場をぐるぐる回りながら、自分が今自転車の試し乗りをしているということを完全に見失っていた。

ノートI

そして自転車の魅力は、自転車だけではありません。
——自転車デザイナー、清原慎二

明治五年（一八七二年）、「蘭学」を学び、海軍病院で薬局長を務めた二十四歳の若者が東京・銀座に日本初となる洋式薬局を開いた。彼の名は福原有信(ふくはらありのぶ)。おもしろいのは薬局の名――「資生堂」がどこか中華風だったこと。古代中国の書『易経(えききょう)』で、坤(こん)の卦(け)を説明する「彖伝(たんでん)」にある一節――「至哉坤元、萬物資生(いたれるかなこんげん、ばんぶつとりてしょうず)」が由来とされる。『易経』において、坤は「地」を象徴している。地は万物を載せ、あらゆる生に資する。薬局の名前としてこれほど的確で、また深みを持つ言葉はないだろう。

戸矢(とや)理衣奈の『銀座と資生堂――日本を「モダーン」にした会社』という本で、ぼくは初めて当時の資生堂の経営内容を知った。それは子どものころから持っていた「資生堂は化粧品」というイメージを覆すものだった。資生堂が化粧品事業に手を染めたのは一八九七年だから、台湾割譲の二年後ということになる。この年、資生堂は「オイデルミン」という化粧水を発売した。商品名は美しい肌という意味で、当時、流行に敏感な女性に人気だったという（今も台湾では「紅色夢露（赤い夢のしずく）」という名で売られている）。

一九〇二年、福原はヨーロッパからソーダ水製造機を輸入し、洋式レストランと喫茶店を開設した。当時最先端の試みは、多くの模倣者を生んだ。彼らが生活の細部に施した変化に、日本の人びとはすこしずつ引き込まれていき、しかも、変わっていくことに喜びを感じるようになっていった。化粧品、そして飲食と、資生堂はもはやただの薬局でなく、日本の庶民にまったく新しい文化を経験させてくれる存在だった。

漠然と思うのだが、資生堂がまず行った西洋医薬品の輸入と研究は、当時の日本人が西洋の医学、あるいは科学技術、ひいては生活スタイルに持っていた憧れを具現化するものだったのではないか。

一九一五年、芸術家でもある福原有信の息子・信三（しんぞう）が日本へ帰ってきた。西洋式の教育を受けた彼は世界の趨勢（すうせい）を見据え、父の薬品事業から化粧品へ舵（かじ）を切る決意をした。その翌年、日本写真史上にも名を残す彼は、アール・ヌーヴォーのコンセプトをキービジュアルにし、資生堂のシンボル——独特の描線でデコラティブに描いた花椿のマークをデビューさせ、デザインの美しさを打ち出すのみならず、商品のモダニティを内側から表出することに成功している。そしてこれ以降、我々に「化粧品の資生堂」以外のイメージはない。

資生堂という言葉を耳にするたびに、あの平べったい蓋を開けて、鏡を覗く母の姿とスポンジを叩く音、そして濃厚な「おしろい」の匂いをぼくは思い出す。ファンデーションはいつも縁のところにしか残っていなかった。彼女は、そのコンパクトを父から貰ったものでいちばん大事にしていると言った。父は自転車で、仁愛路の資生堂まで行き、買ってきた。

一九四九年、頭のいい台湾人実業家・李進枝が資生堂から独占販売権を獲得し、台湾でその販路拡大を担った。戦後、日本との貿易には法律上の問題が山積しており、最初は商売もうまくいかなかった。その解決に時間をとられ、鬱々としていたころ、李はある人が軍人に呼び停められ、乗っていた自転車を理由もなく奪われるのを目撃し、くわえて、ご近所の庭に置いてあった高級自転車――「富士覇王号」が盗まれたと聞き(しかも盗まれたのはそれで二台目だった)、思った。「奪われたり、盗られたりするということはよほど人気があるのだろう。いつか台湾でもひとり一台の時代が来るに違いない」こうして彼は、長兄の李阿淮、弟の李阿青とそれぞれ「城中貿易」、「城中自転車」を開業した。貿易会社はおもに台湾資生堂の設立のためで、ほかにアオギリ材やターメリック、シトロネラ精油、メンマなどの民生材を日本へ輸出した。その利益で彼らは自転車業を興し、日本の自転車を輸入し、生産技術を移転させた。一九五四年以降、政府は自転車産業育成のため自転車部品の輸入を制限していた。結果、台湾の組み立てメーカーや部品メーカーが次々に産声をあげ、「城中自転車」も自らのブランドで自転車を製造するようになった。

三重にあった組み立て工場はまず、下請け生産を経て、自製ブランドの自転車の設計と製造を始めた。その正式名称は――「城中幸福自転車」

李家の人びともまさかその数年後、「幸福」印自転車が台湾で「盗難率」一位のブランドになるとは考えてもいなかった。しかし当時、多くの人の創業や結婚、成功は、この「幸福号に乗って、幸福の道をどこまでも」という広告コピーを持つ自転車がもたらしてくれたのだ。そこには、ぼくの父も含まれる。

明治から昭和にかけて、日本でいちばんよく知られた自転車のひとつで、のちに台湾の自転車産業に大きな影響をあたえたのは「富士覇王号」である。製造元は「日米商店株式会社」といい、資生堂と同じく、日用民生品の輸入業者であった。「富士覇王号」はもともと「ラーヂ覇王号」と名付けられていた。ラーヂ（Rudge）とはイギリスの「手のひら」のマークを持つメーカー・ブランドだった。

昭和三年、「ラーヂ覇王号」は「富士覇王号」に改名し、日本の自転車産業育成における、メルクマールとなった。がっしりとした黒い車体は大きな荷台を備え、どっしりと頼りがいある牛革のサドルが載る。細部にはさらに精密な工業技術がやどり、その品位はまさに「鐵馬」と呼ぶにふさわしかった。日本では皇族に愛された自転車としても有名で、当時の台湾では医者や弁護士、地方の有力者しか保有することができなかった。

ぼくが見つけた当時の役所の統計では、大正四年、台北庁（当時の行政区分。今の台北市、新北市、基隆市を含む）にあった自転車はたった二五三台。富士覇王号がなん台あるかはわからない。しかしこの名車の存在が、戦後台湾の自転車産業胎動期において、メーカーにこぞって自分の自転車に「覇王号」という名前をつけさせることになったのである。

薬品から化粧品への業種転換に西洋風の生活にたいする憧れが隠れていたように、日本の自転車産業の発展もまた、西洋化の意味合いが強くあった。明治時代より多くの貿易商が、ヨーロッパのラーヂ、ＢＳＡ、ラレーといったブランドの自転車を輸入し、そして徐々にそのコピーから、自社生産へと階段を上っていった。いっぽう台湾は、日本時代に日本を経由して技術移入があり、日本メーカーの製作スキームを模倣することで、欧米の自転車メーカーの技術を学んだ。戦後もまた、まず部品を輸入して、車体を組み立てることから学び、ついには自製ブランドを立ち上げるに至った。

幸福自転車もまた、日本製部品を組み立てて製造した「ケンネット」号がその前身である。大きな牛革のバネ付きサドルが載り、右側にだけブレーキレバーがあり、代わりに後輪は「バンドブレーキ」を備える設計は、富士覇王号にそっくりだった。「城中貿易」と日本のあいだの密なる往来を考えれば、日本の技術移転はたしかにあっ

富士覇王号

た。またたからこそ、幸福自転車の品質は広く民衆の支持を得た。

五〇年代から六〇年代、家庭に一台自転車を保有することは多くの世帯にとり、かなり高額の消費活動であった。だから、知名度のあるブランドはデザインのうえでも、工芸の美しさと装飾の華やかさを兼ね備えていた。たとえば当時の「幸福」印なら、ステムとヘッドチューブに銅地に琺瑯を焼き付けた商標が打ちつけてあったし、バックミラーは銅の枠に収まり、当時の最先端素材であるセルロイド製のフルチェーンカバーがついていた。車体は金色塗料の手描きで植物が描かれ、マッドガードのメーカーエンブレムは今見ればバロック風と言える古典的なデザインだった。ハイエンドなものなら、パーツはどれも商標をあしらう独自の図案がちりばめられ、なんとボルトまで「幸」「福」の字が精密に刻まれていた。

一九六〇年代は台湾自転車産業における、最初の絶頂期だった。生産量は右肩上がりで、自転車専門店と組み立て工場は次々に自社ブランドを打ち出した。台湾で製造される自転車の数は二十数万台、乗られている数は一三〇万台に達した。幸福自転車のシェアはよくわからないが、李進枝の努力のもと、台湾自転車業界でナンバーワンの呼び声が高かった。

思うに、幸福印の成功はまず、そのブランド名と大きな因果関係があるだろう。戦争から抜け出したばかりのこの小さな島の人びとは、そんなハッピーなスローガンを待ち望んでいたのだ。

城中幸福印

台日合作堅耐度号

日本ＫＥＮＮＥＴ号

「これに乗ったら、本当に幸せになれるのかな」ナツさんの前で、ぼくはそうひとりごちた。彼は、救いようのないセンチメンタリストがそこにいるようにぼくを見た。

李進枝は商売に長けた人で、台湾じゅうの駅に広告看板を立て、ラジオも活用し、ブランドのテーマ曲まで作った。当時としてさらに先端的なのは、「幸福会」というファン組織を作り、自転車による近郊ツーリングを提唱したことだ。そして李自身も先頭に立って自転車に乗った。GIANT（捷安特）の劉金標会長よりも六十年も早かったわけだ。

幸福会に参加したサイクリストには、幸福印の弁当と果物が無料で配られ、ブランドエンブレムつきの帽子やTシャツなどもプレゼントされた。すでに、自転車をレジャーとして捉えた宣伝戦略だった。この戦略はまんまと成功し、消費者を動かし、売れ行きが伸びた結果、幸福自転車は盗難率が台湾ナンバーワンのブランドになったわけだ。

そして、父が最後に乗っていた自転車は、まさしく今、ぼくの手元にあるこの車体で、幸福印のなかでも後期型にあたる男女両用車だった（「文武自転車」と呼ぶ人もいた）。台湾北部でもっとも「仕入れ」がある、荒れ地のような中古市場――艋舺の「泥棒市場」で、父が買った。

つまりそれが、最後、行方不明になったあの幸福自転車だ。おそらくは、もともと盗難車であったことを隠すため、分解して、組み立て直した一台を父に売ったのだ。

3　鏡子の家
Abbas's House

流れる川の水が、雨に戻ることはないだろう。そして、崩れた瓦礫(がれき)の山が建て直されて、もう一度家になることもないだろう。でもこの自転車を見たあと、ぼくは思わずこんなことを思いついた——もし自転車に買い手がいるなら、当然、売り手がいるはずだ。持ち主がひとりいるなら、その前にもひとり持ち主がいるはずだ……そんな考えが小さな火種となり、風に吹かれながらも炎は消えず、ただ左右に揺れて、残った。

あの日、試し乗りしたあと、ナツさんに売り手の希望価格を訊いた。

「彼女は売りたくないと言っています」

「売りたくない？」

「そう。若干ややこしい話になるのですが……この自転車はもともと、ある喫茶店に置いてあった。ぼくはそれに目をつけて、毎日通った。いずれ譲ってください、と言うために。するとマスターは、自転車は自分のものじゃないと言う。マスターの彼女の、さらにその友達が、店内の飾りに貸してくれただけだ、と」ナツさんが説明してくれた。

「あるいは君が自分で、話してみては？」アブーが言った。

「うん、そのマスターに会ってみたい」ぼくは幸福自転車のステムを摑み、指でエンブレムに触れ、琺瑯の質感を確かめた。「それに、これをディスプレイ用に貸したというオーナーさんにも」

ナッさんと繫がっているのはマスターの彼女、アニーだった。自転車を返すつもりが、オーナーは台北から引っ越してしまった。アニーの家にもそれを保管するスペースはなく、だからナツさんが預かることになった。

「一年近く通いつめて、やっと彼女から勝ち取ったんですが」ナツさんがぼくにアニーの電話番号とメールアドレスを渡した。「君から直接、連絡したほうがいいと思います」

ところが、電話はかけても繫がらず、メールも海に落ちた石のように、返事はなかった。もう一度かけてみたら、その番号は使われていないというメッセージが聞こえてきた。ぼくのメールがあまりに簡潔すぎて、目的が伝わらなかったのかもしれない。あるいは、ぼくみたいな面倒な人間と接触するのが純粋に嫌なのか……。

書き方に誠意がないから先方から返事をもらえないのでは、という想像がぼくを悩ませた。数日後、ぼくは二通目のメールを書くことに決めた。今度は、どうしてぼくがその自転車を探しているか、その理由をしっかりと書いた。ただ、一点だけ、ぼくの父がかつて乗っていたものだとは書かず、同じ型とだけ書いた。自転車盗難を調べる私立探偵かなにかと勘違いされたら困ると思ったからだ。

すると、返事が届いた。

予想外だったのは、返事を送ってきたのがアニーでなく、アッバスという人物だったことだ。つまりナツさんが教えてくれた、アニーの彼氏で、喫茶店のマスターその人から。メールの文言は熱くなく、冷たくもなく、およそメールがどうやって転送されてきたかを述べただけだった。

程さま

ご存知の通り、あの自転車の持ち主は私ではありません。また、私の以前の恋人であるアニーでもありません。ただ、この自転車はしばらく私の手元にあり、私たちとともに特別な時間を過ごしました。メールを拝見すると、あなたはおそらく、この自転車の物語を知りたいのでしょう。でも私には手助けのしようがない。なぜならアニーが友達から借りて、店の飾りとして置いたというだけで、この自転車にどんな由来があるか私は知りえないのです。アニーも、私と連絡をとることを望んでいません。あなたのメールはアニーが転送してくれたものですが、彼女の言葉は一文字も添えられていませんでした。つまり、彼女は、どんなささいなことであろうと、自分の生活を邪魔されたくないと望んでいるのでしょう。いずれにしても、お父様の自転車が見つかりますよう、陰ながらお祈りいたしております。よく　あれ

アッバス

メールを読んだあと、ぼくはめげるどころかむしろ希望を持った。なぜなら文面から判断するに、アッバスという男はアニーという恋人と別れて、精神的にまいっている時期だ（言葉の端々から、彼女のことが忘れられない状態だとわかる）。また彼は、誠意を持って話せば理解してくれる人だとも感じられた。つまりアニーと交渉するより、アッバスに話すほうが可能性があるのではないか。女性なら、わけのわからない男性との接触は避けるだろうし、また、アッバスというあだ名をつける人はあまり多くない。アニーという名前よりずっと情報が得られるはずだ。

　さっそく、その名前でググってみた（もちろん、出てくるのはイランの映画監督、アッバス・キアロスタミのものがほとんどだったが）。検索結果をひとつひとつ精査し、喫茶店のマスターである彼と思しき情報だけを抽出していった。見つかったのはだいたい想定していた内容で、彼は大稲埕公園近くの路地裏で、「鏡子の家（中国語では「鏡子」は日本語の「鏡」を示す）」という喫茶店をやっていた。

　アッバスはカメラマンだった。だれかがインターネット上にアップした写真を見ると、店内も、彼の作品を中心にディスプレイされていたようだ。テーブルと椅子は年季が入った木造りのもので、全席異なるデザインのものが置いてある。少ない照明はいずれも彼の写真に向けられていたせいで、店内は薄暗い。サブカル青年がブログにこんなことを書いていた。『鏡子の家』のラオスコーヒーは、魅惑的な熱帯雨林の香りがする。ただ、壁にかかった写真を見ると、飲む気が削がれる」

彼の写真展があればいいと思った。そうすれば観覧という口実で、アッバス本人に近づける。しかし開催の予定はないようだ。彼の喫茶店ももう人手に渡り、居抜きで入った新しいマスターが店名を変えて営業している。でも、アッバスのような人は「記憶の痕跡」へ戻る習性があるのでは……そんな予感がしてぼくは、「林檎」と名前を変えたその喫茶店へ足を運んだ。一週間に二度くらいの頻度で通ううちに、ぼくは「林檎」のマスター、タツと仲良くなった。タツは内装に手を入れて、店内はずいぶん明るくなっていた。背が高く、快活な男で、日本へ留学してリンゴ栽培を学んだそうだ。もともと台湾中部の山に土地を買って、リンゴを作るのが夢だったが、結果として彼は喫茶「林檎」を開き、店名に適(かな)った「生搾りリンゴジュース」を店頭で売っている。

そして、そろそろ暑くなり始めた六月の最初の週、ぼくはとうとうアッバスに出会った。

その日、ぼくが「林檎」に着いたとき、アッバスはもう店にいた。カーキ色のアーミー風ハードシェルジャケットを身に着け、マウントしたポジフィルムをチェックしていた。ワックスをつけているのか天然なのか、触ったらゴワゴワしそうな髪の毛だった。このご時世、タブレット端末でなく、ライトボックスとルーペというアナログな方法で写真を確認する人間はなかなかいない。くわえて、彼の腕に高度計を備えた防水ウォッチが巻かれていることにも気づいた。よほどの必要性がなければ、そんな腕時計は買わない。タツはぼくに気づき、彼がアッバスだ、と目配せしてきた。ぼくは彼の座るテーブルに近づき、挨拶した。

顔を上げたアッバスは、まるで友人をすべて失ったかのように、ぼくの登場に不安げな表情を浮かべ、警戒を露わにした。ぼくは彼が回りくどい言い方を嫌う、率直な人間だと判断した。だから自己紹介のあと、偶然を装うことはせず、彼と会うためにここに通っていたことを正直に告げた。「すまない。でも、ここで君の身辺調査なんかはしてない。ただ、運がよければ会えるかもしれない、という気持ちで来ていたんだ。そしてタツとも仲良くなった。ぼくは真剣に、あの自転車について君と話をしたいと思っている。もちろん、不愉快であれば、ぼくは別の席に座って、これ以上迷惑はかけない」

アッバスは迷っているようだった。一瞬だけぼくを見たその瞳は、まるで錆びついた釘だった。でも、突き刺さるようなその感触はすぐに消えた。そして彼は、ぼくに座れとばかりに両手を広げた。

「自転車はアニーが見つけてきたものだ。でも私たちはもう別れたから……」

「うん。メールにも書いてくれたね。すまない。でも君のプライベートを覗きこむ意図はないんだ。ただ、あの自転車をどうやって入手したかが知りたい。もっと言えば、君たちふたりとあの自転車のあいだになにがあったのか。たとえば、どうして喫茶店のディスプレイに使おうと思ったのか？」

「それは、単に自転車が好きだから」

「なるほど」彼の答えは拒絶反応のようにも聞こえ、ぼくは思わず、引き下がろうかとさえ考えた。どうして自転車が好きなのかとか、外堀から埋めていく話し方もあったが、ただぼくのライターとしての取材経験からすると、聞き手が率先して自らをさらけ出すと、話し手が口を開くきっかけになることが多い。だからぼくはまず、どうしてぼくがその自転車を探しているかを話すことにした。「本当のことを言おう。あの自転車はぼくの父が持っていたものなんだ」

「どうしてそれがわかったんだ？」

「車体にあるフレームナンバーだ。子どものころ、身長があの自転車と同じくらいだったぼくは、番号が刻印してある場所を触るのが好きだった。だからその数字がいくつかも体が覚えている。でも父の自転車を盗んだのがだれかを調べるのが目的じゃない。ただ、もしうまくいけば、歴代のオーナーをたどって、あの自転車がこれまで二十年間、どこでなにをしていたかがわかる。それが自分にとってなんの意味をもつのか、そしてなにか答えが見つかるかはわからない。でも、やってみたい。それだけだ。結果を求めているわけじゃない。なにしろ、父はもう亡くなっているわけだし」ぼくはひとつ嘘をついた。今に至っても、家族以外の人間に「自分の父は、わけもなく、失踪した」とはとても言えなかった。

アッバスは真剣にぼくの話を聴いてくれた。リンゴジュースの果肉が太めのストローを苦労して上がっていくのが見えた。アッバスはまだ迷いがあるように、言葉を選びながら言った。「うん、君の言いたいことはわかった。でも二十年前のことを知るなんて、無理だと思ったことはないのか？ おそらく辿り着く前に、手がかりは途切れてしまう。歴代オーナーのだれかが、じつは泥棒で……」

「わかってる。だから、もしうまくいけば、というだけだ」ぼくは自分のタブレット端末を開いて、商場の古い写真を見せた。彼の瞳から緊張がほぐれ、好奇心が灯ったように思えた。

「中華商場か、私も制服を作りに行ったな。そうだ、私の名は甘、甘少奇。友達はみなアッバスと呼ぶ」

この日から、ぼくらは定期的に、なん度も会うようになった。

一九九二年、大学を卒業したアッバスは兵役に行った。そして高雄・岡山にある岡山空軍学校・防空高射部隊に配属された。駐屯地は「二高村」という軍人村のそばにあった。名前の由来は、かつてそこに日本軍「第二高雄海軍航空隊」があったからだという。戦後、軍人やその家族が暮らす村となり、「二高」「仁愛」「自力」と名付けられた小さな村に分かれていたが、だれもが、いっしょくたにして「二高村」と呼んだ。

アッバスは大学の放送系学部に入ってから撮影の魅力にとりつかれ、いつか偉大なフォトグラファーになることを夢見た。だから兵役中でも休暇になれば、カメラを肩にかけ、村をうろうろした。そのころ軍人村の住人はすでに多くなく、老人と子どもばかりで、ひどく静かだった。

二高村の建物を見ていけば、道路沿いに連なる家は明るく、居心地よさそうだ。でも外れに建てられた家はじめっと暗く、人が住んでいるというより、むしろ倉庫に似ていた。すると、所属する中隊の上官が教えてくれた。二高村の建物の多くはもともと日本軍が作った倉庫で、戦後に新造した住宅はごく一部だという。日本時代から残された倉庫は解体せず、大型の構造物の内側に二列に長屋が並び、独特な建築風景となっていた。多くの家がもう無人だったから、アッバスはここで撮った写真のシリーズタイトルを「割れた窓・遺物」とした。

「第二高雄海軍航空隊」が防衛するのは岡山飛行場——まさにアッバスの所属する防空高射部隊が配備された中華民国・空軍学校飛行場である。またすぐ近くに戦時中は名を知られた第六十一海軍航空廠があり、のちに大陸から移ってきた空軍航空技術学院となった。戦争末期、ここはフィリピンや中国から飛んでくる米軍爆撃機の主な投下地点であった。とくに航空廠は、米軍にとって、日本本土以外でもっとも重要な軍事目標とされた。当時、航空廠は爆撃をほしいままにされ、近隣地域の木造の建物はどれも焼け、堅牢なコンクリート建築だけが残った。壁に弾痕がはっきり刻まれた家もある。二高村には筧橋(けんきょう)小学校・二高分校があり、朝、国旗掲揚のときは校歌でなく、空軍軍歌が歌われた。いたいけな子どもたちの声は風に乗って、アッバスがいる防空高射部隊のキャンプまで聞こえてきた――

「凌雲御風去　報國把志伸　遨遊崑崙上空　俯瞰太平洋濱　看五嶽三江雄關要塞　美麗的錦繡河山　輝映著無敵機群……（雲を越え風に乗り　報国の志をいだき　崑崙山上空に遊び　太平洋を望む。眼下にあるは大河と五山　険しい関門と要塞　美しい山河　無敵の戦闘機が輝き……）」小さな子どもたちがこんな歌詞を歌うのだから、アッバスはいつも違和感を感じていた。

二高村の入り口にはアーチを描く鉄のゲートがあった。そこを入ればおよそ六メートル幅の道が一本続く。防空高射部隊はその行き止まり、右に曲がった歩哨台の奥にある。つまりそこから空軍学校の敷地が始まる。

防空高射部隊といえば、発射演習と毎朝の三キロ走が有名だ。アッバスは朝の長距離走をとても楽しみにしていた。小隊長に率いられ、二高村へ走るときはなおさらだった。さらに海側にある彌陀郷へ向かうときは、小さな集落の風景が楽しめ、運がよければ女子高校生たちの美しい通学シーンを目にすることができた。二高村には麺屋も朝飯屋も日用品店もあったから、長距離走から戻ってきて、隊長の機嫌がいいと、部下に買い物を許した。それで喉を潤したあと、駐屯地へ戻る。

アッバスは大学入試で二度浪人したから、兵役に行くと同期より数年年上だった。だから所属部隊の雰囲気に馴染めず、むしろ写真撮影中に出会った二高村の住民と仲良くなった。たとえば牛肉麺の店をやってる張おばあちゃんも、豆乳屋の田おじさんも、学生くささが抜けていないアッバスのことを気に入ってくれた。田さん手製の豆乳と胡麻焼きパイ（芝麻燒餅）は絶品で、兵役を終えて以降、あれほどうまいものに出くわしたことがない。豆乳などは、大豆を擂ったものとは思えない濃厚な味わいだった。

アッバスがいちばん仲良くなったのは、鄒という老人だった。彼は子どもがなく、かつて若い女性と結婚したというが、郵便局に貯めていた金を下ろして逃げられたと聞いた。アッバスと知り合ったころは軍人年金で暮らしていた。知り合いはみな、彼をラオゾウと呼んだ。かつては空軍の地上勤務員で、P－47戦闘機やF－86戦闘機の修理を担当していた。

　アッバスがラオゾウと知り合いになったのは、自転車のおかげだった。

　戦場で自走砲のスプリングに巻き込まれて右太ももを負傷したラオゾウは、それで飛行士になる夢を断たれた。当時の骨折治療は未熟だったから、彼はそれ以降、左右長さが違う脚を引きずって歩いた。ラオゾウの家はまさに大倉庫のなかでいちばん暗く、湿気った隅にあった。薄いがまだ油分を蓄えた髪を左右に押しつけ、太陽を浴びたことがないような白い顔色をした彼は、肩にいつもシロガシラ（ヒヨドリのなかま。後頭部に白い羽毛がある）をとまらせていた。アッバスは驚いた。そこまで人に慣れたシロガシラを見るのは初めてだった。

　中隊でアッバスは、政治工作と精神強化を司る「政治作戦士」を兼務していた。だから、彌陀へ文具の調達に出たり、陸軍士官学校がある鳳山へ公務に行ったりすることがよくあった。もっとも、オートバイを保有するのはごく一部の士官だけであり、兵役の下っ端が使わせてもらえることは原則なかった。だからもし彌陀へ行くなら、中隊で使う車に便乗させてもらう以外、歩きか自転車で行くしかない。もちろんアッバスが、そのためにわざわざ自転車を買うことはなかった。なぜなら隊の先輩から早々に、二高村で自転車を「借用」できると聞いていたからだ。

そのころ、二高村の老人たちの行動範囲が、村の外に及ぶことはなかった。村民が若いころよく使われていた自転車も今では乗ることなく、玄関や庭で錆びつき、鍵さえかかっていなかった。先輩が笑って、言った。人助けだ。自転車は乗らないと悪くなるからな。ついでにタイヤに空気を入れて、チェーンに油を差しておく。

村の老人たちも、兵隊さんが自転車を「借用」していることを知っていて、数時間乗って、もとの場所に戻しておけば、なにも言われなかった。アッバスがよく「借用」したのが、ラオゾウの自転車だった。車体は鉄製で、牛革のスプリングサドルがついていて、一見地味だが、乗ってみるとがっしり安定感があった。車体にはエンブレムや商標がなく、メーカーやブランドはわからなかったが、ダークグリーンの色が目を引いた。かなり剝げてはいるものの、塗装も作りも非常にしっかりしたいい自転車だった。アッバスはよくその自転車に乗って彌陀へ行き、寄り道した。海辺へ行くこともあった。海は灰色で、打ちあげられたゴミが砂浜の奥で弧線を描いた。

つまり二高村では、兵隊さんの自転車「借用」は暗黙の了解があったわけだ。アッバスも持ち主のラオゾウと顔を合わせることがあり、だんだん仲良くなっていった。自転車を返すときに酒や麺、あるいはサバヒー（虱目魚。白身魚で、台湾南部でよく食べられる）や菜っ葉などをお礼に持っていった。不在だったら、自転車のハンドルに掛けて、帰った。

アッバスのふるさとは、台湾中部にある「久美」（南投県にあるブヌン族とツォウ族の村）という小さな村落だった。母親が家の畑を耕していたから、アッバスは帰省するたびにトウモロコシャブドウをもらって、ラオゾウにあげた。ラオゾウのほうもサバヒーの粥を作って、食べさせた。庭のグアバが熟せばひと袋、アッバスに渡した。

その年の夏は尋常ならぬ暑さで、アッバスの最後の兵隊生活を見守った。退役まであと数日となったころ、アッバスはラオゾウの自転車を借りて彌陀へ行き、慣例に従い、隊の仲のよいなん人かと炒め飲み屋（熱炒）で、「古参兵」となった自分を祝った。少し飲んだから、二高村に戻った時間はかなり遅かった。自転車を返すとき、電灯がひとつだけ灯る家のなかから、ラオゾウの大声が届いた。

「兄さんもぼちぼち退役だな？」

「そうです。お世話になりました。自転車も」アッバスはそう言ってなかに入り、お土産のハマグリスープ（蛤蜊湯）を手渡した。

ラオゾウは、手招きしてアッバスを座らせた。そして台所から、白いマントウを運んできた。手作りのマントウは、大きくはないが、うま味がぎゅっと詰まっている。まるでなにかの信念がそこに詰まっているようで、アッバスは口に入れたマントウを、永遠に嚙み締めていたいという欲求にかられた。嚙んで嚙んで、いつか目の前に麦畑が広がるまで。ラオゾウはマントウの作り方を軍隊時代に炊事兵から学んだそうで、つまり炊事兵から譲り受けた発酵種をこれまでずっと育て続けてきた。

「うまいか？」

「まったく、おいしいという言葉では言い尽くせません」

「そうだろう。いいことを言う。この生地も、そしてこねる腕も一朝一夕の手間じゃ作れない」

ラオゾウはなにか彼に話したいことがあるように見えた。でもアッバスは、どう話を切り出したらいいかわからず、わざと冗談めかした口調で言った。「ラオゾウ、こんな言いかたは失礼かもしれない。でも、血のつながったおじいさん同然に思っている。兵役が終わっても、また遊びにくるから」

ラオゾウはうれしそうに笑った。肩にとまったシロガシラが彼の耳たぶをつついて、なにかひそひそ話をしているようだった。

「そろそろ宿舎に戻らないと」アッバスが言った。

「まだいいだろう。九時に戻っても夜の点呼には間に合う。『古参兵』がなにをびっとる」そう言ってラオゾウは、ベッドの下から「酒鬼（中国の蒸留酒）」を取り出した。それはアッバスが大隊長付きの伝令兵に頼んで、大隊長部屋に隠してあるのをかっぱらってきて、ラオゾウにプレゼントしたものだ。

ふたりは、部屋にひとつしかない灯りを肴に、盃を交わした。ラオゾウの部屋はみすぼらしく、めぼしい物といえば、アッバスがよく借用した自転車と一六インチのテレビ、あとは古い木机があるだけだった。ただ、リビングの棚に目をやると、ラオゾウが軍人時代に貰った記念章や賞杯が並んでいて（多くは卓球大会のトロフィーだった）、そこに混じって、壊れた飛行機用ゴーグルがひとつ置いてあった。

「このゴーグルはいったいどこから？」アッバスが訊ねた。

「日本兵のだ。この型は日本軍のものだ」ラオゾウはアッバスに酌をして、さらに訊き返した。「お前らの駐屯地が、日本の航空隊基地だったこと、知ってるか？」

「うん。上官が言っていた」

「じゃあ、日本軍の特攻隊が、今の航空技術学院にいたことは？」

「それは初耳だ」

ラオゾウが真面目な顔をして、言った。「話したいことがある。聴いてってくれ。怖い話じゃない」

「話してくれ」

「この部屋にはずっと、私以外にもうひとり、日本人学徒兵が住んでいる。あるとき、ヘチマを植えようと庭を掘っていて、私はこのゴーグルを掘り当てた。人に訊くとそれは学徒飛行兵のものだと言う。でもその日本兵は特攻で死んだんじゃなく、駐屯地で爆撃に遭って死んだ。じゃあどうしてゴーグルがうちの庭に落ちていたのか……それはよくわからない。おもしろいことに、ヘチマはうまく育たなかったのにその後、庭に捨てたグアバの種が勝手に育って、大きな木になった」

アッバスは怖くは感じなかったが、わけがわからないと思った。そして少し、悲しい気持ちになった。ラオゾウは頭がおかしくなってしまったのだろうか？　それともアルツハイマー病にでも罹ったのか？　もし自分がこんなジメッと薄暗い部屋に三十年も四十年も住まわされたら、きっと気が狂ってしまうだろう。でも、それを話すラオゾウの目は研ぎ澄まされていて、精神を病んでいるとはとても思えなかった。ならば幻覚を見たのか？　オリバー・サックスの本を読んだことがあるが、腫瘍ができた脳が本当だと判断すれば、どれほど非現実的なことでも本当に思えると書いてあった。もし脳が、妻の頭を帽子だと言うのなら、脳の持ち主はそれを疑いもしないという。

「彼はこのなん年か、ここで私といっしょに暮らしている」ラオゾウは肩のシロガシラを指さした。するとシロガシラはふいに右の翼をふわりと広げ、脚を持ち上げて毛づくろいをした。

「その鳥が彼？」アッバスはありえないと思いつつ言った。

ラオゾウは真剣な顔で頷いて、言った。「日本人は野蛮で、心のない畜生だとずっと思っていた。鬼だと恨んで、最初は追い出そうとした。道士さまを呼んだり、十字架を置いたりな。でも効かなかった。だからそのうち、勝手にしろ、と。ベッドが狭くなるわけでも、やかましくしゃべるわけでもない。ただ、肩にじっと乗ってるだけだ。さもなくば、ゴーグルのところにひっこんでる。ゴーグルを捨てれば、こいつも消えるかとも考えたが、なぜかできないんだ」

アッバスは振り返って、さっきの棚を見た。海苔缶と古すぎて洗ったことがないような食器、ラオゾウが取ってきた薬草が、ゴーグルといっしょに並んでいた。正面に視線を戻せば、シロガシラが首を傾げ、見返してくる。そのときになって、シロガシラの目が異常に研ぎ澄まされていると思った。まるでお月さまがそこにあるように、明るい。

「グアバが芽を出してすぐ、自分が捨てた種だと気づいて、だから切らなかった。するとどんどん大きくなって、思いがけず屋根より高い木になった。ある年、木に巣が作られていることに気づいた。つがいのシロガシラだ。それから毎日、巣の様子を観察した。しばらくしてヒナがたくさん孵り、さらに数週間経つと、小鳥たちが飛び始めた。ところが、ある朝、地面にひっくり返った巣と、体が半分になった小鳥の死体をいくつも見つけた。ノラ猫にやられたんだ。最初は、どうでもいいと思っていたんだが、家のなかに入ると、棚のゴーグルが置いてあるところに一羽だけ、小鳥が隠れていたんだ。飛ぶのがまだ上手くないのにここまで飛んで逃げてきた……。だから、唯一の生き残りだと思うと、悲しくなってきて、育てることにしたんだ」

「育てた？」

「そう。小鳥用の飼料を買ってきて、水に浸けて、柔らかくなったのをストローでやる。するとここまで大きくなった。毎晩このくらいの時間になると、いっしょに散歩に出る。今日はお前を待っていたから、行かなかったが」

「日本語を喋るのか？」アッバスは訊いた。

「ん？」

「じゃあどうして、そのシロガシラが日本人だと？」

「言葉を発したことはない」ラオゾウはそう答えた。

「じゃあどうして、日本人学徒兵だと？」——アッバスはそう訊くべきだったが、訊かなかった。それから、どうしたらこの話題から逃れられるか考えたが、いい方法は思いつかず、ただ腕時計をなん度も見た。

「やつは、私が知らない場所へ連れて行ってくれた。二高村のなかの、いろんなところに。まだ一箇所、私に見せたい場所があるらしい。でも、もうなん年も経つのに、それができないままでいる」

「どんな場所だろう？」アッバスが訊いた。

「今言わないほうがいい」ラオゾウは言った。「退役までに休みはないか？」

「あります。あと二日」

「丸一日、私に付き合ってくれ」

「わかりました。いったいどこへ？」

「だから、その場所に行く。事前に準備がいるが」

「どんな準備を？」

「潜水用のタンクと、いろいろ。借りられるだろう？」
「訊いてみます。なにをするんです？」
「言わないでおこう。本当に来るなら、連れていく。それから教えよう。来ないなら、言っても仕方がない」シロガシラが思わせぶりにこちらを見て、そして急に翼を羽ばたかせた。ラオゾウの肩から棚へと飛び、ゴーグルの上に乗った。いつからだろう。シロガシラは草を咥えて、ゴーグルの凹みに巣を作っていた。

ぼくはアッバスを見つめ、彼が話した物語について考えていた。話しながら彼は自分で現像、プリントした二高村の写真を一枚一枚取り出して、見せてくれた。だから、聞いているぼくは、頭のなかに鮮明なイメージが広がっていた。彼のスタジオには漢方薬局にあるような簞笥があって、小さな引出しの前面に十干十二支の文字が刻まれていた。秘密のファイルを取り出すように、アッバスは「庚」の引出しから、モノクロ写真をセットで取り出した。

二高村にある昔ながらの市場が話題になったときも、流し台のような場所で猫が横になっている写真を一枚見せてくれた。破れた屋根から太陽が斜めに差し込み、猫の目は研ぎ澄まされていた。多くの人が引っ越して出ていき、あるいは亡くなり、二高村が廃墟になりつつあることが話題になったときは、壁が三面しかない家の写真を一枚見せてくれた。土色の犬がレンズに近づいてくるが、露出不足で画像がぼやけている。倉庫のなかに建てられた長屋の話題になったときは、木の上から軍人村を俯瞰するように撮った写真を一枚見せてくれた。

自転車の写真は三枚あった。うち一枚は、玄関そばの暗がりに停められ、まるで恥ずかしがり屋の犬のように見えた。フォーカスが外れた箇所に、白髪の老人の横顔がうっすら写っている。これがラオゾウ？

「そう。それがラオゾウだ」アッバスが答えた。

それは、ぼくと彼が六度目に会った日だった。それまでの五度は元「鏡子の家」、現「林檎」で会い、今回初めて、彼のマンションを訪れた。ここは彼の撮影スタジオでもある。六、七坪程度の部屋に、彼の近作があちこちに貼られ、掛かっていた。トイレは、暗室に改造されている。

徐々にだが、アッバスはぼくを友達として扱うようになった。そうなった理由に、ぼくが以前に出版した小説をプレゼントしたこともある。小説を読んで彼は、同じクリエイターとして、対等の立場で扱ってくれたのだろう。おまけに、スタジオに入らせてくれ、部屋にある写真から一点、好きなものを持ち帰っていいという。彼によれば、ぼくはアニーに次いで二番目にスタジオへ入ることを許された人となる。アッバスは人を見るとき、靴で判断すると言う。「靴の甲がきれいな人は信じない。靴底のかかとがすり減ってない人は信じない」

「つまり、君は本当に潜水道具を借りに行ったのか？」ぼくは訊いた。

「うん。二セット借りた」彼はそう答えながら、古い目覚まし時計のねじを巻き、テーブルに戻した。針がチクタクと動き始める。

アッバスとラオゾウは潜水にどんな道具が必要か、まったく知らなかった。だからダイビングショップの店長から、用途とライセンスの有無を訊かれたときも、まったく回答できなかった。潜水経験がない人間に道具を貸すのは殺人に等しい。彼はそう言って、毅然とふたりの依頼を断った。

アッバスはそれから、同じ中隊の、潜水のライセンスを持つ新兵、アゾに頼んだ。彼の口利きでようやく、マスク、スノーケル、ダイビングスーツ、フィン、フードベスト、スキューバタンクとレギュレーター、ライトなどの潜水道具が揃った。

中隊の副長に半日の栄誉休暇を許可させたアッバスはアゾ、ラオゾウとともに彌陀の海辺へやってきた。ボートを出し、沖で三時間の速成潜水クラスだ。アッバスの運動神経はもともと悪くなく、基本をすぐマスターした。意外なことに、ラオゾウも身のこなしが軽やかで、老人とは思わせない潜りっぷりだった。いやむしろ水のなかでは、脚をひく面倒はなく、思うがままだった。

全休の日、アッバスは朝いちばんにラオゾウの家の戸を叩いた。そして、起き抜けで老いを露呈するラオゾウの姿を見て、ひどく後悔した。ダイビングショップの、熊みたいなごつい体の店長が傲然と言い放ったことを思い出した。いくら若いころ泳ぎが得意だったと本人に言われようと、老人は老人だ。そんな老いぼれに、タンクだかレギュレーターだかをつけて海に入れるなど、殺人計画にしか見えない。

ラオゾウのマントウを食べ終わったアッバスは黙々と、潜水具を防水リュックに詰め込んだ。シロガシラが窓の外からパタパタと飛んできて、ラオゾウの肩に止まり、いつものように耳たぶをつついた。なにか話しかけているようにも、親密な口づけをしているようにも見え、もっと言えば、耳からラオゾウの頭蓋骨のなかへ滑りこもうとしているようでもあった。

「ついてくるのか?」アッバスが訊いた。

「いや、行けない、と言っている」差し出した人さし指にトンッと跳び乗ったシロガシラをテーブルに放すと、ラオゾウはアッバスとともに自転車を牽いて出発した。

ラオゾウの指示に従って、アッバスは自力村あたりまで自転車を漕ぎ、そこから見知らぬ小道へ入っていった。見渡す限りの田んぼが広がる。稲穂がちょうど実った時期で、独特の香りを放っていた。セミが、人の耳を振り落とさんばかりに鳴いている。スズメは田んぼをひっきりなしに出入りし、農夫の鈴を怖がる気配すらない。田んぼがずっと続いていくその先に、二階建ての建物が一棟見えた。その手前に一群のシラサギが止まっている。ラオゾウがその建物を指さして、言った。そこはかつて、小学校の校舎だった。のちに結核の療養所となり、今は完全に打ち捨てられた廃墟だ。

「目的地はあそこだ」ラオゾウが言った。

「あんなところで潜水？」もしかして今日は老人のために一日お芝居を打つことになるかもしれない。アッバスはそう考えた。

建物は、壁の二面がアスファルトで黒々と防水処理されている以外、とりたてて変わったところはなかった。ラオゾウがなかへ入っていく。アッバスは後ろからついていく。内側の壁の前にはなにも置かれてなく、ガラスの嵌まってない窓から日光が入ってきているが、なかの空気はなぜかひんやりしていた。ラオゾウは奥の角まで歩いていき、アッバスに、床に敷いてある幅広の合板を移動させた。すると四角い枠が現れ、そこに細長い木板が数枚、釘でしっかり打ちつけられていた。ラオゾウはリュックから金槌と釘抜きを取り出し、アッバスに木板を外させた。一枚目を剝がして、彼はそれが地下室へ続く階段であることに気づいた。自分のいる床からおよそ五段目のところまで水が溜まっている。満ち満ちた水は緑色に染まり、藻などが漂う、濁水だった。

ラオゾウが下を覗き込んでから言った。「今日は、水位が高いな」

「ここがこうなっていることは、最初から知っていたのか？」アッバスが訊いた。

「もちろん。だから、お前を連れてきた」

「下りるのか？」

「そうだ。この水がどこに通じているのか調べる」ラオゾウが潜水スーツに着替えながら言った。

「答えはそんな簡単じゃない。じゃなきゃ、日本兵が下りてこいとは言わない」「わかった、わかった。ありゃただの鳥だろう。内心そう考えながら、アッバスは言った。

「ただの地下室だろう」

ありゃただの鳥だろう。どうしてこの水がどこに通じているかを知る必要があるんだ？　あまりにも危険すぎる。ラオゾウ、自分で下りたことがあるのか？」

「ない。だからお前に声をかけた」

「オレは、永久兵役はごめんだ」

ラオゾウが背中を指さし、アッバスにタンクを背負うのを手伝わせた。「まさか。危険はない。だから連れてきたんだ」

アッバスは頭を振りながら言った。「危険はない？　だれが言った？」

「あの日本兵さ」

「話はしたことがないと言わなかったか？　そもそもあれはただの鳥じゃないか！　ラオゾウ」

「話はしない。でもあいつの言いたいことが、私にはわかるんだ」ラオゾウはマスクを装着した。その目は、六、七十歳の人間とはとても思えなかった。

「どうして私とアニーが、喫茶店の名前を『鏡子の家』にしたかわかるか？」

「三島由紀夫の小説だろう？」

「そのとおり。アニーは三島由紀夫が好きなんだ。とくに『鏡子の家』は特別な作品だと言う。もっとも、文壇では認められなかった作品だ。失敗作だと断言する評論家さえいるが、個人的にはなかなか好きだ。三島は人の心理の細やかな美を描くことに成功している。

鏡子は登場する女性の名前だが、なにかが通り抜けていく媒質のような名前だ。だからそのまま喫茶店の名前にした。普通の人は三島の小説なんか思い出さない。でもそれでいい。お客さんからしたら、四文字の名前というだけだ。

『鏡子の家』では、自分の作品を展示していた。一部、不快感を呼び起こすイメージもあったはずだ。どんなお客さんにも好かれるなんてことはない」

アッバスのスタジオの壁にかかった写真はガラスの額縁に入っていたし、どれもモノクロだったから、ある角度から光が入れば、黒い部分はだいたい、見ているもの自身の影を映し、あいまいなイメージが残る。それもまた鏡のようだった。

潜水用具をすべて装着し終え、アッバスとラオゾウは地下へ向かう階段口にしゃがみこんだ。緑色の水が、ふたりを緑色の影にした。ラオゾウの体つきはアッバスとだいたい同じで、立ち上がったとき丸くなる背中が唯一、実際の年齢を感じさせる。だから緑色の水のなかの潜水スーツでは、同じくらいの年にしか見えなかった。

アッバスはラオゾウに、もし危険があったら即上がってくることを言い聞かせた。ラオゾウも頷いた。別に命をかけているわけじゃない。ただアッバスの退役の記念にしたい、と彼は言った。アッバスは、そんな記念はいらんよ、と言い放った。そしてダイバーズウォッチをひと目見て、潜水開始時刻が朝、八時六分であることを確認した。

ふたりは階段を下りていった。心のなかでアッバスが数えたところ、階段は全部で二十七段あった。一段が一五センチなら、高さ四メートルほどの地下室となる。緑色の水はぬるぬる濁って、手を掻くとどろっと重かった。温かさもあり、海水とはだいぶ感触が違った。頭と手元から伸びる水中ライトの光は、目の前ですぐ遮られ、緑に食われた。でも振り返ると、階段の入り口から光が落ち、水面に四角いお月さまを形作っていた。アッバスは片手で壁を伝いながら、ラオゾウを追った。

地下室を一周して、おおよその様子が把握できればそれで十分だろうと、アッバスは考えていた。ところが三番目の壁まで伝っていったところで、木の棚みたいなものに触れた。淡い光がひと筋、棚の後ろから刀のようにゾロリと伸びている。ラオゾウがアッバスの肩を叩いた。力を合わせて棚を動かそうというのだ。すると彼がぐいと押した途端、棚ははらりと、ストップモーションで崩れ落ちた。彼らの視界はふいに光を増し、さっきまで棚の背に隠れていた石壁と半分開いた石の扉がぼんやりと見えてきた。手を伸ばして厚みを確かめてみると、およそこぶしふたつ分で、非常にがっしりした造りだとわかる。もしその隙間があらかじめ開いてなかったら、ふたりで開けることなど不可能だったろう。

アッバスは石の隙間からなにか湧いてくる力を感じた。水が流れ込んでいるようであった。ふたりは体を斜めにして、石のあいだを進んでいった。緑の濁水が、流れてくる大量の水で希釈されるせいか、透明とは言わないまでも、目の前の視界は三メートル以内まで見通せるようになっていた。壁の向こうには、別の部屋があった。泳いで、空間の大きさを確かめていくうちにアッバスは、四方の壁に同じ大きさの鉄の棚が並んでいることに気づいた。棚には少なくない木箱が置かれている。下を見ると、真っ黒の泥にも似たものがいくつも溜まっていたが、手を伸ばして払えば、それが腐食した軍服や軍帽だとどうにか判別できた。いちばん奥の壁にはまた入り口があり、次の部屋へ続いているようだ。

つまりここは大きな地下倉庫ということだろう。

アッバスは、次の部屋へ入っていこうとは考えなかった。ひとつひとつ奥に入って行くと、最終的に元の部屋に戻れなくなる恐れがある。アッバスは水中に漂いながら、まるで天井板に貼り付いて部屋を見下ろしているような、そんな奇妙な感覚があった。ふたりの強力なライトが生き物のように水中をぐるぐる蠢く（うごめ）く。アッバスは周囲を見回した。するとかすかな黄色い光が細長く漏れている場所があった。ロウソクが発する弱々しい光のようだったが、でもわけもなく、人の心をわしづかみにする神秘的な力がこもった光だった。

　ふたりは前後に並んで泳いでいった。アッバスの手が伸びたところで、壁の亀裂を見つけた。さきほどとは別の水流が湧いている。アッバスは親指を突き出して、背中を指した。もう戻る頃合いだ、とラオゾウに伝えたのだ。ところがラオゾウはサインを見落としたのかどうか、そのまま壁の亀裂へと向かっていく。

　アッバスはあわてて彼の手を引っぱったが止められず、しかたなく後ろをついていき、足を捕まえようとした。ところが、泳ぎ出したところで、水流が自分を押し返す力でなく、自分を引き込む力に変わっていることに気づいた。それはこれまでの人生で、経験したことのない力だった。巨大な人の親指と人差し指に体ごと摘まれ、ある方向へすーっと放り投げられる感覚。

　強力な水流のなかでラオゾウの手を摑んだが、まったく体が利かず、ただ引き寄せられる力にまかせて、前へ流されていった。摑んでいた手もいつしか離れてしまった。どのくらい時間が経ったろう。アッバスはかすかなとっかかりを見つけ、吸引される力に抗い、姿勢を保つ方法をみつけた。密やかで深く、猛々しい水流のなか、体のコントロールが利かないアッバスは、ある種の絶望と恐怖を感じていた。ところがその瞬間、時間軸がなにかに捻じ曲げられてしまったように、彼は真っ白い霧のなかへ落ちた。あれほど強かった流れもふいに、どこかへ消えてなくなった。

意識が戻ってきて、白い霧はきっと、無数にできた微細な気泡なのだとアッバスは気づいた。耳元で気泡と水流がシュシュシューと音を立てている。なんだか巨大なラジオが耳元にあって、雑音だけを発しているようだった。奇妙なことに、しばらくするとアッバスの目に、気泡の一粒一粒がくっきり画像を結ぶようになった。どれもきれいに磨かれ輝き、それぞれにひとつ自分の顔が映っている。

思わず手でマスクを擦ってみたが、さらに深く白い霧が広がっただけだった。どのくらい時間が経ったか、あいまいに視界を埋め尽くしていた白が徐々に消え去り、アッバスは直感的にまず腕時計を確認した——八時二十八分。辻褄は合っている。つまり、自分の意識も正常なのだろう。周囲を見回し、ラオゾウを探した。しかし、次に見えた光景が彼をさらなる幻影へと迷い込ませた。なぜなら、彼が見たのは一群の——驚くべき数の魚だった。

しかもそれは、全長が人と同じくらい巨大な魚であった。背びれや尾びれが絶えず揺れ動き、無数の気泡を作り出していた。（こいつらが作っていたのか、とアッバスは思った。）しかし、彼がふたたび意識をはっきりさせて見渡すと、魚たちは消えて、目の前の水流には一群の人がいた。

動悸を抑えようと、アッバスはタンクのなかの空気を深く吸った。目の前の光景を見直し、時計を確認した——八時二十八分。アッバスはあの魚……魚人を見るのでなく、時計に集中しようとした。そのとき、秒針がピクリとも動いてないことに気づいた。まるで凍りついたかのように八時二十八分二十九秒のまま。クソッ、壊れやがった。

勇気を出してもう一度、目の前の光景をつぶさに確かめようと思った。あれは本当に人なのか?「人」は魚が泳ぐのと同じように、左右に体を揺らしていた。そして大部分が全裸で、よく見るとひとりふたり、かわいそうなくらいの端切れが体に貼り付いていた。全裸と半裸の「魚人」は(そう、「人魚」とは言えないから、そう呼ぶしかない。アッバスはそう思った)、それぞれの手に武器を持っていた。

そう、武器だった。アッバスは大学時代、武術サークルに入っていたので、魚人が手にする武器がなにかわかっていた——刃広薙刀、三叉、鉤、小刀、対刀、短棍棒、斧、鞭……。それ以外にも今まで見たことがない、奇形というべき武器も多かった。もっと奇妙なことに、農具を手にする魚人もいた——鍬、鎌、鋤、鏝……。うちなん人かがこちらに近づいてきて、こぶしひとつほど離れたあたりを泳いでいく。そのときアッバスは、彼らの皮膚がなにかに切り刻まれたようにボロボロになっているのに気づいた。しかし血は流れておらず、赤い切り口が見えるだけだった。切り口は大きく、灰色の肉と骨が露わになっている。

アッバスは顔を上げ、天井に近い魚人のシルエットを見た。彼らはとても「軽く」見えた。みな不完全な体をしている。足がなくて手だけで水を掻いたり、手がなくて足だけで水を蹴ったり……。体が半分しかない魚人もいて、ただ同じ場所をぐるぐる回転するだけだった。太陽は水流を穿ち、彼らの体を穿ち、一本一本の光の柱となって深い底へと落ちていく。アッバスはその光の帯に沿って、視線を落とした。すると暗黒のなかヒラメのようになにかが重なり合い、底に沈んでいる。

なぜかこのとき、アッバスはとても穏やかな気持ちになっていた。さっきまでの恐怖心はどこかへ引いていった。そして水の流れに体を任せた。自分の体がどこへ行くか、自ら決定することなどできないと気づいたからだ。彼の肉体はただの水中に落ちた羽毛のようだった。

アッバスはもう一度深い呼吸をして、理性を取り戻そうと考えた。自分が半ば昏迷状態にあり、だからこんな幻覚を見ているのだと考えた。しかし、タンクのゲージを見直すと数値は正常だった。思考を巡らせてみたが意識も確かで、子どものころ迷路のスタートからゴールまで赤鉛筆の一本線でつないだときのように明晰だった。ラオゾウのことを思い出した。アッバスは四方を見回し、彼を探した。

このとき、巨大な響きが距離感なく押し寄せてきた。だれかの両手がじかに彼の鼓膜を叩いているかのようだった。アッバスは反射的に、両手で耳を塞いだ。それでも耳から奥へ痛みが伝わり、ぎゅっと目を閉じた。水の流れを認識したときには、自分の体も流されていた。どのくらい時間が経ったか、目を開けると、水がさっきよりずっと澄んでいることにアッバスは気がついた。水の底に石があり、エビやカニがいるのが見えた。すぐそこを魚が泳いでいる。そして、魚人は消えてなくなっていた。このとき、自分の体がなにかにぶつかったように感じた。アッバスは無意識に手を上げた。するとなにか摑んだ。揺らぎのない大地に触れたような気がした。

そこは、浅瀬だった。

水面に浮かび上がった瞬間、アッバスは泣き出した。いや、きっと水流のなかにいるときから泣いていたんだろう。振り向くと、五メートルほど先の岸辺にだれかが倒れている。酔っ払ったような歩調で近づいていくと、浜に横たわっているのはラオゾウだった。マスクが外れ、目を大きく見開いている。心臓に手をやった。彼の鼓動は力強く打っていた。

びしょぬれのふたりは全身、藻の生臭さに包まれていた。自分の体内に臭いの元があり、臭気が絶えず内側から発せられているようだった。どのくらい時間が経ったあとか、アッバスは黙って潜水スーツを脱ぎ、黙って防水バッグに入れてあった日常服へ着替えた。それからラオゾウの着替えを手伝う。彼の老いた目を覗きこんでみると、まさに夢を見ているのと同じだった。

歩いていくうちに、空が暗くなってきた。このとき思い出して、時計を見た。いつから動き始めたのかわからないが、時刻は午後五時三十分二十秒だった。

アッバスとラオゾウの使っていたタンクの容量からして、潜水可能時間は一時間を超えない。アッバスは、ありえない、と思った。心のなかでなんども自分に告げた。きっと途中、気を失っていたんだ。ラオゾウも同じように。岸辺に打ち上げられたとき意識を失くし、途中の記憶はどれも大脳が勝手に作りあげた幻覚……そう自分に言い聞かせた。

後日、地図を確認すると、岸に上がったのは阿公店渓(あこうてん)の左岸だった。つまり二高村から直線距離で二キロ離れている。水のなかを二キロも漂流しているあいだ、見た幻覚があれなのだろうか？　それ以降なん年も、アッバスは自分にそれを問い続けた。

帰り道、ふたりは話をしなかった。ラオゾウは防水バッグからマントウを出して、アッバスにひとつ手渡した。マントウに水滴はついていなかった。あまりの疲れでふたりとも足が一歩も動かない。公衆電話からタクシーを呼んだ。タクシーは三十分経ってやっと、堤防道路にゆるゆる姿を現した。ラオゾウの家に帰り、玄関を開けた途端、シロガシラがするると飛んで来た。シロガシラは黙って、ラオゾウの顔に吹き出る汗を、ひとつひとつ吸った。

ここまで話し終えて、アッバスは、海面に出たクジラのように深い息を吸った。まるでぼくの周りにある空気がそっくり吸い込まれてしまいそうだった。ぼくは声も出ず、問いかける疑問もなかった。グラスを掴む手の位置さえ、ピクリとも動かなかった。

彼は立ち上がり、キッチンで白湯(さゆ)をコップに入れると、グビグビと飲み干した。

ラオゾウは、兵役を終えた私にあの自転車をプレゼントしてくれた。くれたら乗る自転車がなくなるじゃないか？　と訊くと彼は、足が悪くなってどうせいつかは乗れなくなる。それに、二高村には自転車がたくさん余っているじゃないか。そう答えた。

退役の日、私はその自転車に乗って、ふるさとへ帰ることに決めた。三日間かかったけど、走っているあいだ、いろんなことが私の心に浮かんでは広がった。バスアはツォウ族（台湾先住民族のひとつ。人口約6000人、玉山周辺に住む）だが……そう。バスアは、私の父親だ。母は台湾人（漢民族）で、結婚したふたりは都会へ出て、工場で働き、生計を立てた。私が五、六歳くらいだったころ、ふたりのあいだに、子どもには理解できない問題が発生した。私が知っているのは、母さんが私を連れて、ふるさとの村に帰ったことだけだ。古い家で暮らし、農地を耕し、ときどき近くの町へ出て、野菜を売った。バスアは台中に残って、タクシー運転手を始めた。ふたりがどうしてそんな結末を迎えたのか、私にはわからない。まるで煙草を一本吸い終えたように、あるいは役者が悲劇を一本演じ終えたように、ふたりの関係は終わった。

母さんの仕事をしばらく手伝ったあと、台中へ出て一年間、婚礼撮影の助手をした。それからあっという間に、そこそこ稼げる婚礼写真家になった。芸術写真の夢をまだ捨てていなかったから、自分の作品を残すため、ときどき撮影に出かけた。二高村のことがずっとなつかしかった。最初からそこに残って、軍人村の十年、二十年を作品にすればそれでよかったのでは、と考えたりもした。そのころも、なんどか二高村へ戻って、ついでにラオゾウの顔を見に行った。ラオゾウはその後壊疽になり、医師から短いほうの脚を切るよう言われても、けっして首を縦に振らなかった。あるときラオゾウは私に言った。あのとき、いっしょに潜ってくれて助かった。壊疽になった脚ではもう潜れない。私はむしろ、潜水したせいで脚が悪くなったのだと考えた。もし自分が死んだらこの家の下に埋めてくれ、とラオゾウは私に頼んだ。そのときシロガシラがまだ生きていたら、その面倒もかわりにみてくれ。

私が二十七歳のとき、バスアが死んだ。葬儀を済ませたあと、ラオゾウに会いに二高村へ行った。すると家の玄関は固く閉ざされていた。ラオゾウは軍病院で亡くなったあとだった。家族もなかったから、すぐ火葬されたそうだ。ラオゾウが死亡したのは、バスアの死の一週間前だった。隣人の張さんが教えてくれた。ラオゾウは私に連絡をしようと試みたそうだ。ところが、ポケベルの野郎が壊れやがって、新しいのに替えて、番号が変更されたあとだった。まさか、ラオゾウがポケベルを鳴らしてくることなど、考えてもいなかった。借りたバイクに跨がって、私は阿公店渓へ行った。あの日、打ち上げられた岸辺を訪れると、そこはすでにコンクリート造りの防波堤に変わっていた。ラオゾウがいなくなり、バスアもこの世から消えた。かつての川岸もなくなった。学徒飛行兵のゴーグルもなくなり、グアバの木も倒され、シロガシラもどこかへ飛んでいってしまった。

アッバスは、ぼくのグラスを取って立ち上がると、コーヒーを入れてくれた。この豆はラオスから輸入したもので、クセのある酸味がまるで森林の底にいるような感覚を味わわせてくれる。ラオスがコーヒーを産するのは、植民地時代にフランス人が持ち込んだのが始まりで、生産量は多くないが、独特の風味がある。

ぼくはそのすきに立ち上がり、体を動かした。実はもう、アッバスの目を見るのが嫌になっていた。窓際に立った。アッバスのマンションの下には、昔ながらの市場があるのだが、電線や日除けテントで視線が遮られ、ただ人混みの頭と肩が、テントの隙間をゆらゆら動いていくのが見えるだけだった。

どうしてこんな朝っぱらから、みんな忙しくしているのか。

振り返って、壁の前に立った。そこにはこのスタジオでいちばん大きな作品がかかっていた。およそ二〇インチの大きさがあるだろう。写真は山頂から斜面を見下ろして撮影したものだ。目の前から、大小さまざまな白い円柱がびっしり続いていく。少し距離をおいて見ると、幾何学的な美しさがあったが、近寄って見ると、それが、鋸(のこぎり)できれいに揃えられた切り株だとわかった。アッバスのレンズは、微細にその造形を切り取り、木の年輪まではっきり浮かび上がっていた。そして写真の右上に、深い色の川が、曲がりながら流れていく。

じっとその写真を見つめていたら、ぼくはめまいを感じていた。

「写真を見るだけなら、幸せだ」アッバスが言った。

「撮影する人は、目の前のそれを見ないではいられない」

「見ないという選択もできる」アッバスは言った。

「どうして？」

「バスアが死んで、ラオゾウに会いに行った。そこには理由があるんだ」

「うむ」ぼくはその話を咀嚼(そしゃく)した。

話の続きを聞こうと、ぼくは眉を上げて見せた。

「あのころ、バスアはだいたい三ヶ月か四ヶ月ごとに村へ戻ってきた。いっしょに飯を食ったりしたから、まるで家族みたいに見えたときもあった。あるときバスアが、家の外に停めてあったラオゾウの自転車のことを私に訊いてきた。しかも自転車の細かいことまで質問してきた。どうやらその型の自転車について、よく知っているようだった」

「ラオゾウの自転車は？」ぼくは、アッバスが今乗っているのが日本のＭＡＲＵＩＳＨＩ（丸石）のヴィンテージであることに気づいていた。それは彼がずっと話してきた、ラオゾウから貰った自転車とはまったく違う。

「盗まれた。マレーシアで」

「マレーシアで？」

アッバスが指の関節で、テーブルの板を叩いた。ぼくもよく知っている歌のリズムのようだったが、曲名は思い出せなかった。彼はぼくに訊いた。「銀輪(ぎんりん)部隊って知ってるか？」

ノートⅡ

自転車のデザインにおいて、我々が受け止めるべきすべてのプレッシャーは、
エンジニアが作り上げたときすでに決まっている。
——イタリアの自転車メーカーMASI創始者、ファリエロ・マジー

中華商場で夜、店じまいするとき、自転車は最後になかへ入れるものだった。父さんが足でバネをカタッと外し、スタンドをさらに蹴り上げる。それで初めて重々しい鐵馬を動かすことができる。ぼくは、店の入り口あたりに陳列してある服をしまい込む手伝いをさせられたが、自転車は触れさせてもらえなかった。子どもが押すには、とてもじゃないが重すぎた。

うちの自転車は配達に使われた。のちに商場の隣の区画を借り増し、ジーンズも扱うようになったあとは、なお頻繁に工場へ自転車を走らせ、仕入れた商品を荷台に載せて帰ってきた。数十袋ものジーンズを荷台に山と積み上げてビニールひもで縛り、ハンド

ルにもビニール袋をぶら下げた。

医者に行くときは、特製の籐椅子をトップチューブにくくりつけ、ぼく専用の座席になった。手を伸ばすとちょうど、ハンドルとブレーキレバーのあいだの隙間に指を入れ、摑むことができた。そこなら安心感があるし、視野も広かった。

少し大きくなると籐椅子に座れなくなり、それ以降はしょうがなく、後部荷台に腰掛けた。父さんの自転車の荷台はとにかく大きくて、跨がると座り心地が悪かった。だから男でもときに、横座りした。兄によれば、父の一台前の自転車はフレームの三角形の上辺の管が二本ある、ごつくて重いダブルトップチューブ車だったという。ぼくはよく思う。もしそんな豪快な「尚武」車に乗って病院に行くことがあったら、どれほどカッコよかったろう！

日本時代の「富士」印、「マツダ」号、「ノーリツ」印などの運搬用自転車は、男っぽいデザインの尚武車だった。実際、二八インチのタイヤを持つそれは、ほぼ男性にしか乗りこなせなかった。このタイプの自転車は、日本人が軍事活動に用いたことがあった。写真から判断するに、どうやら爆薬を搭載する鉄製の台が追加装備されていたようだ。

尚武車は往々にして自重が三〇キロを超え、刈り取った稲など二〇〇キロ以上の荷物と、自転車を漕ぐ人の体重を加え、合計三〇〇キロになることも珍しいことではなかった。だからブレーキまわりの良し悪しが、安全の肝となる。当時のブレーキシステムはロッド式リムブレーキといい、ワイヤーでなく鉄の棒が連結して力を伝え、ブレーキシューをタイヤの内側にある輪っか――リムに押し当てることで制動する。前輪のロッドブレーキと後輪のバンドブレーキのほか、コースターブレーキを備えた車種もあった。後方へペダルを踏むと、後部車輪の中心にあるハブにつながったギアが連動し、ブレーキシューが車輪を押し止める。尚武車のレストアでいちばんやっかいなのが、ブレーキまわりだ。還暦を迎えるようなパーツが、生産当時のように万全な機能を果たすわけがなく、ロッドブレーキや、とりわけサイズの大きいバンドブレーキを今、中古パーツ市場で見つけることは難しい。

戦後、自転車は広く生計を支える必需品となった。尚武車一台はつまりそのまま、移動する店舗であった。物売りはいろんなアイデアで、ハンドルやヘッドチューブ、後部荷台に商品を積み上げ、ぶら下げ、果ては後輪側に載せる各種「商品棚」を作る人も出てきた。街角に「デンデン太鼓」が響いて、行商がやってくると、近所の女性が子どもをつれてわっと集まり、あたかも百貨店を歩いてショッピングするように、自転車一台から品物を選びながら、お隣さんと噂話に花が咲く。

中華商場には夜、「茶売り」が来た。彼が売るのは飲むお茶でなく、煎った小麦と砂糖あるいは胡麻と合わせてお湯で練った、「とろ茶（麵茶）」だった。「茶売り」はハンドルの両端に熱いお湯が入ったヤカンをぶら下げ、荷台に木製の「雑貨棚」を載せ、そのなかから小豆やハスの実、冬瓜（とうがん）などで作ったおやつが選べ、さらに塩味パイやお焼きや焼き麩、涼菓子も売っていた。深夜零時になる前、遠くからその声が聞こえてくる。「茶ァーヨ、茶ァーヨ」の呼び声だ。その旋律はまるで凧の糸のようにどこまでも長く、加熱するヤカンから出る湯気が笛となって、合いの手を入れた。

若いころ大甲東の陶器の行商人だったという老人が、わずか縄一本と竹一本だけで、大きな瓮を八つ、尚武車にくくりつけているのを見たことがある。竹に固定するとき絶えず荷重のバランスを考えなければならず、荷降ろしのときも崩れないよう、適切な順番で取り出さないといけない。もはやそれは芸術だった。

じつは、自転車を「文武」で分類した「尚武車」と「礼文車」に、それぞれ決まった特徴があったわけではない。単純な話、短距離運転用に設計されたのが礼文車で、商用に設計されたのが尚武車というだけだ。ただその異なる機能が外観に反映している。尚武車はフレームが大きく、タイヤは幅広で厚く、重い。スポークも太い針金が使われている。いっぽう、礼文車のフレーム、サドル、荷台は小さめで、トップチューブが斜めになったタイプも多く、スカート姿の女性でも乗りやすい。つまりシティーサイクルの原型である。またトップチューブが可動式で、男女両用の自転車もあった。

尚武車は、一台分の商品を載せて売り歩く行商人や稲やもみを運ぶ農夫、全財産と言える工具を積んで走る職人のために作られた自転車である。いっぽう礼文車は毎日通勤する中産階級や医者、教師、公務員が乗り、警察官がパトロールに使った。マーケットの需要の変化によりデザインも変化し、時代と場所ごとに特徴が生まれた。

台湾中部・南部の自転車はやはり農村の生活を支えるものであり、だから福鹿、自由、菊鷹、清秀などのメーカーで、積載能力を向上させるためフレームを増強したダブルトップチューブ車が多く生まれた。農民たちはそれを「台湾牛」と呼んだ。いっぽう、北部ではレジャー層が主な顧客層であり、「幸福」印で、ダブルトップチューブ車などの尚武車の生産量は少なかった。そのかわり中後期にイギリスのフィリップス・サイクルのカモメハンドルをコピーした礼文車が生まれ、当時、ファッショナブルかつアヴァンギャルドなロードバイクとして人気になった。

台湾近代文学の父と呼ばれ、名医でもあった頼和（1894—1943。小説家。台湾の白話文で作品を発表した）は、ある夜突然、警察に連行されたことを『獄中日記』に記している。警察署に到着し、拘留されることを知った彼がまず頼んだのは、「家に電話して、自転車を取りに来てもらう」ことであった。自分の運命がどうなるかまだ知らぬ彼が、警察まで乗ってきた自転車はきっと礼文車だったろう。（頼和は獄中で病気が悪化して釈放され、およそ一年後死去した）

自転車に乗せられ、台北橋小児科へ向かっているときはいつも、空に浮かんだ分身がいて、台北の風を切って西門町から太平町へと走る父と自分を眺めているような気がした。トップチューブに置いた籐椅子だろうが、後ろの荷台だろうが、座っているぼくはいつも病気で、咳をしているか、熱が出ていた。

父はふくらはぎの高さにペダルを浮かせると、足で二回踏んだあとサドルに跨がった。

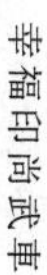

幸福印尚武車

荷台に座っているとき、ぼくは必ず、汗で冷えきった指で父のベルトを摑んだ。背中にくっつくなんて、照れくさくてできなかった。ましてや、父の白いシャツは汗で肌に貼り付いて、癜風（でんぷう）が透けていた。もっと大きくなると、ベルトに摑まることすら恥ずかしくなった。ぼくは体を反らして、背中を荷台から後ろへ出すように乗った。父の背中との距離は、思春期に生じた父との心理的距離と同じように遠くなった。

ぼくの体重が重くなるにつれ、父のペダルを踏むごとに荒くなる息が背中越しでも聞こえるようになった。向かい風が強かったかもしれないが、なにより父が年を取ったからだ。父が最後に、ぼくを自転車の後ろに乗せたときのことを今も覚えている。ぼくはもう中学生だった。模擬試験のあと、よくやる痙攣（けいれん）を起こし、父が学校へ迎えに来て、そのまま台北橋小児科へ向かったのだ。病院に着くまで、ぼくらはひとことも話さなかった。

子どものころからぼくには、緊張すると痙攣するくせがあった。指先が言うことを聞かなくなり、ふくらはぎが攣（つ）り、ひどいときはバタンと倒れてしまう。小学校のテストで満点が取れなかったことがあり、ぼくは返してもらった答案用紙を広げられず、自分の席に戻ったのに、椅子を引くことができなくなった。しょうがなく先生が付き添って、保健室で父を待った。父が入ってくるのが見え、ぼくは泣くのを止めた。父は校門を出ると、ぼくを自転車の荷台に乗せた。そして自転車に跨がったあと背中越しに、ぼくに言った。「大丈夫だ」父が、ぼくを慰めたのはそれが最初で最後だった。

父のしつけにはルールがあった。それは「成績は上がっていいが、下がってはいけない」だった。そして「なにかをするときは時間通りか、早く来ること。一秒でも遅れてはいけない」父は毎日、ぼくがそろばんをしているのを見張り、ストップウォッチでぼくが課題を終わらせるまでの時間を計った。一秒でも早くなればいい。父はそう言った。一秒でも早くなればそれでいい。

その日、父がペダルを踏む力は、明らかに力不足だった。身長はもう同じくらいなのに、無理やり荷台に乗せられ、おまけにぜえぜえと苦しげな息づかいを間近に聴かされるのはあまりに気恥ずかしかった。父はハンカチを出して汗を拭いても、けっして休もうとしなかった。汗を含んだハンカチはズボンのポケットに収まりきらず、自転車を漕ぐたびに、ハンカチの角が揺れて、衰えた男の汗の臭いが鼻をついた。途中、父は涼州街の慈聖宮（媽祖廟）で自転車を停め、豚足スープを買った。それは体を休めるための口実だと、ぼくにもわかっていた。ぼくはかたわらに立って、父が食べ終わるのを待った。お宮の境内には、巨大なガジュマルが天を衝いていた。夏はその樹冠の向こうに隠れていた。

のちに父といっしょに消えた自転車は、このとき木陰に停まって、まるで幹によりかかって休む老馬のように見えた。

4 プシュケ

Psyche

アフンはうつむいたまま、ピンセットと標本針を使い、プレートに並べられたツマムラサキマダラを一枚一枚、キャンバスに貼りつけていった。少し離れた場所から見れば、彼女が今、チョウの翅(はね)を組み合わせて、星空を作っていることがわかる。この仕事に愛情はいらない。集中力さえあればいい。ツマムラサキマダラの翅をつなぎあわせて作られた星空は、本物よりずっと深くずっと黒く、そして終わりがなかった。

およそ四、五十坪の建物には、幅三メートルほどのスチール机が六脚あり、卓上にはチョウの死骸が載った鉄のプレートがびっしり並べられ、黒、赤、黄、白、そして柄もの……パレットのように異なる系統の色ごとにまとめられていた。机以外は一般の住宅と同じで、なんでも放り込む木棚や工具を納める引出しが置かれ、壁には精米業者がくれた日めくりカレンダーがかかっている。

スチール机の前には、アフンと同じように頭巾を被った二十人ほどの女子工員が整然と座っている。年のころは十代から四十代までまちまちだ。だれもが集中のあまり、厳粛な表情を崩していない。建物のなかはしんと静まりかえり、太陽がカーテンの隙間から差しこんできて、光の帯にホコリが揺れる。

女子工員のなかでも、アフンはとりたてて目立つこともなく、また控えめすぎるでもなく、いかにもそのあたりに飛んでいる普通のチョウに似た存在だった。ただ多分、年はアフンがいちばん若かった。

彼女が作っているのは「蝶の貼り絵」という工芸品だった。さまざまなチョウの翅を組み合わせて貼り付け、一枚の絵にする。アフンの手元にある絵は、夜の帳が下りる町を題材にしたものだ。空には五百羽を超えるチョウの前翅が使われる。その町に住む人とだいたい同じくらいの数だろう。

アフンはときどき、この仕事がとても素晴らしいものに感じた。野良仕事と違い、日焼けの心配もなく、汗をかくこともない。アフンはときどき、この仕事があまりよくないものに感じた。こんなにたくさんのチョウを殺さなければ、みんなに「げきれい」と言われる絵にならないのだ。女の子が「きれい」なのはわかるけど、死んだチョウの翅を集めた絵が「きれい」というのは、少し彼女の理解を超えていた。

アフンはときどき、そんなふうに取り留めなく考える。でもだいたいは無心で、右手にある原画を見ながら、台紙の下絵に合わせ一心不乱にチョウの翅を貼っていく。

（この仕事は、時間が過ぎるのが早くて、やっぱり遅い）

女子工員の席の横には、それぞれひとつずつ竹籠があり、翅を切ったあとの胴体はそこに捨てた。胴だけになったチョウはもうチョウには似ておらず、くすんだ褐色で生気が失せた、もはや無価値のものだった。籠に捨てられた後は、退勤時に一箇所にまとめて処分される。

退勤のベルが鳴った。アフンはだれにも聴こえない大きさの長いため息をついて、チョウの翅のおびただしい数のなかから、頭を引き起こした。貧血のせいか、そのときよく、立ちくらみがした。アフンと同僚は、疲れきって作業場を出た。手洗い場で指と手のひら、肘や腕までをよく洗い、鱗粉(りんぷん)を落とした。鱗粉は蛇口から出た水に押され、流し台の底で糸のように細く、キラキラ光る流れを作った。しばし、流し台は現実とは思えぬほどの美しさを見せ、ここを「手洗い場」と呼ぶべきかどうか迷ってしまうほどだった。

自転車に乗って、アフンは家路についた。その途中、いつも生きたチョウが飛んでいた。貼り絵で白色となる、普通のモンシロチョウだ。値段がいちばん安い。そのときふいに、希少種のタカサゴイチモンジが一羽、飛んできた。彼女は、彼の匂いを嗅(か)いだ。彼女は、特別な能力を持っていた。肉眼に頼らずとも、チョウの翅を開いてみずとも、匂いでオスチョウがわかるのだ。それは秘密だった。それまでだれにも、打ち明けたことはなかった。匂いは彼女の手をつかんで、ぐいと引き寄せる。すると全身が震えて、彼女はブレーキレバーを引く。

よろずやの公衆電話の前に自転車を停めると、アフンはポケットから一元硬貨を取り出し、投入口に落とした。ところが番号を最後の数字まで回したところで躊躇し、呼び出し音が聞こえる前に受話器を置いた。返却口に指をつっこみ、さっき投下した硬貨を取り出す。店に入って、「金柑飴（きんかんあめ）」をふた粒買った。まずひとつ、舌の下で転がす。

これで「彼」のことを忘れて、帰宅することができる。アフンはそう考えた。たった、飴ふた粒の時間だけだけれど……。よろずやのレコードが鳴っている。なぜだかわからないけれど、その歌声は、自転車を漕ぐ彼女の体内へ呼吸と一緒に沁（し）み込んでいくようだった。そして彼女は、涙をこぼした。まるで地面をずっと掘り下げて、ようやく地熱源に触れたように。あるいは魚が川の底を泳いでいるとき、水面に小さく渦が起きるように。彼女の涙はほとんどの人にとって無意味だった。いや、彼女自身にとっても意味はなかった。彼女もまた一生涯、その涙の理由に気づくことはなかった。

アッバスと仲良くなり、彼と深く語らうようになったころ、思いがけずアニーからメールが届いた。いや、厳密にいえばそれはメールでなく、文章の一部だった。それが本当か、嘘かもぼくにはわからなかった。小説なのか、ルポルタージュなのかもわからない。

三度読み直したが、そのメールには、ぼくへのメッセージが隠されていないと確信した。それから、どうやって返事を書くべきか、考え始めた。頭のなかで、いくつか仮説を立ち上げた。まず、（1）メールはぼく宛てではなく、アニーの送信ミスである。

（2）メールはぼく宛てではなく、また差出人もアニーではない。システム・エラーなどの原因によるもの。もしこのふたつなら、ぼくはわざわざリアクションを返す必要はない。やっかいなのは最後の仮説、（3）メールはぼく宛てである——もしそうなら、ぼくの返信いかんで、次のメールが来るか来ないかが決まることになる。当然、それで、アニーからあの自転車の情報を得られるかどうか決まってしまう。

アッバスに訊くことは早々に諦めていた。彼とのなんどかの語らいを経て、直感的に、彼とアニーの関係は今、「剝がれていく」まっ最中にあると見た。別れたとはいえ、ふたりの心はまだどこかでつながっている。そうなるとあとはなりゆきだから、「剝がれきる」までどれほど時間がかかるかはだれにもわからない。ぼくとアッバスの友情は、そんな心の奥底の本当を覗き込むほどは深くなかった。あるいはふたりとも、とうに別れる決意をしているのかもしれない。そこでやっかいなのは、ぼくがアニーの話題に触れることで、想定外のなにかが、アッバスの心の奥底で変化を引き起こすかもしれないということだ。

ぼくは推論してみた。ふたりが長年付き合った恋人だったならば、アッバスがあの自転車の来歴についてまったく知らないということはありえない。つまり彼は、アニーのことを触れられたくないだけだ。ぼくと友達になるのは構わないにせよ、アニーや、アニーに関わるいっさいを話題にされたくない。そんなとこだろう。

アッバスが語った二高村とラオゾウの自転車の話は、ぼくとしても興味津々で、続きを聞きたいのは山々だが、でもアニーに幸福自転車を貸した持ち主はだれかのほうが、当然優先度が高かった。ともかく、答えはアニーのところにあるのだ。別れた男女とそれぞれ同時に連絡をとっていることが、なにか罪にあたることもあるまい。そうしてぼくはアニーへどう返信するか、真剣に考え始めた。

メールに出てきた「蝶の貼り絵」を、インターネットで泥縄式に調べてみた。すると思わぬ収穫で、自分がそれまでまったく知ることのなかった、魅力的な歴史であった。その後、休みの日に図書館へ行って、関連文献を探した。資料をつなぎあわせて、文章にまとめた――。

一九〇四年（明治三十七年）、木こり相手の按摩（あんま）が埔里（ほり）（台湾中部、南投県の町）にやってきた。彼は、朝倉喜代松（きよまつ）という男で、ときには人の依頼で標本用チョウを採集した。朝倉が現地で雇ったチョウ捕りのなかに、余木生（よもくせい）という台湾人の少年がいた。少年は胃が悪く、山へ登るときはいつも頓服用の薬酒を持っていったのだが、それをうっかり零してしまった。すると思わぬことに、薬酒の香に引きつけられてチョウが飛んできた。当時、朝倉が熱心に探していたコノハチョウはとりわけたくさん吸いに来て、まるでアベマキの葉っぱがごっそり一本分落ちているようだった。薬酒は、木生がチョウを捕まえる際の秘密の道具となった。彼はいつも、山道のかたわらに薬酒を零し、森のなかに入って待った。しばらくして、タテハチョウの仲間が罠（わな）に集まってきたところに、捕虫網で蓋をする。

この方法なら、普段は見つからない希少種のチョウを捕らえられることがあった。余木生は標本用のチョウを捕るだけで一日一円以上稼いだ。鉄道の枕木工事の工賃が一日六〇銭の時代に、一九一七年になっていた。木生は、木と木のあいだにたたずみながら考えた。なん十人もの子どもにチョウ捕りを手伝わせている朝倉は、相当な収入があるだろう。

森のなかで、一羽一羽罠に落ちていくチョウを見ながら木生は自分に問うた。このまま一生、人にいいように使われ、チョウを捕るだけで本当にいいのか？

チョウは捕ったあとすぐ処置が必要なため、朝倉は翌年、埔里に台湾で最初の蝶工芸品加工場である「埔里社特産株式会社」を開設した。そこで採集されたチョウは、日本の名和昆虫研究所（昆虫学者・名和靖が1896年に創立）や学者に売った。鳥や蛇の剝製も販売していて、朝倉自身も腕のいい剝製師だった。

もっとも、朝倉は手堅い商売でよしとするタイプではなかった。たとえば著名な昆虫学者・松村松年（1872―1960。北海道大学名誉教授）に「アサクラアゲハ」の標本を売ったとき、朝倉は修正を加えたという。新種を発表しようとする自然科学者にとって、標本が完品かそうでないかでは天地の差があったし、それは価格に反映した。入手したアサクラアゲハの翅が、片方の尾状突起だけ切れていたのに気づいた朝倉は、もう一方もわざと切り落とし、完全なものと騙って松村に売ったのだ。松村はその標本を受け取り、てっきりアサクラアゲハは尾状突起のない種だと勘違いし、論文を発表したが、当然それは間違いだった。

それ以外にも、朝倉が売った「ギフチョウ」と「キベリタテハ」の標本には、「採取地・台湾」と書かれていたが、その後台湾で発見されたことは一度もなく、おそらく朝倉が別の場所で採取されたものに台湾という看板を掛け直し、新種を発表したくてうずうずしている学者に売りつけたというのがことの真相だろう。

いっぽう朝倉の下で働いていた余木生は、ひそかに日本への販売ルートを開拓し、コツコツ貯めた元手で一九一九年「木生昆虫採集所」を設立した。そのころ埔里の名はチョウの多産地ということで、日本にまで聞こえていた。多くの学生が夏休みになると、ここへチョウ採集にやって来た。町では、日本人の原田源吉が経営する「日月館」という旅館があり、チョウ捕りのあいだで人気となった。

余木生の事業は、次男・余清金(せいきん)に引き継がれた。一九四二年、清金のもとにアメリカから、一千万羽もの大口注文が入った。そのチョウには意外な目的があった。発注元の広告会社は顧客にダイレクトメールを見てもらうために腐心しており、窓付き封筒にチョウを一羽入れ、受取人に封を切らせようというアイデアを思いついたのだ。清金は人手が足りないことから安請け合いせず、まず五十万羽を受注・納品した。するとこのチョウが見えるダイレクトメールはすばらしい効果をあげ、注文数は毎年右肩上がりとなった。注文増に対応するため、彼は全台湾にチョウ採集ネットワークを築き上げ、最盛期には二千人近いチョウ捕りと数百人の女子工員を動かした。採集したチョウのうち、翅の形が完全で美しいものはどれも標本になるか、工芸品に生まれ変わった。いっぽう、翅に傷みがある個体は貼り絵の素材となった。

「チョウの貼り絵」とはまず、風景写真や歴史上の名画を真似した下絵か、あるいは画家や美術の先生に新規で依頼した原画を用意し、適した色の翅を選び、切り取って形を直したあと、ゴム用接着剤や木工用ボンドで貼りつける。当時、高級な工芸品として、多くの欧米人が買い求めて、リビングに飾った。

余清金は作業場に足を運んで、チョウの翅に顔を埋めるように仕事をしている女子工員たちが変わりないかと様子を窺いながら、いつもこの、島のへそにひっそり隠れるようにしてある村に、山と川のご加護がありますようにと願った。

ぼくはそんな資料を寄せ集めただけの文章をそのまま、アニーに送った。もらったメールへの感想、疑問は付け加えなかった。送信ボタンをクリックして、あとは忘れることにした。それはぼくのジンクスで、自分でどうにもならないことはなるべく考えない。そのほうがむしろ、いい結果が出るものだ。

アブーとのあいだには、友情のような関係性が生まれていたから、前よりも頻繁に「洞窟」へ訪れるようになった（仕事場や倉庫と呼ぶより適しているとぼくは思う）。そして、新入荷の家財道具を見せてもらい、インターネットオークションにつける宣伝文句をいっしょに考える。あるときなど、手招きしているアブーがミッキーマウスに座っているのが遠目に見えた。そう、ぼくらが子どものころよく見かけた、五元硬貨を投下すれば三分間子どもの歌を流して動く木馬（電動遊具）（コイン式）だ。だいたいがアニメのキャラクターか動物をモデルにしている。アブーが仕入れてきたそれは、スーパーマンの格好をしたミッキーマウスだった。

「いつごろの木馬か、当てられるか？」アブーがぼくに訊いた。

「一九八〇年ぐらい？」

「うん。八〇年以降、という言い方が正しい。なかなかいいセンスだ」

「どうしてわかる？」

「この機体はモーターを交換してあるから、正確な出荷時期がわからない。でもモーターの型と造形スタイルから、まず台湾で製造されたと判断できる。そして『スーパーマン』はアメリカで一九七八年に公開されている。台湾上映は八〇年だ。だから製造年もそれ以上は遡（さかのぼ）らない。そしてスーパーマンは九〇年以降はもう落ち目だった。メーカーもスーパーマンのミッキーなんて作るわけがない。それにだ、九〇年代以降はメカニズムが全然違うんだ。もっと複雑な動きが採用され、音楽も変わった。入れるお金も十元硬貨になった」

「なるほど」アブーは仕入れた古物がどんなものだろうと、それを理解しようと試みる。本当に感心する。

　アブーはぼくに「洞窟」散歩を許した。その日、例のグリーンイグアナは――名前は「ＦＵＪＩ」という――古びた踏み台の上で、お日さまを浴びていた。

ぼくは、名前の由来を訊ねた。すると、FUJIのもとの飼い主は、交通事故で亡くなった老人だそうで、売り手は（つまりその息子だろう）、家のなかに必要なものはなにひとつないと言ってアブーに依頼した。買い入れにお邪魔すると、金目のものはなくなっていて、家も売却され、おまけに息子はその前日、アメリカへ飛んでいた。捨て置かれた家財道具を見ていけば、アブーにとって価値があるものは、クスノキの引出しとそのなかに放置されていた日本時代の証書類（昭和時代の国民学校の成績通知表、自転車税納付書、農協出資証券、国民貯蓄金額通知書……）だけで、やっかいに思ったのがそのグリーンイグアナだった。

最初、グリーンイグアナにはなんの思い入れもなかった。あるいは、生き物を飼うということにアブーは興味がなかったと言える。だから、売り手にわざわざメールして、ペットのトカゲをお忘れじゃないですか？　と確認した。すると思いがけず、売り手は老人の書類もトカゲも要らない。捨ててくれても構わない、と言ったのだ。推測するに、孫が飼っていたのが飽きて、老人に押し付けたのだろう。そして老人が死に、今、このイグアナも存在理由を失っていた。

最初、ネットで売ろうと思っていたが、違法の恐れがあるとあとで知った。そしてある日、帰宅したとき、グリーンイグアナは大同テレビの上に這い上がり、窓から見える樹影を目玉に反射させていた。それを見てアブーは、飼ってやるかと思い直した。仕入れた古道具を調べるのと同じく、グリーンイグアナの餌（えさ）や習性について調べ始めた。買い入れのとき、イグアナが入っていた籠に、非常に珍しい「ＦＵＪＩ」のダイヤル錠がついていた。だから籠は壊して、イグアナとダイヤル錠だけ救い出し、運んできた。そして名前もそこからつけた。

アブーはＦＵＪＩのサラダを作りながら、そのいきさつを話してくれた。

「サラダにはなにが入ってるんだ？」

「今日はインゲン豆、大根の葉、キャベツ、オクラ」

「毎日変えているのか？」

「もちろん。こいつは草食だが、だからといって同じ菜っ葉をずっと食べさせるわけにはいかない。毎日同じものだったら、君だっていやだろう？」アブーはぼくの疑問を鼻で笑った。

まぜあわせたサラダがＦＵＪＩの前に置かれた。レタスと皮を剝いた葡萄が添えてある。

「こいつは、わけもわからないまま中南米から台湾へ連れてこられたんだぜ」アブーはそう言って、缶カンから昔の五元銅貨を取り出して、投入口に入れた。するとミッキースーパーマンは「ギーッ」という異音のあと、歌って飛んだ。ただし、永遠にその場所に留まったまま……。

「乗ってみないか？」と訊かれ、ぼくは手を振って、断った。

「捨てられたものにもかつてはすべて持ち主がいた。オレも君と同じで、それがどんな人だったかいつも考えてしまう」

「だれのこと?」

「REALISTIC LAB-59を捨てた人さ」

アブーの言葉を反芻して、ぼくは訊いた。「その錠は開かないのか?」

「FUJIの錠か?」

「そう」

「開かない。暗証番号はあの老人のものだ」

その日の夜、ぼくのもとに、アニーから二通目のメールが届いた。

アフンは自分よりもずっと背が高い捕虫網を手に、父のうしろについて、渓流を歩いていった。この年の夏は全部、渓谷の手前で堰き止められてしまったように思えた。捕虫網はどちらも手製だった。山で取ってきたツルで輪っかを編み、そこに薄い網をかぶせる。小ぶりで簡素だが、作るのは難しい。輪が大きすぎると肝心のときに逃げられてしまうし、小さいと思うように狙えない。アフンが作った捕虫網は風のなかを小鳥のように進んだ。父は、手先が器用だと彼女をいつも褒めた。

そこは「眉渓」水系の支流だった。水の流れが山に描かれた眉毛に思えたから、アフンはその名が好きだった。父はいつも彼女を自転車に乗せて走った。そして林道そばの草むらに自転車を置き、南山渓の上流へ細道を踏み入っていく。父によれば、山の猟師だった。

が数人知るだけの獣道だという。それは同時に、アフンの父しか知らないチョウの道だった。

道すがら、「イチモンジチョウ」や「ミスジ」、「カザリシロチョウ」がたくさん飛び交っていた。でも父は途中で見つけたチョウを捕らせなかった。

「骨折り損だ。価値がない」父はそう言った。子どものころから聞いていた父の、チョウ捕りの秘訣は——「思いつきで捕るな。チョウがどの草を食べるかを理解しろ。ものを言うのは経験だ」だからアフンはチョウを見るのでなく、まず植物を見た。チョウの食草を見つければその近くに、羽化したばかりの美しい、欠損のないチョウがいる。

日本時代からチョウ捕りを始めた父はかつて、先行者のあとをつけて、埔里より西へ五キロも入った北山坑でシロタテハの生息地を発見したことがある。だが当然、逆の立場となって、追いまわされることもあった。なぜならほかのチョウ捕りも、父のミドリシジミの「蝶場（多産地）」がどこかを知りたがったからだ。

チョウ捕りはたがいに競争相手であった。山のなかでライバルをまき、ひとりになって、自分だけが知る最良の採集地へ向かうのだから、体力も頭も使った。業界の暗黙のルールは最初に見つけたものに「蝶場」の暫定的な優先権があるというものだ。もっとも最近は、チョウの生息地はあらかた明らかになってしまい、価格も下がり、チョウ捕りは家族を養うため、毎日量を確保しなければならなかった。だから、チョウを一度にたくさん捕まえる方法に重きが置かれた。

「チョウが少ないと、次の冬は実りが少ない」父は農民のようにそう言い、また、かつて眉渓にどれほどたくさんのチョウがいたかをアフンに語った。若かった父は、渓谷のそばで昼寝していて、自分が自転車に乗ったまま真っ黒な雲のなかに入っていった夢を見た。目覚めると、父の体表とその身の回り、そしてその空までもが、数万あるいは数十万ものチョウで満たされていた。彼の視界はすべてチョウとなり、翅が震える音で耳を塞がれ、心はいつまでも波打った。

アフンはいつも思った。たった一度。一度だけでいいからそんな光景が見たい。

毎日早朝になると、アフンの父は渓谷に沿って「罠」を仕掛けていった。スコップで捕虫網の直径と同じ穴を掘り、そしてなかに尿と砂糖液を撒いた。ときには腐らせたパイナップルやバナナなどを入れ、あるいは自家製の果実酒を置くこともあった。チョウはそれぞれ異なる味、匂いに引き寄せられることをチョウ捕りはみな知っていた。さらに希少種を採取するため、父は先に捕まえてあったメスを細い糸で木につなげた。すると、翅音（はおと）とメスの匂いに引き寄せられて、オスがやってくる。つまりそれは愛の罠だった。

アフンはオスチョウの匂いを嗅ぎ分けることができた。最初は自分でも気づいてなかったが、特定のチョウが飛んでいるとき、もしくは指でつまんで眠らせるとき、形容しがたい匂い――マッチの火が完全に消える直前の匂い――を感じた。最初は、だれもが感じるものだと気にも留めていなかったが、あとになって、それは自分にしかわからないことに気づいた。あるいはチョウのこの匂いは彼女にわからないのだ。ただ奇妙なのは、メスチョウの匂いにたいし、自分だけが敏感なのだろう。

それが特別なことだとは思っていなかったが、その匂いを感じたあと、脇や手のひらにじんわり汗をかいていることに、いつか気づいた。ときには体中の産毛がうっすらと立ち、彼女を警戒させた。だからアフンは、このことをだれにも言わなかった。

「罠」をしかけ、チョウの活動がピークとなったころ、アノンと父はそれぞれ獲物を回収していく。彼女が慎重に捕虫網を「罠」の穴へと押しつけると、ひと網で数百羽も入ることさえあった。一羽でせいぜい数グラムだが、数百羽入ったチョウの網はずっしりと重く、まるで石が入っているようだった。それに、チョウの動く力はけして弱くない。どうにかして逃れようとするチョウのもがきが、網から手のうちへじんじん伝わってくる。これほど多くの命が、我が手に預けられている感覚は、とても現実とは思えなかった。

父は素早く網のなかに手を入れ、眠らせたチョウを腰に下げた竹筒へ入れていく。そうすれば、翅から鱗粉が落ちるのを防ぐことができる。

夕暮れとなり、チョウは動きを止める。アフンは父と捕まえたチョウを、使い古しの伝票や帳簿で作った三角紙にはさみ、分類すればあとは、仕入れに来るチョウ商人に売りつけるだけだ。ときにチョウ捕りの旅は数日にわたり、ふたりは山のなかで夜を過ごした。

「チョウは破れたら価値がない」父は処置済みのチョウを整理しながらそう言った。アフンが忘れてしまわないよう、いつも、なんども繰り返した。

ときにアフンは、「価値」とはどういう意味なのか考えた。父の頭のなかの方程式は、シロタテハ一羽が即ち一円だった。対して、当時公務員の月給が一六、七円だったから、それがシロタテハの価値だったということだろう。でも自転車の荷台に乗って、父の背を抱き、汗の香りを感じながら、疲れた体を風に預けることは価値とは言わないのだろうか？もしもう一度母の顔を見られるのなら、持っているお金を全部投げ出してもいい。いや、一生分のお金を失っても構わない。

でも、それはもうありえないことだ。

鋭敏さという意味でも、体力という意味でも、アフンはひとかどのチョウ捕りになっていた。ただ残念なことに、女だった。山で長時間を過ごし、夜を過ごすのはやはり支障がある。深い山のなかには、チョウ捕りたちがわんさと潜んでいるのだ。そしてふたりの弟がチョウ捕りに同行できるようになったころ、彼女は父から、工場の仕事をするよう告げられた。父はチョウ捕りより、貼り絵や工芸品を作るほうが楽で、女向きだと考えたのだ。

アフンはまず、「翅切り」を担当した。小刀でチョウの胴体から翅を切り離す工程だ。一部のチョウは死にきっておらず、切ったその刹那、口器がヒュンッと伸び、六本の脚がスンッとすくまる。どうしてか、アフンはこの工程に魅入られた。美しいチョウの翅と美しくない胴体を切り離す瞬間、心の奥底にあるなにか似かよったものに触れたように思った。

しばらくして、先輩から「鱗粉転写」の技術を学ぶことになった。これはチョウのあざやかな翅の模様を、紙か絹、綿の生地に写す特殊な技法だった。チョウの翅に「セメント油」と呼ばれる薬剤を丹念に塗り、少し乾いたあと、加圧器で転写先の紙や布に押し付ける。翅以外の部位は切って捨てられたから、腐らないプラスチック製の胴体を代わりに置いて、チョウのコピーが出来上がる。

数ヶ月が経って、アフンはその手先の器用さを買われ、「チョウの貼り絵」製作班に選抜された。スチール机を前に腰掛けた若い女性が、下絵に合う色のチョウの翅を、ピンセットでキビキビと選び取り、適切な場所に貼りつけていく。これは非常に疲れる、とりわけ目がやられる作業だった。ただ、チョウ絵の価値は、図案が複雑なら複雑なだけ高くなり、数、種類ともにどれだけ多くのチョウが使われているかで決まった。費やされた命が多いほど、出来上がった絵は繊細で「きれい」なのだ。

蝶の貼り絵を一枚完成させた工賃は、父が山で寝泊まりして、数日間かけてチョウを捕まえる売上げより多かった。でも、作業中にふと手元から目を離して、顔を上げると、アフンはいつも、父とともに渓流を歩き森林や湿地でチョウを採集した日々を思い出すのだった。水をたっぷり吸った「谷風」が下流から流れてくる。アフンは肩掛けカバンから、朝作った握り飯を父に渡す。父の汗の香り、オスチョウの気配、樹木の腐った葉っぱ、芽吹いたばかりの若草……それがないまぜになって、形ある記憶となって、彼女を包んだ。少なくとも、チョウたちはまだ生きていた。そのときはまだ、生きていた。

メールを受け取って、これは間違いなくぼく宛てだと確信した。二回連続で、送信ミスする人間はいないだろう。しかも内容が、前回ぼくが添付した文章と呼応している。ぼくは想像を膨らませた。アニーはいったいどんな人なんだろう？　彼女はどうしてこんな方法で連絡してくるんだろう？

二回に分けて送られてきた文章には、それぞれ自転車が登場する。同じ自転車なのだろうか？　そしてなにかのヒントなのだろうか？　ぼくの父の自転車を手に入れた由来を、彼女はわざわざこんな方法で、ぼくに教えているのだろうか？

アニーは当然、この物語のなかのアフンではない。集めた資料からもわかるが、台湾のチョウ産業は一九八〇年代には衰退し始めていた。だから年齢的に合致しない。

いっぽうで、彼女の文章はぼくの記憶をじわりと呼び覚ました。子どものころ中華商場にあった「特産店」（主に台湾の手工芸品を観光客に売る店だ）には、かならずチョウの標本と貼り絵が売っていて、人気だった。ぼくはどうしてかチョウの体が怖くて、標本を見るのも、絵を見るのも苦手だった。あのころは中華路にある、今世紀中はバスが来そうにないバス停にもたれながらいつも、その特産店のショーウインドウをぼんやり眺めていた。牛の角で作った装飾品や象牙に彫られた船、巨大なアトラス蛾の標本と並んで、「モナリザの微笑」がチョウで描かれていた。

メールの文章でも触れられていたが、「蝶の貼り絵」の価格は使われたチョウの数と種類で上下した。くわえて、貼り合わせる技術が決め手となる。とはいえ、当時それを知ったぼくは、チョウの死骸が大地におびただしく落ちているイメージしか浮かんでこなかった。あれが本当に「絵」と言えるのだろうか？

前にダミアン・ハーストを紹介するドキュメンタリーを見たことがある。反逆、挑発で名を馳せた、イギリスのコンテンポラリーアーティストである。かつてロンドンで開催された個展「In and Out of Love」で、ハーストは展示会場に数百羽のチョウを放ち、飛ばせるだけでなく、交尾、産卵、そして死までを見せた。そのあとチョウの死骸を使って、教会のステンドグラスのような絵を二枚描いた。タイトルはそれぞれ「崩壊――生命の冠 Disintegration-The Crown of Life」と「観察――正義の冠 Observation-The Crown of Justice」である。ぼくは美しさをまったく感じなかったが、それでも、人の精神が持ちうる「熱狂」により殺された生命の総数は、間違いなく伝染病に負けないと、ぼくに思い出させてくれた。崩壊と観察。生命と正義。

ハーストの作品には惹かれないが、彼が自分の作品につけた名前は好きだ。いちばんよく知られているのは、四メートルのサメをホルムアルデヒドを使ってガラスのケースに保存する作品で、彼はこれによって世界でもっとも価値のあるコンテンポラリーアーティストになった。その作品名は——「生者は死者に心を動かさない The Physical Impossibility of Death in the Mind of Someone Living（「生者の心における死の物理的な不可能性」とも）」

戦争末期、埔里のチョウ産業は停滞を余儀なくされた。チョウ捕りによって採集された数百万羽のチョウは輸出のあてを失い、最後はゴミとして渓谷に捨てられた。そこに生きたチョウが、仲間が水を飲んでいると勘違いして、沸きたつように渓流へと集まってきた。まるで春の落ち葉のような、生と死が交錯した不穏で鮮やかな光景であった。

戦後、余一族はチョウ産業再建のため、まず大きな一歩を踏み出した。台湾大学工学部教授・凌霄（りょうしょう）と共同で「Formosan Butterflies Supply House」と題した広告をアメリカの「自然科学者名録（The Naturalists' Directory）」に掲載したのだ。こうしてチョウの輸出は日本向けから、欧米向けへ転換した。凌はのちにカナダに移住し、両者の協力関係は終わった。

日本人の研究開発により、チョウの工芸品は標本や貼り絵のほか、鱗粉転写や密封加工などへ多様化していった。転写の技術は明治四十二年（一九〇九年）、「名和昆虫研究所」によって発明された。コーティングのあと加熱をして、チョウあるいはガの鱗粉を布や紙の上に定着させる工程で、当時はさらに、和服の帯や雨傘、簪(かんざし)、扇子、あるいは器のような日用品、絵はがきなどへ応用された。人気を博したため、原材料であるチョウの需要が急増し、作り手たる女子工員は人材が払底した。

一九六〇年代から一九七五年まで、チョウは年間数千万羽もの輸出量があり、当時の台湾における重要な外貨の稼ぎ手であった。だが同時に、埔里のチョウ生息地には大きな環境負荷がかかり、採集量は減少へと転じ、右肩下がりとなっていった。チョウ商人たちは南部や東部へ目を向けた。そして輸出加工のため、北部に工場を作った。さらに十年が経つと、かつては山野を無尽蔵に飛んでいたチョウは自然から仲間外れとなり、工芸品としても時代遅れとなり、活況は二度と戻らなかった。

そんなメールを送信してから三時間ほど。ぼくがコーヒーを一杯飲み、サンアントニオ・スパーズ対ゴールデンステート・ウォリアーズの一戦を見たあと、シャワーを浴びて外出の準備をしているところで、彼女からの返信が届いた。

アフンが彼と出会ったのは、盲腸炎のせいだった。あのころ、この小さな町で、その手術をできる医師は彼しかいなかった。彼は彼女のために切除手術を行い、体のなかから腐りゆく小さな部位を取り去った。それからお腹のうえに縫い痕(あと)を一本残し、そして彼女の心にもかき消えぬ痕をひとつ残した。彼の手のひらは普通の人よりひと回り大きく、マメができる兆しさえないほど柔らかく、あるいは町でいちばん柔らかな手だったかもしれない。その手が、彼女のおなかのなかに入ったのだ。

アフンが帰宅の時間を心待ちにするようになったのは、それからだ。自転車で診療所の前を過ぎるとき、椅子に腰掛けて新聞を読む彼を見かけることがあった。休診時間にカーテンを開けて、読書している姿もあった。診療所の前を過ぎる瞬間、アフンは笑みを押さえる努力をした。そのせいで、かえって大泣きしているような顔になった。

いつしか彼は、通りの角で彼女を待つようになった。当たり前のようにそこにいて、アフンが路地へ自転車を滑り込ませると、彼女の父の自転車のサドルに跨がり、運転を代わった。アフンをトップチューブに座らせ、だれもいない道をしばらく走った。彼女の手を握った彼の手のひらは、そこに小川があるかのようにいつも汗が流れていた。たったそれだけのふれあいが、彼女の心をぎゅっとしめつけ、息もできなくした。

ずいぶんあとでなぜそうなってしまったかを振り返ったとき、生まれつきの体の弱さが心の弱さを引き寄せたか、それとも父の死で心身ともに弱っていたからか、アフンにもわからなかった。いずれにせよ彼の出現はつまり、彼女にさしのべられた一本の縄だった。

ある日、ふたりの息子にチョウ捕りの技術を仕込んだあと、アフンの父は単独でミドリシジミを捕りにでかけ、渓流へ入ったまま帰ってこなかった。翌日、ほかのチョウ捕りに発見されたとき、頭部の傷口から流れた血はそっくり渓流に抜き取られ、全身はすっかり蒼白に洗われていた。きっと魔物が化けた希少種のチョウに引き寄せられ、深い山に入ってしまったアフンの父は、夜になっても道に戻れず、崖から足を踏み外した、というのがチョウ捕りたちの一致した見解だった。彼らはみな、山に魔物がいると信じていた。チョウ捕りが捕るチョウの数量を決めているのは、その魔物なのだ。「アハッパ」（アフンの父の名）が、生涯に捕まえてよいチョウの数はもう終わってしまった。それ以上捕ろうとすれば、魔物に目をつけられる。

アフンの継母は泣いて、後始末に手がつかない。弟たちは、死がどういうことか理解するには若すぎた。アフンは警察から知らせを受けて、父が渓流の入り口に停めた自転車を引き取りに行った。すると彼女は帰り道に自分の家を忘れ、村を通りすぎてから、やっと気づいた。

数日後、お腹が異常なほど痛んだアフンは診療所に行き、盲腸炎と診断された。それは当時、非常に重い病気だった。おなかの内側にある病気なのだ。そしてアフンが十八歳と二ヶ月のときに、盲腸を切ったあとのお腹がまた、大きくなり始めた。

彼は家庭がある人だった。だから継母は必ず、メンツを潰されたと感じるに違いない。ましてや父を亡くしてから、さほど時間は経っていないのだ。草原のようなからっぽの町では、どんな些細なことも蓋をしておくことはできない。アフンは彼に辛（つら）い思いをさせたくなかった。そして死んだ父と残された継母にいやな思いをさせたくなかった。唯一の方法は、この町を出ることだ。

アフンは、自転車に乗って村を出る前日、いつものよろずやへ行って、陳列されている商品たちとお別れをした。髪留め、栓抜き、ちり紙、水糊、アゾーおじさんのショウガ、ガラス瓶のコーラ、キヨシさんの鍛えた鉄鍋と磨いた鋤、そして熊手。ワリスが採ったヒメタケノコと竹竿(たけざお)。まだある。近くの村で作られた安手の工業用生地の服、煙草「長寿」、アヒーおばさんの漬けもの、とそれから、この村の店だからある——日本時代からこれまでずっと売れなかった「額装」のチョウ。そのなかみは、工場の女子工員が小刀で胴体から切り取った翅を置き、存在しない翅以外の部分を手で描き加えた、本当の手工芸品だ。

そのすべてを手に取り、そしてもとの場所へ戻した。店内をゆっくり——まるで十八年かけるように——見て回った。この店にあるものは、つまりこの村のすべてだった。彼女は考えた。この店は、つまりこの村そのものだった。さっき、自転車を漕いできた道は、彼女の十八年だった。診療所には寄らなかった。その前は通ってはいけないと知っていたから。彼の顔をひと目みたら、もうダメだ。それきりこの村に釘付けになってしまう。

アフンは自分で作ったチョウの貼り絵をなん枚か、自転車の荷台にくくりつけた。左右に下げた袋には日用品を入れた。この一年、こっそりチョウの翅を仕入れて、家で製作した。だからお金も少し貯まった。そのお金はそっくり継母の枕の下に置いてきた。世話をしてくれた彼女への感謝と、乗っていく父の自転車の代価のつもりで……。父が自転車を残してくれたことをアフンは言祝(ことほ)いだ。出発したあともずっと、そこはかとなく牛革のサドルから父の汗の匂いを感じ、安心した。

自転車はやっぱり、彼のことを思い出させた。体質的にアフンは冬、膝と踝(くるぶし)、足の裏がことのほか冷えた。でも彼がそこを撫でてくれるだけで、血色が戻り、窓の外に太陽がふたたび照りだしたように思えたのだ。

アフンは写真を撮らなかったから、ずっとあとで彼を思い出すとき、彼の背丈もほとんど忘れてしまっていた。声も忘れた。でも、彼の手の感触を忘れることはなかった。木の幹を背中から抱えるように彼の手が、アフンの肩、湿った脇、やっと膨らみ始めたばかりの乳房を経て、ステムに置いた彼女の手にそっと触れた。彼の体温が背中から伝わってくる。

奇妙にも、そんな記憶が、牛革のサドルとハンドルに強く残っていた。

ぼくはディスプレイを見つめて、二回続けて読んだ。名前も知らぬ虫が止まって、それがまるで「読点」に見えた。

ノートⅢ

自転車で山脈を越える瞬間、蒙古民族が人馴れない野生馬に乗るときと同じ、体へとじかに伝わる大地の律動があった。それまで人が持ちえなかった身体感覚を付与してくれたその価値は、計ることなどできない。

――ドイツの自転車デザイナー、カール・ニコライ

鐵馬を集める「達人」をたくさん知っている。古物商や自転車研究者もいるし、またナツさんのように、古い自転車に乗る機会がたまたまあり、それっきり二度と降りられなくなって、いわゆる「マニア」になった人もいる。

ナツさんは宜蘭出身で、今は新竹に住んでいる。サイエンスパークで働くエンジニアである。自転車コレクションを保管するために、わざわざ駐車場と倉庫を借りている。もとはどんなヴィンテージ自転車も収集していた彼だが、だんだんと「幸福」専門になっていった。ナツさんにはひとつ願いがあった。それはコレクションの一台一台に、

かつて彼らが過ごした時代の姿を取り戻してもらうことだった。だからどの車体も自らバラして、パーツの汚れやサビを落とし、もう一度組み上げた。さらにはその過程をビデオで撮影した。つまりはぼくも、彼のやり方を真似したことになる。ナツさんは言った。人間は本来的に、ものを直す欲望を持っている。自分の手を動かすのはつまり、修理の対象たるものへの、そして、自分の身体がそれに足る完全なメカニズムを持っていることへの敬意なんだ。

ナツさんはぼくを連れて、中壢（ちゅうれき）や桃園（とうえん）、新竹付近のまだ現役で自転車の修理をしている親方のもとを訪ねた。彼らはぼくに、幸福自転車の時期ごとの車種の特徴をどう見極めるかを教えてくれた。たとえば初期はエンブレムも風切り（かざき）も銅が下地の琺瑯製だったのが、のちにアルミ地に印刷へ換わり、最後は安手のシールになった。「これは物づくりの退行です」ナツさんはそう言った。もちろんそれは同時に、自転車が保有者の社会的地位を象徴するものから、だれにでも手が届く大衆的な交通機器になったことを意味した。

ナツさんによれば、「幸福」印にどれだけの車種があるか、正確に知る人は存在しない。目下、ナツさんは十七種を保有しているが、まだ、自分の手元にない「夢の自転車」を、いつまでも追い求めているらしかった。

持っている十七種のうち、ナツさんの思い入れがいちばん強いのが「産婆」自転車だ。

これはある老コレクターから買い受けたものだそうで、その人は台東駅近辺の交番で見かけた。この型の特徴は「大曲がり」と呼ばれたスタッガードフレームの形状で、ハンドル側からサドル側へとわたすカーブは当時の技術ではじつに難易度が高いデザインだった。さらに重要なのは、初期の台湾自転車産業において珍しく、女性を対象として設計された車体ということで、生産量がきわめて少なく、コレクター的にも非常にレアだった。

持ち主は見つけ出したものの手放す気配はまるでなく、老コレクターは一ヶ月のあいだに新竹と台東を四度も往復し、最後はベスパのバイク二台を交換条件にして、ようやく譲ってもらうことに成功した。そこから先は、老コレクターとナツさんの長い交渉になる。五年間である。ナツさんは毎週末、老コレクターのところにお邪魔して、お茶を差しつ差されつ雑談をし、ふたりの関係性もいつしか師弟のように、ひいては旧友のようになり、最終的にナツさんに売ることを承諾した。

前にも訊いたことがある。一般人から見たら、我々は自転車を保有しすぎている。たくさん持っていたところで、ぜんぶ乗れるわけじゃなし、展示する場所だってない。それでも必死になって売買交渉する意味はいったいどこにあるのか?

ナツさんの答えはこうだった。古い自転車に乗っている持ち主はみな、自分の自転車にこだわりなど持っていない。だからもし、そのまま口出ししなければ、最後の一台かもしれない「幸福」産婆車がくず鉄になり、この世から消えてしまう。ナツさんはその老コレクターと友達になったあとも、産婆車を売ってくれとは口にしなかった。彼から自転車修理を教えてもらい、彼の自転車「収集」史を聞くだけでも、十分有意義な五年間だったのだ。

つまり、この産婆車はふたりのヴィンテージ自転車マニアをつなぐ記念品になったわけだ。もはや、どちらの手元にあろうと関係ない。ナツさんは言った。鐵馬の価値を知る人は今、あまりにも少ない。このままでは裏町の噂話のように、歴史上存在しなかったことになってしまう。もし自分が今集めなければ、自転車たちは捨てられ、あの時代を証明するものが消えてしまう。

台湾大学のある公文書によれば、一九五〇年、キャンパスが広すぎることを理由に農学部が自転車を買い、公務に使用しようとした。結果、三五〇元という購入価格が予算超過でクレームがつき、却下された。一九五五年ごろ、「伍聯（ごれん）」「菊鷹」など大衆的な台湾製自転車の価格はおよそ九〇〇元、日本製の輸入車は一七〇〇元以上した。ちなみに当時の散髪代は七元。今は二〇〇元ぐらいなので、自転車一台は数万元となるだろう（近年台湾の大学新卒者の初任給は三万元弱）。いつも思うのだが、それほど高い代価を支払ってまで自転車を買うというのは、そこに実用性以外に「モダン」という魅力があったはずだ。母に言わせればそれは、「目立ちたがり屋」なだけなのだろうが。

一九五六年、政府は「自転車の割当て販売に関する取決め」を導入し、軍人と公務員、教職員は分割払いで自転車購入が可能となり、学校の先生はさらに校長を保証人にして、台湾省物資局にローンが申請できた。当時販売されていた「伍順(ごじゅん)」印の教員専用自転車は一台一二〇〇元で、十回払いが可能だった。また自転車登録税が導入され、二枚式のアルミ製ナンバーがステムのところに貼られるようになり、もし違反をすれば警察が一枚を抜き取っていき、その車両は乗れなくなった。

ぼくが生まれた年、台北市の自転車登録税は年、一八元。同じ年の中華商場の「元祖はここだけ 具なし麵(陽春麵)」は一杯、五元だった。二年後、自転車の登録税は廃止された。つまり、自転車が「モダン」と持て囃(はや)された時代は事実上、終わった。ときが過ぎ、今、インターネットでは、状態のいいレアものの幸福自転車に一〇万元、FUJIの運搬用自転車には二〇万元の値段がつく。かつては生活のなかで使われた実用車だが、今や「目立ちたがり屋」の装飾品になっている。ぼくから見ても、売買しているのはマニアでなく、もはやただの金持ちだ。

ゴシップ雑誌のライターをしていたころ、「いつでも」眠りに入れる状態になったことがあった。睡眠時間は規則正しく毎日二時間ずつ前倒しされていき、その時間になるとどうあろうと、眠ってしまう。だからぼくは仕事を辞め、自分と他人の生活サイクルのズレを放置することにした。それから、ぼくは日本へ行くことに決めた。第二次世界大戦のころ、父が戦闘機を製造していた高座(こうざ)海軍工廠(こうしょう)がどんなところか見に行き、その

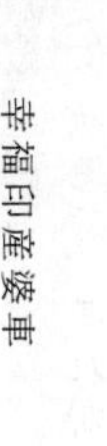

幸福印産婆車

経験を小説にした。（神奈川県旧高座郡にあった海軍工場で約８００人の台湾少年工が戦闘機製造に従事した）

　症状はその後、予告もなく消えた。まるで、それが予告もなく始まったのと同じように。ただ小説を出してしばらくしてからも、真夜中、湖の水のようにしんと意識が冴え渡る時間があった。湖に釣り人はおらず、虫も鳴かず、月は色もなく、太陽はあがらない。ただ自分がそこに座っているだけ。

　そんな時間をやり過ごすために、ぼくはリコーのデジカメを片手に、真夜中の萬華（まんか）（台北市西南部にある古くより栄えた商業エリア。艋舺とも）へと向かった。そうやって散歩をすれば、翌日多少は穏やかに過ごすことができる。この場所を選んだのにも理由があった。うちの家族は中華商場へ入居する前、このあたりの古いマンションの地下に暮らしていたのだ。

　いつも、龍山寺前の公園をぐるぐる歩くことから始めた。このエリアはもともと、小商いの店が集まる大市場だった。子どものころはお土産物やスカーフ、服、靴など日用品が売られ、サバヒー、豚とろみ汁（赤肉羹）、大根スープ（蘿蔔湯）、肉粥、かき氷ミックス（八寶冰）、米粉（こめこ）の茶碗蒸し（碗糕）なんかを食べさせる屋台が並んでいた。旧正月に、母につれられて「革靴病院」という店で靴を買ったことがある。ぼくはうまい名前のつけ方だと思った。

　のちに古木が倒され、店は立ち退き（の）に遭い、今はなんの由来もない噴水と、だれも立ち止まらぬ地下ショッピングモールに変わった。昔ながらの店は、周辺の路面へ移転したが、かつての味わいは失われた。味というのはやはり、その場所とは切り離せないものなのだ。

実際、観光客は寺前の空間に寄り付くことなく、その代わり集まったのは、帰る場所のないホームレスだった。深夜、彼らが座るか眠るかしているその隙間を歩くと、まるで墓場の気配がした。知らない人はきっと、彼らが一日中することもなく、ぼうっとしてると考えている。呼吸をともにし、生活をともにしてみないとわからないが、彼らには彼らの娯楽がある。まず早朝から正午までは主に中国将棋に興じる。昼寝のあとは目的地のない散歩。夕暮れどきは三人、五人が集まって、「コイン投げ」の遊びをする。壁にいちばん近いところに落としたものが勝ちらしく、実際、なん人かの老人はいつも絶妙に、花壇の縁から一センチのところにコインを落とした。夜は「ナカシ」——流しが出て、彼らは輪になって歌を楽しんだ。ときにはかたわらの女性ホームレスの手を取り、いっしょに踊った。そこに来る流しは、言うほどうまくなく、ぼくが見たミュージック・ソーの弾き手などは、どの曲も「ミューミュー」、同じメロディーにしか聴こえず、音程もずれ、リズムもなかった。だのにホームレスたちは、その日に拾った小銭を投げるのだ。

また、ここのホームレスは、普通の人が考える以上に複雑な出自を持っていた。メディアはよく、元社長が宿無しになったエピソードを好んで取り上げるが、ぼくからしたらそれがいちばん退屈で、魅力のない身の上話だ。ビジネスに失敗し、金を騙（だま）し取られ、酒と女に溺れ……のパターンしかない。

ホームレスのなかにも心優しき悪人や、社会不適合者、さすらいの芸術家、そして目つきの悪い博識者がいた。彼らは夜、「老人市場」に混じって、がらくたを売った。ぼくは同情でここに来ているんじゃない。彼らとおしゃべりするのが、かつて受けた大学の授業よりずっとおもしろく、得るものがあったのだ。ぼくもまた、ここでなら自分の無知をさらけ出していられた。

ある晩、隅っこのいつもの場所で煙草を吸いながらメモを取っていると、汚れた衣類のかたまりがもみくちゃになって揺れているのが遠目に見えた。よく観察すると、スヌーピーの絵が印刷されたふとんのなかで、卑猥な動きが行われている。耳をすませば、ふたりのあえぎ声がはっきり聞き取れた。

かたわらには、汚れたビニール袋がいっぱいに掛かった自転車が停められていた。確かめてみたくなり、こっそり近づいてビニール袋をずらし、ヘッドチューブにあるエンブレムを見た。二羽のハトと二輪の百合(ゆり)、そして英文で書かれた「LUCKY」「SUPER CYCLE」——もちろん「幸福」印のものだ。かなり初期の型で、黒い鉄製マッドガードを備えた、シングルトップチューブの尚武車だった。

街灯はふたりのいる暗がりに光の輪を作った。ふたりの影は光の輪を小さく押しやったり、またもとの大きさに戻したりした。しばらくの激情のあと、ふたりの動きはゆるやかになり、ふたたび、なにかわからない汚れのかたまりへと戻った。そのあと、どちらもふとんから顔を覗かせ、髭(ひげ)に白いものが混じった男は手を伸ばして、汚れと脂でカチカチになった女の髪に触れた。あまりに静かな動きに、男の手は停まっているように見えた。でも気づくともう、女の頭に触れているのだ。

自転車の持ち主は、その鐵馬がマニアを魅了する一台だと知っているのだろうか？あるいは彼自身がまさに、マニアなのだろうか？　いつかチャンスがあれば、彼の沈黙の殻を破ってみようと思う。あるいは、彼の幸福自転車に乗せてくれるかもしれない。

マニアというにはまだまだ未熟なぼくは、ついつい車両そのものより、自転車が持つ物語を大事に思ってしまう。ナツさんはまだ比較的、ぼくと趣味が合うほうだった。ナツさんが懸命にレストアした産婆自転車に乗せてくれたあの午後、公園で試乗して帰ってきたぼくに、彼はひと言訊いた。「どうです？　産婆さんの気持ちがわかりますか？今からそれに乗って、新しい生命を受けようとする産婆さんの気持ちが？」

ぼくは首を振り、そしてまた頷いた。胸が高鳴っていた。まるで今、かわいさ満点の赤ん坊をその手に抱いているように。

5 銀輪部隊が見た月
The Silver Moon

今年の秋は長雨がいつまでも降り続き、朝、聞こえてくるのは、いつも雨音だった。道路、ベランダ、トタン屋根とあまねく木立の葉を打つ音が、人を不安な気持ちにさせた。

あの日、アッバスのスタジオを出て以来、ぼくはラオゾウの自転車の話の続きが聞けないかと、それとなく頼んでみた。すると、物語には自分では語りたくない部分がある。なにか別の方法で伝えるとアッバスは答えた。結果、ぼくは、彼のふるさとへ呼ばれた。アッバスのふるさとは、南投県にあるツォウ族の小さな村落だった。ツォウ族の生活圏のなかでは、比較的北寄りとなる。ぼくはアッバスと約束して、南投で待ち合わせした。そして屋台の豚とろ煮かけごはん（滷肉飯）で食事を済ませたあと、彼の運転する野狼バイクに乗せてもらい、山へ向かった。ほとんど濁水渓の河床を走っているに等しい土砂運搬トラック専用道路に上がり、陳有蘭渓へと入っていく。集集大山が見えるが、黄砂でぼんやり靄がかかっている。数百メートルの幅がある河床には、数十歩で渡れる幅の濁った水流がなん本か残り、まるで辮髪が絡みつくように海へ向かっている。

「クソみたいな堰（集集攔河堰）を作ってから、濁水渓は無水渓に変わっちまった」アッバスが言った。

山のなかほどへ入ったあと、アッバスは「倉庫渓」という渓流に沿う細い産業道路へバイクを走らせた。倉庫渓は幅五メートルもないくらいの小川で、岸に梅の並木が植わっていた。わずかな土地も無駄にするなという信念があるのか、この地の耕作者は隙間があらばトウモロコシを植えた。今は赤い穂を出し、背の高くたくましい衛兵が列をなしているようだ。さらに上っていけば葡萄園がなん面も続き、棚を這うツルの広がりに思わず、左右の土地のほうが道路より高いのではと勘違いしてしまう。

道路を登りきったところに、村落が現れた。

アッバスはわざわざバイクでぐるり一周し、初めて来たぼくに全体像を見せてくれた。村落はおよそ数十世帯しかなく、唐突に建て増しの二階屋、三階屋が現れる以外は、ベタッとした瓦葺きの平屋がほとんどだった。多くの家の壁に、粘土の造形が施してあった。祭り、狩り、農耕、引っ越し、そして聖書の物語である。レリーフのなかでツォウ族の人びとは、弓を引き、ムササビやサンバー、キョン、イノシシを追いかけ、アワを蒔き、収穫して杵でつき、収蔵する。彼らの顔には小さく、でも尖った鼻があった。まつげが長く、その瞳のなかを雨雲が流れてはかき消え、未来への不安が兆しているようだった。でも、造形のなかで彼らは、まだ世界全体から隔絶したまま、静かな力強い生活とともにあった。

質素な石造りの平屋の前で、アッバスはバイクを停めた。家の周りにはレンガで地面を区切り、茄子や唐辛子など日常に使う野菜が植えられ、空き地には愛玉子（あいぎょくし）（台湾自生のつる植物。実の固まる特性を利用してデザートにする）が干してあった。皮と種は分けられ、法則があるようなないような並べ方で防水布の上に置かれ、どこか幾何学の美を感じさせた。アッバスのお母さんがうちから出てきた。息子の手をつかんで甲をやさしく叩き、ぼくには微笑みで迎えてくれた。たぶん六十代だろう。静かで内気そうな女性に見えた。髪の毛はセミロングで、眉をぎゅっとひそめているものの、口元には笑みが浮かんでいた。

家のなかはすっきり片付き、家具はまんなかに置かれた大きなテーブルだけだった。壁にはアッバスの作品が飾られている。山脈やジャングルを撮ったモノクロ写真。それから、部屋のすみっこに漬け物の桶が数個あった。アッバスはぼくを、続きの小さな部屋へ案内した。幅三歩、奥行き五歩くらいの大きさで、シングルベッドがひとつある。ベッドフレームはどうやら自作で、脚は四本の丸太だった。ウォールハンガーも木目が美しく、木窓が開いていて、そこからは、たわわに「妊娠」したパパイヤの木が見えた。

「これが私の部屋だ」

アッバスからは、カセットテープを聴く機材を持ってくるよう言われていた。彼のカセットデッキはもう壊れている。だからぼくは、アブーの倉庫からソニーのラジカセ・CFS-3000Sを借りてきた。アブーはぼくに言った。これは八〇年代に生産されたもので、カセットテープをかけ、FMが流せる以外、短波も聴けるんだ。遠い海外のラジオ波がひっかかることもある。

「しっかりした、いい機械だよ。デザインもいかにも日本らしい、ひとつの工芸品だ」

アブーは自慢げだった。

アッバスの母は葡萄園へ行くと言って、出ていった。この時期は臨時雇いで、台北へ出荷する葡萄の収穫と箱詰めの作業を手伝う。部屋へ戻ってきたアッバスが腰を下ろし、茶色の書類箱を取り出した。なかに入っているものは、すべて油紙で包んであった。写真が数枚と、ケースがないカセットテープが二本。カセットテープのレーベルにはボールペンの強めの筆致で、「ぎんりんぶたい」と「北ビルマの森」とあった。

「これが銀輪部隊だ」アッバスは一枚の写真を指さした。兵士たちが自転車を担いで、泥沼のような河を渡っている。写真をひっくり返すと、黄ばんだ背にペンで拙く「濁水渓」と書かれていた。

アッバスが別の写真を取り出した。二十歳くらいの、日本軍の軍服を着た勇ましい青年が、写真館らしい書き割りの前に立っている。「これがバスアだ。バスアの中国語名は高天進、日本語名は森勝雄という。だからご近所の人は、MORIと呼んだ」

彼が父を語るとき、「父」という言葉を避けていることにぼくは気づいた。写真のなかの男がまるで、赤の他人であるかのように話している。写真を保護する厚紙に日本語が一文書かれている。アッバスが人に翻訳させたところ、おおよそこんな意味だった。

「日本兵だった過去がある以上、中国兵から恨みを買う可能性がある。だから写真は燃やした。残ったのはこれだけしかない」

ゆっくり写真を見ていった。多くはジャングルの写真だったが、どこか縁遠い風景に感じられた。また、明らかに新しい写真がなん枚か混じっている。バスアとアッバスのお母さんの結婚写真が一枚。そしてバスアと子どもの——ひと目でアッバスだとわかる。きっとお母さんがシャッターを切ったのだろう。父と子は動物園の柵の前にいて、うしろのゾウは長い鼻を上げ、まるで笑っている。もう一枚、バスアとアッバスのお母さんの写真は、やっぱりゾウがうしろにいて、ただ構図はかなり仰角になっていた。

「私がシャッターを切った。最初の作品ということになる」アッバスが言った。

写真のほかに、日本語の印刷物数枚と地図一枚が書類箱に入っていた。地図は記号で、樹木と家屋、河川が示してある。ジャングルに囲まれた小さな村のようだ。村の西方にわかりやすく赤い印がある。

ぼくは、印刷物になにが書いてあるのか訊いてみた。アッバスは、日本語がわかる友人に翻訳してもらい、知っていると言う。当時の日本軍参謀本部にいた中佐が、兵士にたいして書いた、『これだけ読めば戦は勝てる』という本の一部で、ただ、翻訳してもらった内容をちゃんと残しておかなかったため、細かいところは覚えていないらしい。アッバスはさらにこう言った。地図の意味は、カセットテープを聴けばわかるはずだ。

ぼくは許しを得て、スマートフォンでその本を写真に撮ると、日本語をよく知る編集者の友人・シャニーに手助けを頼むメッセージを添えて、送った。

　さらに毛筆で書かれた日本語の詩があった。「われは草なり」というタイトルで、繊細で美しい筆致であった。署名は「高見順（たかみじゅん）」とある。

　アッバスが言った。「自転車の話の後半、いや、むしろ前半部分の物語かな。それを私から話しても、適切ではないとずっと考えていた。バスアから聞いてくれ。ただ、君がこの物語を理解するのはそれほど簡単じゃない。録音されたカセットテープの中身は、日本語とツォウ語が混じっている。戦争の話もある。ツォウ語のほうは村落の老人に頼んでやる。でも日本語は君からだれかに翻訳を頼まないと。しかも録音状態はかなり悪い……」

「うん、わかった。今、聴かせてもらえるんだろう？」

「もちろん」

　ぼくは、「ぎんりんぶたい」と書かれたほうのカセットテープを、ソニーCFS－3000Sにセットした。しばらくして、スコップをこすりあわせたような雑音を割って、低い男の声が聞こえてきた。妊娠したパパイヤの背後に広がる斜面で、数えきれないほどの葡萄が今すべて、白い袋に包まれている。窓外の風がひとしきり吹いて、淡くて遠い果実の香りを伝えた。ぼくはバスアの声を聴きながら、まるで目の前に大きな森が浮かび上がり、曖昧（あいまい）な影がひとつ、森のなかへ、道にもなってない小道を歩いていくのが見えたような気がした。

その夜、カセットテープをデジタルデータに変換して、シャニーに送った。彼女に訳してもらい、お礼は後日、彼女の冷蔵庫が空になったときに、食料を補充することになっている。

翌日、村落のなかでも数少ない、ツォウ語が流暢でかつ中国語もなんとか話せる老人を紹介された。アッバスも以前、ツォウ語の部分を翻訳しようと試みたことがあったので、当時の草稿を印刷して持って来た。軒下の腰掛けに座り、もう一度話を聴こうというのだ。九十歳近い老人は背が小さくて、普通の大人を等比例で縮めたように見えた。彼がいかにも気力に満ちて煙草を吸い、遠くの山霧を見つめながら言葉を吐き出せば、あっというまに視界がぼやけて、おぼろげな水霧に包まれた湖がそこにあるようだった。

毎日夜になると、電波の安定した場所へ行き、シャニーの翻訳を受け取った。そして部屋に戻り、なんどもカセットを聴き直した。ツォウ族の老人の翻訳とも対照させ、日本語の語りとツォウ語の語りが切り替わるポイントは、新しいほぞで継いでいく。まるで日本時代に台湾先住民を統治するためにあった駐在所を、もういちど建造するような作業であった。

バスアの日本語はものごとを説明する部分によく用いられ、いっぽうツォウ語は感情表現や風景描写によく出てくることがわかってきた。最初は段落ごとにどちらの言語か表示するつもりでいたが、なくていいという考えになった。なぜなら、この語り手において、ふたつの言語はすでに一体化していたから。ツォウ語の響きと日本語の響きはまるで山肌と風のように、あるいは樹木と寄生植物のように寄り添い、もはや分かつことができない。

このノートの文言はたしかにぼくが整えたものだが、でも勝手な加筆、削除はしていない。ただ、異なるコンテクストの読者が読むときのために、おせっかいだが、一部の単語のうしろに括弧で注釈を加えた。

二十歳の冬がもうすぐやってくるころ、私はふるさとを離れて、輸送船で海南島へ向かった。半月後、海南島の南端にある三亜からまた輸送船に乗り込んだときも、自分の運命の鳥がどこへ飛んで行こうとしているのかわからなかった。海さえ言葉を失くしたその夜。あまりに静かすぎて、艦艇のエンジン音もどこかへ仕舞い込まれたかのようだった。甲板にいた人はみな、異常なほど巨大で、赤い暈が被った月を見た。部隊の戦闘準備は朝まで続いた。月が蒼白となって西へ沈み、太陽が東から出てきたころ、水面に月の光と日の光が同時に映った。

(しばらくの沈黙)

私たち部族は、落ち葉の末裔だ。新高山の子孫だ。アック・イ(祖父)が言うには、はるか遠い昔に、ハモ(空の神)がフウの木を揺らし、そのとき落ちた葉がツォウ族の祖先となった。のちに大洪水が起き、人も動物もパットンカン（玉山）へ逃れた。水が引いたあと、私たちの祖先は新しい家を見つけに出発した。新高山を下りて北へ向かった。雄壮なハブハブ（鹿窟山）を越え、西部の平原にたどり着いた。耕作に励み、繁殖に努め、レノヒ・ウ（小さな村）はハサ（大きい村）へと成長した。（パットンカンと新高山と玉山は同じ山を指している。台湾最高峰で標高3952m）

　大きな村を経営するには自分たちのクバ（男の集会所）とヤヤスバ（祭事広場）が必要で、そのまわりに、ヨノ（神の木）とフィッテウ（神の花）が植わっていなければならない。祭事にはパッモモトゥ（村の神）と、オケ・マメオイ（大地の神）のオイシアストゥ（祭祀場所）が要る。村にはさまざまな役割を担う長老と頭目がいた。彼らは部族の祭式を熟知し、いずれも卓越した語り部だった。我々部族は、平地の人びとのように日本人を憎み、怖がることはなかった。なぜなら始まりに、洪水で玉山に上ったとき、スズメやヤギが火を見つけてくれ、カニは水を引く手助けをしてくれたからだ。ツォウ族やブヌン族とマヤが玉山を離れるとき、弓を分かち合い、兄弟分として次に会うときの証しとした。老人たちは、日本人はきっと、長く再会していないマヤだろうと考えた。

　私が生まれた村落はホサノルットゥ（魯富都和社）という。アモ（父）が言うにはとても大きかったが、のちに洪水のような伝染病に襲われ、子どもたちはほとんどその年に生えてきた木の下に埋められた。昭和五年、日本人は我々をママハバナへ強制移住させた。それは日本人がナマカバンと呼ぶ場所だった（今の久美）。部族の人びとは子どもや犬、植物の種と豚、鶏を連れて新しく住む場所へ向かった。子孫が帰る道を忘れないよう、壁に物語を描いた。ママハバナにはブヌン族や平埔族（平地に住む先住民。漢民族と混住し融合が進んだ）も暮らしていた。みな、親戚のようにともに生活した。喧嘩もし、結婚もした。私が覚えているには、部族で「国語解者（日本語ができるもの）」は多く、ときには日本語でときには部族の言葉で話した。学校の先生は私の日本語が上手だと褒めた。しかし父は、部族の言葉から出ていくなと言った。そうなった人は、空洞の木になり果ててしまう、と。十八歳のとき、私は「青年団」に入った。青年団の先生は、我々が「現人神」のために犠牲となることは名誉だと教えた。そのころ、たくさんの先生が召集され、兵隊となった。彼らは入隊前に、昂ぶって言った。「待ち望んだ召集通知が来た。私は感動している。戦場で鬼畜米英をやっつけ、桜のように華麗に散るのだ！」しかし椎名という先生は、人知れずこう言った。自分は「武」でなく「文」の人間だ。それを戦場に送ったところでなんの役にも立たない。犬死にするだけだ。白い布にくるまれた無残な木箱に入るとわかっていて、「靖国神社で会おう」などと空言を言い、出征などできない。

そのとき私は、椎名先生を軽蔑した。

昭和十六年。私は、小鎌次郎先生に推薦され、軍の特別な研究部隊に加入することとなった。小鎌先生が言うには、皇軍は今まさに南方進攻の準備をしている。南方の気候は台湾よりもなお暑く、海のような密林があり、いっぽう皇軍は寒冷地での作戦に慣れているため、この戦争は新しい取り組みとなる。先生はさらに言った。非常に聡明な中佐殿が「研究部」を設立し、密林戦でどのような被服が適するか、湿気のなかでどうやって通信と補給経路を維持し、衛生状態を保てるかを研究するのだ。中佐は「蕃人（ばんじん）」のなかで、密林で注意すべきことを教えてくれる人材を探している。

小鎌先生は、私の体力があるところに目をつけた。くわえて、アモが集落で最良のハンターだから、私もきっと密林のことをよく理解していると考えたのだろう。これは天皇陛下に報いる最高の機会である。そして、訓練終了ののち、家には米が数俵送られる。研究部に入るとき、アモには黙っておいた。最初は、日本人士官とともに近くの獣道を歩いた。私は彼らに、部族のハンターがどうやって食物や水を見つけるかを教えた。木の皮から塩分を取り、ツル植物で水分を得る。そしてどうやって毒蛇から逃れるか。夜は小刀で削って作った木の杭（くい）に、防水布を打ちつけて引っ張り、縄で隣の木まで渡して寝床を作る。針金と木板で小さな炉を造り、湯を沸かし、獲物を焼いた。そして星の見方や風の感じ方、暗闇で歩く方法を教えた。それはどれも、アモが私に教えたことだ。アモはいつも言った。つま先が大事だ。つま先は暗黒のなかを歩く我々の触角になる。士官たちは私の話をいちいちノートに記していった。

ある夜、眠れずに目を覚ましたら、日頃からよくしてくれる藤井少尉も眠れないらしく、我々は森が尽きたところの崖に腰掛け、語り合った。その夜の月を、我々は「コフコヤチフェオフ」と呼んだ。部族のあいだでは一ヶ月の時間を「月ひとつ」と言い、一年の最後の月は二ヶ月の時間を含む。なぜならそれは、回復の月だからだ。「コフコヤチフェオフ」は「きれいな月」という意味だが、祭典を執り行ってもよいという含意がある。この月が満ちて欠けるあいだに、人は死なないし、事故も起こらない。

私は藤井少尉に言った。「これはきれいな月です。戦いの祭りを行うことも、家を建てることもできる」私が「今月は」と言わなかったせいか、藤井さんはこう答えた。

「そうだな。ここの月はきれいだな。私の故郷の月もきれいだが、また別の美しさがある。我々は銀輪(ぎんりん)に乗る部隊だが、ここで見上げればまたひとつの銀輪がある」

私は月はどこから見ても同じではないかと訊いた。

少し沈黙して、彼は答えた。どこの月も同じだ。かぐや姫がいるからな。

（およそ三十秒の空白）

その後、彼らは私に自転車の乗り方を教えた。初めてだったが、私はあっという間に体を通じて自転車を感じ取り、動かす方法を会得した。小鎌先生が言うには、海を越えて戦争に行くとき、装甲車や輸送車を大量に海上輸送することは難しい。でも自転車ならよりたくさん積める。自転車は軽く、速く、さらに軍需品の運搬もできる。私が、海を見たことがないと言うと、彼は笑って言った。そのうちすぐ、二度と見たくないと言いだすかも知れん。

ずいぶんあとになってやっと、私はその意味を知ることになった。

のちに私は特別部隊に入ることになった。隊員には残らず、試作品らしい「密林服」

と、自転車一台が支給された。

まずは技術兵から自転車の分解と修理を学んだ。そのときの自転車は、私がのちに街で見かけることになる、富裕層が乗るものとはまるで異なっていた。軍の車両はフロントフォークに歩兵銃、または軽機関銃が一丁取り付けられ、トップチューブと後輪側面につけた行嚢(こうのう)には弾丸などの装備を積み込むことができた。渡河のときは、車体についた鉤を、肩から締め付けた襷(たすき)に引っ掛けて背負った。次に、軍曹による自転車の戦術利用と行軍の講義があった。重要視されたのは、長距離行軍と密林中の乗車訓練だった。訓練は厳しく、失敗をすれば「制裁」が待っていた。ゲンコツで頬を殴られ、なお直立したまま受け止めなければならない。

訓練の第二週目、我々は最初の長距離行軍を行った。台湾の最北たる台北州(今の台北市、新北市、基隆市および宜蘭県)の基隆(ルーキン)港から出発し、「帝国の最南」たる高雄州(今の高雄市と屏東県)灯台へ向かう、「銀輪急行軍」である。西部は公道を南下し、最低限の食事と睡眠時間以外は走り続け、水分摂取も車上で済ませた。走力があるものは、四日目には終点の灯台に到達した。私は先頭を維持し、並走できたのは柏崎勇夫一等兵だけだった。彼は端整な顔だちの若者で、のちに太平洋の島で戦死したという。

乗車中は必死で堪(こら)えていたが、両腿は燃え盛る薪(まき)のようで、自転車を下りた途端、隊員はみな地面に倒れ込み、点呼もできなかった。部隊はそこで一日半休息し、さらに三日間かけて、台中州(今の台中市、彰化県、南投県)へと戻った。

隊長は野口則也という軍曹で、背が低く、がっちりした体格だった。彼は集合をかけて、我々に三人一組になるよう指示した。十組で、山へ入る。戦術隊列の指示を適宜聞き取り、密林作戦の機動性を確かめる模擬演習を行う。

これは秘密訓練であった。部族の人びとが「ヒメウチツム（濁水渓）」と呼ぶ河に沿って進んだあと、陳有蘭渓で方向を変え、渡河する。そして望郷山を上ったあと、斜面を下り、台地に集結した。私の故郷はここの道から望んだ、遠いところ。渓流の向こう側の山のくぼみ――ママハバナ。

私はアモから聞いたことがある。ママハバナという名は、平地から台地や山、渓流を越えて、かつ最後に急峻な坂道を上らなければならないことから名付けられた。この道も同じだ。ここまで歩いた時点でマムフ（筋肉痛）になった。だから今いるここは、マムフアナだ。そして時間がたてば、ママハバナという名前へ転ずる。私の脚力はきっとアモといっしょに山を上ったり下りたり、足がマムフする場所にたくさん行ったから養われたんだろう。

我々は日の出前に出発した。私は沢木貴一等兵、天野善一一等兵と同じ組で、ともに実戦部隊から転属して訓練を受けていた。沢木は体はでかいが引っ込み思案な男で、天野は反対に、ちびだがよく声が出る、勇敢だがむしろ軽率と言うべき男だった。

我々は渓流がいちばん細くなっている地点を見つけると、自転車と装備を背負って、渡河した。平地ではなんとか私にくらいついてきた彼らだが、山道に入ってしまえばもう太刀打ちできない。まるで弓矢より遅いイノシシだ。アモが言っていた。弓矢は死ぬべきイノシシだけに追いつく。生き延びるイノシシは矢より速く、矢を射る人より賢くなければならない。集合地点に到着して、我々は命令を受け取った。密林演習だという。別の組と山のなかで追いかけっこする。遅れて出発した組が、先行した組を追及する。先行と後行を入れ替えて、二回戦やる。

イノシシ狩りとなにひとつ変わらない。一心不乱でその尻尾を追い、つぶさに観察し、自分の直感を信じる。この森のことは知りすぎている。だから私は沢木と天野をリードして森のなかをぐるりと迂回し、隠れるに適した場所を見つけると、ふたりにどこに立てば効果的かを教えた。立つ位置によって、音がどこからくるのかを聞き分ける。アモは言っていた――音は森のなかで罠になる。左にいるように思えて、じつは後ろから来ている。それはすべて、風と木に弄ばれているんだ。

我々はあっというまに、先行する組の痕跡を発見し、森の外へと追いやった。目の前は断崖で、立ち往生するしかない。彼らは負けを認め、制裁を受けた。攻守交代のあと、私はふたりに、森のなかで姿を消す技術を教えた。呼吸を制御できれば、木になれる。木になれば動物は警戒しない。コツさえわかれば、沢木のような大男にも造作ないことだ。

昼が過ぎ、我々は渓流を渡った。半日の訓練の疲れが出て、口をきくものはなかった。急な流れをやっと渡りきり、谷間の平らな場所へ出た。目の前に大山が見える。体は日干しの蛇になったようで、もはや一歩たりと前へ進むことができなかった。このとき、トエオーヤ（カンムリワシ）が一羽、上空を旋回していった。空の一点にほとんど留まったまま、影は我々の自転車の前輪の先をよぎった。

アモと狩りに行ったことを思い出した。太陽が真上にあったちょうどそのとき、飛行中のカンムリワシの影が草むらに落ち、私とアモの先をゆっくり移動していく。アモはすかさず右手をあげて、影を撫でる動作をした。そして私を見て、笑った。「ほら、ワシの羽に触った」

私は沢木と天野に説明した。我々の部族の勇士が被る皮帽は、トエオーヤの羽を飾りにする。それからドーボシュ（サンケイ）とフトゥフトゥ（ミカドキジ）の羽が二本ずつで合計六本。三種類の鳥の尾羽を手に入れられることは、めったにない。それは本当の勇士だ。とりわけ、カンムリワシを射当てることは難しい。空中にいるときは無理だ。巣を見つけなければ。

ふたりはその話を聞くと、冷えきった渓流の水に魂を浸けたような顔つきで自転車に跨がり、カンムリワシの影を追い始めた。そして、あと一歩のところまで近づいたとき、ふたりは自転車を乗り捨て、巨大な影に飛び込んだ。まるで自らの手で、カンムリワシを捕らえたかのようだった。

兵士たちが「日の丸号」とあだ名する、この自転車に夢中になっていることに、自分でも気づいていた。もっと言えば、自転車の一部が自分の体の一部になったように感じていた。父がかつて語った、弓矢とハンターの関係とまるで同じだ。

その日、我々は山の中腹で野営した。自転車は林道の脇に整然と停められ、兵士たちはみな黙って、工具箱から取り出した拭き布で銃と自転車を磨く。ときどき森のフクロウが音もなく頭上を飛びゆき、森の深いところで、ホロホロと鳴いた。えも言われぬ満月を見て、なぜか予感がした。いつかきっと、自分はママハバナを離れるだろう。

でも月はどこから見ても同じだ。そうやって私は自分を慰めた。


その夜、夢を見た。私はただひとり、広大な密林を歩いていた。無数の木をかき分けるようにして、孤立する一本の木を目指した。その巨木は、ほかの木とは異なっているのだ。青緑の葉を持ち、数えきれないほどの数の鳥がその合間をくぐり抜け、飛び交う。太陽の光は鳥と葉の隙間からこぼれ落ち、まぶたを開けることができない。夢のなかで私は、その鳥を捕まえようと思った。でも予感がした。手を伸ばせば、木を守る蛇が姿を現し、私に嚙みつくだろう。私は心のなかで、つぶやいた。一か八かということか……。鳥への欲望が蛇への恐怖を上回った。伸ばした手が、瑠璃(るり)色の鳥に届くかというそのとき、緑の鱗(うろこ)きらめく蛇が飛びかかってきた。私は必死であがいたが、蛇の胴で締めつけられて身動きがとれなくなった。締めつける力がどんどん強くなり、腿の骨が潰れる音がした。蛇は、私を足先から飲み込もうとしている。そのとき、イノ（母）が現れた。鶏が入った籠を背負い、豚を牽く縄を手にしている。縄は豚の耳の穴につながっている。イノは、籠から雌鶏を出して蛇の眼球を突かせ、豚をけしかけ、蛇の尻尾を嚙ませた。あまりの痛みに、蛇は私を吐き出した。そしてイノは傷ついた私を籠に入れて、走り始めた。猛烈な速度で引っ張られて、豚は耳が痛くなり、鳴きながらその後ろを追いかけてくる。

朝、目が覚めると月はもう空になく、太陽が上っていた。

久美を訪れて四日目。ノートをここまで整理して、ぼくは深い息をついた。なにか自分の心の底にあったものが、いっしょにこぼれ出てしまったようだった。所用で台北へ戻っていたアッバスも、ぼくがまとめたドラフトをやっと読み終えたところだった。満足げに彼は言った。「私の人を見る目は正しかったな」

「ぼくならカセットテープの内容を整理できると、確信していた？」

「うん」

「なぜ？」

「君はラオゾウと私の自転車の物語を、心底知りたいと思っているからだ」

「だから今、ふたつの物語が結びついた？」

「まだだ。でもかなり近づいた」

「わかった！」

「言ってみろ」

「ラオゾウの自転車はつまり、銀輪部隊の日の丸号？」ぼくが言い当てたことを、アッバス

「確定はできない。が、私はそうだと考えている」

はまったく意外と思わなかったらしい。「もちろん、バスアの自転車じゃない。あれはマレー半島にあって、とっくにくず鉄になっているはずだ。ただラオゾウの自転車は、なんらかの理由があって台湾に残された、銀輪部隊の軍用自転車だろう」

「バスアに訊いたことは？」

「ない。十年近いあいだ、バスアとひと言も口をきかなかった。兵役に行く前からだ」

アッバスが葡萄を皿に載せて、持ってきてくれた。

なぜかと訊こうかと思ったが、ぼくは我慢した。アッバスは「なぜ？」と問い詰めるには不向きな男だ。もしそれがぼくに伝えたいことならば、きっと彼自身のタイミングで話してくれるはずだ。

「どうやってそれが銀輪部隊の自転車だと考えた？」

「ラオゾウの自転車はトップチューブの右側、そしてサドルの下に、用途不明のフックがあった。手土産に魚や麺を買って帰るとき、よくそこに引っ掛けた。あとで考えるに、それは歩兵銃を掛ける場所だろう。それにだ、退役後、ラオゾウの自転車に乗って家へ帰ったことは君にも言ったはずだ。バスアは帰って来ると、車体の前にしゃがんで、ずっと見ていた。そして、私に話しかけてきた。一回だけだが、そんなこと後にも先にもない。あの自転車だったからだ」

「バスアはなにを？」

「自転車をどこで手に入れたのかとか」

「話したのか？」

「いや」アッバスはひと息ついて、続けた。「バスアは銀輪部隊のことを話してくれたことがなかった。もしそれを知っていたら、彼に、ラオゾウの話をしたかもしれない」

この親子の関係はまるで、渓流で分け隔たれ、その場所からかたくなに動こうとしない望郷山と鹿窟山を思い起こさせた。それぞれが叫ぶ声を耳にしながら、でも互いに、聴こえないふりをする。

「バスアが死んだあと、母に、裏の倉庫を広げてくれと頼まれた。私は壁を動かすため、バスアが以前作った戸棚も解体した。そのときこの箱を発見したんだ。なかに入っていたのが、君に見せたカセットテープとさっきの書類だ。当時私も、バスアがカセットになにを吹き込んだか、理解しようと試みた。それで銀輪部隊のことを知った。

銀輪部隊が参加したもっとも有名な戦いは、山下奉文（ともゆき）率いる日本軍が英領マレーを一気に南下し、イギリス領インド帝国軍を蹴散らして、シンガポールを陥落させた一戦だ。イギリスは日本軍がシンガポールにとって大きな脅威であると認識しながら、なお軍事衝突は海上で起こると想定し、かつマレー半島経由で攻め入る日本軍にたいして、ジャングルが自然の障壁になりうると判断した。

山下はマレー半島の東岸、英領マレーとタイに上陸して南進する作戦を決し、右腕である辻政信にジャングル戦を研究させた。銀輪部隊はまさにその結果生まれた。カセットテープにも日本軍の高級士官が出てきたが、それが辻だろう。つまり書類箱に数ページ残されていた『これだけ読めば戦は勝てる』の著者であり、『悪魔』と評された作戦参謀だ。彼は戦後の軍事裁判を逃れて、蔣介石の参謀を務めたというが、のちにラオスへ戻り、なお『大東亜共栄圏』を推し進めようとした。東南アジアの人びとが欧米帝国主義から受けた抑圧と苦痛を巧みに利用し、日本軍の侵略を正当化する、非常に巧妙なアジテーター。

彼の死には多くの謎がある。戦後しばらくしてラオスへ渡り、それきり行方不明となったが、山中でトラに食い殺されたという説まである。

作戦時、山下は兵をふた手に分けた。自転車部隊はイギリス軍の想定より進軍が速く、しかも適宜ジャングルから飛び出して、効果的な側面攻撃を加えた。私はよく、自転車がジャングルから突撃していく光景を夢に見たが、そのたびに魅入られてしまった。

私も若いころは、人を驚かせるような作品を撮りたいと考えていた。でも実際に進むべき方向性がわからない。そんなとき直感で、ラオゾウの自転車に乗って、マレー戦の進攻と同じルートで、タイからマレーシアへと縦断しようと思いついた」

「つまり、バスアはマレー戦に参加したのか？」ぼくは質問をはさんだ。

「いや、参加していない。台湾人の志願兵は一九四二年から実施された。だがマレー戦が始まったのは一九四一年からだ」

「なるほど。だから君のスタジオに、マレー半島の写真があったわけだ。あれはその旅で撮った作品?」とれたての葡萄をつまみながら、ぼくは訊いた。山の甘みが口のなかに広がる。

「そうだ。ラオゾウの自転車もなにか理由があって、たまたま戦場にたどり着かなかっただけなんじゃないかと考えた。だからいっしょに、その道をたどりたかった」

アッバスは家の外に出ると、煙草に火をつけた。暗闇のなかを、ツォウ族の老人がひとり通り過ぎ、手を振ってアッバスに挨拶した。遠くからフクロウの声が聴こえた。ホロホロとまるでなにかを惜しむように、まるでなにかに呼びかけるように。

「ぼくは戦場カメラマンというものに、いささかの疑念を持っている」ぼくはそのときはもう、アッバスが別名義で戦争写真を発表する、台湾でも稀有な戦場カメラマンであることを知っていた。

アッバスは眉を上げ、ぼくに続きを促した。

「戦争が起きている場所にせよ、終わった場所にせよ、わざわざカメラを持ってシャッターを切ることに、なんの意味があるんだ?」

どう返事をすべきか迷うように煙草をくゆらせて、アッバスは言った。「それは『空集合』と言うのも違う。意義が満ち満ちている、と言うのも違う……。

若いころ、私は詩を書きたいと考えていた。そして、詩と写真はなにが違うか――自分にいつもそう問いかけていたが、のちに気づいた。写真を撮ることと、詩を書くことのいちばんの違いは、写真は人が必ず撮影現場に赴く必要があることだ。戦争の苦痛を経験していない人でも、まるで自らが経験したような苦しみを詩に書けるかもしれない。たしかに、一部の詩人が書いたものは、その苦しみを本当に感じ取って書いたのだと信じられる。しかし、多くの感動は作りごとに過ぎない。その声はあたかもヴォコーダーを使ったかのように、虚偽の憐れみを真実の憐れみへと変えられる。ただ、普通の人はそれを見抜けない。

いっぽう、カメラマンは撮影現場へ足を運ばなければならない。だから、多かれ少なかれその場所により、自分を変えられてしまう。シャッターを押したとき、もし本当にそれを見ているのなら、必ずその瞬間に自分のなかのなにかが変わる。だからいい戦場カメラマンは、幸せにはなれない。彼らの作品は往々にして、鑑賞者の目に突き刺さるような存在となり、おまけに戦争記念碑よりもずっと早く現前するのだから。私が尊敬する写真家にドン・マッカランという人がいるのだが、彼はナイジェリアのビアフラ戦争（1967―70年、東部州の分離・独立紛争）を撮影したとき、同情と良心の鞭に絶えず打たれているような気持ちだったと言っている。若い写真家はみな無邪気な信念に駆られて、猪突猛進に自分の正しさだけを頼りにどこにでも行き、そこに立っている。でも、死にゆくものを眼前にしたら、それだけの理由では足らなくなる。もし手助けになれないのなら、そこにいるべきでない」―彼はそこまで話して、ふと視線を暗闇に落とした。まるで流れるのをやめると決意した川のように。

「でも、手助けになることなどけっしてない。わかるか？　本当の戦場の写真には誇りや自惚れなんてものは存在しない。あるのはただ、恐怖だけだ。不幸なのは、シャッターを押した人間が——イギリスの歴史学者トインビーが言っているように——ときに自分と相対する恐怖に魅入られてしまうことだ。無論、自覚はない。ものごとというのはときにこんなものだ。太陽を直に見れば、目は傷つく」

ぼくの目は彼の目と向かい合った。おそらくたった一秒ほど。太陽を持ち出すまでもない。ぼくは彼の目さえ直視できない。

「撮影を終えて台湾へ帰るたび、空港で奇妙な感覚に襲われるようになった。髪の毛一本傷つけられることなく無事に帰ってきた。もはや不測の事態などありえない、銃器や伝染病によって宇宙の定める時間の流れを捻じ曲げられることのない安全な場所で、ほっと重荷を下ろす。ところが、本当の意味で重荷を下ろすことなどできない。ふと、こんなことを考えた。芸術とは総じて最後は、利己的なものだ。それで他人の考えを変えられたかどうかはわからないが、少なくとも自分が変えられたかどうかは、自分がいちばんよく知っている。チェチェンに行ったあと、自分にこれ以上多くのものを見せるわけにはいかないと感じた。だからしばらく休んで、『鏡子の家』を始めることに決めた」

会話を経て、アッバスとの距離が少し縮まったように感じていた。だからつい、バスアが亡くなった理由を訊きたくなった。なぜなら、アッバスの語り口にいつもうっすら霧のようなものを感じていたからだ。でもここで、ぼくのスマートフォンが鳴った。

シャニーだった。『これだけ読めば戦は勝てる』の翻訳が済んだという。ぼくはＰＤＦデータを開いて、同時に、アッバスのスマートフォンへ転送した。

近年、日本では西洋人が優等だと考える人が増え、その結果、中国人や東南アジア人を軽蔑する傾向が強まった。これは天に向かって唾を吐くのと同じ、憎むべき行為である。

敵地に上陸すると、白人たちがいかにこの地の人びとを圧迫しているかわかる。山頂より見下ろせば、山肌の狭苦しい茅葺きの家と裾野に建てられた美しい建物が対照的である。アジア人から搾りとった富はこうして、数少ない白人の贅沢な生活に費やされている。

数世紀にわたるヨーロッパ人の圧迫のあと、アジア各国は自ら解放する力を失ってしまった。彼らのできるだけ早い解放の手助けになればと思う。しかし、楽観してはいけない。

武器には命がある。兵士たちと同じように、歩兵銃もまた炎天下に焼かれるのを好まない。兵士たちにも兵器にも、休息を与えなければならない。人が水を飲むように、銃には大量の油を塗ってやる。

毒蛇に注意しなければならない。この危険物は草むらや木の上に隠れている。油断すれば、被害に遭う。したがって、見つけたらすぐ殺す。肝を飲み、肉は焼いて食え。これに勝る強壮薬はない。

ドリアンとヤシは喉の渇きを癒やす。山間部でツル植物を見つけたら、その末端を吸えば、健康によい。

上陸して敵と遭遇したら、親の仇を見つけたと思え。あらん限りの怒りをぶつけ、徹底的に殲滅せよ。

戦地に臨む前に、船の中で遺言を書いて、毛髪と爪を入れる。いつどこで死んでもいいように準備を整える。兵士たるもの、私的なことは必要最小限にし、かつ先に済ませておくべきものだ。

ぼくとアッバスはそれぞれ黙って、文章を読み終えた。黒い雲がきれいに吹き消され、月光が下りてきた。村落の家々の屋根がすべて、くっきりと照らし出される。果樹園は坂の下へ繁茂して広がり、もっと遠いところまで続いて、静かに消えた。ぼくは思った。『これだけ読めば戦は勝てる』という指南書は力強い筆致で書かれている。だが同時に、妄言のような特殊な恐怖が含まれている。この恐怖は、書いた人の頭のなかから生まれ出てきたものだろうか？　それとももっと深いなにかにより、作り出されたものだろうか？

アッバスは煙草を大きく吸い込み、その先で大きくなった火が、彼の瞳をかすかにちらつかせた。ぼくは知らず知らず、その光に引き込まれた。

ノートⅣ

自転車の設計は、人をもっと遠くへ連れて行くためになされる。そこはきっと、花が咲き乱れ、洗われたような美しい森が広がり、鳥が鳴くにふさわしい清らかな空気がある場所だ。

——イギリスの自転車デザイナー、レイ・トムリンソン

自転車を実戦部隊に配備した最初の例は、おそらく一八九八年、アメリカ＝スペイン戦争（アメリカがスペイン領のキューバ独立に介入し、勝利した）のあと、ハバナで発生した暴動を制圧したときだろう。軍事用途に定義を広げるならば、もう少し早まり、一八七五年にイタリア人が軍事通信に使った例がある。『Bicycles in War（戦争と自転車）』という本にも、自転車を軍事利用するメリットが提唱されている。まず、騎兵のように移動が速いこと。にもかかわらず、馬のように飼料や排泄、睡眠の世話がいらず、かつ蹴られも噛まれもしないこと。より重要なのは、装甲車やオートバイ部隊のようにガソリンを必要としないこと。くわえて、

自転車は馬や自動車よりずっと静かに移動できるというのである。

軍事作戦以上に、自転車は軽装備の武器・軍需品の輸送を担い、また偵察と哨戒において最適な移動手段となった。折り畳み自転車もまた、戦争のために開発されたものだった。このタイプの自転車は偵察時に隠蔽し、また戦場で携行するのに最適だった。ある国では、落下傘部隊が降下したあと、迅速に地上を移動するためにこれを用いた。以前見たポスターには、一八九六年のオーストリア兵が描かれていて、銃を構え照準を合わせるその背には二四ポンド（約11キログラム）の折り畳み自転車が背負われていた。

ボーア戦争（1899―1902年。イギリスがボーア人と戦って、植民地とした）でも、イギリス軍は南アフリカの戦場で、タンデム車に似た自転車を使用したことがある。鉄道軌道を走行するそれは、兵士と武器を運搬するために設計され、いちどに八人が乗車できた。ホイールは鉄道車両と同じく、レールを受ける縁がある鉄の輪で、つまりこれは人力のＬＲＴ（次世代型路面電車システム）であった。タイヤはないが一般道も走行でき、ただし、とにかく揺れた。

自転車は当時まだ、騎兵に完全に取って代わる存在ではなかった。その大きな理由は、馬に比べ、走行可能な地形に制限があったことだ。さらに運転する兵士の体力を消耗させ、急峻な地形ではなお彼らを苦しめた。ドロドロの湿地では走行不能となり、また自転車を背負っての渡河は非常に危険だった。重心を取り違えたら最後、兵士は自転車もろとも水流に飲み込まれてしまう。

第一次世界大戦より前、ロシア、ドイツ、イギリス、アメリカ、スイス……と多くの国により自転車が軍事利用されていた。おもしろいのは、自転車部隊でもっとも名を馳せていたのが、永世中立国たるスイスだったことだ。山が多い国土は、自転車の能力を存分に発揮させてくれた。一九〇五年より、スイスでは山地軍用車をいくつも開発し、自転車旅団を配備し、その任務を担うこと一世紀にもわたった。「MO－05」「MO－93」と呼称されたスイス軍用自転車はつや消し塗装を採用し、トップチューブとシートチューブにはそれぞれバッグが装着でき、あるいはその両方を使って、銃弾や迫撃砲弾を携行する金属枠の取り付けが可能だった。接敵した際、兵士はすぐさま自転車から降り、掩蔽物を探す。自転車はそのまま、小さな補給弾薬庫となる。

歴史上、自転車を用いた戦役でもっとも有名なのはおそらく、第二次世界大戦で日本軍がマレー半島から攻め入り、シンガポールを落とした一戦だろう。南進政策の一環として、真珠湾攻撃と同時に遂行された作戦であった。アメリカが下した、石油など軍需物資の対日輸出禁止措置がその背景にあり、日本の主戦派は東南アジアのゴム、石油、木材など豊富な資源に目をつけ、さらに米軍の勢力を太平洋の向こう側に釘付けにして、「大東亜共栄圏」を推し進めようとした。南進する戦線は、本間雅晴率いる第十四軍がフィリピンのマッカーサーを追いつめ、今村均の第十六軍はオランダ領東インド（インドネシア）を攻め、山下奉文指揮の第二十五軍が、マレー半島とシンガポールの英印軍を攻略する。

Swiss Army Bicycle MO-05
スイス軍用自転車

山下軍司令官はおよそ六万人の兵士を率い、一万台余りの自転車とともに、タイ・英領マレー国境付近に上陸した。それから二手に分かれ、電撃作戦を進める。

日本軍の「銀輪部隊」はこのマレー戦で重要な役割を果たした。自転車兵が携行できる食糧と火薬は七五ポンド（約34キログラム）に達し、英印軍の装備が三五ポンドだったから、効率は倍以上。それがジャングルから突如現れるのだから、敵に与えた精神的ダメージは大きかった。

ただ、想定外だったことに、マレー半島は灼熱だった。自転車のタイヤはあっという間にバーストし、補給は得られず、多くの兵士がタイヤを捨て、ホイールだけで走行した。チューブとタイヤを失った自転車が石と砂の道を走れば、一台なら耳が不快になる程度でも、数百台から千台ともなれば、金属がぶつかり合う轟音（ごうおん）に頭の芯まで揺さぶられる。どこからともつかない巨大な音に囲まれ、士気を喪失していた英印軍は恐怖した。日本軍の装甲部隊が襲来したのだと勘違いし、戦わずに撤退した。

スピードに乗った日本軍は、わずか二ヶ月で数百キロを走破し、ジョホール海峡を渡った。一週間後、イギリス軍は屈辱的な降伏を受諾した。パーシバル中将を始めとする八万人のイギリス人、インド人、マレー人兵士が捕虜となり、終戦まで日本軍のため労役に就いた。生き残ったものはわずかだったという。そしてシンガポールは、厳しい「昭南（しょうなん）」時代（日本が占領中のシンガポールに付した名称）を迎えることになる。

スイスのMO－93やイギリスBSAの軍用自転車をコレクションしている仲間はいる。でも、日本の銀輪部隊の自転車を保有する人は聞いたことがない。アッバスが二高村のラオゾウから貰い、マレー半島の旅で乗ったあの車体の写真だけが頼りだ。

アブーとナッツさんに写真を見せてみた。するといずれも同じ感想だった。つまり、もしマレー戦に参加した軍用自転車が民間からの供出でなく、軍で製造したものなら、ヴィンテージ自転車市場でかなりの値段がつくはずだ。もっとも戦争で「生き残った」車体は、間違いなく敗戦の時点でマレー半島に残されていたはずだが。

ぼくの疑問は、どうして台湾にこのような自転車が残っているか、という点に尽きる。ラオゾウの「日の丸号」はいったいどこから転がってきたのだ？

アブーの推測はこうだった。当時訓練に使われた銀輪部隊の車体のうち、故障したものが台湾にそのまま残された。あるいはだれかがこっそり、そのうちのなん台かを（あるいはまさにあの一台を）どこかに隠し、巡り巡ってそれがラオゾウのもとにやってきた……。この推測は理にかなっていて、ナッツさんは後者の可能性がやや高いと考えた。なぜなら戦時中の物資不足により、銀輪部隊も一部民間から自転車を供出させていたという。それほどの切迫した状況下、軍自らが製造したものなら、たとえ故障していたとしても、部品を調達して意地でも直し、戦場へ送るだろう。

きっとだれかが盗み、だれかが隠していたのだ。

その日、アブーを送り、彼の古いヤマハがブッブッブッと苦しそうに排気ガスを吐くのを見ながら、ナツさんがぼそっと、ぼくに言った。もし自分なら、その大事な一台を山に隠します。

隠してどうするんです？　見つかったらコトだ。

見つかったら、そりゃどうしようもない。でも戦場に送るよりずっと幸せじゃないですか？　ぼくなら山に逃げます。マレー人の娘さんとねんごろになって、毎晩エッチして、そして自転車に乗って、生活に必要なものは盗んでくる。どんなことをしても、生きていきますよ。

6　自転車泥棒たち

Bicycle Thieves

真夜中のスマートフォンが鳴ったとき、一瞬、自分がどこにいるかわからなかった。結露した窓ガラスから、淡い月の光が滲(にじ)んでいる。しばらくしてやっと、アッバスの家にいることを思い出した。呼び出し音は、異常なしつこさで続いた。よほど我慢強い人がかけているのだろう。ぼくは体を起こして画面を確認した。いちばん上の姉だった。

　電話の向こうから、姉の焦りが伝わってきた。母さんが深夜お手洗いへ行こうとして転倒し、病院に運ばれたのだという。幸い、寝室に呼び出しボタンがあり、母はそれを押して、隣の部屋で寝ている姉を起こした。しばらくして頭がはっきりしてきたぼくは、空が明るくなるのも待たず、アッバスの部屋のドアを叩いた。寝ぼけ眼(まなこ)を無理やり開けて、ぼくの話を聞いたアッバスは、隣人の車で台北まで送っていくと言ってくれた。ぼくはその申し出を断り、二十四時間高速バスがある台中のインターチェンジまで送ってくれるよう頼んだ。

　夜の山はあまりにも静かで、なにかを傷つけうるとはとても思えない。山の裾と渓流がうっすらと輝きを放っている。目の前に、母の顔があいまいに浮かんだ。数日会っていないだけでその人の顔を完全に思い出せなくなっていることに、人間として驚きを感じた。

「大丈夫さ」アッパスはぼくを慰めると、野狼のキックペダルを踏み込んだ。

しかし、母のような年齢では小さな怪我がえてして大ごとになることを、ぼくは知っていた。今はただ、母の意志が、彼女の人生をもう少し遠くまで進めてくれるよう、願うしかなかった。

年をとるにつれ、母は前の日に起きたことも忘れるようになり、いっぽうで三十年以上前のこと、たとえば——ぼくを連れて大甲へ里帰りしたとき、祖父の家へ行くバスの最終便に乗りそこねてしまったことなどは、はっきり覚えている。大甲まで乗る汽車の途中停車駅をぼくは全部そらで言えたから、母は大喜びして、そのまま自慢し続けること三十年以上。今でもたまに母をつれて、大甲媽祖廟（鎮瀾宮）へお参りに行くが、彼女の目に映っているのは今ある純金製媽祖像でなく、昔の媽祖廟なんじゃないかとぼくはいつも疑っている。彼女は現実を見ない。ただ、そこに記憶を見ている。

くわえて母は、超強力な「プレイバック」機能を備えていて、最近ぼくの口答えが多くなり、兄が家に帰ってこなくなったと嘆き、だからお参りに行ってもいつも「ポエ（跋桮）」（お参りや占いで使う半月状の2枚組のフダ。表裏で可否が判断される）が外れで、お願いがずっと門前払いだと愚痴った。そして繰り返されるのは、兄が高校入試で合格したことや、ぼくが高熱を出して夜中、台北橋小児科まで行ったこと、それから五番目の姉があやうく里子に出されそうになったこと。どれもそのせいで父さんが自転車を失くした昔話だった。

「あのころ、孔明車（コンビンチアー）に乗るのは、ベンツに乗るのと同じだった」

母が自転車の話題に触れるたびに、ぼくはいつも内心ヒヤヒヤしながら返事した。それは父の話題を避けるためだった。「父」という漢字はまるで、カバーのついていないハサミのように見えた。でも、庭の草刈りをしているとき、絶対に切ってはいけないと知っていながら、ついついその株をザクッといってしまうように、同じ轍（てつ）を踏んでしまう……。

　数日前、南投へ行く前に、母のところに寄った。二番目の姉から、ぼくがテレサと別れたことを聞いていた母は、ぼくのためにわざわざ「白菜の煮込み（白菜滷）」を作ってくれた。子どものころからの我が家の定番メニューだが、簡単に言えば、残りものと白菜のごった煮だ。食卓を囲みながら、母はあからさまに姉と兄のことだけを話したあと、満を持して、いつまでも結婚しないぼくに不満を表明した。お前はそんなんだから、テレサと別れるのだと。

「あんないい女の子をどうして貰わない？　前回とまた同じ。自由恋愛だか知らないが、けじめもつけず、お前は惚れたら惚れっぱなしで」

　なにか言い返せば、さらに激高するに決まっている。だからぼくはおし黙る。反応がないので、母は矛先を兄へ向けた。生まれたときは、家族の期待を一身に受けた男である。

「ちびはわたしの言うことを聞かなかったから、あんな放蕩グセがついたんだ」「ちび」とは兄貴の子どものころの呼び名で、五十歳を過ぎた彼を、母はやはりそう呼ぶ。まるで兄が、初めての男の子という家族における最大の栄誉をいまだに背負っているように。

　兄貴にはしっかり勉強をしてもらい、「椅子に座って稼ぐ」大人になってくれるよう両親は願ったが、うまくいかなかった。抑圧に満ちたこの家で、彼はわがまま、かつ反抗的な十代を過ごした。大学入試に失敗した兄は家を出て、ベスパで各地を放浪し、建築現場で働き、兵役通知が届いたころやっと帰ってきた。父さんとはやはり相容れないまま、互いをずっと無視した。そして兵役に行ったあとのある日、ご近所がうちまで駆けてきて「ちびくん、テレビに出てる」と叫ぶので、テレビをつけると、「田辺製薬のファイブランプショー」で兄がギターを片手に歌っていた。しかもあろうことか、番組収録の日は休暇でなく、放送されたとき、兄は懲罰房に入れられていたという。（60年代より30年以上放映されたテレビ番組。視聴者参加の勝ち抜き歌合戦などが人気で、スポンサーの台湾田辺製薬の認知度が高まった）

　その後、兄はクジに当たって、金門（中国アモイが眼の前にある、中華民国軍・最前線の島。1958年には砲撃戦があった）へ旅立ち、退役までの一年半、一度しか帰ってこなかった。父さんは姉に手紙を代筆させると、門口で立って、いつもの時間にやってくる郵便配達員に手渡した。なにが書いてあったか、ぼくは知らない。ただ、手紙に入っていた写真の、小さな島の見知らぬ通りに立つ兄の軍服姿だけは今も覚えている。

兵役を終えた兄は、結婚する、と宣言した。相手は、金門島のかき氷屋で知り合った女性だった。父はその人と会うこともなく、反対した。ぼくらは父の性格をよくよく理解していた。つまり、——娘と息子が決めたことにはすべて反対する。彼にしてみれば、子どもはいくつになっても浅はかなのだ。だが、父が反対すればするほど、兄もまた意固地になり、ふたりのかたくなはそこで絡まったまま、いつまでも解けなかった。いっぽう母が、娘と息子に与えるものは愛しかなく、そこには冷静な判断力が欠如していたから、彼女にどんな言い分があろうと、ぼくらに響くことはもうなかった。

結局、兄はその女性といっしょにならず、ほかの女性を含めて、結婚話が持ち上がることはそれきりなかった。ふたりがどう別れたかは、ぼくらも知らない。写真を見せてもらったとき、ぼくはまだ美醜もわからぬ年頃で、ただ兄が、薬師丸ひろ子（博子）に似ていると言っていたのを覚えている。ぼくはそのとき、変な名前だと思った。

それ以降、兄はあまり家に帰ってこなくなり、そして歌手になった。家の近くの「木船」というフォークレストランに出演して歌い、ときどき台北橋のたもとへ行って、定職がない仲間たちとつるんでいた。毎朝そこへは、親方がトラックを転がして来る。「壁塗り三人」と叫べば、日雇い労働者たちが我先にと手を上げ、その日の仕事を取り合うのだ。

そのころ兄貴に、木船のステーキをおごってもらったことがあった。ぼくにとって、人生最初の大ごちそうだった。舞台の上で、兄貴はいつもの大口を開けて、「My Way」や「キワタノキの道（木棉道）」（台湾のフォーク歌手、王夢麟の楽曲）を歌った。ぼくには、兄はギターを弾いているのがいちばん楽しそうに見えた。

でも、大きくなるにつれ、楽しく生きる人は周りに迷惑をかけている人なのだと、ぼくも気づき始めた。彼らは家族の意見や苦労を意にも介さない。そして周りの人はそれを羨み、また妬んだ。ぼくだって、自分は兄と同類で、ただ周囲の非難に耐え続ける勇気がないだけ、と考えたこともあった。

母は、親の意見をろくすっぽ聞かず、呑気に我が道を行く息子を認めることができなかった。しかし兄貴は平気だった。母の謂いを借りるならば、兄は「思うまま」に暮らしているくせに、家族への「思いやり」がない人間だった。とはいえ、彼女の口からこぼれたその言葉が、ただの非難でないことをぼくは知っていた。それはつまり、ヤキモチだった。

父が行方不明になってから一年後、兄も姿を消した。とはいえ本当に失踪したのでなく、しばらく日本へ行き、あるギタリストに師事してギターを学んでいた。ぼくも姉もそれを知っていて、母だけが知らなかった。兄はそれまで通り、毎月母にお金を送ったし、なん日かごとに電話してきて、母の愚痴を聞いた。台湾にいるのとまるで変わりないように。

長男だった兄は、高校入試に落ちた。それは当然の帰結だった。勉強するべき時間に、彼はずっとギターの練習をしていたのだから。兄の最初のギターの先生は、山奇紳士服店の不良店員、サルだった。父はそのことが我慢ならなかった。父からすれば、サルはただのチンピラだった。受験の失敗に苛立ち、父は怒りの矛先を兄のギターへ向けた。ギターを叩き壊したうえ、夜、中華商場へやってくるゴミ収集車に投げ込み、ガリゴリと粉砕したあと、兄が商場の三階で飼っていたハトも、空へ放した。これにはぼくが傷ついた。なぜって、ハトにエサをやっていたのは他ならぬぼくだったからだ。ケージが捨てられたあとも、ハトは習性で毎晩、同じ場所へ帰ってきた。そして住民が洗濯物を干す竿竹に止まり、糞尿を撒き散らした。だから一羽一羽、罠で捕らえられ、商場の人びとの食卓に並んだ。

一年後、試験の結果が出る日、父さんは朝一番で自転車に乗って出かけた。仕入れをすませたあと中山堂に寄り、発表を待ち構える。当時は合格者一覧が朝、公共機関に掲示されたのだ。新聞にも載ったが半日遅かったし、現場で見る興奮は当然味わえない。聞くところによると、毎日掲示板を見に行き、貼り出された一覧が剝がされるまで通い続ける人もいたという。

じりじりしながら父は、建国高校の合格者から確認していった。もちろんそんな名門校に引っかかるはずはなく、トップ校から順番に見ていっただけのことだ。兄の名前はやはりなかった。そもそも、相当下のランクでないとひっかからないだろうと父は考えていた。ところがうれしい誤算で、兄の名前は二番目にいい高校で見つかった。（当時の入試制度では、点数が出たあとに入学校が割り当てられた）

父は感情を海の底にまで隠すような人だった。潜望鏡が浮かび上がるのはごくまれで、そんな人がこの日は笑顔を浮かべて、一目散に帰ってきた。自転車を、合格発表があった中山堂に忘れてきたまま……。

父の顔を見るなり、母は訊いた。「ひっかかった？」

父がうなずくと、母はいそいそと市場へ鶏を買いに行った。問題は父がここで、自転車のことを忘れたまま、食卓につき、朝飯の粥と漬物をしっかり食べたことだ。いちばん下の姉が店の前を見回して、「孔明車は？」と訊いてやっと、父ははたと立ち上がり、中山堂へ走った。しかし、時すでに遅かった。

そして父は、学校が始まるまでに、まず商場の楽器屋でアコースティックギターを買って、兄に与えた。だから、泥棒市場で中古の自転車を買う金が貯まるまで、さらに二ヶ月待つことになった。

このとき買ったのが、病気になった八歳のぼくを台北橋小児科へ運び、その玄関先で乗り捨てられたあの自転車だ。もっとも、乗り捨てて、それきりだったわけではない。母さんは、開漳聖王にお参りし、境内の「神落とし（乩童）」に自転車の行方を占ってもらった。聖王さまは古式ゆかしい台湾語でこう言った。「さもなくば、かつての道をたどれ。雲が開き、月が現れ、それは明らかになるであろう」かたわらの「机読み（桌頭）」が解説を加えてくれた。つまり、自転車は元の場所に戻ってくる、というのだ。

自転車が勝手に元の場所へ戻る？　父さんはそれを信じなかった。だからまず龍山寺へ行き、香炉をすべて回って線香を上げ、池に跪いて（よくわからない。魚が棲む池にも、神さんがいるのだろうか？）願をかけたあと、「泥棒市場」へ向かった。盗まれた鐵馬が売られているのを、見つけだそうというのだ。泥棒市場に行くのはぼくはそれが初めてだった。まるでなにかの病気にかかったような汚い中年と老人が露店を出し、いろんな中古品を売っていた。テレビ、扇風機、ソファー、ベルト、鉄帽（どうして、こんなものにまで中古があるのか）……とにかくないものはなかった。

父さんはぼくの手をひいて、自転車だけを扱う区画に入っていった。そこは「揃い」と「分かれ」があって——つまり車体をそのまま売る露店とパーツをバラ売りする露店に分かれていた。「揃い」の「幸福印」から探していく。さとられぬように、シートチューブに刻まれた車体番号を指で触れる。番号があるのはサドルの下方だが、しゃがみこんで見ていると私服警官と間違えられ、やっかいなことになる。ひととおり確認したが、盗まれた自転車の番号は見当たらず、父は、テントの端にパーツが一面ずらりぶら下がる「分かれ」のコーナーへと目を向けた。じっくり選んでいるように見せかけながら、ひとつひとつ手にとって、自分のものじゃないかと目を凝らす。とくにフレームやホイールは高価な部位なので、それだけでも取り戻せたら助かる。父はそう考えていたに違いない。

時間だけが過ぎ、自転車を扱う露店を調べ終えた父はすっかり落ち込み、絶望的な表情を露わにした。ずっとあとに観た、ヴィットリオ・デ・シーカ監督の『自転車泥棒』に出てくるあの父親とまったく同じだった。彼はハンカチを取り出し、額と手のひらの汗を拭いた。そしてぼくに、のどが渇いてないか訊いた。ぼくはうなずいた。父は水筒を取り出し、露店主に水を貰った。ぼくが水を飲んでいるあいだも、父はまた、卑しい風貌の老人に話しかけていた。老人が首を振っているのが遠くに見えた。

そこから商場に帰り着くまでは、ぼくの一生でもいちばん長い帰り道だった。疲れ切った顔を隠さず、父はぼくの手を牽いて歩道橋に上がった。ギーギーギーと車輪を鳴らして駅へのカーブを切る列車を見ながら、これからどうしたらいいか迷っているように見えた。ぼくはそのとき初めて、手に触れるだけで、その人の絶望を感じられるのだと知った。

ところが家に帰った途端、状況は一転する。

母がそっと父に近づき、その手を牽いて商場の一角へ連れていった。そこにあったのは、ビニール袋があちこちデタラメに引っ掛けられた自転車だった。父は反射的にシートチューブに触れた。間違いない。それは父の幸福印自転車で、車体番号も父のものだった。神さまが言うように、本当に自分で勝手に戻ってきたのだろうか？

まさか、人が漕がなければ帰っては来れまい。

当時、商場の仲間たちは朝から晩までずっと同じ建物で暮らし、隣家の自転車やバイクなど我が物同然だった。だからみんな、父の自転車が無くなったと聞いて、ずっと気に留めてくれていた。あのころ「タロイモ」とあだ名された外省人老兵のひとり、ラオリーは怪しい自転車があれば、チェーン錠をかけて、父を呼んだ。

そんなデタラメをしているうちに、本当に、父の自転車がラオリーの錠にひっかかったらしい。「急須」のあだ名を持つ紳士服店の社長と、おなじく「ガリ」と呼ばれる日用品店の店主が自転車の前に集まって、相談を始めた。もし自転車泥棒を捕まえるなら、オレたちもとことん手助けするというのだ。急須は若いころ、萬華のヤクザであった。煙草を切らしたことのないヘビースモーカーで、噂によれば、家に日本刀を隠し持っているという。しかも人も羨むような美しい奥さんがいて、最近は武闘派の顔をもっぱら商場の仲間のトラブル解決のために使っている。ガリはあまりかしこくないが善良な人で、なんでもかんでもくちばしを入れてくるのだが、彼にそれを解決する能力がないことはよく知られていた。

さて段取りはこうだ。うちの父の目配せを合図に、自転車泥棒が商場の左手へ逃げたら、急須とラオリーが捕まえる。右手へ逃げたなら、ガリと父で押さえ込む。野次馬に出てくる商場の面々は、警察に通報しない。まず自分たちで袋叩きにして、通報するのはそのあと。そんな作法は、ぼくだって知っていた。

それぞれ自分の店へ戻ると、いつもどおり仕事をしながら、犯人が現れるのを待ち構えた。夜のテレビニュースが終わってしばらく経ったころ、黄ばんだ肌着にグレーの短パンとスリッパを履いた男が、父の自転車の前に現れた。ひょろひょろした体つきで、自分の体重を支えるのがやっとのようだ。だがおだやかそうな顔がどこか見るものを不快にした。赤いビニール紐で縛った箱を、手に下げている。

この男はあきらかに、商場のどこかの階の便所で体を洗って出てきたのだ。ぼくも大便に行くとき、公衆便所の水道をシャワー代わりにしている男をよく見かけた。

いつでも飛び出せるよう待機していた隣人が、父の顔を窺う。

ところが思いもかけないことに、父は顔色ひとつ変えないまま、ゆっくりと首を振ると、店の奥へひっこんだ。一触即発だったその場の空気が途端にゆるみ、疑問符が広がった。男はこのとき、異変に気づいた。そして自転車に掛けてあったビニール袋を取り外し、なにごともなかったようにそれを両手に下げたまま踏切を渡り、人混みのなかへ消えていった。

腑に落ちないとばかりに母はぼくの手を引いたまま、父を見つめた。急須とガリ、それにラオリーはうちの前まで出てきて目と目を合わせ、でもなにも言わず、またそれぞれの仕事場へ戻っていった。しばらくして、いつもと変わらぬ客引きの声が、商場の人波に投げ込まれ始めた。

ぼくは、我が家の自転車が盗まれた話をひとつひとつ、アッバスに聴かせた。風が吹いて、結末までひとっ飛びしてしまった話もあったが、ともかく彼は途中、ほとんど意見を挟まず、ただバイクの運転に集中しながら、それを聞いていた。

「君のお父さんは、自転車泥棒を捕まえなかった理由を教えてくれた？」アッバスが訊いた。

「いや。母も訊けなかった。あるいは、自転車さえ戻ってくればそれでいいと思ったのかもしれない」

「ご家族はみな、お父さんを怖がっていた？」

「うん。父はとにかく寡黙な人だった。若いころ日本にいたことを、母にも言わなかったくらいだ」なん日か前の夜、ぼくは父がかつて少年工で、日本軍の戦闘機を作っていたこと、そして自転車といっしょに行方不明になったことを話した。

「うちの父親は、君のお父さんよりマシかもしれない。少なくともカセットテープをふたつ残していったわけだから」一刻も早く台北へ戻りたいぼくの気持ちを理解し、アッバスはスロットルを全開にしていた。バイクのエンジン音が言葉をかき消す。だから彼は、後部座席に腰掛けるぼくのほうへ首をねじるようにして、話した。「まあ、ふたりとも、自分の人生のねじをどこかで落としてしまったんだろう。自分のことが、自分でもわからない」

「会話のスイッチが壊れているんだ」

「そう。壊れている」

午前三時五十五分、インターチェンジのバス乗り場に到着した。四時に来る、北上便に間に合った。アッバスは——たぶん、ぼくの肩を叩こうとして手を伸ばし、でも叩かなかった。その仕草がぼくらの関係に見合うか、自信が持てなかったのだろう。そのときぼくは、例の懸案を思い出した。ぼくとアニーが連絡を取り合っていることを、彼に知らせるべきだろうか。でも、バスはすぐドアを閉じ、高速道路へと上がっていった。

夜の長距離バスはまるでゆりかごのようで、スマートフォンをいじる一部の若者以外、乗客のほとんどが眠っていた。車内のところどころに光が宿り、でも彼らの顔が睡眠を犠牲にするほど価値のある情報を見ているようにはとても思えなかった。ぼくは窓の外を見た。水玉がひとつ、またひとつ窓ガラスを打ち始めた。バスのスピードが上がるにつれ、風にひっかかれて水玉は線になった。頭のなかで、ここなん年分かの母との記憶を呼び戻した。そして同時に、昨日の夜、アッバスが話した、マレー半島の旅のことを、断続的に思い出していた。

「銀輪部隊」と「北ビルマの森」のカセットテープを聞き終えたアッバスは、ラオゾウの自転車に乗って、マレー半島を下るロングライドに出ることを決めた。そしてその旅を撮影し、シリーズ作品にする。

旅のために、彼はカメラを準備した。ライカM4－Pと非常にレアなCONTAXⅢ（第二次世界大戦のころのカメラだと彼は言う）だった。あとは粗雑に使えるコンパクトデジカメをひとつ持っていく。

アッバスは軍人墓地に赴き、ラオゾウへと線香を手向けた。そしてあの日、潜水のあと、ラオゾウと話したこと——退役前の最後の会話を思い出した。

「アッバス、頼みがある。もし私が死んだら、この家の下に埋めてくれ。できれば、でいい。ここに埋めたらきっと、木がもっときれいに茂るだろう。それにこいつとはもう友達みたいなものだ。ここでいっしょに暮らすのもいい。木に巣を作られるかもしれんな」

「ふるさとに戻る気は？」アッバスは冗談半分に訊いた。

「村に戻ったところで、私がだれかなどわからない。家族もどこにいるか知れない。なんの意味もない」ラオゾウはしばらく押し黙り、そして独り言のように言った。「母といっしょに京都に暮らしたい。おだやかで、だれもが自由な市民として生きられる京都に」

「なんだって？」

「ヤツが言ったんだ」

「あのシロガシラが？」

「うん。ヤツは目をしっかりつぶっていて、それでも同期が手を挙げるときの軍服の擦れる音が聴こえた。だからやむなく、特攻に『志願』したんだ」シロガシラはまるで心があるように、部屋の上空を一周、二周、三周と飛び、そしてふたたびラオゾウの肩へ戻ってきた。

アッバスは、ここに埋めてくれというラオゾウの頼みを請け負ったつもりはなかった。その頼みは、彼には重すぎた。軍人墓地は二高村から遠くないのだし、シロガシラも——いやあの日本兵も、ラオゾウに会いに行くのは簡単だ。アッバスはそう思うことにした。

ただ、考えもしなかったことに、ラオゾウが死んで数年も経たぬうちに、二高村は解体され、レンガひとつ残らなかった。日本兵のゴーグルも、豆乳屋も牛肉麺屋も、ラオゾウのマントウも、グアバの木も、ラオゾウの耳をかじるシロガシラも、なにもかもいっしょくたに消え、それきり二度と戻ってこなかった。まるで最初から、そこになにもなかったのと同じように。

アッバスは自転車の発送準備を済ませ、飛行機でバンコクへ飛んだ。そして汽車でマレー半島にあるソンクラー港へ向かった。ソンクラー港は、日本軍がマレー半島に上陸した際の重要拠点であった。通りには地味なビルがあるばかりだが、地域行政の中心でもある。美しいサミラビーチが有名で、ツーリストが多く訪れ、海辺のマーメイド像の前で写真を撮った。アッバスがそこに到着したころは、日本軍上陸と同じ季節で、一年の最後の月だった。

日本軍は雨季のマレー半島進攻を選んだ。イギリス軍はこの時期の作戦には不慣れと判断したのだ。また台湾で入手した気候資料によれば、北東から吹く季節風がこれ以上強くなれば、輸送船による兵隊上陸が不可能になる。作戦実行はこの時期しかなかった。

アッバスはソンクラー港で、旅行に必要なものを買った。蚊帳、缶切り、折り畳みナイフと山刀（さんとう）、さらに飴、ガム、煙草、塩、マッチとライター、針金、水筒、薬用オブラート、ヨードチンキ、エリスロマイシンなどだ。旅立ちは彼に興奮をもたらした。自分がまるで、群れの移動に初参加する草食動物になったようだった。

翌日、アッバスはマレーシアの揚げ麩とホットコーヒーで朝飯を済ますと、自転車に跨がって、出発した。国道四十三号線に沿って、パッターニーへ向かう。ここもまた日本軍の上陸地点である。アッバスが説明するには、パッターニーとソンクラーは街のムードがかなり違うらしい。タイ南部のパッターニー、ナラーティワート、ヤラー、サトゥーンの県は百年ほど前までパタニ王国を形成しており、のちにシャム王国（18世紀より今に続くタイの王朝）に滅ぼされたため、マレー人やムスリムの比率が高い。この四県のムスリムたちは長いあいだ宗教観の違いにより差別され、経済発展もタイのほかの地域から遅れていた。常に分離・独立の動きがあり、テロ事件が続いた。ソンクラーはあちこちにマレーシアや海外からの観光客がいたが、パッターニーにはアッバスのようなサイクルツーリストはいなかった。

戦争はまるでヤシの影のように、この地から離れることはなかった。パッターニーで一泊したあと、アッバスはタイ南部でもっとも治安状態が悪い、ヤラーへ入った。道で見かけるのは軍の検問ばかりで、いちいち荷物を地べたに広げて見せ、やっと解放されるのだった。

「バッグのなかにゾウを隠しているとでも思っているのか」アッバスはそう考えた。

彼はタイ軍人が浴びせてくる疑惑の目と、用心深く向かい合った。面倒は分離独立派からでなく、むしろ政府軍から被ることを彼は知っていたから。乗っては停まり、降りてはまた乗りをなんども繰り返して三日。アッバスはようやく、かつて英印軍第十一師団が守ったスルタン・アブドゥ・ハリム飛行場にたどりついた。

自分のスピードと、日本軍の進撃速度に大きな違いはなかった。アッバスはその意外さに驚いた。上陸したあと、相当な急行軍で進まなければ到達できない地点だ。

イギリスは、日本が英領マレーのゴムとスズを狙っていることを知らなかったわけではなく、日本軍が軍事行動をとれば、英印軍第十一師団が迅速に前進し、パッターニー、ソンクラー、コタバルでその上陸を迎え撃つ「マタドール作戦」を策定していた。しかしこの作戦は失敗に終わった。原因は、敵の進攻速度が予想よりはるかに速かったうえ、イギリス最強と謳われたZ艦隊が開戦直後、壊滅したことだ。

開戦の数日前より海上の霧は濃く、ところが「プリンス・オブ・ウェールズ」と「レパルス」がいた海域だけは運命的な好天で、結果、日本軍の攻撃機に捕捉された。航空母艦の掩護のない不沈戦艦二隻は、マレー沖において爆撃を受けて浸水、傾斜し、わずか数時間のうちに沈没した。チャーチルはその知らせを聞いたあとずっと眠れず、この広い太平洋で日本はもはや無敵だ、と幕僚に向かって感情的に語ったという。

英印軍は「マタドール作戦」を放棄し、ケダ州のジットラ・ラインまで後退した。この防衛ラインで日本軍の進攻を数ヶ月食い止めれば、マレー半島南部とシンガポールの守備態勢が整えられるはずだ。

ところが、ジットラ・ラインは豪雨のせいで塹壕に水が溜まっていたうえ、敵を防ぐ鉄条網や地雷、さらに電話線も設置されていなかった。くわえて雨季に入り、最初の雨が太鼓を打つような猛烈な勢いで地面を叩いた。

アッバスは、ルート沿いにあるかつての戦場を撮影しながら、兵士たちの気持ちを想像した。本当の風景を撮るには、そこでかつてなにが起こったか思い巡らすのがいちばんだ。想像力を働かせれば、アドレナリンが実際に体じゅうを駆け巡り、皮膚に鳥肌が立つ。その刹那にシャッターを切れば、風景はもはやただの風景でなくなる。

第十一師団はイギリス人以外に、パンジャブ兵とグルカ兵が多くを占めた。だから通常「英印軍」と呼ばれた。夕刻、戦地へ到着した日本軍第五師団は厳しい戦いを覚悟していた。鞭打つような豪雨のなか佐伯静夫中佐が夜襲をかけたが、守備軍は一発も発せず、彼の耳にこだましたのはただ、雨音だけ。十門の大砲がずらり列をなしていた以外、人影はなかった。ゴム林には数百台の自動車、数十台の戦車と装甲車がきれいに並んで残っていた。あまりに静か過ぎて、なにかの罠だと思わせるほど。

つまり英印守備軍はあまりの雨の強さに、日本軍の突撃はありえないと判断し、テントで雨やどりしていたのだ。至近距離に敵を発見し、あわてて応戦したものの、あっというまに打ちのめされ、数時間後には数千人の兵が死傷、ないし俘虜（ふりょ）となった。いっぽう日本軍の損害はわずか数十人であった。三ヶ月は戦える堅陣と謳われたジットラ・ラインにはたっぷり三ヶ月分の糧食が残されていた。牛肉やパイナップルの缶詰、煙草、ウイスキー、そして数百ガロンのガソリンは、日本軍援助のために備蓄されていたも同然だった。日本兵たちは笑ってそれを、「チャーチル給与」と呼んだ。

マレー半島を縦貫する道路に沿って、英印軍は次々退却していった。その混乱ぶりは、浮浪者の集団移住さながらであった。撤退のかたわら、彼らは橋を次々爆破し、マレー半島・西側を走る川を天然の要害に変えた。あらたにペナン島より北にあるムダ川を防衛ラインとし、主力部隊を撤退・温存させる。日本軍はその狙いを挫（くじ）かんとする。

日本軍は海南島や台湾で訓練した工兵部隊が異常な速度で道路と橋を修復し、狙撃兵はマレー人に化けて密林や村に浸透し、あちこちで英印兵たちを恐怖に陥れた。そして、さらに彼らを悩ませたのが銀輪部隊であった。自転車の兵隊は山間部へ入りこみ、川の上流で渡河、側面よりジャングルを抜けて急襲をかけ、退却する英印軍をいくども苦しめた。

制空権を失ったことでペナン島に激しい空襲を受けた英印軍は、応戦態勢に遅れが出始めた。また発電所は破壊され、水源も汚染された。ムダ・ラインもすでに風前の灯となり、第十一師団はおよそ五〇キロ南方のクリアン川へ下がった。日本軍がペナン島・ジョージタウンへ入城したときは一発の反撃もなかったという。商店はいつもどおり営業し、日本兵はアイスクリームを食べながら、バンザイを叫んだ。

一日あたりおよそ二〇キロという撤退速度は、現代の舗装道路を走るアッパバスも不可解に思うスピードである。比べるなら、単独走行のアッパバスはあくまで「軽装」で、いっぽう当時の英印軍は道々足を止め、銀輪部隊に対抗する地雷を埋めていた。おそらく、部隊の士気も体力も壊滅的であったことだろう。

アッパバスは、以前読んだ軍事レポートを思い出した。イギリス人将校はこう言っている。「兵士たちは極度の疲弊により、いちばん簡単な命令さえ平手打ちを食らわさなければ実行できない状態であった。睡眠不足での行軍はまるで死人のようで、日本軍の戦闘機が飛んでくると、首をすくめるカメのように反射的に隠れ場所を探した」

そんな状況下、イギリス人軍司令官は残存部隊を一気にペラ川以南へ退かせ、部隊を再編することとした。しかし同じころ、山下奉文は一支隊をクアラ・カンサー以東のジャングルへ潜入させ、ペラ州の中心地でスズの一大生産地であるイポーを押さえ、英印軍の退路を断とうとした。

真っ暗になった久美小学校で、頭上に広がる星空と正面にあるはずの中央山脈を眺めているうちに、ぼくとアッバスはたしかに今、マレーシアの険峻な山のただなかにいるような感覚を覚えた。

アッバスは言った。マレーシアにいたときも、故郷にいるような感覚がした。ペラ州のジャングルを走行しているとき、西マレーシアで三番目に高いヨン・ベラール山の山肌が遠くに見えた。その山の魂は、故郷の塔山の魂とまるで同じものに感じた――神々しく、ほの暗く、崇高でかつ恐怖に満ちている。それがあの時代、大東亜共栄圏の建設と現地の資源収奪を目論む侵略軍と、東洋にまで版図を広げた古き植民帝国と被植民者の混成軍がジャングルのなかで、死力を尽くし戦っていたのだ。この戦争に、個たる人は存在しなかった。手にした武器も、身につけた服も、足を覆う靴も脚絆も、ひいてはその爪、脳、血液も――皇軍か、大英帝国軍かはともかく――軍のものだった。

「自転車に乗っているとき、考えた。どうしてこんなスピードで作戦を進めたのか？　若い日本兵たちはどうしてそれに耐えられたのか？　もっとわからないのは、敗走する英印軍はどうやってそれに耐えたのか？」

一九四一年の最後の日、日本軍はイポーの南にあるカンパーに達していた。そこはまさに自然の要害であった。ジャングルが滝のように切り立って茂り、守備軍は狙撃兵の射程が一〇〇〇ヤード（914メートル）に達していた。英印軍にとって、ここはマレーシア中部における最終防衛ラインであった。アッパスはまず、当時イギリス軍が陣を置いた尾根、「トンプソン・リッジ」を走行した。森のなかで露営し、パンジャブ兵士のことを思った。彼らが日本軍の進攻を待ち構える、いくつもの昼と夜を考えた。

一一〇〇キロメートルもの長さを持つマレー半島は、中央にジャングルに覆われた山脈が走り、西海岸はマングローブと沼地、東海岸は砂浜が続いていた。西海岸から進攻すればマングローブに軍靴を取られるため、日本軍は地元漁師の船団を押収しながら前進し、同時に別支隊にジャングル越えの突撃を命じた。

ジャングルは北国の兵士に遠慮なく牙を剝いた。蚊、毒蛇、ヒル、あるいは毒やトゲを持つ植物、森の奥で口を開く底なしの沼が待ち受ける。だから彼らは、せめて「ほころび」があるジャングルを進攻ルートに選んだ。

当時、マレー半島の少なくない原始林が、すでにイギリス人により伐採されていた。世界のゴム市場で高い利益を上げているブラジルの品種を持ち込み、栽培を始めたところ、当地の生産高はあっというまに世界シェアの三分の一を占めるまでに増加した。イギリス政府はこうした私有企業のゴム産業に気を使った。国家を上回るほどの富を持ち、経済の動きを牛耳る貴族や大商人を敵に回すわけにはいかず、軍隊は私有ゴム園を徴発して陣地を構築することができなかった。だから、ジャングルの防衛線には「ほころび」がたくさんあった。

樹は、マレー半島の人びとにとって家であり、財産であり、また魂でもあった。マレー人は樹の幹と枝を使って家を建てた。樹の葉を細かく刻んで塗り、壁を作った。彼らは樹になった果実を採って食べたし、枝を燃して調理した。木陰に隠れて殺人的な高温を避け、採取した樹脂で道具を作り、小船の隙間材にした。彼らは森で育った樹と竹を使ってゆりかごや棺桶を作り、礼拝所、王宮を建て、また火葬用の薪にもした。でも多くの森林が、プランテーション開発と戦争による山火事で消えた。だから一部のマレー人は、第二次世界大戦のことを「森を殺した戦争」と呼んだ。

アッバスはラオゾウの自転車を牽きながら、ジャングルのなかを進んだ。頭が冷静になると、自分のやっていることが自殺行為に思え、後悔した。ツル植物が生い茂る場所に出れば、まず山刀で道を切り拓(ひら)かないと自転車に乗れない。おかげで体力は倍、いや五倍も十倍も消耗した。いちばん恐ろしいのはジャングルの雨だった。さっきまで五歩で渡れたはずの渓流は一瞬で、向こう側が見えぬ滝に変わった。

雨はたちまち谷を満たし、なお森林の頂きを砲弾か太鼓のように打ち続け、空気を重く変えた。だが雨が止めば、もっと大きな苦しみが待っていた。道はどろどろのパパイヤミルクになり、泥がアッバスの足を摑んで放さず、半日で数百メートル進むのがやっとだった。

ジャングルに入って二日目、アッバスは山全体がすっぽり雲に隠されているような場所に辿り着いた。雨のようだが雨ではない霧が、彼の携行品を残らず濡らし、絶望のようにそのひとつひとつにまとわりついた。

その夜は、小便をしていても自分の陰茎すら見えず、アッバスは体などもう存在せず、ただいっさいが霧に拭い去られてしまったように感じた。アッバスとラオゾウの自転車がなにかを踏んでしまった瞬間、周囲から翼の羽ばたく音が激しく響いた（まるでナショナル・シアターのカーテンコールで、近隣の客席から湧き上がる拍手のように巨大な音だった）。暴風雨の中心に体ごと引きずり込まれる感覚のあと、人の背丈を超えるほど大きな翼を持つ鳥が、数もわからぬほどの大群で、アッバスのすぐそばを飛び立った。深い霧のなかうっすらと浮かんだ鳥の首と長い足はどちらも赤く、くちばしはアッバスの肘から指先ほどの長さがあった。慌てふためいたアッバスは、沼で転び、一本の鳥の羽だった。旅から帰ったあと友人に訊いたが、その鳥は赤い首を持つ、絶滅寸前のオオヅルではないか。

深夜の山の敵意はなお深く、ずっと見られている感覚があった。アッバスは山で育った子どもだった。昔、バスアに言われたことがある――すぐれたハンターは、山にさえその存在を気づかれない。もし山に見られていると感じたなら、それはなにかが起こる前触れだ……。

だからアッバスは慎重を期して、朝を待ち、予定より早い下山を決めた。ところが、右へ抜けようが左に回ろうが、どうしてもジャングルから抜け出すことができない。混濁した暗緑のなかを自転車で走り、また自分の足で歩いた。まるで海底でやわらかに揺れる海藻の茂みを踏んでいるように、地面はすべての音を失っていた。鳥たちの鳴き声や野獣の唸り声がときどき聞こえたが、ほとんどの時間は、樹々が自らの木肌を這うツル植物と繰り広げる密談に耳を傾けていたのも同然だった。

一〇〇〇メートル以上もある断崖にたどり着いたとき、遠い山の上空に「逆さ峰」が見えた。よく見るとそれは、山の上を旋回するタカであった。数千羽が作る飛行隊形は、渦を巻くように雲のなかへ消えた。

アッバスは今、「本当の」ジャングルとひとり向かい合っているのだと感じていた。あの巨大なトリバネアゲハや、奇妙なほど鮮やかな色彩を持つ鳥たち、巨木から垂れ下がるツル植物は、ある探検写真家の言葉を思い出させた――「美の極致は、恐怖なのだ」

最初は撮影もしていたが、いつのまにかシャッターを押す気もなくなった。体力を消耗したうえに、創造意欲も失ってしまった。彼はただ、このジャングルから出ることだけを考えていた。この絶望から逃れることだけを。もしジャングルのなかで最期の時を迎えて、カメラをだれかに拾われ、あるいは撮影済みのフィルムが現像されたとして、それにだれがどんな意味を見出すというのか。

絶望のなかにあって、アッバスはなぜか、パンジャブ連隊隊長の日記を思い出していた。日記には、敗走時兵士が士気を落とす原因が記載されていた。それは敵の大軍と遭遇したことなどでなく、たとえば行軍中に半日、変化がまったくないことだという。ジャングルはあらゆる音を隔離し、地表の静寂を際立たせる。そんな死に似た静寂は、兵士の心をざわつかせ、かつ視力を失ったような感覚にさせた。それは、それまでの人生で一度も感じたことのない、本当の恐怖であったという。アッバスは、のちにこう考えた。もし自転車でジャングルを走らなければ、「ジャングルはあらゆる音を隔離し、地表の静寂を際立たせる」ことがなにか知ることはなく、また「死に似た静寂は、兵士の心をざわつかせ、かつ視力を失ったような感覚にさせた」ことがどういうものか理解することもなかったろう。

アッバスは大きな目を開いて、おぼろげな獣道を探した。森林が発する、悪意のような生臭い臭いを嗅いだ（おそらく果実だろう。地表には腐った果実がたくさんある）。その臭いはまるで、毛穴から体内に進入してきたようで、息を止めてもいっこうに消えなかった。

このとき、胸の羽をガラスのように輝かせる鳥の群れが、彼の周りを三周飛び、チュンチュンチュンと歌のような鳴き声を上げると、矢のようにどこかへ飛び去った。そのうち一羽はたしかに目の前で止まったから、彼はマレー人の言う「案内鳥」のことを思い出した。アッバスは鳥についていった。瞬間、その鳥はバスアだ、と確信した。鳥のあとを歩きながら、子どものころバスアのおしりにくっついて、山へ狩りに出かけたときのことを思い出した。バスアは我が子の手を引いて、助けるようなことはいっさいし子にはならない。

なかった。バスアはただアッバスの少し前を、彼が追いつくことのない、しかし見失うことのない距離を保って、進んでいった。

バスアはよくこう言った。「森の息づかいを聴く。山の呼吸に注意し、疲れたら急がず、大きい石を探して休む。その石を覚える。どんな石だって形はそれぞれ違っている」子どもだったアッバスは必死で父の影に追いつこうとした。影は離れないから、迷子にはならない。

しばらくして雨が降りだした。鳥の声は、まるで停止ボタンが押されたようにぱたりと消えた。アッバスは自転車を降り、雨避け用の簡易テントを張り、休息の準備を済ませた。こんな状況下に走行を続けるのは、利口な選択ではない。いつまでも続くような静寂のなか、光と雨が木の隙間から落ちてきて、なににも似ていない白光の霧がうっすらとゆらめく。なぜかその光景が、ラオゾウといっしょに行ったあの建物を思い出させた。地下室へと潜っていき、吸い込まれて川底へと流された感覚ととてもよく似ている。白い霧。白い気泡。

アッバスは呼吸を整え、神経を集中させた。いっさいの音がもう一度、はっきり聞こえ始めた——葉っぱの上の水玉が、別の水玉とぶつかる。種類もわからぬカエルが集って鳴いている。キツツキが苦悩をくちばしに乗せて木の幹に撃ちつけ、舌先を木の幹のなかへ伸ばす。ツル植物の種が、空に向かって土を裂き、光を見つけた瞬間、人の肉眼では見分けがつかない細い芽を吹き出す。カタツムリが消化液を出して、その繊維を溶かす。それぞれの音は具象を失い、曖昧に気体と交わり、雨の霧に滲み出した。

樹冠のほうから突然、カサッと擦れる音がした。最初はある一点だったのが、しばらくして潮のようにうねりながら広がり、ジャングルのあるいっぽうから湧き上がった。その音に、アッバスの動悸が速まった。神経を集中させると、それは猛スピードで移動するサルの群れのように思えた。アッバスはその音をにらみつけるようにして、木々を移るサルの群れを探した。しかし光が彼の目に突き刺さり、視覚を失った。しばらくして、視界が明晰に戻ったころ、サルはすっかり姿を消していた。周囲にふたたび、静寂が下りた。

アッバスの耳は、いかなる音も聞くことができなかった。

このとき、アッバスは「臭い」を感じた。獣のえぐみと湿気が混じった臭気が、熱帯雨林の多様な臭いを根こそぎ蹴散らすようにして、彼を包んだ。アッバスは頭を振った。全方位光だけだった視界が、正常に戻った。彼は全身の意識を束ね、眼球に集めた。ツォウ族のハンターとして貰い受けた血が、直感でそれを見つけた。一〇メートル先の樹間をたしかに、マレー語で「ハリマオ」と呼ばれるマレートラが駆け抜けた。

トラは華麗な縞模様をジャングルの光と影に完全に一致させ、ひと摑みひと摑み大地を後ろへ押しやり、ゆっくり歩んでいく。悠然と振り返った双眼はまさしく琥珀で、感情も好奇心もなく、アッバスが隠れるテントを見た。その瞬間、アッバスの全身の毛が逆立った。毛は体の内へと突き刺さり、真っ赤な鮮血を全身に送る大きな心臓は肋骨のなかで、ウズラのように跳ねた。

森はこれほど輝いていた。死はこれほどに輝いていた。

そのとき、アッバスの頭に思いもよらぬ考えがよぎった。今、前方へ身を躍らせ、手を伸ばして、傲然と輝く金色の体毛に触れたい。

でも、触れはしなかった。

トラは十秒間、そこにいた。いや、いたのは一秒間だけで、すぐそのまま前へ、大地をひと摑みひと摑み進んでいき、静かにジャングルのなかへ消えたのかもしれない。残されたのはただ強烈な臭いだった。アッバスの激しく、熱く、速い鼓動は、しばらくしてやっと平静になった。知らず知らず、彼は涙を流していた。ジャングルのなかで、出ることも入ることも、自ら決定することなど許されていないのだ。ジャングルはまさに、ひとつの時代そのものだった。

アッバスは疲れと恐れのさなかで、バスアの声を聴いたような気がした。その声はアッバスに、顔を上げろと言っていた。巨大な木がそこにあった。おかしいのは、葉っぱが緑色ではなく、太陽に照りつけられて、上のほうは青紫に輝いていたことだ。視点を定めたアッバスは、それが一群のトンボの翅の透過光だと気づいた。さらにおかしなことに、トンボはみな尾を同じ方向へむけている。

曖昧な意識のなか気力を振り絞り、アッバスはラオゾウの自転車を牽いて、トンボの尾が指し示すほうへ歩いた。夕暮れから、空の光が完全に失われるまで進んだあと、自転車のライトとハンドライトを頼りに、テントを設営した。そして電池を節約しろ、不安に流されるな、と自分に言い聞かせた（まさか、もう一度トラに出会う幸運はない）。半睡半覚のまま、彼は一晩を過ごした。

翌朝、アッバスは目の前に広がる光景に驚愕した。あちこちに倒木が積まれ、木の断面が整然とした模様を作っていて、それ以外はただ草が生い茂る空き地だった。遠くに川がぐねぐねと走っている。看板が立っていた。マレー語と英語の注意書き。つまりここは、山のなかに伐採された新しい農場だった。

アッバスはM4－Pのシャッターを押した。そして自分が道路に戻ったことを知った。

ぼくとアッバスが腰掛けていた久美小学校の校庭の上方には、目を閉じることが惜しいほどの星空があった。遠方に広がる大地は巨大なスクリーンのようだった。望郷山はたしかにトンプソン・リッジだったし、陳有蘭渓はたしかにペラ川だった。ぼくは内心思った。そんな経験を経たからこそ、アッバスは本当の意味で写真を撮れる人になったのだろう。

アッバスは言った。あの経験を経て、自分とラオゾウの自転車とのあいだに、人馬一体の感覚を知った。いやそれは、人体と機械のつながりを超えた、もっと抽象的ななにかだ。

「説明しても、正確に言い尽くすことはできないし、あるいは不条理な茶番劇に聞こえてしまうだろう。でも実際、そう感じたんだ。そうやって自転車に乗ったことで、ある人の人生と本当の意味で出会うことができた」

「バスアと？　それともラオゾウ？」

「どちらもだ。あるいはもっと多くの人の……」アッバスは続けた。「たぶんそのおかげで古い自転車に興味を持ち始め、だからアニーに言って、彼女の友達の『幸福』自転車を店に置こうと頼んだ。うちのスタジオにあったMARUISHIを覚えているだろう？　あれはあれで別の物語がある……」

ぼくは頷いて、まずさきほどの物語に戻ってもらうことにした。

カンパーの戦いに敗れたあと、イギリスはマレー半島東海岸のクアンタン飛行場も失った。クアラルンプールへ撤退する前の最後の防衛線は、スリムリバーに置かれた。飛行場を失った影響は深刻で、これにより「三菱九六式陸上攻撃機」のシンガポール空襲をやすやすと許すことになった。

およそ一日一六キロメートルの速度で逃げる英印軍のなかには、脱落してジャングルに逃げこむ兵士もいた。戦後まで森林に隠れ、生き延びた彼らは脱皮したニシキヘビのように、姿形は同じでも、なかみはまったく別の人間になっていた。戦争終結を知り、街へ出てきたとき、ある兵士は言語能力を失っていたという。

スリムリバーを失い、オフィール山とムアル川も続けざまに突破され、唯一めぼしい戦果は、グマス付近でオーストラリア人部隊が日本軍に打撃を与えたのみであった。主力部隊は敗走を続け、クルアンからアイールヒタムに最終防衛線を張った。イギリス軍司令官パーシバルは「半島の先端部を死守する」ことに希望を持っていたが、現場指揮官はジョホールバルを守るのは無意味で、そうしても主力部隊が日本軍に追い詰められ、壊滅するのが落ちだと考えた。ならば、シンガポールはもぬけの殻となり、降伏するよりほか道がなくなる。

新しい年の一月の最後の日。英印軍の兵士は背嚢を背負って、龍のようにゾロゾロと、半島の先の小さな島へと逃れていくと、両岸をつなぐ堤道を爆破し、直径二〇メートルほどの大穴を空けた。数日後、日本軍ははるか満州から調達した重砲、野砲、山砲の掩護下、あっさりジョホール海峡を渡り、シンガポールに上陸した。予想に反し、イギリス軍の抵抗はなかった。なぜなら島の防衛は、敵軍が海から襲撃することを想定していて、砲台はみな太平洋側にあったからだ。当然、半島側から奇襲をかける日本軍へ向ける戦力はなかった。

一週間後、英印軍は歴史に残る屈辱的な降伏を受け入れた。八万人余りのイギリス人、インド人、マレー人、オーストラリア人からなる混成部隊は、人員、武器ともに劣る日本軍に投降し、捕虜となった。その大部分は、日本軍がタイからビルマへ建設を進めた鉄道工事に従事し、うだるような熱帯雨林を切り開き、高山と激流を貫いて建造したレールの上で死んだ。また中国系住民（華人）が広範囲で虐殺・処刑され、日本人が改称した「昭南島」に葬られた。

森をさまよった時間も含め、都合一ヶ月のロングライドの末、アッバスはジョホールバルへとたどり着いた。顔じゅうひげだらけで、服はボロボロに破れ、体からは植物や鳥、獣、そして雨水や川の臭いが混じったひどい悪臭がした。海を目にして、思わず自転車を置いたまま、水のなかへ飛び込んだ。なん口か海水を飲んで、彼は自分を祝福した。塩水が体に沁みる痛みが、感情の高ぶりを少しでも和らげてくれればいい。

アッバスはぼくに言った。「この旅は、私をまったく別の人間に変えてくれた。もっと言えば、フォトグラファーになりたいという自分の心構えを変えてくれた」

「たとえば？」

「たとえば……。写真を撮ることとシャッターを切ることはイコールでないことを、やっと知った」アッバスは答えた。「簡単なことだけど、一生カメラを構えている人でも、多くはそれに気づかない。目も手足も体の一部分だ。長年鍛え上げたシャッターを切る感覚も、頭の思考だけに頼るものじゃない。もっとフィジカルなものだ。そんな身体感覚があって、やっとフォトグラファーの動物的なカンが生まれる」

「なるほど。そうかもしれないな」ぼくは彼の言葉を咀嚼して、答えた。

海に全身を洗わせ、疲労がもたらすある種の満足感を味わいながら岸へ上がったとき、アッバスは、ラオゾウの自転車が見当たらないことに気づいた。浮浪者しか使わないようなリュックにビニール袋、鼻が曲がるような臭いの衣服はそっくりそのまま放置され、ただ自転車だけが消えていた。激昂(げきこう)して彼は、海辺で雄叫(おたけ)びを上げた。まるで突然、家族を失ったかのように。そのとき海辺にいた人はみな——当時まだ知り合いでなかったアニーも、彼の傷ついた心の叫びに、引き寄せられた。

バスのなかで半分まどろみながら、ぼくはアッバスが昨夜話してくれた物語を思い出していた。そしてはっと、強くなった雨に今さら気づいた。バスは川のなかを走っているようで、隣の車線から追い越してくるヘッドライトは、ダイバーが持つ水中ライトとまるで同じだった。アッバスがジャングルで方向を見失ったあいだが、ラオゾウと潜った川底の光景と似ていたと言っていたのを思い出した。

「いったい、君とラオゾウはなにを見たんだ?」ぼくはそのときそう訊いた。

「わからない」

「そのとき、どんな感覚があった?」

アッバスはじっと考えてから、答えた。「この世界ともうひとつの世界がワイヤーでつながっていて、その上を歩いているような……。自分がこの、経験済みの世界にはもう属していなくて、でももうひとつの世界にはまだ達していない。ただ、その先に見えるだけ。振り返ると、もとの世界はすでに、うすぼんやりとしか見えなくなってる」

この世界ともうひとつの世界のあいだをつなぐワイヤー？　ぼくは想像してみた。たくさんの人が手を広げて、バランスを取りながらこちらからあちらへと進んでいく。

そのとき、バスがインターチェンジを下りた。そして、舗装の穴を踏んで、車体が突然揺れ、乗客全員を起こした。子どものころ、毎日うちの前を汽車が通過したが、それでも毎年旧暦の年越しに、母と鉄道で帰省するのが楽しみだった。列車の連結部にはどうしても密着しきれない隙間があるが、普通車はその遊びが大きく、揺れもひどかった。ぼくは轟音だけが響く、連結部の通路にいるのが大好きだった。車両の鉄片がぶつかり合う音と、車輪がレールに接して回る金属音以外はなにも聞こえない。

スマートフォンを取り出し、「家族」のグループの全員に、母さんの今の状況を訊ねた。そのとき、アニーから四通目のメールが届いた。彼女の件名は必ず「psyche」と書かれていたが、今回は「自転車泥棒」だった。

中身もこれまでの三通のような、小説じみた語りでなく、シンプルな数行のお便りだった。

私は、サビナです。アニーの友人です。たいへん申し訳なく思っています。これまでにお送りした尻切れトンボのようなメールは、じつは私が書いた小説の一部です。いえ、小説と言えるかどうかもわかりませんが。あなたがあの、幸福印の自転車の来歴について知りたいこと、そして購入も考えていることをアニーから聞きました。しかし、面識がまだなく、くわえてあの自転車は私のプライバシーに深い関わりがあるため、どうお答えすべきかずっと、決心がつきませんでした。それから、アニーから、あなたが小説を書いていて、出版もされているようだと聞き、まずそれを拝読しました。

正直に申し上げれば、あなたの小説を読んだから、あの自転車から生まれた私の小説を先に一部分、お送りすることに決めたのです。その後、メールでお返事をなんどもちょうだいし、お目にかかってはおりませんが、あの自転車についてもそろそろお話しすべきだと感じました。

あの自転車の物語をお聞きになりたいですか？　もしそうなら、まず私の小説を最後まで読みたいですか？　それとも直接お会いしましょうか？　よく　あれ

サビナ

これまで貰っていたメールははたして、アニーが書いたものではなかったのだ。ぼくはすぐ返事を送った。「小説を最後まで読みたいです。それに、できるだけ早くお目にかかりたい。時間と場所は決めてくださって結構です」――メールを送信したのと同時

に、姉からメッセージが届いた。母は一般病棟に移され、検査待ちだと言う。姉は、ぼくに病室番号を教えたあと、ほかの四人はもう見舞いを済ませ、看病のシフトもできあがったと知らせてくれた。メッセージの最後、姉が冗談めかしてこう付け加えた。「母さんの子沢山が、初めて役に立ったかもね」

スマートフォンをたどっていくと、最後に兄からのメッセージも入っていた。日本からだった。とくに感情もなく、ただ、母さんの世話をよろしく頼む。すぐ台北へ帰るから、と書いてあった。

数年前、取材で東京へ行ったついでに、兄を訪ねたときのことを思い出した。兄はぼくに住所を送り、ここならいるから、必ず会いに来いと言った。

教えてもらった住所は、繁華街の地下にあるジャズバーだった。一階の軒下に今日の出演者のポスターが貼ってある。演目は二つ。前半が日本人のピアノトリオで、後半はKula&His friends。Kulaとはつまり、ぼくの兄だ。

カウンターに座り、ジンを頼んだ。トリオのうち、ピアニストは髪の毛が厚く、まるで中年の田村正和だった。ベーシストは清潔な白いシャツを着た色白の男で、むしろサラリーマン風だった。ドラムスは年を取ったチャーリー・ワッツといった風貌で、どっちかというと園芸が似合う、白髪の老人だった。

ぼくはジャズファンとは言えないが、一曲目の「シャドウ・オブ・ユア・スマイル」は知っていた。ぼくの生年より古い映画『いそしぎ』（1965年のアメリカ映画。エリザベス・テイラー主演）の主題歌で、台湾では『春風、届かぬ思い（春風無限恨）』というタイトルで、ぼくはＤＶＤを持っている。意外にも、色白の男と田村正和は絶妙なコンビネーションで、まるで波と砂浜を見ているかのようだった。バラード曲のエモーションとだれもが経験する愛のむなしさが、軽やかな演奏のおかげで、聴くものの心へすっと伝わってくる。

　ステージ上の兄を見たとき、なぜか強い違和感を持った。そこにいるのがまるで、自分の兄ではないようだった。でも演奏が始まり、兄のギターの音に呑まれていくうちに、その違和感の理由を理解した。彼はもう「田辺製薬のファイブランプショー」にこっそり参加して、しかも一回戦で負けるような青臭い若者ではなかった。そのギターもすでに、父が自転車を買う代金を融通して買い与えた合格祝いではない。どうやら兄の手に合わせて特注したオーダーメイドらしく、音のなかにも確固たるなにかが存在している。今、彼は、ぼくとなんの関係もない、ひとりのギタリストだった。

　数曲聴き終えてぼくは、サラリーマン風のベーシストと共演する兄のステージ上のたたずまいやアクションがジャズギタリストの巨匠、ジョー・パスに似ていると思った。低音部のメロディラインと中間部のコードを同時に弾くスタイルや、粒だったピッキングは共通だったし、つぶやきに耳を傾けるようにギターに体を寄せる姿勢も、意識して真似たものだろう。

　クールな指先が秘めやかな哀愁を弾き、たしかにぼくの胸のうちにある弦を打った。演奏が終わって、店内は熱気に包まれていたが、ぼくの心はどこまでも透き通っていた。

まるでだれかがホウキを片手に、ぼくの心を訪れ、すべてのゴミを掃き捨て、きれいにしてくれたみたいだった。

そのときふと、これまで兄がどれだけひどいことをしてきたとしても、そのすべてを許してしまいそうな気持ちになった。まるで彼がこの世に降り立ったのは、子々孫々へ家系をつなぐためでなく、ただギターを弾くためだったように思えた。ステージ上で椅子に座り、その曲をだれかに聴かせることで、彼が生きる任務は全うされるのだ。

夜、煙草のけむりが充満する居酒屋で語り合った。兄はぼくに、最近どうだ？　と訊き、ぼくはたいして珍しくもない日常のあれこれを報告した。いつ台湾に帰ってくるか訊くつもりだったが、頭のなかで「シャドウ・オブ・ユア・スマイル」がずっと鳴り響き、兄との会話を邪魔した。そもそも、ふたりのあいだには、話したいことなどなく、ましてあの演奏のあと、わざわざ顔を合わせたことをぼくは後悔していた。あのステージ姿を印象に残したまま、ぼくは帰るべきだった。でも、ギターを持っていなければどうしたって、家のことを姉たちに押し付けてなにをやってるんだと難詰したくなる。

だから、まだ揉めごとに発展しなさそうな、まろやかな昔話を持ち出した。「父さんが兄貴の合格発表を見に行って、自転車をなくしたこと、覚えてる？」

兄は怪訝（けげん）そうに言った。「そんなことあったかな？　ギターをもらったことは覚えているけど」

「あったんだ。ギターと自転車はつながっているんだ」少なくともぼくにとって、ふたつでひとつのできごとだ。

兄は有名進学校に受かったが、大学には結局入っていない。当時、大学に落ちたら、みな浪人して受け直したし、四浪、五浪なんていうのもざらだった。でも、人生の再試験のチャンスは高校入試で使い切ってしまった、と兄は言った。彼は、自分自身に人生の反復を一度しか許さなかった。そしてある朝、手紙を一通残して、父が引出しに鍵をかけてしまっていた現金とともに、兄は消えた。母は動転したが、父は冷静で、兄を探しに行くという母の願いを聞き入れなかった。

「無駄な労力だ！」父はそう言い放った。兄が家を出てから、家族のあいだには他人のような距離感が生まれ、それぞれが不満を抱え、張り詰めた会話が続いた。兄は兵役の通知が来るのを見計らって帰ってきた。父は怒らなかったし、なにも言わなかった。兄の背丈はとっくに父の背丈を超えていて、自分の力で息子を変えることは無理だとわかっていた。

退役後、兄は兄で、父が望む「地に足の着いた」人生を送ろうと試みはした。母から金を借りると、友達といっしょに中国から既製服を輸入する商売を始め、最初は順調だったが、あっという間に躓（つまず）いた。大量の注文にたいし、彼らが税関で受け取ったのは粗悪品で、中国の納入業者はトンズラした。砂漠に消えた足跡のように、それがあったという手がかりさえきれいに消えてなくなった。

落胆した兄はその日以来、フォークレストランで歌って小銭を稼いだ。ときにはなん日も帰宅せず、靴屋の息子で、ぼくの親友ミーの兄貴だった、ガウとつるんで遊んでいた。年の差があるせいだろう、ぼくらにはガウとうちの兄貴が神に見えた。ふたりは、ぼくらができないことをやってのけた。たとえば、二階の古本屋でエロ雑誌を買ってくるとか、商場の屋上で隠れて煙草を吸うとか、車が下を走る歩道橋の欄干に腰掛けるだとか……。

ぼくはその日のことをずっと忘れないだろう。――父さんに引っぱられるようにして、兄貴が帰ってきた。そして空き地に生まれた竜巻のような言い争いが始まった。父は、布を測る木のものさしを手に取り、兄に突きつけた。ところが体格がいい兄は、たやすくそのものさしを奪い取った。本気で父の相手をする兄を、ぼくは初めて見た。父を正面から見すえて、兄は言った。「オレにおんしみたいに、毎日ビクビクした人生を送れと言うんか⁉」（多少の記憶違いがあるかもしれないが、語気はやはりこのくらい強かった。）そして、顔を背けて、兄は出ていった。

数年経って、姉からふたりのケンカのきっかけを教えてもらった。兄とガウは便所に隠れて「不老不死の薬」を作っていた。通りかかった父はその異臭に気づいて、個室に怒鳴り込んだ。「なかはだれか⁉　出てこい！」すると出てきたのはまさかの兄とガウだったというわけだ。

ふたりが材料にしたゴムのりは、ガウの父が靴底を貼るときに使用するものだった。ミーの父は缶の蓋に穴を空けて、ブラシを直に突っ込んで中身を出す。毎日使うものだから、のりは縁にこぼれて凝固していき、缶はまるでロウが垂れた太いロウソクに見えた。ぼくらは子どものころから、しゃがんでミーの父の仕事をじっと見ていたが、まさかその臭いから、不老不死の薬を作る錬丹術を思いつくとは。どうりで、あのころの兄は夢見心地の顔をしていた。初めての商売が失敗して、それまでに味わったことのない快楽を見つけてしまったようにさえ見えた。

なん年かして、ぼくはひとつ確信していた。顔を背けたその瞬間、そしてそれから長い歳月、兄は、父に向かってあまりに正論すぎる言葉を吐いてしまったことを、後悔し続けてきたはずだ。しかし、それをわかっていても、さらに十年経って、ぼくは同じ過ちを繰り返してしまうのだ。あれ以降、父と兄が視線を交えることは二度となかった。ふたりの会話を耳にすることもなくなった。相手を見ないようにし、過去を見ないようにしてきて、その頑なさがふたりにもたらしたのは、痛みだけだった。そして、父は失踪した。

失踪する前、父がなにもかもを忘却しつつあることに、家族は気づいていた。やることがあったとき、父はまず店の入り口にある日めくりカレンダーに書いておいた。そうすればシャッターを開けるときに、その日になにをするかがわかる。いっぽうで、父は自転車に乗ってでかけ、丸一日帰ってこないこともあり、ひどいときはそのまま三日間、家を空けた。帰宅後も、外でなにをしていたか答えられず、母はなんども聖王さまにお参りして、父の魂が体に帰ってくるよう、お願いした。

本当に家への帰り方がわからなくなっているのか、それとも娘や息子と意見がぶつかったあとは、そうやって感情を収めるしかないのか、ぼくら家族にはわからなかった。ぼくらはあまりに父を恐れ過ぎていた。そしてその恐れのせいで、父とぼくらのあいだにありえただろう会話は、きれいさっぱり掃き捨てられた。もしかしたら、父にも話したいことがあるかもしれない——そういう発想を家族はだれも持たなかった。

「昔よく、父さんの自転車で工場に行って、ジーンズの仕入れを手伝ったけど、お前が言うのは、その自転車が最後なくなったってこと?」

「そう」

「そう言われると、本当にあったように思えてくるな」ひとつのことを、ある人はずっと覚えていて、ある人はきれいに忘れている。

ぬる燗の日本酒をひと口飲み、ぼくは訊いた。「父さんは兄さんのギターを聴いたことがあるのかな?」

「家にいたころ、やたらめったら弾いていたじゃないか」

「そうじゃなくて、今日みたいなやつさ」

兄は首を振った。「ありえない」もし今夜、ぼくといっしょに兄の演奏を聴いていたら、父はどう思っただろう? 「聴くわけがない」まるでぼくが思ったことを聞き取ったように、兄はひとりごちた。他人が自分をどう見ているかなんて気にしない、と言う人がときどきいるけど、ぼくは、そのほとんどは自分に嘘をついていると思う。気にしてないなんて、ただの強がりだ。

兄の横顔を見ながら、年をとるにつれ、ぼくが生まれたころに撮った父の写真そっくりになってきたと思った。話し方も似てきた。そして、ぼくはふいに思った。両親はぼくらを生み育て、必死に働いて、ぼくらに勉強できる環境を与えたのだが、その結果、自分たちにはまったく理解できない生き物への変貌を許し、実際、親のもとから離れていく結末を招いた。

バスはもうすぐ目的地に着く。ぼくは兄宛てに「できるだけ早く帰ってこいよ」と打ったが、少し考えて結局、そのメッセージは送らなかった。

ノートⅤ

自転車の価値はいつでも、作った人と乗った人が
その自転車をどれだけ大事にしたかで決まる。

――ドイツの老舗自転車販売店マイスター、クラウス・ワグナー

人が身につけた技術を褒めるとき、父さんはなべて、「手間(工夫)」がかかっていると言った。(ぼくは子どものころからそれを、アクション映画の「手下(功夫)」がたくさんいるのと同じように思っていた。)父はいつもこう言うのだ。歯を食いしばって苦しい訓練に耐えて技を磨き、独り立ちした人だからこそ、惜しみなくかける「手間」を持っているのだ。

母によれば、仲人を介してふたりが結婚したとき、父はまだ唐さんの弟子だった。唐さんは中華商場の三階で、紳士服の仕立て屋をしていた。とはいえそこは店舗でなく、ふだんはドアも固く閉ざされていた。にもかかわらずお客さんは、商場の住人には想像

もつかないほど高級な服を着て彼のもとを訪れるのだ。

父さんは以前にも、こんなことを言っていた。唐さんから学んだのは「手間」だった。生地を選ぶのも「手間」、採寸するのも「手間」、「首締め（ラペル）」も、「線打ち（ステッチ）」も、「押し出し（アイロンワーク）」もしっかり手間をかけること。袖口のボタンホールを作るのも、父に言わせれば、必要なのは「技術」ではない。じゃあ、手間と技術はいったいなにが違うのか？　父の答えは、出来上がりに「心」があるかないか、だった。父は「押し出し」を例に、説明した。スーツを着る人の体にフィットさせるには、縫製の途中にアイロンで、体の線を「摑む」必要がある。アイロンの温度と湿度は按配が難しい。「湿りすぎても、乾きすぎても、ダメ」なのだ。アイロンの力のかけ具合はなお難しく、押しながら、採寸のときお客さんに触れた手の感触を思い起こし、その当たりを生地に再現する。父が唯一、唐さんのことを「本当の手間を持っている職人」と認める理由はここにある。

鐵馬（ティーベ）——古自転車に興味を持ち始めたころ、勝輪（しょうりん）の尚武自転車のタイヤ交換を試みたことがある。めっきが施されたホイールに、「26 × 1-3/8」インチの「耳つき」ビーデッドエッジ（BE）タイヤを装着する。接地するトレッド部分は薄いゴムと繊維でできていて、そこから左右に伸びた薄く柔らかい部位を「耳」と呼んだ。クリンチャータイヤが一般的となった今とはずいぶん様子が違う。チューブを両耳で包（くる）み込むビーデッドエッジは、タイヤの断面が「O」型をしている。「Ω」型をしているクリンチャータイヤと比べて、タイヤをホイールにはめるのが非常に面倒で、技術と経験が要る作業だった。

ビーデッドエッジを初めて交換するとき、ぼくは自信満々だった。自転車に乗ってはや数年が経ち、タイヤ交換は自分でもなん度も経験し、自転車ショップの店長と比べても遜色ないくらいに思っていた。ところが考えてもみなかったことに、前輪だけで四時間を要し、おまけにタイヤレバーをむりやりねじ込んで、チューブを二本潰してしまった。恥ずかしかったのは、手袋をしていたのにもかかわらず、中指と人さし指の先を挟んで皮が剝け、出血したことだ。落ち込んだぼくは、ホイールとタイヤを昔ながらの自転車部品店に持ち込み、「黄師範」と呼ばれるベテラン職人に頼むことにした。

黄師範は背丈が一五〇センチあるかないかで、あるいはもっと大きかったかもしれないが、年のせいで背中が曲がった「老い戻り」だった。その代わり、髪の毛が薄いが、黒々していることをすぐ自慢した。「若くても白髪の人は多いだろう。でもほら、オレは真っ黒だ」

そして師範は、ぼくのホイールをひと目見るなり首を振って、言った。お前さんには絶対無理だ。ぼくは内心傷ついたが、技術と経験がないのにやろうとした自分が悪いと観念した。熟練の技術者とやりとりしてみるとわかってくるが、彼らが憎むのは「技術がないくせに、道具のせいにする」人だ。自分はできると思い込み、かつ「手間」を惜しむ人間は極度に嫌われる。だから下手に出たほうが、手助けを得られやすい。

まず、持ち込まれていたおばあちゃんのぼろ自転車のブレーキを直したあと、黄師範は黙って、ぼくが置いた細長い腹巻きのようなビーデッドエッジを手に取り、引っ張った。そして、ぼくを試すように言った。「新品だな。しっかりなじませなきゃいかん。ふう。年は取りたくない。とてもやれん。若いやつにやらせろ。だれでもよろこんでやる」だからぼくはもう一度ていねいにお願いしてみた。すると、彼はこう言った。「そうか。しょうがない。今日はひと手間を見せてやるか」

こうしてぼくは、ベンチに座って、彼の「手間」のかけ具合を拝見することにした。

黄師範はまず、あまり見かけないタイプのタイヤカッターを取り出し、ビーデッドエッジの耳に小さなU字型の切り口を作った。これはあとでバルブを抜く場所だ。そしてタイヤの耳をホイールの下にあてがい、地面と自分の腹でホイールを挟んで固定したあと、やせて青筋が浮いた腕に力を籠め、低い息を出して親指をひねると、押されたホイールにタイヤの片側が一周分、するっと嵌まった。

それからチューブを入れ、丁寧にホイールを回し、よれているところがないか確認した。さっき切り込んだ穴からバルブを出し、靴を脱ぎ、足でホイールを押さえつけながら、ホイールに嵌まっていない側からチューブを包んでいく。まず四本の指を左右すべて使い、力を籠めて、タイヤの耳をホイールにねじ込んでいく。このとき師範の関節は真っ青に血管が浮き出て、指の節がまるまるひとつ、タイヤとホイールのあいだに挟まっていた。彼は一度息を吸って、右手を抜き出したあと、その四本の指で次の耳を手のひらひとつ分、折り込んだ。続けざま、入れたままの左手の四本の指を横へ滑らせ、隙間のない隙間を移動しながら、なかのチューブを手のひらひとつぶん、均した。

ぼくは手に汗を握った。ぼくもその痛みを経験したことがあり、見ているだけで指先にしびれを感じていた。てっきり両手で交互にタイヤを折り込んでいけばいいと思っていたが、肝心なのは、手をタイヤとホイールのあいだに挟んだままにすることで、そうしなければチューブが均等に包まれているかが把握できないわけだ。

黄師範は素手のまま、その動作を繰り返し、手のひらひとつぶん進めば、タイヤは手のひらひとつぶん完成する。手のひらがふたつぶん移動すれば、引き出した手ひとつでチューブが収まったタイヤをポンポン叩く。そうすれば、やわらかいチューブがなかでねじれたりはしない。痩せこけて黒ずんだ頰、額、鼻先からじっとり汗が吹き出している。肌着はあっというまに透き通った。熱気が体から湧き上がる。離れて見るぼくも、それを感じた。

十五分もたたないうちに、タイヤは九割がた嵌まった。しかし、最後が難関だ。なぜならチューブはホイールより一インチ（約2・5センチ）ほど大きい。空気を入れたあと、チューブの外径でタイヤの接地面をしっかり支えるためだが、余ったこの一インチのせいで、折り込むときに前半の数倍の力が要るのだ。黄師範は店の奥から水バケツを取り出し、手を浸けた。背は小さいのに、彼の指の関節は十本ともぼくより太かった。手のひらを返したとき、その指の腹は火に焼かれたように真っ赤だった。

師範は両手で、収まっていない耳の最後の部分に水を塗ると、両手を平らにして、タイヤの横側に置いた。そして一息の力で、指をまたチューブとホイールのあいだにねじ込む。「んしょ」と低い声とともに、耳はすべて収まった。

額の汗を拭いて、師範はぼくに笑顔を見せた。「なにか聞き苦しい言葉が聴こえたか？」

ぼくは首を振った。

師範は言った。「最後に収めるときに、シモの言葉で気合を入れなければできないと言う人もいるが、オレはそんなことはしない。手間をかけるだけだ」

手間をかける職人は、心がある——父の言葉を思い出した。タイヤ交換の最後の瞬間、ぼくの目には、師範の細くて小さな目が、釘か刀、あるいは斧のように冷ややかで鋭い光を放っているのが見えた。

黄師範は十二歳で、弟子入りした。つまり自転車修理をして、もう五十年以上になるわけだ。四、五十年前の台湾は自転車産業の最盛期で、タイヤ交換は一日十回以上。夜は親方の家に泊まり、彼は寝床でこっそり涙を流した。真っ赤な炭火を握ったかのように、手が痛かった。あまりの痛さで布団もかけられず、寝返りも打てない。ただじっと上を向いて、朝を迎えた。

そんな日が続き、月が満ち、年を跨ぎ、黄師範は自ら技を磨き上げ、手間を育(はぐく)んだ。

たしかにそれは技術という言葉だけでは言い表せないものだった。

父がスーツを作るときもまた、手間をかけた。チョークで生地に型紙を写し、それから大きな鋏がスケート靴のようにするりと滑っていく。型紙は正確無比にトレースされ、生地のムダはなく、直しも最小限だった。裁断されたパーツは平面から立体となり、ミシンで的確に縫製される。古いミシンはプログラム設定などもできず、ただ長年の勘で生地を押し進めるだけだが、針が落ちる場所はまるで総統府前の、双十国慶節の閲兵式と同じく均等に揃っていた。

年を取った母は、若いころ父が自分に厳しかったことを愚痴った。値段の安い大学生のコートを縫い終えて父に渡せば、ギラリとその目を光らせて、まるでそれが宝石であるかのように点検するのだ。ときに父は小刀を取り出し、プップップッとすべての縫い目を切ってしまう。

縫い直しだ。

母は、さっき終えたばかりの仕事をもう一度やらなければならない。「いいかげんは、いちばんいけない」唐さんは慣れない台湾語で、見習い時代の父にも言った。

以前、父の盗まれた自転車のことを話していたとき、母がふいに付け加えた。「あの泥棒は手間を持っている。だから動きに無駄がない」ぼくは不服だった。盗難犯罪に「手間」のよしあしを論じていいものか。母は当たり前だと言った。「泥棒だって、一等賞はいるよ」

　だから、「手間」は道徳とは無関係の、技術と意志から生まれるのかもしれないとぼくは思った。


　あるとき、ナツさんがぼくに訊いてきた。「いい自転車と悪い自転車の違いって、いったいなんでしょうね？」

　パーツの品質、メンテナンス、レストアの再現度、塗装の出来……など、理路整然かつ徹底的に語り出そうとしたとき、彼が手を挙げて制した。「なにが言いたいかはもうわかっています。いや、ぼく自身、このなん年かのあいだに、なん十台もの自転車を解体してきましたが、いい自転車はバラしただけでわかる」

「わかるってなにが？」

「それがいい自転車だってことがです」

　言わずもがなじゃないか？　とぼくは反論した。

　するとナツさんは、その目にタングステンライトを宿らせ、こちらの返答に構わず答えた。「いい自転車には心がある」

「心？」ぼくは父の言葉を思い出した。

「うん。いい職人が細やかな調整をして締めたネジには、集中力が宿っています。ガタつきや異音を防ぐために、ネジは必ず適切なトルクで締められなければならない。このとき工具を通じて、彼らの力が自転車のなかへ移される。そしてたぶん、数十年ものあいだ自転車に留まっている。解体するとき、ぼくはその力を感じることがあります」

ナツさんは、彼のコレクションのうち初期の幸福自転車を一台、出して見せてくれたことがある。黒く塗装された車体に、職人の手描きで金色の模様が描かれていた。曲面であるフレームの表面に、どうしてこれほど細やかな、曲がりも歪（ゆが）みもない線描ができるのか。きっと筆を操る職人の手は、しっかり悠然と運ばれていたことだろう。ナツさんはぼくの小指を促し、その金色の線の厚みと、色っぽい膨らみに触れさせてくれた。指先からふいになにかを感じ、ぼくは手を引っ込めた。

「どうかした？」

「静電気らしい」

ナツさんは、神秘的な笑顔をひとつぼくにくれた。

7　ビルマの森
Forests of Northern Burma

母の病院は、姉の夫の親友が手配してくれたものだった。明るく静かな二人部屋。窓側の彼女のベッドからは、病院の中庭が見えた。ヤシの木がきれいに並び、クスノキが大きな茂みを作っている。雨は強弱もなくただ降り続け、滲んだ窓ガラスに切り取られた風景は、山頂から森を見下ろしているような気がした。

「先生がおっしゃるには、もともと年で体力が落ちているところ、夜中、小用に立ったとき、気温が低くて、軽い脳梗塞の症状が出たんだろうと。トイレで倒れるなんて、想像もしなかった！　もともと脊椎が悪いし、糖尿病もある。だから精密検査を勧められた。考えたんだけど、あの部屋、壁を取っ払ってもいいんじゃない？　わたしも母さんといっしょに寝たほうが安心できるし。トイレも浴室もすべりやすいから、考えないと。多少のお金がかかっても、改装すべきだわ。どう思う？」いちばん上の姉は、離婚後もしばらく同じ貿易会社に勤めていたが、雇われ仕事に嫌気が差したのか、その後、起業して既製服のインターネット販売を始めた。今ではうちの大黒柱だ。もし彼女が母の面倒を見てなかったら、ぼくらは万事休すだった。

「うん、うん」ぼくは感謝をこめて相槌（あいづち）を打った。ぼくと兄貴は、母のそばに長くいられないタイプの人間だ。以前、家に帰ってみんなで食事をしていたときも、例の里子にならなかった五番目の姉から、ずけずけ言われた。「あんたたちふたりは、星座が『風』のグループだから、責任感がない」

責任感がない？　まあ、そうかもしれない。ぼくは首を伸ばし、隣のベッドを覗き込んだ。痩せて骨ばった老婦人がベッドを少し起こして横になっていた。付き添いの外国人介護士はスマートフォンをいじっている。老婦人の目はじっと前方を見たままだ。

薬を飲んで、母は眠っている。ぼくは彼女の体内にある、子宮のことを考えた。七人の赤子を産み、ボロ雑巾のようになっているだろうが、まさか今になってそれが体の不調を引き起こしているわけではないだろう。ぼくは姉を家へ帰らせた。そして母のベッドのかたわらに座り、間仕切りのカーテンを引いたあと、六〇センチほどしかない小机の上で、シャニーが送ってくれた資料と、山で作ったカセットテープ第二巻「北ビルマの森」の書き起こしの整理を始めた。

昭和十七年、私は陸軍特別志願兵の試験を受けた。身体検査と面接は通過したものの、筆記試験は不合格だった。最終的に私は、軍夫として徴集され、すぐ船に乗った。行き先は、海南島である。

小鎌先生は授業中によく興奮して、「米英撃滅」の願望を私たちに話した。夜は親しい生徒をなん人か連れて、村落から遠くない国民学校で酒を飲んだ。彼は銀輪部隊の訓練で足を骨折し、召集されなかったため、気持ちを悶々（もんもん）とさせていた。

「開戦の大詔（たいしょう）が発せられて以来、海軍はたちまち米英艦隊の主力を打ち破り、二十日にして香港、三十日にしてマニラ、そして七十日をも待たずにシンガポールを攻略した。英米帝国が長年侵略してきたアジアの拠点は残らず、皇軍によって占領された。これは偉大なる大東亜共栄圏の第一歩なのだ」小鎌先生がそう言うとき、私は皇軍の一員となることに大きな憧れを感じた。ときには、学校に駐屯している部隊に近づき、わざわざ同世代の軍服姿を目に焼き付け、「一億火の玉」に混じりたいと強く感じた。「高砂族」と呼ばれる我々が差別を受けない方法は、軍隊に入るしかなかった。

ただそのとき、私は、「火の玉」の悲哀を知らなかった。

私は南方軍に配属され、マレー半島とフランス領インドシナでそれぞれ補給運搬を担った。その後、ビルマ方面軍隷下の輸送部隊に編入され、自分を乗せた輸送艦はモールメンに到着した。

ビルマは美しい国であった。多くの都市は川に囲まれ、部隊が街に入ると、たくさんのビルマ人が道まで出迎えてくれた。「ドバマ！　ドバマ！」その意味は「ビルマ人のビルマ」だ。私たちも、「ドバマ！　ドバマ！」と返した。そんな光景に、理由もない感動を覚えた。ビルマ人は我々が、彼らを助けるためにやって来たと信じた。大英帝国の支配からの独立を支援し、大東亜共栄圏の一員としてともに努力する仲間だと。

食事の時間になると現地の子どもたちが、塩と交換してくれといろんなものを持ってきた。内陸国であるビルマは塩が少ないからだ。自分にも覚えがある。故郷の山で、ハンターはある種の樹皮を削って、塩分を摂取する。酸っぱい味がする。ビルマの山中にも、似たような植物があるかもしれない。

ビルマにはイギリス人に抵抗する軍事組織があり、「ビルマ独立義勇軍」と呼ばれた。ビルマ独立義勇軍は物資不足で、行軍には牛車を使った。ときに数百台もの牛車が進み、未舗装の道から砂煙がもうもうと上がり、遠くから見ればまるで装甲部隊の進軍だった。導入された一部軍事車両もビルマの道路事情に耐えきれず、輸送部隊は民間から牛車を徴用して使った。

軍はモールメンと古都・ペグーで部隊の再編成を行った。そこには寝釈迦像が一体あり、その足元にテントを張り、難民たちが避難生活を送っていた。その大部分は女性と子ども、または老人で、みな憂えた目を光らせ、やせた体を引きずるようにして、連合軍が爆撃を避けるだろう、仏像のもとへ集った。
だれもが、仏像が自分たちを守ってくれると信じていた。

ラングーン（今のヤンゴン。2005年まで首都）には湖があり、湖畔に動物園があった。撤退時、イギリス軍はここにいた猛獣をすべて射殺し、草食動物は食料にされた。私たちは命令を受け、すでに腐乱していた死体の片付けにあたった。私はそのとき初めて、トラとヒョウを見た。ウジ虫はまずその目を喰み、そのあと筋肉を食べる。先に死んだ動物は、銃弾の穴を無数に残した、美しい皮になっていた。

昭和十九年、牟田口廉也中将の部隊は、アラカン山脈（ミャンマーとインドとの国境に沿って南北に伸びる）を越える「ウ号作戦（インパール作戦のこと）」の準備を進めた。しばらくして英印軍は、中国軍とともにビルマ北部より反攻を始めた。私は最初、マンダレーへの渡河点にある輸送部隊に配属された。その後はナンズの野戦糧秣補給所を経て、最後は菊兵団と呼ばれた第十八師団隷下の輸送部隊に移った。

そこは戦争の最前線であった。

ビルマはわずかな都市以外は山脈と河川、そして海のような森があるだけだった。私の故郷と同じ、野生に満ちた場所。いや、それはもっと広大で果てしのない、アジアの野生の中心だった。ビルマにはこんな言葉がある。ビルマは朝暗く、昼暗く、夜暗い――つまりその森のことだ。

我々には森のほかにまだ、雨季という手強い敵がいた。ビルマの雨は朝から辛抱強く、とめどなく降り続ける。昼になるとしばし止むものの、うだるような暑さが乾く間のない服にさらなるべとつきを加える。さらに、気温が下がった夜は、まるで鉄の衣を着ているかのようだった。

雨季はまた、道路を川へと変えた。多くの「リンコン」(ぼくには意味がよく摑めない)は、砲弾によって掘り返され、次々と水が染み出し、沼となった。沼はまるで地面から手が生えているように、ひとたび摑まれば、二度と抜け出すことができない。大雨は黙ったまま山を揺らし、崩し、土石流を生む。ときに轟然たる音をたてて斜面は崩落し、部隊がひとつ行方不明となり、一足の靴さえ見つからなかった。

輸送路の多くは絶壁に開かれていた。部隊は岩を攀じ登っていくが、一日に百メートルか二百メートルしか進めないこともあった。私がかつて歩いた獣道よりずっと険しい道だった。車両は太陽が見えない森のなかではまったく役に立たず、同時にガソリンは日に日に少なくなり、いつしか馬やロバ、牛やゾウが、武器や軍需品を運ぶ部隊の大事な脚となった。動物なら、密林で目立たないし、餌も現地で見つけられる。兵士が空腹になれば食料代わりになるし、最後逃げるとなれば、遠慮なくうち捨てていける。

初めてゾウを見たとき、私はただ呆然とした。この世界に、岩石よりも体が固く、洪水のように力が強い動物がいるとは思いもよらなかった。その鼻は自由自在に動いて果実を拾うし、巨木をバキッとひと折りにする。私はその巨大な生物に尊敬を覚えずにいられなかった。

ゾウは森、雨、稲妻を恐れない。ゾウたちはもう気が遠くなるほど長い時間、それらに付き合っているのだ。ゾウは人が開いた道がなくとも、森のなかを歩くことができる。重い荷物を背負って川を渡ることもできる。ただ山砲を曳かせるときは、工兵が密林の底に生えるトゲの立つ灌木を取り除き、「ゾウの道」を切り開いてやらなければならない。山刀などのごく簡単な道具で築いた道は、ゾウが一頭通れるだけの幅で、樹冠はわざわざ残して、進軍の痕跡を米軍機に発見されないようにした。険しい山肌に作られたゾウの道を、ゾウ使いはゾウの背に乗って進む。まるで巨人に襟首を摘まれているように、空中をふわふわと進む。

ゾウが唯一恐れたのは爆撃だった。重苦しい爆発音はゾウたちの心を狂わせた。発狂したゾウの群れは、谷へ落ちた。そして落ち葉のように、人を森の底に踏みつけた。

菊兵団の輸送部隊で、私は五十頭ほどのゾウとめぐり会い、その世話をした。おまけにカレン族のゾウ使い、マウン・ビナと友達になった。

ビナは、精悍で聡明な青年だった。ただ彼の右目は手榴弾の破片にやられ、眼球を失っていた。ビナは日本人を憎み、またビルマ人を憎んだ。でも生きのびるため日本人の手先となり、ゾウ部隊のゾウの世話をした。ビナは日本語がとても上手で、私に向かってこんなことを言ったことがある。「いつの日か、日本軍が悪魔山に食われるのをこの目で見るために、俺は生きている……」ビナが言う「日本軍」に、自分が含まれているのかいないのか、私にはわからなかった。でも、私たちはすぐ信頼しあう友人になった。彼は、私の体には木の魂の気配が残っていると言ってくれた。それに日本人でなく、漢民族でもなく、タイ族（中国南部から東南アジア大陸部に広く居住し、タイ系諸語を話す民族）でもない。最初は戦争で英雄になることに憧れていた私だが、飢餓の苦しみと死への恐怖のおかげで、すっかり戦争が嫌になっていた。この点で、ふたりの気持ちは完全に同じだった。

カレン族と私の族人は同じように、万物に魂が宿ると信じた。ビナは言った。この森には人の魂を持つ樹木が混じっている。でもどの木がそうなのかはわからない。なぜなら木は、人よりもずっと多いからだ。今、焼夷弾が無差別に森の木を焼き、当然、村人たちの魂も燃えてしまった。魂が焼かれたからって、それがそんなに深刻な事態とは思わないかもしれない。でも、見えない内側はすでに傷つき、ゆっくり死に近づいている。

「たとえ戦闘に参加せず、戦火からずっと逃れおおせたとしても、我々の部族の人間は、やはり戦争のせいで滅びるかもしれない。森が焼き尽くされるその日に」ビナはそう言った。

ビナの家はなん代も、ゾウ使いの仕事を受け継いできた。森のなかに罠を作り、ゾウを捕らえ、馴らす技術を学び、伝えた。――ゾウが必ず通る林に、四方が垂直な四角い穴を掘り下げ、上に草木でカモフラージュしたら、もう暗闇に紛れてそこに罠があるとは悟られない。落ちたゾウは、脚の構造上、自分の力で這い上がってはこれない。ゾウ使いはそのあいだに、ほかのゾウを追い払い、罠のなかのゾウをしばらく飢えさせる。ゾウ使いは、ゾウが人語を解すると考えている。普段はあえて聴こえないふりをしているのだが、生死の境にあってはゾウもそれを隠さない。穴のなかのゾウに向かって、ゾウ使いが語りかける。もし俺の言うことを聞くなら、そこから出してやる。登れない壁を崩して坂にしてやろう。もしゾウが同意したら、ゾウ使いはすぐその背中に乗り、首筋を撫でてやる。そして、ビロウの扇子のような耳の動きをじっくり観察する。ゾウの感情は耳の動きに表れる。

それから毎日、ゾウ使いは少量の餌を与えて、ゾウに話しかける。罠の穴を少しだけ掘り広げる。一、二ヶ月が経てば、ゾウは穴から抜け出せる。そしてゾウは死ぬまで、助けてくれたゾウ使いを傷つけない。このころにはもう、餌と棒を使って、ゾウを命令通りに動かすことができる。

ただし、ゾウはやはり巨大な力を持つ動物で、不注意にその野性を蘇らせたとき、人は石柱のような脚で踏まれて骨が砕かれるか、さもなくば巨木をへし折る鼻に体を巻き取られ、地面に叩きつけられる。頭突きされようものなら、木の幹とのあいだで内臓はぐちゃりと潰れる。人を殺したゾウは、その血の臭いを忘れない。そして自分の力の強大さに目覚め、密林の悪霊と化す。

ゾウは飢えにも、寒暑にも耐え、あまつさえ銃弾にも強かった。我々の上官である山沢少佐はかつて、野生のゾウに三十発の銃弾を撃ち込んだことがあったそうだ。それでもゾウは、耳をパタパタ動かして、悠然と森のなかへ消えたという。

ビナは、心からゾウを愛した。私もそうだった。私はゾウという動物にほとんど、のめり込んでいた。ゾウを馴らす技術をビナから学ぶため、積極的にカレン語を学んだ。

ゾウはぱっと見には体皮が厚く、肉が堅いようだが、実際には、肌に生えた毛は繊細で、ビナがゾウの膝を指で叩くだけで、命令は伝わった。ビナは私に教えた。ゾウとたくさん話をする。そのときは偽りない話をしなければならない。もしお前が嘘をつけば、ゾウはあの小さな目で本当の気持ちを射抜くし、あの大きな耳で嘘を叩いて捨てる。ゾウは嘘つきが嫌いだ。

群れには、特に頭のいいゾウがなん頭かいた。メスのリーダー「アーモン」と大人のメス「アーペイ」、そして子どものオス「アーメイ」だ。ビナによると、この三頭は、命令を出す前からこちらの意図を汲んで、動いてくれる。私はアーメイがいちばん好きだったし、アーメイも私になついてくれた。アーメイは長い鼻で私の帽子を奪い、木の上に隠したりした。

私はビナから、ゾウへの命令を教わった。命令は二種類。ひとつは大声を出すか、木の葉で作った笛を大きく鳴らす。もうひとつは手の動きや目線を使う。また、喉と腹から人間に聴こえない音を出す方法もある。

ゾウは人が聴こえない音を聞き取る。そして人が聴こえない音を発する。

ビナは言った。人間に聴こえない音の命令は、お前に教えられない。——昔、カレン族のゾウ使いの祖先の夢のなかに、ゾウの長老が現れてこう言った。ゾウの言葉を教えてやる。しかしそれをほかの人間たちに伝えることは許されない。ゾウは今、命令に服従していても、カレン族が森とゾウに背けば、すかさず敵とみなす。——だからカレン族のゾウ使いはみな、その教えと秘密を守り続けている。そもそも、ゾウ使いの多くは音を出すほうの命令しかできない。自分の体で共鳴させ、人間には聴こえず、ゾウにしか感知できない音を作り出すことができない。ビナは言った。それは彼らが二流だからだ。ゾウと気持ちを通わせることができないゾウ使いは、街なかで、ゾウに芸をやらせるくらいしかできない。

毎日、太陽が上がるころ、ビナはゾウにしか聴こえない命令を発した。ゾウたちは、普通の人間には聴こえない、ゴロゴロという響きを帯びた低い音で答えた。耳では感知されないその圧は、空気を介して皮膚へじかに押し寄せる。ゾウの群れが低い音を発したとき、密林のすべての葉がわずかに震え、いちばん上方の葉先から水滴が落ちた。水滴はザザザザと大雨になって広がる。アリは揃って上半身を起こし、その音が収まるのを待った。小さな石もうっすらと揺れている。そのころ濡れた手ぬぐいで顔を拭いたように、部隊の全員がおだやかに目を覚ました。空気中には、雷鳴が潜んだままだ。

昭和十九年の雨季が始まったころ、中国軍と英印軍、そしてアメリカ空軍はフーコンへ進撃した。この年、川は雨の怒りを買っていた。海のように広大なビルマ北部の森で、我々はそれまで経験したことのない密林戦を戦っていた。中国兵がクモン山系に追い込まれてほぼ全滅した前回の戦況とはまるで異なる。今回、インドからやってきた中国軍はまるで生まれ変わったように、イギリス式の鉄帽をかぶり、アメリカ製の歩兵銃と機関銃、装甲車を備えた最強部隊であった。激しい戦闘により、前線の日本兵は次々に負傷し、後送された。これほどたくさんの人が壊されるのを見るのは、初めてだった。補給で前線へ出たとき、いつも私にこっそり煙草をくれた大野という兵隊は、脳みそが半分ふっとび、眼がひとつなくなっていた。大野は残された眼球を動かし、私の手を握って離さなかった。その力は斧を摑むほど強く、動く眼球からはまだ涙がこぼれていた。物資輸送で前線の司令部に行ったとき、部隊全体からにじみ出る恐怖と虚勢を肌に感じた。私にはそれが慣れっこだった。そう、罠におちた野獣の呼吸から感じる気配とまるで同じものだ。

後方からの補給物資はまるで石でせき止められた渓流のように、みるみる減少していった。「軍糧精」や「圧縮口糧」もすでに届かず、ガソリンや弾薬の不足は深刻だった。この戦争に希望を持つものなど、もはやいなかった。我々輸送部隊もそろそろ運ぶべきものがなくなる。もし、フーコンの谷に取り残されたら、北ビルマの森の魔力によって、死体さえ数日も待たずに白骨になるだろう。

雨季が最盛期に入り、連合軍の爆撃機は毎日空から爆弾を落とした。人の体は、森の木や土、石とともに高々と舞い上がり、四方に降り注いだ。司令部と輸送部隊はとくに集中攻撃に遭い、周辺の地面は五回六回と掘り返され、爆撃のあとに降る雨はいつも黒かった。

戦況は悪化の一途を辿り、弾薬不足が追い打ちをかけ、菊兵団は狙撃作戦の採用を決めた。選ばれた狙撃兵はみな厳しい訓練を受けており、四百メートル先の静止目標と百メートル先の移動目標――例えばスズメに命中させる能力を要求された。射撃の成功率を高めるため、狙撃兵の体は縄で大樹にくくりつけられた。つまり、これは自殺攻撃だった。敵に発見されれば、まさに生きた標的となり、逃れようがない。数週間も経たずして、菊兵団の狙撃兵は全員、玉砕した。

菊兵団は恐慌をきたし、力比べに負けたクマのように、じりじり後退を始めた。日本兵は戦友の遺体を戦場に置いたまま撤退することが耐え難く、回収の役目を我々運搬部隊にやらせた。しかしそんな努力も最初だけだった。遺体よりも、わずかに残された糧食と弾薬を後送する重要性が勝っていたからだ。我々は死んだ兵士の手か指を切り落とし、名札をつけて麻袋にまとめ、ゾウかロバの背に担がせ、次の防衛ラインへと急いだ。ある夜、小便をしていると、前方の木々が異常に騒がしく感じたので、忍び寄って様子を窺った。すると、深い森のなかでドクロたちが話し合っていた――どの道なら間違いなく、「ピエピーヤ（魂）」を故郷へ帰してくれるのか。

亡霊たちの会話に、私は絶望した。北ビルマの森は悪意に満ちた山々に囲まれ、生きているものも死んだものも、魂はなべて、深い穴の奥底へ押しやられる。ここからすんなりと脱出できる魂があるとは、とても信じられなかった。「天幕（一枚の布で作るテント）」へ逃げ帰った私の眼前に望郷山――「ユアフェオフェオ タ アピハナ（対岸の稜線)」が、そして「ヨヨフ(アシが生えた沼地)」と父の猟場が現れた。一面に霧が広がっているようにも見えた。なにもかもが理解できない。自分の眼の前にあるのは、いったいなんなのか?

昭和二十年の新年。私とビナとゾウ使いたちは、ゾウ部隊を連れて、ナムカムへと向かった。物資の補給と整備のためだった。竹林で休息しているとき、日本兵に偽装した中国人部隊とでくわした。最初はそれが中国人だとは気づかなかった。

日本兵に偽装したひとりが我々に言った。「隊長が急ぎ、ゾウに川を渡らせろと言っている。対岸の荷物を運ぶんだ」我々はゾウの群れを彼らについて行かせた。でも歩きながらビナが私に目配せをくれ、ひとりの兵士を指さした。彼が持っている銃は日本軍の「九九式」ではなかった。道が曲がったところで、私たちはすかさず逃げ出した。でもそのとき、この「逃走」がふたりにとってどんな意味を持つことになるか、私もビナもわかっていなかった。

ビルマの密林は、絶望の墓場だった。多くの部隊が敵にやられたあと、密林のなかへと消え、二度と出てこなかった。我々は中国軍の捕虜になったのではない。密林の捕虜となったのだ。

ビナは胸を叩いて言った。大丈夫だ。この森は、俺のことをよく知っている。カレン族はタイ人やビルマ人にずっといじめられてきた。だから山のなかで生きる、秘密の方法を知っている。「我々族人は『高原の魂』と呼ばれている。俺の父さんが密林を歩いているとき、きっと地面に足が着いてないように見えているだろう。族人は、リンコンを開拓して田畑にするとき、くちばしが丸い鳥を捕まえる。その鳥は食べた穀物を体内の袋に溜める。だから竹で突いて袋を開けば、植えるべきタネがみつかる。我々は、どの木なら火を点けても煙が出ないか、どのツルなら水筒いっぱいの水が取れるかを知っている」

ビナは、私が身につけていた山の知識に感心していた。私は彼に教えた。「ナッノマンイエイシ　バマムザ　ノヨシュク（水のなかで、食べられた水苔を見れば、魚がどれだけいるかわかる）」「マムターヌ　バマムザ　ノヨシュク　アウル（水苔の食べかたから魚の大きさがわかる）」私たちはどちらも、水苔が読める人だった。

中国軍に見つかるのを恐れ、私たちはゾウ道を歩くのを止めた。昼は迫撃弾と機関銃が太古の森を揺らした。夜は照明弾が暗闇を真昼にした。密林のアリは、バッタのように大きく、大アゴで皮膚に食いつく。すると火に焼かれたか、針で刺されたような痛みがあった。ネズミはなんでも食べる。軍服、下着、靴下、靴ひも、ベルト、そして耳。毒薬ですら迷わず飲み込むだろうと私は考えた。ゴキブリは、熟睡している口から唾液を吸い、軍靴に潜んで足の爪や傷口、ただれを食べる。極度の疲れで深い眠りに落ちてしまえば、アリやネズミの集団に食べつくされてしまうから、我々はゾウに倣(なら)って、立ったまま順番に眠った。皓々(こうこう)と照らすビルマの月の下、ふたりの影は消え、夢も消えてなくなった。

ビナと私は、戦場から抜け出す方法を考えながら進んだ。どの川も死体が漂っていたし、どの道も炎上していた。大雨で火を消されたあとの木は、人骨のような灰色で空を指していた。私たちは渡河のために、雨合羽や油布、鉄帽、水筒、口糧入れなどの装備と木の枝を使ってうき筏(いかだ)を作った。いくぶん暗くなった夕暮れどきを待って、森の縁(へり)でバナナの根を掘り出して、食べた。ここは豊かだが、飢えた森だった。

あるとき、我々はサルを一匹捕まえた。爆弾の破片でけがをして、木に登れないサルだった。ビナが森から火を点けても煙がでない種類の木を取ってきて、サルを煮てふたりで食べた。石で頭を打ちつけるとき、サルは目を閉じ、ぎゅっと拳(こぶし)を握った。私たちのために殺される決心が今、ついたように。

サルを殺す前に、ビナと私はそれぞれ自分の部族の言葉で、サルとその霊に祈りを捧げた。ビナは言った。自分の部族では人も動物も三十以上の魂が宿っていると信じている。そのすべてが体から去るときが、本当の死なのだ。サルは私たちのために死んだ。いつか私たちも、サルのために死ぬだろう。

まさにそれと同じ日、樹冠の隙間から、数えきれないほどの米軍機を見た。森の上空を飛ぶ音は容赦なく、私たちの体を砕くように響いた。だが、日本軍の機影は一機たりとも見えなかった。私たちは心の底から理解していた。菊兵団がこの戦争に勝つことはもはやありえないことなのだ。

私とビナは密林をさまよった。三日か五日か、あるいは七日かもっと。時間は少しずつ明瞭さを失っていった。

もうじき森が尽きる、とビナが考えたそのとき、右前方の茂みから銃弾が一閃、なぎ払われた。まるで後ろから伸びてきた縄がきゅっと首を絞めたように、ビナは後方へバタリ、倒れた。

私は反射的に逃げた。疲れ果てて、地面に突っ伏すまで逃げた。そして周囲になにかが動く気配がなくなったことを確認すると、ビナの元へ戻った。ビナは同じ場所に横たわり、その血があたりの草を真っ赤に染めていた。銃弾はビナの膝を砕き、空っぽの胃袋を撃ち抜いていた。つまり、ビナはこれ以上この森を歩き続けることができない。

「殺してくれ。そして埋めてくれ。苦しんで、声を上げてから死んだら、カラスが俺の脳みそを啜りに来てしまう。そうなった魂は行き先を失くし、この世とあの世のあいだを永遠にさまようしかない」ビナはそう私に頼んだ。

スコールが降り始めた。私は急いで傷を止血し、見つけた木の洞へビナの体を引きずり込んだ。天幕を使って雨をできるだけ遮り、彼を休ませた。ビナの頼みに応えて、心臓に刀を突きたてる勇気はなかった。私はただ、足を震わせて天幕の下で丸くなっていただけだった。そしていつしか、疲れが限界に達して、眠った。

目が覚めたとき、ビナの体には落花生ほどの大きさのアリと、鼻水に似たヒルがびっしりたかっていた。大人の男の手のひらほどもある甲虫もいた。洞の外から、雷鳴のように雨音が響いた。でも私の耳には、甲虫がビナの肉を啜る音が聴こえていた。私は泣きじゃくって、その悪霊どもを払い続けた。この体にはまだ、ビナの魂がいくらかは残っているはずだ。アリが私の体を這い上がり、私を噛み、私を食べ始めた。ビナの魂を体から離れさせようとしているのだ。アリが一匹一匹話しかけてくる。一斉につぶやけば、だれかに針で耳を突かれたように、「刺せ！　殺せ！　ゆっくり眠らせてやれ！」と聞こえた。私はアリの声にしたがって、ナイフを握り、ビナの左胸に突き刺した。

ビナの魂はすべて、消えた。ひとつ、またひとつ、霧のように洞から漏れ出ていった。まるで自分が、世界のいちばん下にある受け皿に立たされているように思えた。雨水が残らず、ここに注ぎ込む。

私は一日中、ビナがゾウの群れを呼ぶときの声を真似して、彼を見送った。夜の帳が下り、全身に鳥肌が立った。なんらかの力が、私とビナの亡骸を撫でているのだ。顔を上げると、木の葉がかすかに震えていた。私にはわかった。それは中国軍に捕らえられたゾウたちが、はるか遠い場所でビナの死を知り、響かせた答えなのだ。

雨のあと、敗走する日本軍の小隊と出会った。彼らは身分を確認したあと、私を部隊に編入してくれた。状態の悪い歩兵銃を支給し、いっぱしの戦闘員扱いしてくれた。銃を手にして、銃口を覗き込み、私はそこになんらかの意義を見出そうとした。でもなにもなかった。それはただ、暗闇へ通じる細くて長いトンネルでしかなかった。

作戦に失敗し、日本軍は反攻拠点さえ支えきれず、撤退に撤退を重ねていった。敵に完膚なきまでにやられたあとに続く、飢餓、逃走、壊滅。それでもなお行われる再編成。それはまさに、ビルマ人が言う「輪廻地獄」と同じだった。

ビルマ北部の森を散り散りとなって敗走していたころ、あの狼のような作戦参謀は肩章を引きちぎって土に埋めたと聞いた。夜、月の光が反射して敵の狙撃兵に見つかるのを恐れたからだ。あるいは敵に捕らえられ、身分が露見してはまずい、ということだろう。負け戦においては、将校も下士官も兵卒も区別ない。みな、ただ、命を惜しんで逃げる獣だった。

我々は削った竹を地面に突き刺して、敵の追撃を遅らせた。隊長は「七生報国(しちしょう)」の鉢巻をして、敵装甲車に突撃をかけ、天蓋をあけて手榴弾を投げ込む決死隊を募った。このままいけば、いつかは必ず自分の番が来るだろう。そんな絶望的状況で、命令が下った——全兵員は小支隊に分かれて撤退し、モガウン高地で再度集結せよ。密林での後退となれば、二度と森から出て来られまい、と、我々が悲壮な気持ちで準備を進めていた朝、現地に留まり守備せよ、という通知を改めて受け取った。

兵士のあいだで、噂が立った——天皇が終戦の詔書を発布し、降伏したらしい。

（およそ十秒の空白）

その場にいる兵士はだれも信じようとしなかったが、事実だった。戦争は雨季のように来て、もはや晴れなど二度と来ないとだれもが考え始めたころ、突然終わる。我々はシロアリと同じように、今なにが起こっているか、だれからも教えられない。

でもたしかに、戦争は終わったのだ。

現地除隊を命じられ、我々は連合軍の武装解除を待った。そのためにしばらく駐屯した小さな村で思いがけず、銀輪部隊の自転車をなん台か見かけた。臨時の司令部に使われた民家の前だった。戦争末期、ビルマの戦場で自転車は機能していなかった。タイヤは補給がなく、みなホイールだけの自転車に乗った。だからやがて、ホイールが変形して走行不能となり、捨てられた。

村にいるあいだに、我々は銃や軍刀をまとめて縛り、巨大な穀物倉庫へと集めた。イギリス軍が回収し、インド洋に捨てると聞いた。そんなある日、私は夜にまぎれて銀輪部隊の自転車を一台盗み出した。村の外まで牽いていき、車体が薄くなるようハンドルを取り外し、掘った大穴に横たえて埋めた。まるで戦友を埋葬するのと同じようにだ。インド洋に捨てられることが、私には忍びなかった。戦争がたしかに終わって、いつかまたこの地に戻り、掘り返す日が来ることを願った。

その後、連合軍は正式な収容所を作った。原隊の指揮官による自主管理に委ねられ、また、連合軍の戦後処理に資する道路整備と物資運搬を担う労役班が編成された。階級がなくなり、上官は我々にいばり散らすことができなくなった。昭和二十一年七月ごろ、労役が一段落して、我々は収容所へと戻った。あとは復員を待つばかりだ。

手持ち無沙汰だったから、選出された委員長の意見で、部隊ごとに野球チームを作ろうということになった。北ビルマの森でいちばん堅い、石のような木からバットを作り、破れた米袋や服の端切れを丸めて、竹の針でボールを縫い上げた。復員待機の元兵士たちの野球リーグは、船に乗る前日まで続いた。私も輸送部隊チームの右翼手で八試合に出場し、九本の安打を放った。

同じころ、ありあわせの材料で楽器を作り、楽隊を結成した兵士もいた。晩飯のあと、焚き火の前に集まり、「露営の歌」「愛馬進軍歌」といった軍歌や「支那の夜」「上海の花売娘」などの流行歌を歌った。彼らが歌いだせば、夜の蛾が炎に引き寄せられるように、収容所の全員が集まってきた。台の上で歌っていた元士官が言った。「悲しいときもある。嬉しいときもある。ともかくは酒を飲もう！」するとみんな、そこに存在しない盃を掲げて、叫んだ。「そうだ、飲もう！　乾杯！」

だれかが私の歌が上手いと言い出し、また台湾の高砂族出身ということで、故郷の歌を歌えということになった。神を迎える歌、神を送る歌は歌えない。あれは祭典でしか歌えない神聖な歌だ。だから私は「ゾターヨ（夜の狩り）」を歌った。

夜鳥が鳴く　夕暮れが来る
山へ上り、夜の狩りへ出る
だれかの山小屋の前を過ぎると、夫婦の笑い声が聞こえた
なかの人は仲睦まじく
つれなくしてしまった妻のことを思い出し、私は踵を返した
夜の狩りにはもう行きたくない

私は族人の喉と言葉を使って、歌った。最後はみんなの合唱で、ビルマ北部戦線の兵隊ならほとんどだれもが歌える、「シャン高原ブルース」を歌った。「月も朧な村を過ぎ出会ったえくぼの娘は　赤いロンジー（ミャンマーの男女が着用する腰布）を着て　手にした花束は　いったいだれにあげるのか」――の部分はなんどもなんども、みなで繰り返し歌った。

いったいだれにあげるのか？

手にした花束はいったいだれにあげるのか？

数ヶ月後、私は引揚げ船に乗った。同じ俘虜となった日本兵のなかにはまだ、復員の順番が回ってこない人もいたが、わざわざ見送りに来て、「これからもしっかり生きていけよ」と手向けの言葉をくれた。戦争中は、長く生きることは祝福であり、また同時に呪詛でもあった。我々はこのときやっと、心の底からその言葉を発することができた。

故郷に帰ったのは、族人が夢占いを始めるころだった。アワの耕地を決める季節で、ちょうどタイワンモクゲンジの花が咲いていた。父と母は、病気で亡くなっていた。彼らは死に、私は戦場で生き延びた、これもまた山の摂理だ。

だから私は、ひとり街へ出て、生きるために仕事をした。昭和二十二年、台北で重大な暴動事件が発生し、またたく間に全島へと波及した（二二八事件のこと）。中国人兵が元日本兵や軍属に嫌がらせをすると聞き、私は戦場から持ち帰った写真と記念品をすべて焼いた。だれにも銃を持って欲しくない。だれからも銃を突きつけられたくはない。もう二度と。戦場の爆撃で、私の左耳はもうほとんど聞こえない状態だったが、帰ったあとでも夜、ゾウの群れの足音が聞こえた。密林を越え、大海原を渡り、この村落まで届いた音は、眠れない私の体内へと入ってきた。どれだけ時間が経っても、戦場にいた歳月はまるでついさっき飛び去った鳥のように、一本一本の羽の色まではっきり思い出せる。この手が摑むあの森の湿気った草や泥のように。無数の米軍機が密林上空を飛んでいく光景も、真っ暗闇のなか瞬く星や銀輪のように光る月の色まで、はっきりと覚えている。

私の心は、ビルマの雨季から一時も離れてはいなかった。あるいはだからこそ、その後の人生が現実でなく、ただ、夢の兆しにしか感じられなかったのかもしれない。

そして自分の本当の部分は、大雨のあとに忽然と現れた川が、泥と土に吸い込まれてしまうように、あの北ビルマの森に消えた。

断片的な内容を補い、継ぎ接ぎしながらの書き起こし作業がまとまったのは、昼過ぎだった。病院の中庭は草刈りの真っ最中で、シラサギがなん羽か飛んで来て、草むらから逃げ出した虫を捕食していた。

お手洗いへ行き、顔を洗った。そしてシェービングクリームをたっぷりつけて、丁寧に髭を剃った。唇の上から下、そしてあごへ。鏡のなかの自分を見ると、目の下に明らかなむくみがあった。髪の生え際も三十歳のころより、二センチばかり後退している。もみあげにも白髪が出始め、頬はすでに重力への抵抗を諦めたらしい。クリームを洗い流してから、タオルで拭った。そして顔を上げた瞬間、子どものころ父の顔を見上げたときと同じ感覚が甦った。「八歳のころ、四十五歳なんて火星と同じくらい遠い場所だった。ところが今、こんなすぐ近くまで来た」頭のなかの声がそう言った。

そのころ母も目を覚ました。ぼくの顔を見て息を呑み、言った。「いつ帰ってきたの？ 店は？ ちゃんと閉めてきた？」

店は二十年前に閉まっている。商場も存在しない。ぼくは、話を合わせるように言った。「ちゃんとやってきた」

「自転車は仕舞った？ 軒先じゃ夜中に泥棒が持っていっちゃう」

「やってきた、やってきた」

「まったく、いつも口だけは立派で」

昔、父から模擬試験の結果を訊かれたことを思い出した。

ぼくはこう答えた。「模試なんかないよ、父さん。大学なんだから」

「模擬試験がない？」父の表情は、ぼくに疑問を投げかけているのではなく、もはや息子と話す手立てがないと告白しているようだった。もうなん年ものあいだ、父とのあいだにそれ以外の話題はなかった。

しばらくして、看護師が巡回にきた。母の血圧と体温を測る。そしてぼくに、検査のスケジュールを告げて、病室を出ていった。看護師が置いていった病院食を少しずつ匙で食べさせる。妹や弟のかわりに、母の世話を一手に引き受けている長姉には頭が下がった。人は生活能力を失くした途端、鉛のネックレスになってしまう。愛情がなければとても支えきれないし、ときにはもっと強靭(きょうじん)な、歯を食いしばるためのなにかがなければ、とても続かない。

「なにか食べたか？」

「うん、満腹だ」

「冷蔵庫に、青あずきのしるこ（緑豆湯）があるよ」

食事を終えた母が眠るのを待って、階下のコンビニエンスストアへ行った。おにぎりを買って、自分のお腹を膨らませ、ついでにＷｉＦｉを借りて、整理した「北ビルマの森」のテキストをアッパバスに送った。このとき、サビナからのメールもついでにキャッチした。内容は簡単。所用で台北に来ているので、今晩時間があるか。

午後六時、仕事を終えて駆けつけた四番目の姉と交代し、ぼくはサビナとの約束の場所へ急いだ。場所は中山北路にある蔡瑞月(さいずいげつ)舞踏社・「Dance Café」だった（台湾現代舞踏の先駆者で2005年に没した蔡瑞月のアトリエ兼自宅をリノベーションしたもの）。

大きくはない店内で、それらしい相手は角のテーブルにすぐ見つかった。子どもをつれた女性。ほかの客は男女八人のグループで、明らかに違う。

はたしてその女性が、サビナだった。まるで長いあいだ地下室で暮らしているような顔色で、ポニーテールと左耳の大きなイヤリングが冷ややかな優雅さを醸し出し、年齢は見たところ三十代、あるいは実年齢はもう少し上で、若く見えるというだけかもしれない。挨拶をして、それぞれ席についた。大きな目をした男の子は六、七歳だろう。挨拶をしてみたが、どうやらぼくに関心がないらしく、ずっと手元のタブレットをいじっている。名前を訊いたが、答えてくれない。

サビナは申し訳なさそうに言った。「チェンチェンと言います。息子です。そのアニメもなん回も見てるんです。子どもは五回でも五十回でも飽きずに、主役のセリフがそらで言えるようになるまで、繰り返し見ています。でも大丈夫。私たちの話の邪魔はしません。ねえ、おじさんにご挨拶は？」

男の子は聴こえないふりをして、平らな世界に浸っている。ぼくは手を振り、気にしていないことをアピールした。

「ここで火事があったこと、ご存知ですか？」

「はい。知ってます」

「ずいぶん変わりました。よくなりました。以前ここで、ダンスのレッスンを受けていたことがあります。だからここにお呼びしました。火事ではたくさんのものが燃えてしまった。私は今、舞台俳優をしていて、ときどきライターの仕事もしています。そう、できればいつか小説が書きたい」

「じゃあぼくらは、同業ってことですね。そうだ、あの『プシュケ』はなん作目になりますか？」

「二作目です。あんな試し方をして、申し訳なかったです。でも私は、あなたがどんな人か知りたかった。アニーも、私が自転車を簡単に売り払わないことや、あの自転車にはオーナーが別にいることを知っているので」

「気にしてません。よくわかります。小説の後半を、見せてもらえますか？」

サビナはぼくの質問に答えずに、言った。「読んで、どう思われました？　感想を聞かせてくださいますか？」

「うん。どう言ったらいいか、わからない。ぼくは文芸評論家ではないから」

「でも、小説家だとおっしゃった」

「いや、専業とはとてもいえない。おまけにあれはひどい出来だった」ぼくは慎重に言葉を選び、気まずい空気になるのを避けた。だれかに意見を求めるとき、物書きは例外なく、持ち上げてほしいのであって、批判など聞く耳を持たない。彼女の感想を求める疑問は嘘だ。ただ、ぼくも、小説のなかで起こったすべてのことと現実との関連性を知りたいと強く思った。小説に登場する自転車は、「アフン」という女の子が中部から北に向かって乗ってきた。もしその女の子が、今目の前にいる彼女の母親なら、つまりその自転車はぼくの父のものではない。しかしサビナはわざわざ、ぼくに会いに来た。しかもぼくの父の自転車について、答えるつもりのようだ。

ならば、この二台の自転車のあいだの関連性とはなんだ？

いっぽうで、小説を書く人は、「小説に書いたことは本当にあったことか？」と人に訊かれることを忌み嫌う。サビナが、それを気にするタイプかどうかはまだわからない。だからぼくは、外堀から埋め始めた。

「つまりこの小説を書いたとき、君は台湾のチョウ工芸品についても、すでによく知っていたということ？　たとえば『蝶の貼り絵』の製作工程とか。ぼくがメールした情報など、目新しくもなかった？」

「いえ、役に立ちました」サビナは礼儀正しく答えた。「『蝶の貼り絵』についてある程度の理解はあります。私の母は、小説のアフンのモデルなので。前半の物語は彼女が私に語ったことです。それをいくらか修正し、想像を加え……」

母はひとり自転車に乗って、台北へ出てきて、そしてすぐ、以前より加工工場と大口の取引がある「商場」を見つけました。台北駅に近くて、観光客がたくさん集まったから、「特産店」という土産物を売る店があった。

特産店は中華趣味のランタン、書画、剣、象牙細工のほか、チョウの標本と絵を売っていました。当時、チョウの貼り絵はとても人気があり、出来のいいものであれば、三、四千元で売れました。そして彼女の作品は、ほかの女子工員のものより一段高い値がついた。

手元に残っていた貼り絵をひと通り売り払ったあと、母は北投へ行き、台湾北部では最大手であるチョウの貿易商を訪ねた。社長は王さんという人で、中・南部のチョウ捕りを手中に収め、加工作業はここに集約していた。王社長に過去の作品を見せた母は無事、その仕事を得ることとなった。身の置き場も決まり、あとは私の登場を待つだけ。

私を育てるため、母は夜も、チョウの絵の内職をした。朝になればおんぶ紐で私をおぶって、商場へ出かける。「直で」特産店へ卸すのだ。本当は許されない行為だが、親ひとり子ひとりの苦労をよく理解する王社長は、目をつむった。商場にある特産店のうち、なん軒かは母の絵をとくに気に入ってくれた。母のチョウ絵は通俗とは一線を画した、独特のスタイルがあった。

私の最初の記憶は、晩ごはんのあと母が机に突っ伏すようにして、チョウを貼っている姿だった。間借りした部屋は、死んだチョウの臭いが充満していた。私は、子どものころからその臭いにすっかり慣れていた。

当時母は、世界の名画を集めた本を持っていて、それをトレースして下絵を描いた。そして自分で仕入れたチョウの翅を適当な形に切り、貼り付けた。誇張でなく、少し離れて見たら、その絵はとても、田舎出身の若い女が作り出したものとも、また、チョウの翅を組み合わせてできたものとも思えず、ただモネの複製画がそこにあるようにしか見えなかった。

私がもう少し大きくなると、母は籐椅子を買って自転車のトップチューブにくくりつけ、商場へ行くときは私をそこに乗せた。商場のおじさん、おばさん、おばあさんはみんなかわいがってくれて、飴玉をよくもらった。祖父の自転車はとても重くて、とても大きかったから、母は漕ぎ出すときにいつも苦労していた。赤信号で待つときも、母の足ではとても届かず、自転車は斜めになり、道端の少しでも高い足の置き場を探した。だから、交差点で止まると、私の体も自転車ごと斜めになった。見渡せば、通りに並んだ家々も斜めになってつながっている。

小学校に通うようになって、母が自転車で弁当を持ってきてくれるようになった。私が三年生になり、母が肺がんで死ぬまで、その習慣は続いた。あっという間だった。まるで、昨日は力強く浮かんでいた風船が今日見たら地面に落ちていたように。のちにいろいろ考えるようになった。母は、夜中までチョウの貼り絵を作っていたから、体を壊したのではないか？

母が亡くなったとき、私はまだ十歳でした。だから南投の祖母に引き取られ、育てられた。あの自転車は、母と間借りして住んでいた部屋の軒下に停められたまま、それきりでした。台北に出て、大学に通うようになってから、自転車を取り戻したいとずっと思っていたけれど、でも、とっくの昔に盗まれたか、処分されてしまっただろう。商場に行って、特産店のおじさんやおばあさんに会いたいとも思ったけど、商場自体が解体されてしまった。物事はいつもこうだ。近くにあるうちは、その大切さがわからない。消えてしまって初めて、自分の体からもなにかが失われ、軽くなるのだ。

その後の人生は、ほかの人と変わり映えがなかった。なんどか恋をして、なんどか仕事を変え、そして一生離れられない人と出会い、でもやっぱり、別々の道を歩むことになった。その後、おだやかな性格と平凡な外見を持った男性を見つけ、妊娠したら、別れた。自分の人生には少なくともひとり、子どもが欲しいと思った。でもそこに、男がいる必要はない。

チェンチェンが少し大きくなったころから、よく動物園に行くようになりました。疲れたら園内バスもあるし、レストランもある。チェンチェンは動物が好きで、どんな動物でも飽きずに、ずっと見ていた。私は動物園に来るとき、毎回一冊、動物の絵本を買うことに決めていた。そして本に出てくる動物の柵の前で、それを読んで聞かせる。よく覚えているのは、ムー（穆）隊長と出会った日に、アジアゾウの柵の前で読んだ、土（つち）

家由岐雄（やゆきお）の『かわいそうなぞう』のことだ。

お話を聴き終え、チェンチェンは、すっかり落ち込んでしまった。幼ない子どもに、こんな重苦しいストーリーを聞かせるべきではなかったのか。つらい現実を知るのは自然なことという人もいるし、当然避けるべきと考える人もいる。私が子どものころ読んだアンデルセンの童話のなかには、重苦しくないストーリーはほとんどない。でもたとえば、一本足のスズの兵隊が踊り子の少女を追い求めるストーリーのおかげで、私は、望みは永遠にかなわないという現実を受け止め、自分の人生により寛容になれた。

その日帰る前に、動物園のゲート近くでチェンチェンにわたあめを買いました。すると屋台の後ろの樹の下に、自転車が停まっていました。母の自転車にとてもよく似ていて、そっと見たら、エンブレムに「幸福」印とありました。でも母の、あるいは祖父の自転車が「幸福」印だったかどうか、私は覚えていません。それに気づくには、私は小さすぎた。

とはいえ、台北の街角でそんな古い自転車を見かけることはほとんどないので、私は好奇心を抱き、すぐそばのベンチに腰掛け、チェンチェンにわたあめを食べさせながら、自転車の持ち主であろう――そして自転車を取りに来る人を待ちました。どんな人か知りたかった。あるいは外見をそっと見るだけで、黙って立ち去るつもりだったかもしれない。

チェンチェンがわたあめを食べ終わるころ、ひとりの老人が自転車に近づいてきました。渓流の石のように、頭をツルツルに輝かせて、背が高く、カーキ色のコートとズボンを身につけていました。どうしてかわからないけれど、そのとき、気まずさというものがかけらもなく彼に話しかけました。普段の私にはできないことでした。

「この自転車は、おじいさんのものですか？」

そう、と彼は答えました。私は続けた。「この自転車、私の母が乗っていた自転車とよく似てるんです」

「そうですか」おじいさんはそう答えてきた。特徴的な訛りのある、低い声。「こんな古い自転車、最近では乗る人も少なくなった」

「そうです。本当にめずらしい。でも、母の自転車はもうありません。母が亡くなったとき、台北に自転車を置いて、そのまま私は田舎へ帰ってしまった。台北に戻ったあと探しても、見つかりません」

「見つかりませんか。それは残念だ」初対面の人の、見知らぬ自転車のために、悲しんでくれる。彼の声はお愛想にも聴こえず、ただ真心を感じました。

そんなふうにして、私は彼に、自分の自転車の思い出を当たり前のように語り出していた。ゆっくり話を聴きたいと、おじいさんは近くの店に誘ってくれた。人生というのは、出会うべき人に必ず出会うんだと思った。まるで納税書が手元に届いたから、銀行でお金を下ろして、窓口で支払うのと同じように、私はいつの間にか自分のことを残らず語ってしまった。美味しくないティラミスを出すカフェで、母が祖父とチョウを捕りに行き、貼り絵を作り、そして台北に出て私を産み、亡くなった経緯を簡単に話した。そして自転車は、私が田舎へ引き取られたせいで、行方不明になったことを、そのあいだに起こったささいな出来事といっしょに、ひとつひとつ話した。

彼は真剣に、そして味わうように聞いてくれた。私のような平凡な人間でも、その人生はとても重要なのだと言ってくれるように。

おじいさんは、ムー隊長と言った。中国・雲南省出身で、下の名前はわからない。彼は教えてくれなかったし、私もあえて訊かなかった。彼は一九四九年のあと、国民党軍といっしょに台湾へ逃れてきて、その後、小学校の先生になった。（１９４９年国共内戦に敗れた国民党政府はおよそ１００万人の人々とともに台湾に逃れた）

お話の最後に、ムー隊長はふと真剣な顔を見せて言った。「ひとつ頼みごとがあります。迷惑でなければ、ぜひ引き受けてほしい。いや、こう言うべきか。あの自転車をあなたに譲りたい」

私は驚きました。気安く私みたいなものに譲っていいものなのでしょうか？　まさかその自転車が、ムー隊長にとって価値がないわけがない。

ムー隊長は首を振り、そうではない、むしろ逆だと言いました。自転車は自分にとってとても大事なもの。ただ自分のものではない。自転車はある海辺で出会った男性が残していった。でもそれきり、その男性を見つけ出すことができず、名前もわからない。だから自転車を返すことができないままなのだ……と。

彼は言いました。「この自転車は私の手元にあって、もう十数年が経つ。そのあいだ、かけがえのない、特別な思い出をもらった。ただ、私ももう年だ。目も悪くなり、自転車に乗るのもしんどくなってきた。もしある日、死んだら、この自転車はくず鉄として処分されてしまうかもしれない。……死を語ることは、避けるべきことではない。若いころ、死にそうになったことはなんどもある。ただこれは人様の自転車だから、それをだれかに与える権利など、自分にはない。でも今日、あなたとお母様の話を聞かせてもらって、この自転車の持ち主になるべき人に思えた。しっかり、大事に保管してくれる人のように感じた。いやこう言ったほうがいいかもしれない。私は年寄りで、子どもも なく、だれかに残すような価値があるものはなにもない。ただ、この自転車は、自分が死んだらゴミになる、あるいは通りに放置されたまま、だれの持ちものかわからないままになってしまう。――それでは困る。このなん年かのあいだ、いつか自転車の本来の持ち主と再会して、あるいは彼の関係者と出会って、自転車を返すことができるのではないかと考えてきた。でも実際に出会うことはなかった。ほら、ここに刻まれているのが、この自転車の車体番号です。つまりこれは依頼のようなものだ。もしその人が現れたら、私の代わりに自転車を返してほしい」

普通なら、そんな初対面の人の頼みを引き受けることはしない。でもムー隊長の眼差しに私は迷い、その場で断ることができなかった。

携帯電話の番号を交換したものの、そんな頼みごと、どうせすぐ忘れてしまうだろうと自分でも考えていた。ところが数日経ってもなにかの拍子にふと、あの自転車が私の目の前に浮かんでくる。いえ、違う。母が私を自転車に乗せて、赤信号で止まったときの斜めになった視界が、斜めになった道、列車、そしてビルが……浮かんでくるのだ。そんな五官の記憶が私の脳みそに居座り、視界を埋め尽くしていく。だから私もいつしか、あの自転車にチェンチェンを乗せて走る光景を気ままに考え始めた。

私は、ムー隊長に電話をかけていた。

「これはしばらく、預かって保管するだけです」私は言った。「でも、その代わりにひとつ私からのプレゼントを受け取ってください。交換です」

「はい。しばらくのあいだ保管してください。その代わりにプレゼントをいただきます」そう言ってムー隊長は、電話の向こう側で高らかに笑った。

「あの日、ゾウさんの風船、買った」アニメを見ていたチェンチェンがふいに口を挟んだ。あるいは彼の耳のイヤホンはボリュームを上げておらず、ずっとこちらの話を聞いていたのかもしれない。その目を見れば、彼が芯のある、かしこい男の子であることがわかる。

そのときカフェには、シンディ・ローパーの「フー・レット・イン・ザ・レイン」が流れていた。ずいぶん昔の歌だ。

「そうね。チェンチェンはかしこいね。あの日、ゾウの風船を買ってあげたね」サビナはチェンチェンの頭を撫でながら言った。

「ムー隊長にあげた交換のプレゼントはなんです？」

「チョウの貼り絵です。母が生前、いちばん好きだった……。あるいは自分でもいちばん出来がいいと思っていたものを」

When love gets strong
People get weak
Sometimes they lose control
And wind up in too deep
They fall like rain
Who let in the rain

慣れ親しんだメロディだったから、ぼくは思わず口ずさんでしまいそうになった。

このとき、ムーさんに自転車をあずけたのは自分の父であると、ぼくは確信した。当時はムーさんもそれほど老いておらず、ぼくの父もそうだった。でも父は、どうして自転車を彼に預けたのか？

サビナによれば、ムーさんは自転車を預かったときの状況は説明してくれたけれど、その理由ははっきり言わなかったそうだ。ぼくは訊いた。「どうすればムーさんに連絡できるでしょう？」

「無理です」サビナが言った。「おととし、亡くなったので」

亡くなったのか。ぼくはがっくりした。まるで、永遠に下降し続けるエレベーターのなかに閉じ込められてしまったような気がした。

「私にはそれ以上詳しいことはわかりませんが」ぼくの失望した顔を見て、サビナは言った。「でも、あるいはもうひとり、当時の状況を知る人がいるかもしれない」

「だれです？」

「静子（しずこ）さん」

「その方はいったい？」

「老婦人です。ムー隊長とどういう関係かは存じ上げません。恋愛関係にあったように感じましたが、尋ねたことはありません。隊長のお宅に自転車を取りに行ったとき、家にいらっしゃいました」

「静子さんと会えるでしょうか？」

「連絡を取ってみましょうか？」

「ありがとう。ぜひお願いします」

サビナはハチミツワッフルを食べていた。ぼくはこのとき初めて、彼女を正面から見ることができた。年齢を考えれば、彼女はまだ美しさを失っていないと言えるだろう。

イヤリングが顔の輪郭と非常に似合っていた。こっそり窺ってやっと、それが水のしずくの形をしていることに気づいた。透明のガラスのなかに、青紫色の小さいチョウが埋め込まれている。彼女が顔を上げ、言った。「考えているんです。どうして古い家を憎む人がいるのか。新しい家を建てるのに、解体する金が惜しくて、火を点けて燃やしてしまうのはどうしてか」彼女が言っているのは、このカフェのことだ。デベロッパーの再開発の妨げになるという理由で、古い建物がなにものかによって放火されたという。「古い家を憎む？」ぼくは少し考えた。「ぼくには、彼らが時間を憎んでいたように思えるけど」

「時間を？」

「ほとんどの人は、時間をセンチメンタルの対象にしているだけだ。彼らは時間を尊重することを知らない」

「時間を尊重する？　おもしろい言い方ですね」

「古い自転車のコレクターをしている友人が、イギリスのヴィンテージもの自転車のコレクターの言葉を教えてくれた。曰く、古きものへの愛は、時間への敬意だ、と」

「なるほど。時間への敬意か」サビナはブランコのようにイヤリングを揺らして、言った。「考えるんです。あなたのお父様の自転車であろうとなかろうと、あれが、あなたの手に渡ればどれほどいいだろうと」

　彼女の言い方はつまり、どんな形であれ、あの自転車をぼくに譲りたいと考えているふうだった。ぼくは言った。「ぼくは、あの自転車が父のものだと確信しています」

「静子さんが許してさえくれれば、自転車はあなたに返します」彼女はぼくの軽率な考えを否定しなかった。

「うん、わかっています」

地下鉄の駅でサビナと別れたとき、ぼくはふいに思い出した。「ぼくらはもしかして、会ったことがあるかもしれない」

「私たちが？」

「そう。ぼくは子どものころ商場に住んでいた。うちの棟の中華路側にも一軒、特産店があった。象牙細工やランタン、ヴィーナス裸像なんかを売っていた。きっとお母さんの貼り絵も、ぼくはそこで見たことがあったはずだ」

その夜、母の病状が気になり、また、静子さんにいつ会えるかわからないじれったさから、ぼくは闇雲に歩いて病院へ戻った。チェンチェンと手をつなぎながら、自分の境遇を語るサビナの眼差しが、ぼくの頭のなかに残っていた。彼女は、話しているあいだ、目の前にいるぼくをあまり見なかった。ずっと、ぼくのうしろの一点を見つめ、まるでここではないどこかに身を置き、形も判別できぬ時空にいる別のだれかと向かいあっているように思えた。不思議なのは、それでもぼくは粗略にされていると感じなかったことだ。しばらく考えてやっと、その微(かす)かな感覚を摑まえた。彼女の視線は、テレサと同じものだった。

テレサと出会ったのは、ぼくが小説を書いているころだった。彼女はライターだったぼくの読者だったわけでなく、小説を書いていることはなお知らなかった。書けばなんだかありきたりな恋愛ドラマのようだが——道端でテレサの自転車のチェーンが外れていたところを、ぼくだけが足を止め、直したのがきっかけだった。

当時、彼女は大学のスペイン語学部を卒業したばかりで、仕事を探していた。だからぼくと遊びに行く時間がけっこうあって、ぼくはぼくで彼女の青くさいところに惹かれた。年が十以上離れていたせいもあるかもしれない。ぼくのすることはなんであれ、彼女にとって、とてつもなく新鮮に映ったようだ。ぼくは雑誌の原稿依頼で海外に行くことが多く、彼女はそれについてきた。彼女は英語も日本語も流暢で、ロシア語も少しできた。無論、大学で学んだスペイン語は満点。この点、彼女はぼくの仕事にも大いに役立った。

ぼくらはよく、ゲームをして遊んだ。ルールはこうだ。会話をするとき、相手が理解できない言語をあえて使う（彼女は台湾語ができない）。そして、それぞれが勘で答えて、話を無理につなげていくのだが、どんな話題もふたりで大笑いになってしまい、最後は口づけで相手の口を塞いだ。

そんな美しい日々は二年ほど続いた。ふたりはいつも、鐵馬が置かれたぼくの部屋で激しく愛し合った。そして、その自転車に乗って、街へ出た。ぼくがパーツをクリーニングする姿を、彼女は愛おしそうに見ていた。しばらくして彼女は希望通り、翻訳の仕事を見つけ、どうやら、ふたりの時間はそのまま続いていくように思えた。でも、石が落ちていない道はない。いや、それも変な言い方だ。石がなくとも、道は終わることがある。ふたりにはそれがわかっていた。

その日も、テレサとセックスをしていたら、彼女はスペイン語で冗談を言い、ぼくは聞き取れなかったけど、それに合わせて笑った。終わったあと、彼女はシャワールームへ行き、ぼくも後ろにくっついていった。テレサはウイッグを外して、ぼくの眼の前にあった棚に置いた。彼女の本当のショートヘアは、男子小学生みたいだった。白い半透明の防水カーテンの内側へ彼女が入っていくのを見ながら、ぼくはベッドルームの外に置いてあるサイドテーブルから煙草を一本取った。結婚しないか？　とぼくは訊いた。シャワーの音のせいで、彼女は聴こえてないようだった。ぼくは二度訊かず、シャワールームのひび割れた白タイルの壁へもたれて、ビニールのカーテンを内側から押し広げる熱気をみながら、不思議なくつろぎを感じていた。熱気は鏡から色と輪郭を消し、そして洗面台、最後はウイッグと便器、そしてぼくの手元の煙草までも曖昧にした。

シャワールームから出て来て、ぼくらはもう一度愛し合った。ぼくはさっきより強く彼女を抱きしめた。心臓も、胃も、腎臓も潰れても構わないほどぎゅっと。ぼくはアーモンドのような彼女の臍に口づけをした。土地を耕すように、そこから彼女のなかへ深く入っていく。果てたあと、ぼくらはもうシャワーを浴びる気もなかった。彼女はゴロゴロと身を寄せてきて、両手をぼくの首に回し、私のこと本当に愛してる？　と訊いた。ぼくは答えた。「もちろん」言葉を発する胸元で彼女の重さを感じた。ぼくはそのことを伝えてから、また訊いた。

「ぼくのことは？」

「ん？」驚いたようだった。まさかぼくが問い返すとは思ってなかったらしく、彼女は聴こえないふりをわざとした。

「ぼくのことは？」ぼくはいつまでも、この手の話が苦手な人間だった。

「知ってる？　あなたは上を向いてすやすや眠ったことが一度もないの。いつも悩みごとがあるエビみたいに、体を丸めて眠っている」どうしてか、テレサは話題を逸らした。

ぼくは答えた。「だれだってそうだろうけど、ぼくは自分の寝姿を見たことがない」テレサを横から抱き、さっきの質問をもう一度口にした。

「もちろん」その声は彼女のおなかから発せられて、背中ごしにぼくの胸元の皮膚へと伝わり、さきほど射精したばかりで、疲れて力を失っているペニスにまで届いた。どうしてだろう、ぼくらは「もちろん」という簡単な言葉から、自分が相手を愛している確証などもうないということを、たがいに知ってしまった。

ある朝、なんの前触れもなく、テレサがメッセージを送ってきて、スペインへ出発することを告げた。そして空港まで見送りに来ないよう、ぼくに頼んだ。彼女の靴一足とストッキングが、脱いだまま、うちの玄関の靴を履くための椅子の上に置かれていた。

まるでヤゴの脚が葦に引っかかって、半透明の殻が無言で頼みごとをしているようだった。

ノートⅥ

「あれはスズで作られたもの？　それとも稲草で作られたもの？」ライオンは訊いた。
「違うわ。彼は……、血も肉もある犬です」ドロシーは答えた。
『オズの魔法使い』の作者、ライマン・フランク・ボーム

最近「ほぼ」オリジナルの富士覇王号を入手したやつがいる……だれそれがオリジナルに「近い」三角印を見つけたらしい……オリジナルの鐵馬を手に入れることは、コレクターにとって最高に幸せだ。だからこんな会話が聞こえてきたらたまらないわけだが、でも実際そんなチャンスはめったにない。普通は、手間と暇をかけてじっくりひとつずつ、パーツをそろえていくしかない。

かつて、鐵馬は実用車——交通と商売の道具であった。つまり、買ったあと、乗らずに飾っておくだけのコレクターは存在しなかった。あの時代、鐵馬を作り、育てる技術はあくまで実用性に基づくもので、工芸品としての美しさと価値はいつしか、深い鉱脈

に埋もれて、人びとから忘れられた。

ナツさんの考えを聞かせてもらったことがある。日常生活のなかで古い鐵馬を見つけたら、彼はまずオーナーがだれか調べ、先方が会ってくれると言ったら、彼と鐵馬のあいだのエピソードを聴かせてもらうそうだ。自転車を譲ってもらえないかと頼むのはその後だ。さらに自転車のどこが交換され、どこが破損し、どこが欠落しているかを事細かくチェックする。そのあとは、古いパーツを揃え集めるという長い道のりが始まる。そのプロセスこそ、ナツさんがヴィンテージ自転車の収集に魅入られている理由だ。

ぼくもそれは同じだった。ナツさんの倉庫にしばし預けられていた、ぼくの家から二十年ものあいだ失踪していた「幸福」印自転車は、ぼくからしたら、ただの古自転車ではない。


じっくりこの自転車をチェックしてみると、少なくない部品が交換され、あるいは破損していた。オリジナルのサドルは黒い牛革だが、今、載っかっているのは、後期生産型の合皮サドルだ。ペダルも一般的な硬質プラスチック製のものに交換されている。サビナに聞いたが、あるときブレーキの点検をしたら、その店の店主からついでに前後のホイールをアルミに換えるよう勧められ、おかげで「幸福」印がついていたチューブもタイヤもいっしょくたに交換させられてしまった。さらに「鏡子の家」に飾っていたときに、古いベルをなにものかに盗まれたことがあるという。

ほかにも、チェーンカバーはいつからか後ろ半分が落ちていたし、後輪のマッドガードについているはずの「幸福」号独特の反射板も、今は受け具しか残っておらず、同じくマッドガードについたエンブレムも真っ二つに割れていた。チェーンカバーをフレームに固定するパーツもない。そして、その精巧な造りから、鐵馬の象徴とされる「風切り」は、影も形もなかった。新品パーツはまず出回っていないだろう。

時間の流れのなかで、父が乗っていた自転車はすでにその性格までも変わっていた。鐵馬のコレクター仲間はその状態を「ふぞろい」と呼んだ。

「ふぞろい」という言葉は、母からも聞いたことがあった。子どものころ母に連れられ、南門(なんもん)市場へ買い物に行ったとき、障害者が入り口で物乞いをしているのを見て、ぼくは訊いた。「あの人、どうしたの？」

母は言った。「あの人はかわいそうな人だ。五体ふぞろいなんだ」

「五体ふぞろい」とはどういう意味か訊いた。すると母は答えた。「『ふさぎ耳』とか『青い目』。『欠け手』『とび脚』、あとは『曲げた背』。それが『ふぞろい』だ」生まれつきもいれば、後天性の人もいる。

ぼくはラオリーと、彼が飼っていたシロのことを思い出した。

片手がなく、身寄りもなく、商場のアーケードに暮らしていたラオリーはつまり宿無しだったが、あるとき、ぼくのところまで歩いてきて、あるほうの手でぼくのチンチンに触れると、なにか捕まえたように拳を握り、それから上へふわっと放り捨てて、言った。「ほら、小鳥が逃げた」

それ以降、ぼくはラオリーが嫌いになった。ぼくに触れた手も同じようになくなってしまえばいいと思った。汽車に轢かれるとか、チンピラにぶった切られるとか。どっちでもいい。

あの途中までしかない腕で、尻を突かれるのも嫌だった。だから、矛先がいっしょになって、腕の先に装着するプラスチック製の義手まで嫌いになった。実際のラオリーの肌よりも少し色が濃く、四本の指が永遠に同じ方向を向いている奇妙な造形のせいで、まるでいつもだれかに握手を求めている人に見えた。

ラオリーは大事な日にだけ、義手をつけた。軒先に置かれたベッドの片側に座ると、まず腿のあいだに義手を挟み、短いほうの腕に差し込んだ。それから完全な左手で、義手と右手をつなぐ金具を固定する。以前、しっかり握ってなかったため、義手を落とし、シロの頭に当たってしまった。だからシロは、キュンキュンと鳴いた。じつはシロもまた「ふぞろい」の犬で、汽車にはねられて脚が動かなくなり、毎日ラオリーのベッドの下でぐずぐず眠っていた。そして、そのベッドはまさにうちの店の斜め前にあった。ラオリーは、シロが自転車を見張ってくれると言い張るが、ぼくには笑い話にしか聞こえなかった。実際この犬は、ただの「無駄飯食い」だった。

ラオリーが義手をつけているのを最後に見たのは、血縁のない義理の娘の結婚式に参

幸福印英式スポーツ車

列した日だった。午後の時間をたっぷり使って、ぎくしゃくと義手を取り付け、最後にフックで固定するころ、ラオリーの顔もたっぷり汗をかいていて、ぼくは店のショーウインドウの陰から、それを冷ややかに見つめていた。それからラオリーは、体を捩（ねじ）るような奇妙なやり方でスーツを着た。結果、スーツの袖がはためかないことに、彼は満足げだった。

ラオリーは、商場に来た人が停めた自転車に勝手に錠をかけ、一台につき二元徴収する仕事をしていた。ところが、最終的にどこまで貯め込んだかわからない稼ぎはそっくり、あの血のつながりがない娘に巻き上げられ、逃げられたとのちに聞いた。義理の娘とやらを、ぼくはなんどか見たことがある。大きなウェーブのパーマをかけた、つけまつげのきれいな中年女性だった。たまに果物を呼び売りしている「ブス子」が教えてくれたが、ラオリーの義理の娘は円環にあるキャバレー「真善美」で歌っていたという。そこは席に座るだけで、商場の人たちの半月分の稼ぎが取られるほどの高級店だった。でもその女は消えて、手がかりも消え、その歌声も聞こえなくなった。大稲埕の先の川っぺりにいるガンやカモが、春になるとどこかに飛び去ってしまうのと同じことだった。ラオリーには、うちの斜め前の軒に置かれたベッドと犬だけが残された。そして、ラオリーは二度とあの、よそ行きの義手を装着することはなく、その後は、途中までしかない腕の断面を堂々と晒（さら）した。

ときに「ふぞろい」の意味は形而上的なものであり、つまり「満ち足りない」ということを指す。それはよくわかる。ただ母はまた、「満ち足りている」ことが必ずしもよいと思ってなかったふしがある。

小学校のころ、商場で殺人事件が起きた。眼鏡屋の娘、ランが恋人に撃ち殺されたのだ。凶器は、恋人が兵役中にこっそりギターケースに入れて基地から持ち帰った、五七式歩兵銃であった。事件のあとしばらくは、商場じゅうが悲嘆にくれていた。そして母がこの事件に下した評価は——ランはきれいすぎた。性格もよすぎた。「満ち足りていた」から不幸になったんだ。

その言葉は、ずっと男の子が生まれなかった母が五番目の女の子を産んだときに「満」と名付けたことを思い出させた。これは「満ち足りたい」とする願いでなく、「もう足りている。女の子はもういらない。男の子をひとりくれ」という意味だったが、最終的に、ぼくや兄のような男の子を産んだことで、母は「満ち足りた」のだろうか？ぼくはいつも、母世代の人びとの処世には矛盾があると思う。日常が「ふぞろい」であることを嫌がり、また同時に「満ち足りて」しまうのを彼らは恐れた。

鐵馬の収集家仲間と雑談していて、自分たちの愛車のどこに「ふぞろい」があるかをアピールするのは、直接的にせよ間接的にせよ、自分の自転車を「そろい」にしてくれるパーツを、所有者に放出させようという狙いがある。

でも皮肉なことに、ある型の鐵馬で「俺が足りない」パーツは、「だれもが足りない」パーツなのだ。たとえば、アブーは幸福印自転車のスポーツタイプをほぼ「そろい」で保有しているが、やはり、チェーンカバーの後ろだけは欠いていた。自転車全体からしたらわずか一部分のチェーンカバーのために、彼はあちこち探し回っている。でも、奇妙なものだ。その年代の幸福号で、今残っている個体はどれも、やはりチェーンカバーの後ろ半分が足りないのだ。

「ふぞろい」を見ることは、自転車の型を判別し、時代ごとのデザインの変遷を理解するポイントとなる。四〇年代の「ノーリッツ」尚武車はどんなマッドガードがついているか？　六〇年代の「清秀」印のペダルの特徴はなにか？　これまでまだ実物が見つかったことがない70型「幸福」印三段変速スポーツ車はいったいどんな造形のサドルなのか？　マッドガードの上にある飛行機型風切りは、ほかの時期となにか違いがあるのか？

また、ふぞろいの鐵馬は、コレクター同士の知識比べのいい題材になった。新しく仲間になったコレクターが、誤ったパーツを装着してなお得意げにしているのを、我々は黙って見ている。彼らがインターネットのコミュニティサイトに写真をアップするころには、ほかの鐵馬マニアからの評価はすっかり下がっている。

ぼくは以前、萬華に長く暮らすおじいさんから、幸福印の男女兼用自転車を買い求めた。車体からは錆が出て、フロントフォークは交換され、マッドガードさえオリジナルではなかった。ただ不思議なのは、フレームのうち、ダウンチューブだけはどう見ても完全にオリジナルのままで、二本のうちの一本は出荷時の包装紙が残っていた。これはいったいどういうわけなのか？　もともとの持ち主は亡くなっていたため、ぼくはよく、この自転車にかつて起こったことをあれこれ想像した――つまりそれが「ふぞろい」になった理由を。とはいえぼくは、ぼく以外のベテランコレクターがそのへんを知らないはずがないと考えていた。彼らは、言いたくないだけなのだ。あるいは、絶妙のタイミングでその答えをぼくに告げ、自分の知識の深みを見せつけようと待っている。

ある日、ぼくがこの状態の奇妙さを六度目か、七度目かに話したとき、ナッツさんはようやくその答えを教えてくれた。「それは簡単です。後期型の幸福自転車はもはや往時ほどの人気がなかった。だから一部の自転車店にはフレームがワンセットだけ残っていて、それ以上注文はしない。またそもそもオリジナルのパーツは欠品で入ってこない。だから新品のフレームに、手元にある適当なパーツを寄せ集めて、一台組み上げて売ったというわけです」そんな簡単な理屈、ぼくはそれまでずっと思いもつかなかった。

ナッツさんの引出しにはいつも古新聞が一枚入っていた。それは幸福自転車としては非常に珍しい、ドロップハンドル型の広告だ。髪の毛を七三に分けたTシャツ姿の男性モデルが、スレンダーな女性モデルといっしょに、それぞれ「カモメ」ハンドルのロードバイクとドロップハンドルのロードバイクを牽いている。広告コピーは「入学のお祝いに！」つまりこれは、保護者が買う子ども向けの自転車である。「70型幸福印三段変速スポーツ車」の広告ということになる。当時としては普及車種だったはずだが、現在、コレクターのあいだでも、街なかでも姿を見かけない。ナツさんもアブーも、このことについてはどうしても腑に落ちないという。（たくさん売れた自転車は、今も多く残っていてしかるべきだ、と。）　ふたりはこの型が出てくるのを心待ちにしている。そうすれば彼らのコレクションは「そろい」――コンプリートとなる。

ナツさんはいつもその新聞広告を片手に、うっとり見入ってしまうという。虫眼鏡でその細部まで観察し、パーツをひとつひとつ確かめる。そしてその古新聞をほかのコレクターに見せるとき、わざわざ日付を折り曲げて、隠すのだ。でもどうせ――もしこの型を手に入れ、ナツさんのコレクションが「そろい」になったとしても、彼はまた新しい「ふぞろい」を見つけ出し、その欠落を埋めるため、日々焦燥して動き回るだろう。その情熱は永遠に消えない。ぼくはそう信じている。

ぼくも含めてコレクターはみな、だれもがそんな、「ふぞろい」の病にやられてしまう。「ほぼ」オリジナルの自転車を一台手に入れても、そのうちどこか一本でもボルトが換えられ、ナットが出荷時のスペックと違うなら、それをそろえるために、千里も遠いところに住む別のコレクターから、最後のワンピースを調達する努力をする。でもぼくらは知っている。そうやって手に入れたパーツだって、突き詰めれば、その鐵馬とは別の時間を過ごしたものなのだ。

鐵馬は、ふぞろいであることから逃れられない定めだ。生活に足らず、時間が追いつかず、そして物語も欠けている。

でも、たとえそうだとして、よくナツさんが訊くように、もし静子さんがぼくにあの自転車を譲ってくれるなら、ぼくはそのあとどうするだろう？　ナツさんはどうせぼくの答えをわかっているはずだ。

もちろん、「レスキュー」するしかない。

8 勅使街道(ちょくし)
State Boulevard

その夜、ぼくは三時間しか眠れなかった。セミが夢を埋めつくすように鳴いていた。おかげで、目が覚めたあとも、ぼくはめまいを感じていた。耳元でまだ、オンオンと鳴り響いている。

翌日、病院に行き、四番目の姉と看病を代わった。母はだいぶ元気になったようで、ぼくと昔話をした。ぼくは、ひとりでトイレに行けなかったことを話した。母は当時商場の女子トイレでよく現れた「痴漢」のことを話した。その痴漢は女子トイレの個室のドアの前に這いつくばって、ドアの下の隙間から女性が用を足す様子を覗いた。不審な影に気づいた母はわざとオーバーに立ち上がると、服を直して個室を出た。痴漢が別の個室に隠れたことはわかっていたので、トイレの入り口を閉じたうえ、日用品店の店主の「ガリ」に頼んで南京錠を外からかけた。あとはその痴漢がドアを内側から叩いて、許しを乞うのを待つだけだ。

「最後は警察に通報した？」

「してない」母は笑って、うれしそうなくしゃみをいくつかした。「父さんがなん回か蹴っとばして、それで終わり」ぼくらが昔話で笑ったのは、ほんとうに久しぶりだ。

夕方、ぼくはいちばん上の姉と交代したあと、バスで実家に帰り、昔の家族のアルバムを探してくることにした。リビングの棚にあったアルバムから、一枚一枚取り出して撮影し、タブレットPCに保存した。

翌日また交代しに行ったら、母は今度は熟睡して、深いいびきをかいていた。ときどき咳がまじり、ときどき子どものように引きつけを起こしていた。ぼくの人生の最初の十年は、きっとこうして、母が眠る姿を見ていてくれたんだろう。最近は彼女が眠る姿を見ることなどほとんどないから、途端に見慣れぬ風景に思えてきた。

眠る母のかたわらに腰掛けて、雑誌の原稿を急いだ。日月潭のサイクリングロードのレポート、台北・文山区の有機茶園のインタビュー、それから旅行ガイドの紹介記事……。こういった雑多な仕事がぼくはけっして嫌いじゃない。どんな仕事にも、やはりなんらかのおもしろみが見つかって、意欲が湧くものだ。

四番目の姉が当番に来たころ、母がちょうど目を覚ました。ぼくは、タブレットの写真を見せることにした。ふたりとも家族の顔の変化に興味を覚えたらしい。それも写真が備える機能のひとつだろう。今の自分と過去の自分が向かい合うことができる。

父が、新公園（今は「二二八公園」という）の高楼（こうろう）前で撮った写真があった。四辺がきれいな柄で、縁取りしてある。たぶん観光地によくいる、有料で撮影する人に頼んだのだろう。白黒写真に着色したもので、時間を経て変質すると赤と黄色が異常に際立つ。だから奇妙なほど、リアリティがなかった。どうして父がこんな写真を撮ったのか、だれにもわからない。

「父さんはこのころ、ちょうどお兄ちゃんと同じくらいの年だね」

「うん」ぼくも姉も、たがいに思うところがあった。ぼくらはいづかきっと、写真のなかの父と母の年を追い越すのだ。

ぼくはあの写真をふたたび、ディスプレイに映し出した。大人三人と子どもひとりが狭い靴屋の前で自転車に寄り掛かっている写真を母に見せたところ、母はもうこの写真のことを忘れていた。

「母さん、もうなん年も前だけど、この写真を見せて、父さんの孔明車がどのメーカーか訊いたことがある」

「そんなことあった?」

「あったよ」

「わたしはなんて答えた?」

「幸福印」

姉が口を挟んだ。「そう、幸福印って言った」

「そうそう、幸福印だ」母は自分の指先を見つめていた。まるで彼女の一生がそこに宿っているように。

その自転車を見つけたことを、ふたりに話してしまおうかと一瞬考えたが、喉元でぐるりと一回転して、結局呑み込んでしまった。まだそのときじゃない。物語はまだ、そろっていない。でもそれがいつか、完全な形にそろうことがあるのだろうか？

「母さん、父さんの自転車が台北橋小児科で盗まれたの覚えてる？　最後、あの泥棒は商場まで乗って行って、ラオリーに錠をかけられて、捕まった」

「覚えてるよ」

「じゃあ、あのとき、どうして父さんは泥棒を宥したんだろう？」

母は少し考えて、言った。「父さんに訊いたことがあるよ。そしたら、あの盗っ人は日本にいたときの同級生だったから……。孔明車も戻ってきたんだ。もういい、って」

「日本にいたときの同級生？　高座海軍工廠の？　父さんはどうしてそのとき、母さんに言わなかったんだ？」

「落ちぶれた姿は人に見られたくない。当たり前だ」そう答えたあと、なにか思い出したように母さんは、姉に言った。「時間があったら、開漳聖王のところにお参りをしてきてくれない？　父さんがお迎えに来てるかどうか、訊いてきて」

姉は怒った。「もう！　弱気なこと言わないで！」

このとき、ぼくのスマートフォンが鳴った。うすぼんやりと聞こえてきたのは耳馴染みのない、でもゆったりあたたかみがある女性の声だった。通話口を押さえて、ぼくは病室の隅へ移動した。

よく理解できなかった。「どういうことでしょう？　あなたは？」

「ああ、わたしは林秋美と言います。でもみんな、わたしを静子と呼びます」

「程さんですか？」

「そうです」

「もし差し支えなければ、動物園に付き合ってくださいませんか？　そうすれば道すがら、事情をお話しします」

動物園へは、もう十年も行っていない。子どものころに訪れた円山動物園（1914年開業。86年現在の文山区木柵へ移転。台北市立動物園）の印象をたまに思い出すと、ジメッと居心地の悪い場所だった。動物たちはどれも、来場者からむやみに近い檻のなかにいて、観覧自由の牢獄に似ていた。ここへ移転してきてからは、姉の子どもたちをつれて来たことがあるだけだ。新しい動物園は「ロジック」が根底から異なっているようだった。かつてのように、神秘か無作為かわからない順番で配置された檻が続くのでなく、生態環境に則して、「アフリカ動物ゾーン」「草原動物ゾーン」「アジア熱帯雨林ゾーン」などに分かれる。面積も以前よりずっと大きくて、園内は遊覧バスで移動できる。

入場券売り場だけで、いくつもあったから、到着したあとぼくは、きょろきょろ四方を見回した。そして静子さんの携帯電話にかけようと思ったところ、外国人労働者だろう女性が、車椅子を押してぼくのほうへ近づいてきた。車椅子には髪の毛が真っ白で、おだやかなまなざしを放つ老婦人が収まっていた。痩せていたせいもあるが、まるで子どものようにも見えた。

「程さんですか?」彼女はまだかなり手前のところから頭を下げていた。そしてだいぶ近づいてから、小さな声で問いかけてきた。

「そうです」

「静子です。こちらはミナ」ミナは車椅子を押す彼女だった。ぼくはミナに会釈をし、前もって電話で打ち合わせていたとおり、ここからはぼくが交代して車椅子を押すことにした。数時間休めるとあって、ミナはうれしそうだった。それにここへもなんどかいっしょに来ているのだろう、動物園のなかへ入る気はまったくないようだった。さっさと地下鉄の駅へと入っていき、手を振って出迎える友達と合流した。

平日は動物園の人混みもなく、ぼくは静子に、どこから見るか尋ねた。彼女は、いちばん奥の鳥類ゾーンまで遊覧バスで行き、そこから戻ってくるのが車椅子を押すには楽なコースだろうと気遣ってくれた。車両の最後部に車椅子専用の場所があり、ベストを着用したボランティアのおばさんが、乗るときに斜めの板を渡してくれた。遊覧バスはぼくと静子と、あとはひと家族が乗っているだけで、ぼくは初めて動物園に来た小学生のような、そんな気持ちになった。

「私の趣味は読書、料理、絵、バードウォッチング、そして動物園の観覧です。どんな都市でも、必ず動物園に行きます。サンディエゴ動物園だとかモスクワ動物園、ベルリン動物園。それにアフリカの自然保護区も行きました。動物園の地図を描くのが、私の趣味です。ほら、これがここ。木柵(もくさく)動物園の地図……」

それは、ぼくが見たことがあるうちでもっとも変わった動物園の地図だった。静子は一般的な俯瞰でなく、およそ四五度の水平二点透視法で描いていた。絵を見るものに近いほうにまず景美渓(けいび)があり、いちばん遠い背景は名も知らぬ山。そのあいだに、動物舎が点在している。製図ペンを使用しているせいで、強い立体感が出ている。キリンはほんとうに首がすくっと伸びているようだし、二頭のゾウも柵の手前で踊るように同じ方向に体を傾け、一頭は鼻を空に上げ、一頭は鼻を垂らして草を摑んでいた。どの木にも影があり、空を飛ぶ鳥も、大ケージの鳥もいた。ただ、ロープウェイがなかったから、完成前に描いた地図かもしれない。

「とても上手に描かれています。不思議な魅力がある地図です。動物園は印刷して、来場者に配ったらいい」

「あら、気に入っていただけてうれしい。コピーなので、差し上げます」静子の声は大きくなかったから、聞き取るためにぼくは、彼女の口元に耳を近づけた。その地図には手作りの茶封筒がついていて、古びた字体の「明朝体」で「台北市立木柵動物園」と印刷されていた。のちに知ったのだが、静子は自分が描いた動物園の地図を必ずこんな茶封筒に仕舞い、しかもそれぞれの動物園を象徴する動物を彫ったスタンプを押した。ここの場合はゾウであった。ぼくはお礼を言って、受け取った。

動物園はほかの娯楽施設と同じく、主なお客さんはカップルであり、さもなくば子どもを連れた親である。ぼくのように老婦人が乗った車椅子を押し、ときに耳元へ体を寄せて話を聞くような中年はいない。

静子に言われるまま、まず鳥類ゾーンへ入った。観覧者が少ない裏手の大型鳥のコーナーに向かい、車椅子を押していった。大型鳥舎のケージは順番に、サンケイ、コウライキジなどの台湾に生息するキジ類が飼育されていた。それから、不思議なほどあざやかな羽色を持つ中国産のキンケイと常識はずれに大きいツルがなん種類かいた。そのうち、オオヅルはぼくも知っていた。どうしてそんな珍しい鳥を知っているかというと、親友のスナが水草を生育する仕事を辞めて、インドへ修行に出かけたのがきっかけだった。彼から、「神の鳥」というタイトルの絵葉書が送られてきて、そこに非常に特徴的なオオヅルが写っていたのだ。頭から頸部の無毛の場所に、生々しい赤い皮膚が露出している。スナは絵葉書にこうしたためていた——叙事詩『ラーマーヤナ』は、詩人・ヴァールミーキがオオヅルのハンターを呪（のろ）い殺すために書いた。

静子は最初、鳥を見ながらずっと押し黙って、まるでなにか考えごとでもしているかのようだった。ぼくは焦らず、彼女が話し始めるのを待った。鳥舎をひとつずつ、ゆっくり通り過ぎていくうちに彼女は、二十年ほど前に、日本人の友人である上杉さんとその妻・百合子さんと三人で、大雪山（台湾中部にある標高約３６００ｍの山）へ行き、雲と霧に覆われた森でサンケイを探した思い出を語り始めた。

上杉は博物学者で、鳥好きだった。台湾へは定期的にバードウォッチングに訪れ、そのたびに静子が面倒を見た。

その日、彼女たちは登山道にほど近い山小屋に泊まり、準備を整えて、翌朝出発した。静子と百合子はしばらく上杉についていったが、体力的に続かないと考え、途中で引き返すことにした。上杉は正午を過ぎたら戻ってきて、夕食は山小屋でいっしょに摂る約束をした。

静子によれば、サンケイの英語名は「Swinhoe's Pheasant」という。イギリスの博物学者、ロバート・スウィンホーが発見した。静子が印象的に感じたのは、この鳥の尾羽は筒状だ、とスウィンホーが表現している点だ。白くて美しい羽を持っている。サンケイのなかの鳥を指差しながら、静子はぼくに言った。サンケイとミカドキジは、尾羽ではっきり区別がつく。ミカドキジは黒い筋があり、ぱっと見はほぼ黒だ。だから「黒長尾キジ」という俗名がある。おもしろいのは、ミカドキジの英語俗名は「Mikado Pheasant」という。「Mikado」は日本の天皇のことだが、この鳥と日本の天皇にはなんのゆかりもない。どうしてこんな名前がついたのか？

それはつまり、イギリスの鳥類コレクター、ロスチャイルドが天皇の庭で飼われていたサンケイと、ミカドキジを取り違えて、名付けてしまったというのだ。

ぼくは、途切れ途切れになる静子の話を注意深く聴いていた。すると、彼女の英語に強い日本語なまりがあることに気づいた。でも、自信に満ちた口調には、聴くものの心を打つものがあり、さらに意外に思ったのは、九十歳を過ぎている彼女の言葉に中国語の語彙が非常に多いことだ。中国語がほぼできないうちの母とまったく違う。

静子は言った。「ムー隊長と知り合いになったのも、振り返って見れば、上杉さんのおかげです」


昼を過ぎても、上杉は霧に覆われた森から帰って来なかった。百合子と静子はほかの登山客に声をかけ、また、山林管理局に通報するか検討しはじめた。なにしろ上杉さんも若くはないのだ。日が暮れ、手がかりはなおなく、百合子の焦りの色は濃くなった。比較的冷静だった静子も、苛立ちがつのってきた。山の気温は夜になると急激に下がる。彼女は行動をともにしなかったことを後悔した。管理局は夜九時に山小屋へ捜索部隊を集結させ、捜索に出発した。そして深夜二時、捜索部隊は上杉とともに全員無事帰還した。そのとき上杉のかたわらに、ひとりの男性がいた。背が高くがっちりした体型で、黒と黄色のツートン・カラーの登山服を身に着けている。肌は赤く乾いていて、背を曲げて歩く姿はまるでキジのようだった。年齢は上杉より少し年下に見える。疲労で顔を蒼白にした上杉が、命の恩人だと彼を紹介した。

霧に覆われた薄暗い森で上杉は道に迷い、サンケイに出会わないばかりか、もとの山道へも戻れなくなってしまった。山の道は見知らぬ人間をいじめる。恐怖が大きくなればなるほど、出口は見つからなくなる。ニイタカトドマツはどの木もそっくりに見えて、目印にならなかった。上杉は博物学者の勘を過信していたが、今回まさにそのしっぺ返しをくらい、森の罠に落ちた。幸い、水と保存食は十分に携行していたから、最悪のケースを想定して、野営の場所を探そうと考えていたとき、暗闇からカサカサと音がした。前方の樹冠からだった。

黒い影が木から下りてくる。

恐怖のあまり、上杉は背中を木の幹に押しつけた。そして必死に目を凝らし、下りてくるものがなにか見定めようとした。

どうやら影はゆっくりと近づいているようだ。広漠とした原野の生暖かい臭いが、上杉の鼻にうっすらと届くまで止まらず、影が口を開き、言葉を発するその瞬間まで、上杉はてっきり、自分があの世へと続く扉に手をかけていると考えた。

「ムー隊長があちこちで木登りをする人とは、そのとき上杉さんも知りませんでしたから。ムー隊長はその日、木の上で夜を過ごすため準備をしていた」静子がそう言った。

「あちこちで木登り？　ムーさんはそういう方なんですか？」

静子は聞こえていないのか答えたくないのか、ぼくの疑問を無視し、しかも会話のスイッチをまるごと切ってしまった。老齢のせいで、長時間話すのがつらいのかもしれない。両生類・爬虫類館とペンギン館の前を過ぎて、温帯動物ゾーンへやってくるまで彼女はずっと、口を開かなかった。ぼくらは、大きな猫のように気ままで、黙って横になるピューマと、尖った耳でキビキビと歩くオオヤマネコを見た。黙って動物を見ている静子は、偉大な名画を目の前にしているのとまるで同じだとぼくは気づいた。

「どう伝えればいいのか、いつも考えます。ほら、ときにものごとは、一回話せばそれで終わりとはいかない。まだ知らないうちに、もう始まっていることだってあるかもしれない」ぼくはゆっくり静子を押して進んだ。すると静子が次に口を開いたのは、もうオランウータン舎の前であった。

静子の家は、大橋頭（だいきょうとう）の近くにあった。彼女が子どものころ、台北大橋はまだ鉄橋だった。彼女の家のほかに建物はなく、通りに立てばそのまま、入港してくる船が目に入った。戦争前は、中国・福建から渡ってきた大型の「福船（ふくせん）」が、川を上がってきて、鉄橋を過ぎたところにある「大稲埕」で貨物の揚げ卸しをした。一日中、川っぺりで遊んでいた子どもたちは、遠くに帆が見えたら急いで駆け出した。そして鉄橋に集まり、今日の大一番を見物する。

船が鉄橋をくぐるとき、上半身裸の船員たちが手慣れた動作で帆を引き、帆柱を倒した。勇気がある子どもは鉄橋のてっぺんに上って、深呼吸して待ち構え、船が通り過ぎた瞬間、「よいしょー」の合図で川へ飛び込んだ。船のすぐ横に、爆弾が落ちたような水しぶきがあがり、水面に上がってきた子どもは船の腹につかまり、いっしょに泳いだ。

ほかの子どもたちは岸辺を走って、船を波止場まで追いかけた。橋から飛び込んで、船といっしょに泳いできた子どもは、荷揚げのときに陸に上がる。うまくいけばそのとき、船員から中国のおやつをもらえることがあった。子どもたちはそれを平等に分けて食べ、また鉄橋へと戻るのだ。静子はまだ小さかったが、それでも男の子みたいに、友だちの後ろにくっついて走った。

静子が当時通っていたのは「台湾総督府国語学校附属小学校」（今の国立台北教育大学附設実験国民小学）で、普通の子どもより一年早く入学した。彼女の父が台北市役所で文書係の仕事をしていたため、また静子の母が早くに亡くなっていた事情もあり、変則的な入学が認められた。附属小学校には小さな動物園があって、ウサギやモルモットのような小動物を飼っていた。のちに、日本軍の命でボルネオ島に派遣されていた技術者がオランウータンを連れて帰ってきて、台北医学専門学校（今の台湾大学医学部）の校長・堀内次雄が許可したため、しばらく附属小学校の檻で飼育された。だれがつけたか知らないが、子どもたちはすぐ、「一郎」と呼び始めた。一郎はおよそ二メートル四方のケージのなかにいて、児童は毎日見ることができた。

子どもたちは一郎が大好きだった。一郎も子どもたちと同じく元気はつらつで、その目は見惚れてしまうほど美しく、なおかつ、やわらかな赤毛がキラキラ輝いていた。子どもたちは毎朝、「一郎君！　おはよう！」と挨拶した。そして一郎も手を振って答えた。用務員が掃除に入ってくるときは、彼にぎゅっと抱きつき、下校時間に児童が近づいてくると、一郎もふわふわした手を檻の隙間から出して、指先を触れあった。一郎の指と自分の指が触れた瞬間、まるで電気が走ったように感じたのを静子は今でも覚えている。

ある朝、ちょうど「国語」の授業のとき、校舎の入り口に小学生ではない影がひとつ現れた。それは鉄の檻から逃げ出した一郎だった。子どもたちは大喜びして、カバンからおやつを出して、一郎に与えようとする生徒もいた。このときは、普段から一郎をかわいがっている折井先生がなだめ役を買って出て、最後は一郎の手を牽いて檻まで戻った。一郎はつまり、用務員が檻を開けるのをなんども見て、やり方をすっかり覚えてしまったのだ。

その事件が原因かはわからないけれど、しばらくして一郎を円山動物園へ預けるという話が持ち上がった。たしかに、これ以上大きくなって、また逃げ出すことがあれば、まずいことになるだろう。

たしか大正十四年（一九二五年）のことだった。長い年月が経ったあとにあの日を思い出しても、静子の記憶はやっぱり、雨できれいに洗われたあとの青空のようにあざやかだった。

異様なまでに晴れわたった日。わずかな雲もそこからぴくりとも動かない。全校児童と教員、そして用務員までが校門前に列を作り、動物園へ連れて行かれる一郎を見送ろうと待っていた。でも、朝から不穏な空気を感じた一郎は、ふさぎ込んだ顔で檻の鉄柵をぎゅっと握りしめ、どうあってもその場から動こうとはしなかった。

動物園の作業服を着た人を見たとき、一郎はその小さな体からは異常と思えるほどの巨大な威嚇音を出した。怒っているんじゃない——静子にはわかっていた。あるいは子どもたちだけが、その声の本当の意味を、その声の奥底にある傷ついた彼の心を理解したのかもしれない。一郎と子どもたちのあいだには、同級生のような絆（きずな）があった。そして今、一郎は自分の運命が、曲がり角にあることを感じていた。母を失くし、ボルネオ島から連れ出されたときに続いて、また今、捨てられる予感がしていた。

一郎は鋭くて小さな歯を露わにし、だれも自分に触れさせなかった。このとき、「固いパン」というあだ名を持つ本田先生が、普段から仲がいい折井先生に慰めてもらえばと提案した。

折井先生は、筋肉が体のどこにも見当たらないようなガリガリの人だった。ただ学校で飼育する動物すべてに愛情を持って接し、同時に繊細なピアニストの手を持っていた。彼はまず檻の前で一郎と向かい合い、指でその肩に触れた。一郎は、恥ずかしそうな顔つきに変わった。折井先生はそれから檻の戸を開け、手を差し伸べた。一郎も人間より長くて、体毛がふわふわしたヒトニザルらしい手を伸ばした。

折井先生が息をひとつついて、その手をポンと叩くと、一郎は赤毛の生えた長い腕を折井先生の腰に回して、胸元に飛びついた。焦点がぼやけたその目は、ただ心の拠りどころを探していた。だから折井先生が一郎を移動用ケージに移そうとすると、一郎は自分の頭をぎゅっと彼の胸元に押し付けた。折井先生は心を押されたまま考えた。このまま自分の臭いもないケージに入れられて、ガタゴト揺れる車で動物園へ連れていかれるのはあまりにもかわいそうだ。だから彼はその手を牽いたまま、勅使街道（今の中山北路）を歩いて、円山動物園まで連れていくことを申し出た。

その日の午後は休校となり、動物園まで陽光と木陰がまだらに続いていく大通りを、折井先生と一郎が親子のように手をつないで歩いて行き、児童たちはそれを見守った。柔らかな赤毛は飽和する太陽の光に照らされ、不思議な輝きを見せていた。人間のように歩く後ろ足は、少しＯ型に彎曲し、別れというものをそこまで理解していない子どもたちに初めて、遣り場のない心の痛みを感じさせていた。

そのとき静子は心の奥底で考えていた。一郎はきっと、動物園という場所を知らないだろう。一郎は信頼する折井先生が自分を、家とはまったく違う別の場所へ連れて行こうとしているとは考えてもない。

一郎が移送されてから、静子は休みのたびに、動物園へ連れていってくれるよう父に頼んだ。そして仕事さえなければ、父はそれを叶えた。彼女を自転車の荷台に乗せて、台北鉄橋を出発し、大龍峒町を抜けて、円山町へと進む。

静子は母を早くに亡くしていたため、日頃世話をしてくれる父との関係は良好だった。自転車に乗るとき、幼いオランウータンみたいに父の腰を抱き、背に頭を押し付けた。

夏だったら、父の体内の音と、街路樹のセミの鳴き声が同時に聞こえた。父が流す汗の臭いは、彼女を安心させた。

動物園へ行くとき、最初は順番通りに見ていき、一郎がいる三十九番獣舎までちゃんと歩いた。でもそのうち面倒になって、逆行して、近道することにした。いつも花壇を通過して、オウム、トラ、ヒョウ、アナコンダ、チンチラ、ハト、ワニ、ラクダ、そしてクジャク……を見ながら、一郎に近づいていく。この順番を、静子は生涯忘れたことがない。

トラはいつもだらだらと生気がなく、湿った臭いを発していた。ヒョウはたえず緊張したまま、歩きまわっている。クジャクは羽を開いたり、開かなかったり。アナコンダはあまりに静かで、まるでここに時間など存在せず、空に星などないように感じさせた。静子はたまに父に頼んで、ライオンを見に行った。夜、大稲埕にある家まで、ライオンの鳴き声が聞こえてくることがあったから。

一郎の檻は、附属小学校のころよりずっと大きくなっていた。なかに葉っぱのない木があり、吊り輪がぶら下がっていた。オランウータンは年中木の上で暮らす類人猿で、腕力が強く、樹冠を伝って、森のなかをやすやすと移動していく。動物園に引っ越した一郎は、部屋は大きくなったのに、心はからっぽだった。

あるとき静子と彼女の父は、のっぽで痩せた、チドリみたいな影を遠くから見つけた。折井先生だった。彼もまたこうして一郎を見に来ていたのだ。一郎は木から地面に下りて、顔を覚えているとでもいうように折井先生のほうを見た。その褐色の目からは歓喜も、好奇心も、敵意も窺えず、ただ遠い風景を淡々と眺めているふうだった。でもそれはありきたりの行動ではなかった。動物園に来てから一郎は、木から下りて観覧者に顔を向けることなどなかったからだ。いつも頭を背け、あるいは下を向いて自分の指で遊んでいた。まるでだれかと視線があえば、やけどしてしまうといわんばかりに。

「一郎、私たちのことがわからない？」静子は父に訊いた。

「わかるよ」

「ならどうして、こっちを見てくれないの？　折井先生にはなにかお話があるみたい」

「一郎は人に近いからね。同じように、好きな人と嫌いな人がいるんだ。きっとぼくらのことも嫌いじゃないと思う。でも折井先生のことが好きすぎるんだよ」

一郎はきっと複雑な気持ちだろうと、静子は思った。騙して動物園へ連れて来られたから、恨みもあるだろう。でも頼りにできる人はほかにいない。

二度目に動物園で折井先生を見かけたとき、彼は一郎に竹の竿を与えていた。そして一郎は、竿を持った手を檻の外へ伸ばした。遠くから見ていた静子はそのとき、そこにパパイヤの木があることに気づいた。実が熟している。一郎は竹竿でパパイヤの実を突き刺し、檻のなかへ戻した。静子はしばらく考えて、やっと得心した。折井先生はどうしてパパイヤを直接あげないのか。きっと一郎に、周囲の環境を鋭敏に察していてほしいのだろう。檻のなかにいて、絶望だけに押しつぶされてしまわないように。

冬がひとつ過ぎ、次の暑さが盛りになったころ、動物園では大きな騒ぎが持ち上がっていた。ゾウが一頭、来園したのだ。噂の段階から、実際に姿を現すまでを、静子は緊張と興奮で見守った。当日、ゾウはシンガポールからの船に乗って基隆港の貨物埠頭へ到着した。そこから鉄道で台北駅へと運ばれた。斜めに木板を敷いて、コンテナから自分の脚で降りたあと、ゾウ使いに連れられ、勅使街道を歩いて円山動物園へ向かった。ゾウが通る場所は、編笠を被るか日傘を差した民衆でいっぱいだった。市役所の職員までもが外へ出て見物していた。多くの人は、ゾウを見るのは初めてだったから驚き、興奮した。あのころ、ゾウは人間の死よりも珍しいものだったのだ。

このゾウの体型はけっして大きい方でなかったが、それでも静子が見たことのあるうちで、もっとも巨大な生物だった。額は平らで、耳がうしろになびく。頭のてっぺんは小山がふたつあるように盛り上がり、真ん中が谷のように凹んでいた。瞼は明るく、瞼は厚く、背筋は神社がある丘のように、最高部から尻へゆるやかに下がっていく。巨大な軀体が移動するとき、肩と膝の周辺に集まったシワがわずかに震えた。鼻の先端の折れ曲がる拳のような部分を、ゆらゆらさせている。ときに空中に浮き、ときに地表を舐め、なにかを探している。

ゾウの前方を歩くのは、若い男性だった。彼はサトウキビと赤い果実を使って、ゾウを誘導している。臭いを嗅ぎつけたゾウがしばらく歩くごとに、ゾウ使いがそれをひとつ与えた。

静子は訊いた。「あれはなに？」

父は答えた。「アップルだ」静子はこのとき、その言葉を覚えた。そしてゾウの臭いも。まるでマッチが燃え尽きたときのような焦げた風味だった。ライオンやトラ、オランウータンの臭いとは全然違う。

このゾウの行進は、停まっては歩き、歩いては停まり、動物園にたどり着くまで二時間近くかかった。静子の父は彼女を乗せた自転車を牽いて、ゾウの隊列についていった。ゾウが動物園の門までやってきたとき、なかで飼育されているすべての動物が騒ぎ出した。ライオンやトラ、ヒグマやヒョウも叫び声を上げ、不安を露わにした。

やって来たゾウは「マーちゃん」というメスだった。マーちゃんはまたたく間に動物園のスターになった。彼女は「日の丸」を振る芸ができたし、伏せをしたり前脚を持ち上げたり、後ろ脚だけでしばらく立ったりすることができたからだ。のちにマーちゃんは、円山公園にある臨済寺の日曜学校が開催する「動物慰霊祭」に動物代表として参列した。

静子の記憶ではたしか、慰霊祭は冬に行われた。なぜなら厚い冬服を着ていた印象しかないからだ。

「動物慰霊祭はなにをするの？」初めて参加したとき、静子は訊いた。

「動物園で亡くなった動物の魂を慰めるんだよ」父はそう答えた。

動物園によく行ったし、また静子の父は市役所の文書係であったから、日本から台湾へやって来た、勝沼さんという飼育員と親しくなった。勝沼さんは静子のことをとてもかわいがってくれ、故郷の岐阜・美濃に同い年の娘がいて、いつか台湾でいっしょに暮らしたいとよく言っていた。勝沼さんはふたりを、裏口から動物園に入れてくれた。そうすれば、あわせて一五銭になる入場料が節約できる。勝沼さんはまた、静子が動物に興味を持つきっかけを与えてくれた人でもあった。誕生日のプレゼントとして、彼は静子をマーちゃんの背中に乗せてやった。例の肌が黒くて目がくぼんだ、若いゾウ使いが一声あげると、マーちゃんは前脚を前方へ伸ばして、後ろ脚を跪いた。そして勝沼さんは静子を抱き上げ、いっしょに背中の鞍に座った。

初めてゾウの背に乗った静子は泣き出した。怖かったからではない。あんなに遠くが見えるとは思ってもみなかったからだ。ゾウの上から、山はまるで手に届くほど近くにあり、空気はそっくり新しく入れ替わっていた。未体験のできごとが一度にわっと来て、彼女は感極まってしまった。

ゾウの口の周辺には柔らかくて長い毛があった。そして父の腕と同じくらい太く湿った舌、まばらに毛が生えたしっぽ、目がそこについているかのように自在に動く鼻……どれも静子を夢中にさせた。彼女は自分の手を、産毛でとげとげするゾウの額に置いた。するとそこは、彼女の手よりも温かかった。耳の端っこに触れれば、絹に触れたのと同じ感じがした。一本一本重なる皮膚のしわは、なにか秘密が隠されているように思えた。そのとき十歳の静子は、その後の人生で信じ続けることになるひとつの道理を知った。——どの動物も自らの優雅な本質を持っていて、生命は千や万の形になり変わって、理由もないまま堂々とこの世界を生きている。そして煙のようにあいまいでなく、柄や肌理、動きや姿勢をともなって、たしかに存在している。たとえば一郎の赤毛や日に日に大きくなる喉の共鳴袋、あるいはマーちゃんの温かな額や柔らかな鼻、チュウ（ライオンのこと。彼女が勝手に名前をつけた。トラの名はホー）のたてがみや健康的な筋肉……。

その年の冬が終わったあと、静子の父は仕事が忙しくなり、また彼女自身も成長し、動物園へ行く回数は徐々に減っていった。でも彼女は一郎やマーちゃん、ライオンのチュウのことを忘れてはいなかった。彼女はよく、一郎といっしょにマーちゃんの背中に乗る夢を見た。太陽が見えない真っ暗な森のなかを歩いていく。チュウとホーが前方を歩き、輿に乗ってときどき吠える。その雄叫びは、風に乗って、川をさかのぼり、森の奥へと伝わっていく。

アフリカゾウ舎の前で足を止め、ぼくは静子に水を飲ませた。体の大きいメスゾウが、小便をしていた。まるで蛇口をいっぱいまで開いたような太い尿の柱が、ドドドと噴出した。およそ二分以上の時間をかけて。

「ゾウの尿は縄張りを示す強い独特な臭いがします。アフリカゾウはアジアゾウと違って、人間が馴らすことができない。だからアジアのインド、ミャンマー、タイのように、ゾウが国力に含まれることはなかった」静子は続けた。「おかげで、戦争に巻き込まれずに済みました」

あの戦争の話になったので、ぼくはごく自然に、父が十三歳のときに神奈川県の高座海軍工廠で戦闘機製造をしていた過去を話した。黙って聴いている静子のまなざしと表情はある角度から見たら、まさに菩薩だった。そのとき、サビナが以前言っていた、心の奥底に隠していた自分のことを残らず語ってしまった状況をぼくは完全に理解した。彼女は両手をお腹に置いて、なにも言わなかった。彼女の手は水をすっかり失った堅(かた)田(た)のように見えたが、でもかつては間違いなく美しく、つややかな潤いに満ちていたことがわかる。

長い沈黙のあと、彼女はやっと口を開いた。「戦争には、なつかしいことなどなにひとつありません。でも、こんな年になってしまうと、私たちの世代で覚えているもの、残されているものは全部、戦争のなかにある……」彼女はおもしろくないのに、笑いを添えて言った。「だから戦争に触れなければ、話すことがなくなってしまう」

日本と中国の戦争が勃発する前、静子と彼女の父は勝沼さんの招待で、マーちゃんが主祭を務める動物慰霊祭に参加した。

当時、動物園では「夜間納涼会」と連動した催しがたまにあり、夜は数百もの灯りが点いて獣舎を照らし、人びとは散歩と月見を楽しんだ。ある年は、東門町と双連駅（台鉄淡水線）から花火が打ち上がり、動物園の夜の部が始まったことを知らせてくれた。

静子は明治橋のほとりから、円山動物園への道をしっかり覚えている。紙で作られた六角形の街灯と、まるで月みたいに明るく、丸く光る電飾があり、その美しさは彼女に、悲しいことがこの世にあることを忘れさせた。夜間納涼会は宝探しやくじ引き、歌などの演目があり、また露天の映画上映があった。静子はくじで、一郎とチュウの絵葉書を引き当てたという（勝沼さんがズルをして当たりを引かせたことは、あとで知った）。それは今も引出しのなかに、大事にとってある。

慰霊祭は通常、臨済寺の日曜学校が開催したが、小学校の児童や地域の住民も参加できた。最初は、命令をよく聞くサルが主祭だったが、かしこいうえに、体が大きく見栄えがいいから、マーちゃんが動物園に来て以降、その役割を引き継いだ。

マーちゃんが初めて慰霊祭に参加したころ、静子はもう少女になっていた。彼女は外出着の和服を着て、下駄を履いて、傘を差して父といっしょにでかけた。このころ慰霊祭はすでに、動物園で死んだ動物を弔うためだけでなく、軍用動物など国のために命を落とした動物のために行われていた。戦争は音もなく、こんなすぐそばに近づいていた。

静子はそれをひしひしと感じた。

マーちゃんは赤地に黄色の縁取りがついた、紫色の花柄の羽織を着ていた。米、ジャガイモ、みかん、バナナ、サトウキビ、柿などのお供えが前方に並んでいる。かたわらにサルと犬、そして子どもたちが和讃(わさん)を歌い、僧侶がお経を詠むのと同時に、ゾウ使いの命令でマーちゃんは、高砂族の村落にある石臼ほど太い前足を伸ばし、後ろ足を曲げ、地面に伏した。

なん年も前に、静子を背に乗せるときにしたのと同じ動きだった。それから長い鼻を伸ばして、空となにか話をするように、ラッパを長く鳴らした。

「動物たちは、ほかの動物が話していることがわかるの？」静子が訊いた。

少し間が空いてから、父が答えた。「きっと、わかるだろう」

「人間の言葉も？」

父は答えた。「そうだろうね」

「じゃあどうして、人間は動物が話していることがわからないの？」

「おそらく、わかる人もいるだろう。勝沼さんや折井先生なんかは」

静子は、動物たちの魂が慰められることを心から願った。せめて今生きている命だけでもかまわない。「私も、みんなの話していることがわかるといいのに」

そして、戦争が始まった。

戦争はとても息苦しい時期だった。最初、静子は身を焦がすように皇軍を支持していたが、徐々にその炎はしぼんでいき、最後はわずかに燻(くすぶ)る残り火と灰ばかりとなってしまった。次の大雨が、火を消し切ってくれたらいいと思った。雨が降るあいだに、壊されてしまったものをひとつひとつ片付けられればいい。いつしか、警察は強権を振りかざし、街を歩くのは軍人ばかりとなった。物資は配給頼りとなり、父が市役所で働いていた静子の家でも、家族四人が満足に食べられる日は少なかった。物資欠乏で、祖父や祖母の商いも、売り物の果物が仕入れられない。

戦争にありとあらゆるものをつぎ込んだ。人が食べられるものはすべて。人を殺せるものはすべて。鍋やヘラ、そして農具は溶かされて武器になった。自転車や人力車、あるいは荷牛車や荷馬車などは「挺身報国隊」に編入された。もし、猫や犬が戦争に役立ったとしたら、きっとそれも徴用されたことだろう。静子はそう考えた。作付けされた稲も政府に納めて、ほとんど手元に残らない。自分の手で育てたものを、自分の口に入れられないほど、馬鹿馬鹿しいことはないとだれもががっかりした。いつごろからか、川っぺりに住む人びとは川のカメを捕まえて食べるようになった。腹の黒いカメは食べてはいけないと一部の老人が言ったが、捕まればやはり試しに食べた。カメはゴムの固まりを嚙ませたすきに、首を切り落として殺す。それから竹の刀で腹を開き、内臓を出す。死ぬ寸前、四本の脚でもがく姿は滑稽だったが、軍病院の見習い看護師になっていた静子は、できるだけそのことを考えずに料理して、肉を家族に食べさせた。あのころはまさか考えてもいなかった。この川から、カメがほとんどいなくなってしまうなんて。

空襲がこの島へ及び始めたころ、勝沼さんが静子の父にこんなことを話した。東京の上野動物園では一部の動物の処分が始まっている。円山動物園もおそらく、それに追従することになるだろう。空襲で鉄柵が破壊され、猛獣が逃げ出す可能性を考えたとき、必要な措置だ。昭和十八年、市役所の技術職員と動物園の飼育員、そして生物学者によるこの共同任務に勝沼さんは全面的に参加することになった。

飼育員はこのときから「死刑執行人」となった。彼らはまず、年を取って、眼光と咬筋が柔和になったヒグマを鉄板が敷かれた檻へと誘導し、電流が流れる棍棒で顔を打った。ヒグマは反射的に棒を嚙んだが、そこに高圧電流が流れた。大木が倒れる直前に聞こえる、バリバリバリという奇妙な音を発したあと、巨大な体はドンッと別れの音を残して、きっぱりと地面に倒れた。ところがヒグマは強すぎたのか、しばらくしてまた立ち上がった。朦朧（もうろう）とするその口のなかへ、死刑執行人はさっきの棒をもう一度嚙ませた。ヒグマは電撃で倒れ、それを三度繰り返して、やっと死んだ。

ライオンのチュウは、ほかのライオン、トラと同じ方法で処分された。勝沼さんによれば、死ぬときはもう筋肉で体を支えきれなくなっていて、顎（あご）も上がらず、唾液だけがだらだら地面に流れていたという。動物を処分するごとに、彼らは深く頭を下げた。それは動物への敬意というより、やり場のない悔恨の表れだった。

勝沼さんはため息をついた。「ライオンに食べさせる馬や水牛の肉もない。本来餌を与え、体重を測り、体をきれいにして、獣舎を片付ける人間が今、こんな役割を担わされる。まったくやりきれない……」

「処分されたあと、動物たちは？」静子は訊いた。

「ライオン、トラ、クマの肉は市会議員や有力者に配給されたそうです。動物園の人間で、食べたいというものはひとりもない。聞いた話では、クマの肉は固くて飲み込むことができない。ライオンは食べられるがひどく生臭いそうだ。今回、電撃を使用して、硝酸ストリキニーネの毒殺を避けたのは、肉を食用に回すためだった。資源は無駄にできない。戦争ですからね！」勝沼さんの瞳に涙が揺れた。静子は、死臭が漂う動物園を我が物顔で歩きまわる死神がいると考えるだけで、呼吸ができなくなった。

彼女は必死で思い返した。勝沼さんが教えてくれた猛獣処分があったとき、チュウの叫び声が聞こえただろうか？　いいえ、なにも聞こえなかった。このなん日かは、いつもと同じ日課をこなしていた。祖父の果物売りを手伝い、家を片付け、そして病院に出勤する。あとはこんこんと眠るだけだ。死はこうやって、音もなくひっそり近づいてきて、そして平然かつ堂々と命を奪っていく。

幸運だったのかどうか、一郎はこの最初の候補には入らなかった。人に馴れて攻撃性がないと判断されたのと、かつて大阪・天王寺動物園から人気者と表彰されたことが考慮されたのだという。ただ、大人になった一郎の身体能力を考え、逃亡防止のため獣舎の外側に檻を一層増設し、また防弾壁が建造された。

しかし一年後、勝沼さんは悪い知らせを彼女に伝えた。一郎の「処分」が済んだ、というのだ。それから長いあいだ、静子は勅使街道を通ることを止めた。

彼女の思い出に寄り添うように、ぼくと静子はアジア熱帯雨林ゾーンへ入っていった。マレーバク、オランウータン、そしてアジアゾウが展示されている。アジアゾウの前でぼくは車椅子を停めた。今の獣舎は大きなガラスで仕切られていて、ゾウの臭いはそれほど強く感じられない。円山にあったころの動物園をまだ覚えているが、あのころは多くのお客さんが落花生を手のひらにのせて、リンワン（林旺）とマーラン（馬蘭）に食べさせていた。二頭のゾウは鼻を伸ばしてきて、シュッシュッと落花生を吸い込むのだった。

ちょうど餌の時間だったので、作業員入り口の前で二頭のゾウが落ち着きなく、足踏みをしていた。今日の食事が出てくるのを待ち切れないのだろう。するとしばらくして、男性飼育員がふたり入ってきて、牧草をゾウに与え始めた。もうひとり女性飼育員がスコップでテキパキと、地面に落ちた糞を片付けている。

静子は言った。「動物園で、動物たちがもっとも不安に感じるのは、閉じ込められているということではありません。むしろ、清掃が問題になります。生物の多くは、自分のテリトリーに自分の排泄物や臭いをあえて残します。でも動物園では感染症の予防と来場者の美観への要望から、必ず清潔にしなければならない。でもきれいになると、動物はときに不安にかられる」

「そうなんですね。人間も慣れた臭いに、未練を感じたりしますね」

「そう。そのとおり。ゾウは跳べませんから、一メートル八〇センチほどの水路があれば、閉じ込めておくことができる」ゾウのことを話すとき、静子の目はいつも優しかった。「ゾウの目というのは、特別なものに思えませんか？　あんな小さいのに、人を魅入らせる。知性がそこに宿っているんですね。オスが発情すると、目のうしろからホルモンの強い臭いを持つ腺液が流れてきます」

静子の話を聞きながら、折井先生と手をつないで勅使街道を歩いたときの一郎の気持ちを考えた。そして「処分」のときに一郎が聞いただろう、ヒグマの静かな叫び、トラの不安と威厳が交錯した唸り、爪を出したライオンの足がまだ電気が流れていない鉄板に触れたわずかな摩擦音を想像した。ライオンの額にはいつも、憂鬱のシワが寄っていた。あの夜、死神は獣舎に近づいて、そして離れていった。そしてある日、動物たちの理解を超えた状況がやはり襲ってくる。

今、眼の前のゾウ舎にいるゾウは、戦争を経験したことのない新しいゾウだ。そのほうが、幸せなのだろうか。ぼくはサビナが話してくれた絵本、『かわいそうなぞう』を思い出した。あの日、すぐインターネットで買って、読み、それでやっと、戦争末期の上野動物園で動物が処分される話なのだと知った。

「『かわいそうなぞう』という話をご存知ですか？」

静子は首を振った。

太平洋戦争も終わりが近づき、日本では多くの動物園で動物の殺処分が行われた。もっとも早く進められたのは上野動物園であった。当時そこには三頭の有名なゾウ——ジョンとトンキーとワンリーがいた。戦争が激しくなり、東京には毎日毎晩のように爆弾が落とされた。静子の話と同じく、動物園の檻が破壊されて、猛獣が市中へ逃げ出すことを懸念して、多くの動物があらかじめ殺された。

次はゾウだった。飼育員は毒を注射したが、針はその厚い肌を突き刺せない。またかしこいゾウたちは、毒入りの餌も食べなかったから、動物園は餓死させる方法を取るよりほかなかった。

しばらくしてまずジョンが餓死した。トンキーとワンリーも日に日にやせ細り、みるみる生気を失っていった。しかし訓練を受けたゾウたちは、飼育員が姿を見せれば、ふらふらと体を起こして、芸をした。二頭にとってそれは、「食べ物をください。食べ物をください」という訴えだった。

食べ物はもちろん出て来ない。トンキーとワンリーは背中合わせにもたれ合いながら、芸をした。最後の力をふりしぼって、後ろ脚で立ち、前脚を曲げて、鼻を高々と上げたバンザイのポーズ。でも戦争はまだ終わらず、食物の配給もなく、二頭のゾウもついに餓え死にした。

三頭のゾウの墓は今も、上野動物園のなかにある。

その話を聞き終えて、深い渓谷に小石を投げこんだような沈黙のあと、静子は言った。
「戦争のためにゾウを殺すなんて、私の知る限り、普仏戦争（1870―71年、ドイツ統一をめざすプロイセンとフランス間の戦争）でパリが包囲されたときにパリ植物園で二頭のゾウが処分されたのが最初の例でしょう。よく似た、ひとつの影を持つようなふたつの物語です」静子はまた黙って、ゾウが干し草を食べるのをしばらく眺めたあと、言った。「お父様のことをお話しくださり、ありがとうございます。じつは私の父も戦争が終わって三年も経たぬうちに失踪しました」

一郎のために、心の奥底に悲しみを刻んだ静子は、台南陸軍病院の試験を受けて看護師となり、軍人と同じ生活を自分に強いた。南方で傷ついた兵士が大量にここへ送られ、日本へ戻るか、さらなる治療を待った。静子はそんな傷ついた兵士たちのために、自分の生活を使いきった。そうしなければ、台北の父や祖父母のこと、そして処分された動物たち、極限までお腹を減らしたマーちゃんのことを思い出してしまうからだ。そのころ、カメの夢をよく見た。カメは地面にひっくりかえって、四本の脚をジタバタさせていた。

静子が最後にマーちゃんを見たのは、昭和十九年の秋だった。ゾウ舎にいたマーちゃんは、灰褐色の肌からツヤがすっかり失われ、体毛は抜け、目やにがつき、脚で体を支えきれないらしく、ふらふら左右に揺れていた。

昭和二十年の春が終わるころ、静子をかわいがった祖母が亡くなった。静子はマニラの兵站(へいたん)病院への赴任を諦め、台北へ戻り葬儀に参加した。癒せぬ悲しみのなかにいる静子は、父のふと発した言葉が耳に留まった——どうも上官の一部がゾウの肉を分けてもらったらしい……。

マーちゃんも処分されたというのだろうか？

父の自転車に乗り、静子は動物園へ向かった。でも、マーちゃんはゾウ舎にいなかった。勝沼さんを探して、問いただした。疲れ切った顔で彼は、はっきりとした答えをくれず、マーちゃんが処分されたとも、軍に徴用されたとも言わなかった。

「静子さん、まだ言えないことがあります。もし戦争が終わったら、そしてまた会うことができたら、必ずすべてお話しします」

「戦争は必ず終わります」静子は言った。

「そうです。私もそう考えています」勝沼さんは答えた。

「じゃあ、今教えてください。マーちゃんは生きているのですか？」

勝沼さんは頷いた。

昭和二十年五月末、それまでにない激しい爆撃が台北を襲った。空から降る爆弾が政府機関、台北公園（新公園）、台北駅、そして天主堂や廟(びょう)の上へと落下し、逃亡犯も市民も軍人も無差別に殺された。空襲警報が鳴り響いたとき、動物園でもまだ生きていた草食動物が驚いて、跳ね回った。預けられていた軍馬たちはヒステリックにいななき、軍犬は口輪を嵌めたまま低く唸り、軍鳩は懸命に羽を羽ばたかせ、鳩舎に体もろともぶつかっていった。瓦とレンガは煙や塵となり、自動車は重々しく空中へ飛び上がり、そして地に落ちた。民家は瓦礫の山と化し、舗装道路には深い穴が穿たれた。

この空襲で、静子は祖父と家の半分を失った。そしてそれ以降、動物園に入ることができなくなった――日に日に増す戦火を恐れ、封鎖されたのだ。彼女をさらに不安にさせたのは、勝沼さんの消息さえ聞こえてこなくなったことだ。まさか彼も空襲で死んだのか？

昭和二十年の秋、戦争は終わった。その知らせはあまりにも突然で、だれもが戸惑った。昨日は神だった天皇が今、敗北者となり、人を顎で使っていた軍人たちもその武装を解いた。牙を抜かれたあと、人の表情はこんなに簡単に、臆病になるのか。ときに道で行きあった人が戦中とはまるで別人で、信じがたかった。

円山動物園は次の年営業を再開し、静子はさっそく見に行った。ゾウのレリーフがあるゾウ舎に近づいたときには、心臓が激しく打った。獣舎にはやせ細ったゾウの影があった。マーちゃんにとてもよく似ていた。マーちゃんは以前、拗ねてゾウ舎前方の柱を蹴り、膝をけがしてしまったことがあり、それ以降は横になれなくなったし、立っているときもやっぱり体を右に傾けていた。いつなんどき崩れてもおかしくない壁のようだった。

「マーちゃん！　マーちゃん！」静子は遠くから叫んだ。影のなかで躊躇したあと、マーちゃんはゆっくりと足を踏み出した。そして遠くから伸ばした鼻で、静子の頭の上を嗅いで回ると、「パーーン」と長く鳴いた。静子もそれに答えようと、マーちゃんを真似た声で叫んだ。それから欄干にもたれて、激しく泣いた。あまりに長いあいだ堪えてきた涙が今、とめどなく流れ続ける。

終戦後、静子は病院の仕事を見つけ、それまでの実地経験のうえに勉強を重ね、正式な看護師となった。いっぽう、彼女の父は市役所職員の仕事を失った。だから空襲で半壊した家を修理すると、大稲埕に日用品店を開いた。それからの長い歳月を、父も娘も遠い未来など考えることもなく、一日一日、たゆまず必死に生きた。

事件が発生した日、静子は仕事だった。退勤時間、病院の出口に前触れもなく父が立っていた。深刻な顔つきで、町のほうで大きな騒乱が発生していると言う。だから静子が心配で、わざわざ迎えに来たのだ。帰宅したあと、今後は用心しなければならないと父に言われた。現下の情勢は、かつて日本政府のもとで仕事をしていたものにたいして、決して安全ではない。

次の日、仕事を終えて帰宅した静子は、父の店が開いてないことに気づき、お隣さんに訊くと、今日は姿を見ていないと言う。自転車も鍵をかけられて、店のそばにひっそり置かれたままだ。父の行き先もまったく思いつかず、しかたなく静子は病院に連絡して休みを取り、店の戸を開けて待った。その夜は長く、冷たく、街じゅうがずっと眠れないようだった。

それから数日経った朝に見た光景を、静子は永遠に忘れることがないだろう。台北橋から見下ろす淡水河は、川面にオリーブのような緑の光が滲んでいた。それは、空の色でもあった。そして、家にいた彼女の耳に、通りの人びとのあわてふためき、叫ぶ声が届いた。「サメだ！　サメだ！」

淡水河にサメがいるはずない。

静子は表へ駆け出した。すると鉄橋の上に住民たちが集まり、遠くを指差している。人の流れに引き込まれるがまま、彼女は橋にたどり着き、川の上流を見た。川はやはり川だった。子どものころ福建の船を見つけて、橋の上から飛び込んだのと同じ流れ。ただこのとき、川面は金色に輝き、寄せて溢れる光のまにまに、やはり黒色のなにかが浮かんでは沈む。たしかに、サメのヒレのような。

人びとが口々に意見を戦わせているうちに、サメのヒレのようなものはどんどん近づいてきた。目ざといなん人かはもう、漂流しているそれがなにか気づいた。あれは、サメなんかじゃない！　向こう見ずななん人かが川へ飛び込む。水中でそれを見定めたあと、浮かびあがって叫んだ。「人だ！　人が死んでる！」死人の手と足はみな、縛られていた。だから流れてくるときに背中しか見えず、遠くからはサメのように見えたのだ。岸に向かって戦々恐々として泳ぎ、声もなく陸に上がると、彼らはそれぞれバラバラの方向へ逃げ出した。橋の上で見物していた人たちも、突然口を噤み、そそくさとどこかへ消えていった。砂が風に吹かれて、広がり消えていくのと同じように。

静子の父はそれ以降、二度と帰ってこなかった。これほど長い年月が経っても、疲れと空腹が毎晩つきまとうように、彼女の頭には必ずこんな悔恨が浮かび上がった——あのとき、あそこに、父はいたのではないか？　どうして川に飛び込んで、サメをすべてひっくり返して確認しなかったのか？

「それからしばらくのあいだ、幸せとか幸せでないとか、もはや自分の人生と無関係になっていました。時間はただそうやって過ぎていく。それは、ひとりの人を愛することさえできない時代でした」静子はそう言って、ため息をつき、ぼくに車椅子を前へ進めさせた。下り坂を降りれば、そこはパンダ館だ。ぼくは少し焦ってきた。彼女はまだムーさんのことを話していないのだ。

思い切って、ぼくは真正面から訊いた。「そうだ、ムーさんがまだ登場しませんが」

彼女はベンチを指さした。その木陰まで押していけということだ。黄色い頭のアマサギが人を恐れず、道路で来場者が残した食べ物を探している。驚いたのは、ウシの背や田んぼにいる虫を食料としているサギが、ここでは地面に落ちたポテトやチキンを食べていることだ。動物はときに、環境にあわせてたやすく習性を変え、新しい条件下でもっとも有利な生存方法を見つけ出す。新しいリスクがあることはまったく意に介さないままにだ。草原で食べ物を探すのが大変なら、サイやシマウマ、カバがいる獣舎へ飛んでいき、食べよう。獣舎に行くくらいなら、レストランのそばにあるベンチシートで、落ちている加工食品を拾って食べよう。――これもまたきっと本能なのだろう。

静子は水筒を開けて、水を飲んだ。喉につかえたなにかをいっしょに呑み込んでしまうようにだ。そして彼女は言った。

「そう、私はいつも彼のことをムー隊長と呼んでいました」


静子が次にムー隊長と出会ったのは、アジアゾウ舎の前だった。

その日、彼はカーキ色の作業服を着ていた。濃い褐色のジャンパーを重ね、そして空に手を伸ばし、手のひらを上に広げている。

長い歳月のあいだに視覚と嗅覚を虫食われてしまったリンワンは、拳のような鼻を伸ばして、上に広げられた男の手のひらに遠く、息を吹きかけた。じかに手に触れなくとも、その息には気持ちが宿っていて、電線や灌木、防護ネットで遮られていても、たしかに彼の手のひらに届いていることを静子は感じていた。ゾウの鼻には四万本以上の筋肉繊維があるという。くわえてその神秘的なほど鋭敏な力加減のおかげで、ゾウは鼻で落花生を一粒つまむことも、ライオンを一頭殺すこともできる。

「ゾウは鼻で、愛を表現することさえできます」静子が以前読んだ一般科学書は、そんなふうにゾウを紹介していた。

そんな情景を目の前にして、感極まった静子はそっと足を踏みだし、幾星霜の辛苦に耐えた顔つきの男を窺った。どんなことにたいしてもすぐに謝ってしまいそうな、そんな顔。しばらくして、静子は思い出した。この人は、大雪山の上で上杉さんを助けた、あの背の高い老兵だ。

「手のひらで、息を感じますか？」静子が訊いた。

「たしかに、感じます」老兵は答えた。

静子は生涯に一度、結婚をした。そして息子をひとり産み、育てた。離婚したとき息子は二十一歳になっており、イギリスの大学院に通い、自活していた。離婚協議書にサインした日、恋に落ちることはもう二度とないと彼女は考えた。自分の後半生の居場所は「孤独」なのだ。実際、準備を進めた。絵を描き、世界各地の動物園を見る。それなら、自分ひとりでできることだ。ところが今、目の前にいる男は、どこか違う臭いを、彼女にだけ感じさせた。土がついた、特別な臭い。それは、軍病院で仕事をしていた静子も馴染みある、死の危機から逃れた人が持つ、警戒心で充満した臭いだ。

「どうしてそんなことができるんです？」

隊長と自己紹介した彼は答えた。「私とこのゾウは、五十年も前から知り合いだったんですよ」

ムー隊長は中国軍インド遠征軍の一員として、フーコンでの日本軍第十八師団との厳しい戦いに参加した。その戦争体験を話してくれと、静子はなんども頼んだが、ムー隊長はいつも、遠巻きの控えめな説明しかしてくれなかった。あの戦争がまるで突然渓流に発生した洪水か、いつまでも越えられぬ山、あるいはただの長い雨季であるかのように話した。彼は慎重になにかを避けていた。

ある日、静子自身もずっと避けていた、淡水河のサメのような漂流死体のことを話したあと、まるで鍵を交換するように、ムー隊長はゾウとの離別と再会の物語を静子に話した。

終わりの見えぬ、苦しいビルマ戦をムー隊長は生き延びた。そして、俘虜となった十三頭のゾウと出会うこととなった。その出会いを用意したのは、じつは戦争が彼の体に残した傷だった。ムー隊長は右手を機関銃で撃ち砕かれ、残っていたのは親指と人差し指の一部だけだった。この傷のおかげで、ムー隊長は後方部隊へ回され、ゾウの同僚になった。十三頭のゾウには年寄りもいたし、若いのもいた。うちオスの一頭は若くて、体つきもよく、ゾウ使いからはアーメイと呼ばれていた。中国軍の内部でも、同じ読み方の漢字、「阿妹」をあてた。アーメイは兵士たちが半日押しても動かせない木を頭で軽々と倒したし、長い鼻を使ってその幹をトラックに載せた。

ムー隊長は数ヶ月かけてやっと、ゾウたちから信頼を得た。ビルマ人のゾウ使いから教育を受けた彼らに、命令が下った。それはビルマのゾウを中国へ連れて帰ることだった。

指揮官の命によれば、ゾウ部隊は雲南へ戻り、中国国内にいる日本軍へ反撃を加える。

ただ思いがけないことに、行軍の途中、日本軍が連合国軍に無条件降伏したという知らせを聞いた。ラバとゾウの混交部隊は険しい「ビルマ公路」（連合国が国民党軍支援のため中国雲南からビルマに築いた道路。援蒋ルートのひとつ）を歩き続け、さらに雲南、貴州、広西、広東をひたすらに進んだ。その移動距離は一〇〇〇キロ。部隊のゾウは六頭が死に、七頭が生き残った。ゾウ輸送の任務を果たしたムー隊長は、補給部隊へ復帰した。その後も共産党軍との戦いを続け、最後は台湾へ撤退した。この間、ゾウとの連絡はまったく途切れ、「アーメイ」が円山動物園へ引っ越したと聞いたのは数年後のことであった。のちの「リンワン」である。

初めて動物園を訪ねたとき、リンワンが自分のことを覚えているかどうかなど、ムー隊長はまったく考えていなかった。ゾウは賢いと言うが、本当にそこまでの記憶力があるか、彼も確証はなかった。まして、別れてからそれぞれ、いろんなことを経験したのだから。ところが、ムー隊長がゾウ舎の外から小さな声で、「アーメイ」と呼んだとき、リンワンはアーチ型のゲートからすぐ出てきて、耳では聞こえないけれど「ウォーン」と空気を震わせる低い圧を発した。続いて鼻を伸ばし、ムー隊長の頭、肩、胸、そして生殖器のあたりを嗅いだ（ゾウが身内を識別するとき、肝要になる箇所だ）。その柔らかいゾウの鼻は最後、三本欠けたムー隊長の手のひらに置かれた。

ムー隊長はそれから、少なくとも月に二度か三度は、円山動物園のリンワンを訪ねた。

のちに木柵へ移転してからも同じだった。リンワンとじかに触れられるように、動物園のボランティアにも応募した。そしてなにも言わず、ただリンワンといっしょにいた。

いっぽうは檻のなか、もういっぽうは外にいて、ジャングルの日々を思い出した。

ムー隊長と知り合ってから、静子がいちばんよく行く散歩の場所は動物園になった。夜行性動物館をふたりで観覧しているとき、ムー隊長が暗闇のなかでこんなことを訊いた。「静子さん、動物園の時間と、外の時間は流れかたが違うと思いませんか？」

「どんなふうに？」

「多くの動物は、生活時間が人間のそれとまったく異なっているということです。動物の時間と体長は比例すると聞いたことがある」

「はあ、わかりません」

「私もわかりません。ですがきっと、こういう意味でしょう。動物の体の大きさは、生存してきた時間や空間と、密接に関わっている。その空間はまた、動物の時間の測り方そのものを規定する。いっぽう人類は時計を発明したが、その結果、時間の測り方は、人間の文化・生活習慣に属するものとなってしまった。学校の規則で七時に登校しろだとか、軍で五時に起床せよだとか、これはどれも体が求めているものではない。ほかの動物はきっと、時間を体で感じているはずだ。

ほら、ハムスターは生活時間の多くを地中で過ごしている。空間の条件によりトンネルを掘って暮らすから、ハムスターの時間の測り方は日の出、日の入りの支配を受けない。シマウマもそう。自分たちの時間に則して生き、その測り方はきっと、草原の一定の植物の生育と枯死が関係している。たとえ動物園に閉じ込められていても蛇は冬眠するし、コウノトリは春になると大空へ飛び立とうという衝動にかられる。野性は奪うことができない。つまり、動物が人間の時間に合わせるんじゃない。人が動物の時間に合わせる。そういうのがいい動物園でしょう」このときムー隊長の表情に、ためらいがちな自信が輝いているように、静子には見えた。

「でも、ここの動物たちが本当に自分たちの時間を過ごしていると、感じますか?」

ムー隊長は笑って、答えた。「静子さん、見てください。私ももう老人だ」そして両手の甲を自分の腰に置いた。これは彼のくせだった。

「時間はたしかに自分のものだと、確信がありますか?」

ムー隊長と語らうとき、静子は軽いめまいや、あるいは非現実的な感覚を覚えることがよくあった。言葉を発しようとすれば、歯がかち合い、ただあいまいな笑みしか出ないことさえあった。かつて、彼女は三度、恋愛をした。三人目が結婚の相手で、そして離婚した。この人生に課せられた愛の使命はもう済ませたと彼女は考えていた。宿題も終わらせた。これ以上、書くこともない。ただ、目の前にいるこの男性は、彼女にふたたび戸を大きく開いて、なかへ誘いたいと思わせた。ほこりひとつないテーブルを挟んで座り、窓の外の風景を午後のあいだ、ずっといっしょに見ていたい。

ムー隊長は身を翻し、出口へ出て行った。静子は一瞬、彼の背中を見失った。夜行性動物館を出ると、彼の広くて、でももう歳月の勢いを遮れぬ肩が見えた。まるで、彼はその大きな歩幅でまた森のなかへ入っていき、二度と出てこないのではと思わせる背中だった。ふたりは、日に日に人生が減っていく人だった。なにを語らうにせよ、これからどんなふうにしよう、でなく、もし必要な時間が残されていたなら、と条件が付く。

ムー隊長もときにあの幸福自転車に彼女を乗せて、大稲埕の河畔へと散歩に出かけた。光を浴びて、言葉にできぬ色を作って流れる川面を前に、静子は繰り返し、父や一郎、マーちゃん、そして勝沼さんとの思い出を、ムー隊長に話した。まるで寝床で宿題をくり返しやり続ける夢を見ているように。

そんな時間だけは、ムー隊長も自然に静子との会話のなかで、戦争の話題に触れることがあった。

「私たちの部隊がビルマに進軍したばかりのころ、人が出入りした痕跡のない原生林に野営した。師団長の命令で宿営地を整備するため、ビルマの山刀で草を刈って、葦で小屋を作った。野獣が心配で、とくに蛇は危険なため、毒蛇捕獲競争を実施した。それから半月のあいだに、周辺の蛇、ヤギ、サル、ウサギは私たちに捕り尽くされて、すっかり姿を消した。

私たちは縄で蛇の首のところを縛り（ムー隊長は自分の首を触って示した）宿営地の葦小屋の四方にぶら下げた。蛇はそんなに簡単に死なない。脊椎には多くの節があるから、縛られた蛇は、私たちの考えもよらない格好で胴体をくねらせて、動いた。鮮やかな模様を持つ、それぞれ赤や青、緑、ひいては金色の蛇が憤って体をねじ曲げ、その死にかたに不満を訴えているかのようだった。

数日間、宿営地には蛇の死体の臭いが充満した。そしてある夜、前方の林から不審な音がすると歩哨から報告を受け、大隊長は日本軍の斥候部隊に気取られたと考え、前方の掃討を命じた。軽機関銃、重機関銃、歩兵銃が一斉射撃され、迫撃砲さえも用いられた。翌朝、派遣された歩哨が発見したのは、一頭のゾウであった。ゾウの体は銃孔が無数に穿たれ、血は流れ尽くし、全身灰白色になっていた。迫撃砲で脚が一本やられている。私たちはそのゾウを食べた。ひと口に三分もかけて咀嚼し、やっと呑み込むことができた。当時若かった仲間たちと冗談で、兄弟の肉を食ってもゾウの肉はもう食いたくない、と言っていたら、大隊長の知るところとなり、厳しく叱責された。最初に言い出した私は、蛇の皮を百匹剝く罰を受けた。生きた蛇は死んだものより皮が剝きやすい。剝きながら、心拍数が加速していくような奇妙な快感があった。

それ以降、私は肉を食べなくなった。生きた魂に手をかけたのが、恐ろしくなったのではない。人類も生物のひとつだから、別の生物を食べるのは自然の摂理に反しているとは思わない。ただ、あのジャングルで自分が殺した命はもうとっくに、一生分を超えてしまった」

静子は黙って聞いていた。つけ加える意見も感想もなかった。ただムー隊長の自転車に乗るとき、頭をすぐそこにある背にくっつけた。そうすると言葉にならない、なにかもやもやした、くぐもった音が体温を帯びて伝わってくるから。

そのころ、リンワンは激しい凶暴性を見せていた。でも老齢だったから、発情に起因するものとは考えにくかった。リンワンは鼻を耳もとへやり、自分がなにを聞いているのかを嗅ぎ取りたいようだった。獣医と専門家は、リンワンの凶暴性は一九六九年に施した直腸手術の後遺症で、精神状態が不安定になっているためと診断した。しかし、ムー隊長は考えた。年老いたリンワンは、心の奥に隠されたあの記憶に刺激されているのだ。

ムー隊長は静子に言った。あの記憶は腐蝕性があって、まだリンワンの心のどこかを燃やし続けている。リンワンと密接に付き合った彼にはよくわかった。リンワンは記憶力があまりに優れていて、また人間と同じくらい複雑な感情を持っている。

「忘れられるはずがない」ムー隊長は言った。「私たち人間よりずっとはっきり覚えているはずだ」

「ある日、ムー隊長はひとりで自転車に乗って、動物園へ来ました。管理員と仲良くなっていたので、盗難防止に自転車を園内に置かせてもらいました。だからサビナがそれを見つけたわけです。そして彼女はムー隊長に、母が祖父とチョウ捕りをしていたこと、その後ひとり自転車で台北へやってきて、自活していたことを話し、ムー隊長はサビナに自転車をあげることに決めた。その夜、彼は私に言ったのです。もう年を取った。

もし死んだら、自転車はくず鉄にされてしまう、と。私からムー隊長に、自転車を預かりますなどとは言いませんでした。なぜなら、私のほうが彼より年上ですから」静子はここまで話して、疲れと憂いを帯びた笑顔を見せた。

「じゃあ、ムー隊長がどうしてあの自転車を手に入れたか、あなたは知っている？」

「はい。彼から聞いたことがあります。用事があって高雄に行ったときだそうです。夜、海辺で風景を眺めていたら、きちんとしたスーツを着た男性に話しかけられ、夜中まで三、四時間も話した」

「ふたりは、なにを話したんでしょう？」

「その男性は戦時中、日本で戦闘機を作っていたそうです。つまり同じ戦争でふたりはそれぞれ、違う立場にあった。でもその夜、互いの物語を語り、聞かせたのです」静子は一旦言葉を止め、さらに続けた。「あなたから、お父様が日本で少年工をしていたという話を聞いて、同じ人だと確信を持ちました」

「でも、彼はどうして自転車をムー隊長に譲ったんでしょう？」できるだけ感情を抑えて、ぼくは訊いた。

「譲ったんじゃありません」

「譲ったんじゃない？」

「深夜になり、ムー隊長はお手洗いに行き、ビールを買って帰ってきました。するとその男性はもう消えていた。自転車をそこに置いたままです。そしてメモが一枚残されていた――『もし私が帰ってこなかったら、この自転車を家へ返してください』ムー隊長は夜明けまで待ちましたが、彼は戻ってきませんでした。しかもメモに住所は書いてなかった」

ぼくは、その話がにわかには信じられなかった。――このとき、たくさんのちびっこたちがわっと現れて、幼稚園の園外活動らしいけたたましい声でぼくの神経をいたぶった。困った。この状況では、静子がなにを話そうと、ちびっこの声にかき消されてしまう。

ぼくは立ち上がり、彼女の車椅子を押して、出口のほうへ向かった。しばらくして、ちびっこたちの隊列から離れたところで、静子はふたたび口を開いた。ぼくは腰を落として、頭をできるだけ彼女に近づけて、聞いた。

「そのとき、お父様はなにかの準備をされていたんじゃないでしょうか？　だからとても大事にしていた自転車を残して行った。また語らいのなかで、ムー隊長のことを、悪くない人間だと感じられた。自分の自転車を預けるに足る人だ、と。ムー隊長はそれから三日間海辺へ通って、男性を待ったそうですが、結局現れませんでした。いろいろ手を尽くしたけれど、やはり見つからず、新聞にも載せたそうです」

「新聞に？」

「そう。人探しの広告を掲載して。それも保存してあります。でも、反響はありませんでした。ムー隊長がどうしてサビナに自転車を譲ったか、ご存知ですね？」

「自転車がもとの持ち主のもとへ帰る可能性があるのなら、と」

「そう。先ほど言った通り、ムー隊長は、自分に残された時間は少ないと当時から言っていました。だからサビナのことを、適切な継承者だと考えた。彼が自転車を譲るときの条件はたったひとつだけ」

「それは？」

「もし自転車の持ち主、あるいは関係者が現れたら、自転車をその人に譲る」静子は意味あり気にぼくをひと目見て、付け加えた。「私は本当のところ、それが実現するとは思ってもみませんでした。でも今、あなたはここに立っている」


ミナが静子を迎えに来て、ぼくはひとり地下鉄に乗った。そして、乗り換えをしていつの間にか萬華へやってきていた。目的もなくうろつきながら、頭のなかでは静子の話を反芻していた。


気持ちが落ち込むといつもこの、自分が生まれた場所を歩くようにしていた。ぼくにとって、ここは閉経後の子宮のようなものだろう。ぼくはたしかに、ここからこの世界へ出てきたのだ。アッバスと仲良くなったあと、彼もまたよくここに来ていると聞いた。彼は二十年かけた撮影プロジェクトをここで進めている。

「この世界で、自分よりいいカメラを持ち、すぐれたテクニックを持つ人はたくさんいる。でもある場所で二十年以上撮影が続けられる人は多くない。時間というのはフェアなもので、人生においてそんなチャンスはひとりに二、三回しか与えられない。自分のような才能が足りない人間は、こんな方法を試してみるしかない」アッバスが冗談めかしてぼくに言った。

写真のなかの人は、いつかみなこの世のものではなくなる。写真のなかの人がひとりまたひとり死んでいく。そして、死んでないものだけが、その写真を手に取って、育むことができる。ただ、写真のなかの時間は、生者にも死者にも平等に流れ、同じ権利を持つ。アッバスは、写真のなかの人にはなりたくなかった。写真を手に取り、育む側の人になりたかった。

夜、このエリアにいくつかある「老人市場」はもう始まっていた。どうしてぼくが「老人市場」と呼んでいるかというと、この市場では、買う人も売る人もみな老人だからだ。彼らが売っているのは、古着や仏像、書画、アダルトビデオ、そして昔の携帯電話やラジオだった。でもときにはちょいとおもしろいものが出品される。たとえば、以前見た露店は各種の秤(はかり)を売っていた。天秤や分銅、ばね秤から、子どものころ母が使っていた竿秤まで。いったいどんな人がここで秤を買おうというのか。どれだけ考えても答えは出なかった。

ここを歩くたびに、失くなった自転車を見つけるため、父に手を牽かれてここへやって来たときのことを思い出す。父の焦燥しきった目、じっとり汗ばんだ手のひらを今でもはっきり覚えている。

　この市で売られている商品の出処と売り手、そして買い手には好奇心がうずいた。だからぼくは、お客さんに混じっていろんなことを訊いた。必要はないのに義理でなにか買って、売り手と交流を図ろうともした。そのうち、「福じい」という老人とぼくは仲良くなり、友達みたいになった。福じいは、彼らの仲間たちの売り物の出処を教えてくれた。たとえばある老人はゴミ収集場を専門に漁ったし、ある露店は衣類リサイクルボックスから盗んできた品を並べた。さらに、盗品を専門に扱う古物商もあった。

「盗品？」

「そらそうさ。品がまともなものや変わったものはだいたい盗品だ。ここはもともと『泥棒市場』と呼ばれていたんだ」

「福じい、これも盗品かい？」

　彼は神秘的な笑顔をぼくにひとつくれた。黒い肌色で、いつもビニールの雪駄（せった）を履き、指の爪はどれも水虫が感染している。でも福じいの特徴はやはり「闘鶏眼（とうけいがん）」――斜視だろう。まるで左目がずっと右目を探しているような。そして、これまで目にした不思議な世界を左右で交換しあっているような。

　福じいはよく「長寿」を吸っていた。だからぼくは、覚えていたら一箱買って、おごった。普段は冴えない面構えだったが、話し出せばとても魅力的で、その知識量はぼくがかつて授業を受けた大学教授のだれにも負けてなかった。ときどき、考えた。アブーもおじいさんになったら、こんなふうに雑学を身にまとったホームレスになるんだろうか？

そんなふうにぼんやり歩いて、福じいのところまでやって来たが、彼はいなかった。がっかりして初めて、自分は今日、福じいに会いたくてここに来たのだと気づいた。静子とゾウ舎の前で腰掛けていたとき、ぼくは、ひと月ほど前に交わした、彼との会話を思い出したからだ。

あの日ぼくは、深夜に老人市場へやってきた。そして福じいのところになにか出物がないか覗きに行った。福じいはいつもと同じ、閉店した銀行の前に屋台を出していた。品物を見るには客が自分で懐中電灯を持っていかないといけないルールだ。この日、彼の隣の男はポータブルのビデオディスクプレーヤーを使って、アダルトビデオを流していた。ディスプレイのなか、男女が後背位で交わっている。四、五人の老人が囲んで、それを見ている。その表情からは、彼らになんらかの性的反応があるとは思えなかった。男優が女体の後ろからぶちこんでいる画面をまるで歴史ドラマを見ているみたいに眺めている。

ぼくはそこらの腰掛けを引っ張ってきて座り、福じいの品物を一通り眺めた。灯りは、キーホルダーについているやつをポケットから引っぱり出した。まず目についたのは、奇妙な形をした石だった。渓谷や海岸の石とは違って、黒くて重い。表面に穴がたくさんあり、またつややかな膜があった。

「これはなんの石です？」ぼくは訊いた。

「それは、隕石だ」彼は答えた。

「隕石？」

「そう」

「空から落ちてきた隕石のことですか？」

「しつこい」彼は大声で言った。まるで周辺の同業者や通行人全員に注意するように。

「こんなものどうやって手に入れたんですか？」

「人は死ぬ。知ってるな？」

「はい」

「人が死んだとき、いろんなものを捨てる。本人が捨てなくても、家族が捨てる」

「亡くなった人の、コレクション？」

福じいは頷いた。

「これは拾ってきたということ？」

「フン」彼はそれに答えなかった。

その日、福じいのところには隕石以外に、本がなん冊かと燭台の新入荷があった。普通の燭台じゃなく、くどいほど華麗な造形で、無限にろうそくを立てられそうな形の先に、飾り文様が刻まれている。手に取ると、どっしり重かった。

「これはなにでできてるものです？」

「銀だ」

「まさか」ぼくはこんなところで、本当に価値があるものが売られているはずはないと端から疑っていた。

空が冷えてきて、うっすらと雨が降り始めた。水銀灯からシロアリがパラパラ落ちてきては、福じいの屋台の上を歩いた。福じいはぼくを見ながら、人差し指と親指でシロアリを一匹つまんで、言った。「言ってもどうせ信じないだろうが、これは普通の、鉱山で採れた銀じゃない。シロアリを焼いて作ったシロガネだ」

そうして彼は、シロアリをぼくの手の上に載せた。翅はもう落ちていた。じきに命が潰えるであろう小さな虫を眺めながら、ぼくはスナがいつか言った、シロアリが雨の日に飛ぶ理由を思い出した。シロアリは飛んだあとに翅を落とし、地面に潜って巣を作るのだが、そのときの土は当然、乾いて堅いより、雨のあとで湿っているほうがいい。また、空を飛ぶシロアリとそれ以外の兵隊アリ、働きアリは役割が異なり、彼らはあたかもシロアリの群れ全体の「生殖器官」にあたる。植物がタネを撒くように、彼らの任務はできるだけ遠くへ飛び、そして栄養をいちばんたくさん使った翅をすぐ落とし、地面にメッセージとなる臭いを発し、オスを惹きつけることだ。運が良ければ、ここに新しいシロアリの群れが生まれる。

スナが教えてくれた。自然科学者の研究によれば、シロアリのオスとメスは長い期間巣のなかでともに暮らしていても交尾しない。つまりシロアリは**必ず**（と彼は語気を強めた）巣を離れて、飛翔し、翅を落としてやっと、愛を育み始めるというのだ。

「必ず？」

「そう、必ず。あらかじめ決められたレールをたどる人生を送っているようなものだ。戻ることも、寄り道することもできない」


「ハハ、そりゃシロアリを焼いて銀が出てくるなら、それに越したことはない」ぼくは言った。福じいのホラにももう慣れてきた。指で燭台に触れながら、絹のように細やかな触感を感じた。本当の銀でないにせよ、材質はけして悪くない。ぼくは眉をひそめて、値段を訊ねた。すると彼は口を尖らせて、首を振った。お前には売れん、という意味だ。福じいは人を見て、ものを売る。彼はこう言った。ものは、だれに売ってもいいわけじゃない。それを持つべき人、縁がある人を待たないといけない。それからつけ加えて言った。「ものは、人に使われて、生き続けるものだ。人に触られているものには『気』が通るからな」でも、買い手は必ずなにかの縁がなければいけない。なにをして縁とするかは、もちろん福じいの胸の内だ。

「信じないなら、本でも読むんだな。勉強してるくせに、シロアリから銀ができることも知らない。この本にも書いてある」

「聞いたことないね」ぼくは嫌味を籠めて言った。「じゃあ、今日はこれしかないんだね？」

「お前さんが座ってるのもだ」

ぼくは頭を下げて、さっきなにげなく座った腰掛けをもう一度見た。座面に昔ながらの房の装飾でふち取られたクッションが置いてある。それを取り去ると、見えたのは普通の椅子でなく、ゾウの脚だった。およそ、膝から下の部分。皮は深く複雑なシワがあり、ところどころレンガ風の赤色やくすんだ紺色、そして黄土色が混じり、場所によっては凹みがあった。地面に接した箇所には灰白色の半月状の物体が五つ嵌まっていて、つまりそれは蹄（ひづめ）だろう。トントン叩いてみたら、プラスチックのような感触があった。

「こら、叩くな。壊れたら、弁償しろよ」

「これは？」

「見てわからないか？　ゾウの脚だ。ゾウの脚の椅子」

「模造の？」

福じいは、鼻で笑った。

「まさか本物じゃないだろうな？」

「しつこい。なん度言わせる。オレは偽物は売らん」

ぼくは椅子に手を置いた。皮は少し湿って、また指先に引っかかる感覚があった。触ってみると、椅子本体の下のほう――脚の裏に近いところに、ぐるり一周凹みがあった。触ってみると、そこに関節があるように思えた。もちろん本当のゾウには触れたことがないけれど、感触はたしかに、かつて命が宿っていた剝製のようだった。模造にしても、すぐれた職人の手によるものだろう。

「ゾウの脚に座っていたというわけさ」それからなん週間ものあいだ、ぼくの脳裏には左右に探し合う福じいの眼ン玉があった。そしてこのセリフが響き続けた。――「だから、おんしは、このゾウがいたところへ連れていかれるだろう」

9　リンボ
Limbo

ゾウは夢から目を覚ました。眼前の森は、眩(まぶ)しい炎に包まれている。これまで耳にしたことがない鋭い音が梢(こずえ)を越え、シューシューとくぐもった響きがあるごとに、樹木が発火した。方々で煙が立ち、驚くほどの熱が伝わってくる。太陽ほど明るい金色の火球が、数分ほどのあいだに、立て続けに上昇しては、落下した。不安と混乱のなかでゾウは鼻を伸ばし、耳を広げた。そして煽(あお)るような甲高いラッパ音を発した。長老のゾウたちは群れの中央に幼いゾウを囲い、守った。流れ弾にあたったゾウ使いが言った。「ゾウを連れて、ほかの道へ。ほかの道を行け！」

どうしてこんなことに巻き込まれているのか、ゾウは理解していなかった。ゾウの体も、意識も、経験も、こんな状況に立ち向かうために与えられたのではない。ゾウ使いによる訓練を受けたゾウの人生は、摂食、睡眠、繁殖以外に「荷役」という目的が加えられた。あとはただ、命令に従えば食べ物にありつけ、罰を受けないで済むことを理解していた。

ゾウはゾウ使いに誘導されるまま、火球に照らされて渦巻きが輝く河川を順序よく渡り、対岸の深いジャングルへ入っていった。不安にかられ、鼻を揺らして周囲の臭いを嗅いだ。そしてすぐに、人間に「爆弾」と呼ばれているものが作り出す、新しい臭いに気付いた。それは、どこかに落ちれば、なにかが砕けて、煙と消えた。もし石にあたれば、立つ煙は石の臭いがする。木にあたれば、木の臭いがする。そして、人や動物にあたれば、それまでまったく嗅いだことのない新しい体験が待っていた。焼かれた動物の死体には悲しみなど湧かず、かえって香ばしい風味が漂っていた。

でもこのとき、ゾウは知らなかった。火の森を抜ければ、戦火から離れられる、のではないことを……。「荷役」の使命からはなお永遠に逃れられないのだ。戦争はけっして、森をひとつ、川を一本、山をひとつ越えればそれで終わりとはいかない。

ゾウは自分の肩幅に合わせて作られた大きな木の荷台を背負っていた。そして命令に従い、重い木箱を鼻で載せる。

それがどれだけ重くとも、ゾウの歩みはほとんど音を発しなかった。なぜなら、想像を超える体重を上下にしっかり支える脚の骨があり、しかもかかとの厚いパッドがその荷重を緩衝しているからだ。初めて歩く道なら、ゾウは必ず、鼻を使って前方の臭いと状況を確認する。そのあと、頭と肩をぐっと下げ、背中の肩甲骨を丸めて肘を曲げ、あの蹄のついた太い脚を泥地からゆっくりと持ち上げ、前に半円の弧を描き、そして肘を伸ばしてから地面に下ろす。筋肉が引き合い、蹄が膨らむ。悠然かつ静謐なその歩みに、恐れを抱かぬものはない。

ゾウはこの世界ですでに数千万年の進化を遂げ、その外見からは命の継承がいかに消極的かつ積極的に、また定向性と非定向性を兼ね備えて環境適応してきたかがよくわかる。その過程で、ゾウは頭骨の前後が短くなり、上下が徐々に長くなった。また臼歯の咬合面に並ぶ咬板が増え、エナメル質は薄くなっていった。いっぽう鼻と牙は、一万年の単位で少しずつ長くなっていった。ゾウの体はつまり、時間そのものなのだ。

かつてゾウはこのジャングルと山脈の魂であった。魁梧にして、他の生命を殺めることのない肉体は、慈悲の化身とされた。叡智をきらめかせる小さな目も、感情と霊性の象徴であった。

人びとはゾウを崇拝した。ゾウは人間の運命を知っていると考えた。そのころ、人間は自分たちが動物のなかでも神と通じる能力が備わらない、取るに足らない種族だと考えていた。

でも、そんな時代はもう終わった。

ゾウはこのジャングルに適応していた。今もまた、空から落ちてくる火球と、皮膚を貫き内臓に留まる銃弾に対応しようとしていた。いつでも大火事をもたらす、この森の状況への対処を学んでいた。ゾウたちは無言のまま、ゾウ使いの命令を聞いた。そしてゾウ使いはまた「別の」言葉を持つ人びとの指示に従っていた。あるいはその人びともまた「別の」決定者の下す、ゾウの理解を超えた命令を聞いているのかもしれなかった。姿のない縄に幾重にも縛られて、どうすれば今の状況から逃れられるのか、だれも知らなかった。

ある日、竹の林で休息していると、さらに「別の」側の人びとにゾウ使いが連れ去られていった。ゾウ使いが連れ去られることは、ゾウもいっしょに連れ去られるということだ。振り向くと、いちばん仲がよかったゾウ使いとひとりの兵士が逃げていくのが見えた。逃げていった先は、戦況がより深刻で、なお非情な森だった。これから先は、自分を子どものころから世話してくれたゾウ使いと異なる道を歩いていくのだと知った。ただ、さらに「別の」側の人びとについていくことで、自分の運命になにか変化があるとは思えなかった。どうせまた飢餓に耐え、制御しがたい性欲といつまでも足らぬ睡眠と重苦しい荷役と向かい合うしかない。

ただそのとき、ゾウもまた、これから千里も万里も歩いて別の国へ行くことになるなどと考えてはいなかった。ゾウ使いの命令で北へ向かうとき、はるか遠い山の合間に巨大な蛇が居座り、山の中腹から稜線のあいだをなめるように、ぐねりと動いていた。それはこれまでの進化の過程でゾウが一度も見たことのない、生々しく不穏な光景だった。

移動中、前方を歩くラバの臭いが鼻のなかに充満していた。ゾウたちはそれが嫌で、頭を振り、臭いから逃れようとするのだが、うまくいかない。嗅覚は閉ざすことができない器官だ。

部隊は、一週間前にはまだ激戦が続いていたクモン山系を越えた。沼に死体が積み上がり、腕や脚が木々から垂れて、なにか新しい寄生植物に見えた。風に吹かれて、弓を引く格好になった木がそこらじゅうにあって、獣穴はそのあいだに密集していた。ゾウたちは部隊とともに、淡い青色の霧に包まれた川を遡行して進んだ。春の雨で氾濫した山中を歩いているうちに、人とゾウの脚にはヒルがびっしりたかり、皮膚に炎症ができ、下のまぶたから奇妙な形状の寄生虫が孵った。体にこれほど多くの苦痛があっても、ゾウはやっぱり悠然と歩んでいく。見ればなお、堂々として。

ジャングルを出たあと、世界はまばゆいほどに明るくなった。そこに森はなく、道の周りに見えるのは、草木も生えぬ丘と山脈だった。風が吹けば、塵と砂が降りしきる。うだるような太陽の下、体温を下げるため、ゾウは耳をなんども動かした。また鼻で地面の赤土を吸い上げ、自分と前後の家族の背に吹きかけた。これで皮膚の痛みが和らげられる。砕けた石が刺さって、足はやけどのように腫れて、半月状の蹄から血が流れた。兵士は死んだ同僚が残した軍服で、ゾウの傷ついた足を包んでくれたが、巨大な体重が加わったときの痛みが減るはずもなかった。

部隊が小休止すると、ゾウは牙で土をすき返し、水や塩を探した。時間が十分あれば、牙に加えて鼻と脚を存分に使い、井戸を掘った。運良く渓流や泥沼が見つかれば、ゾウは健やかな長い咆哮を上げ、水のなかへ入っていく。ゾウ使いの制止も無視して、互いに泥や水をかけ合い、鼻を伸ばして水の湧き口にあてがい、心地よい勢いに任せた。しかしゾウたちは、いつものテリトリーにいるのではないとすぐ気づいた。自由は当たり前ではない。兵士たちは苛立てば、ゾウのしっぽに火をつけた。火は痛みのほか、ゾウに太古よりあった恐怖を呼び起こした。火を見た途端、自分が大きな力を持っている存在であることを忘れ、ゾウは卑屈で臆病になり、やすやすと服従した。

その痛みと恐れを感じながら、ゾウはそれを一生背負っていくものだと受け止めた。ゾウの一生は、さまざまな苦しみを辛抱して、受け止める夢なのだ。

ゾウの群れは概して、神秘的な霊感を備えている。群れのなかで、どのゾウが死にゆくかを事前に察知できるのだ。ゾウ部隊のなかでは今、五頭のゾウが死の影に取り憑かれていた。五頭ともゾウ独特の低周波音を発し、いつまでも途切れない悲しい響きで苦痛を訴えた。まだ元気があるゾウは、休息になれば耳を広げて、病気のゾウや子どものゾウを庇った。水が見つからないときは、若いゾウが自分の体内の貴重な水を鼻に吸わせて、病気のゾウの口のなかへ入れて、呑ませた。

病気のゾウは、先頭を歩くラバからどんどん遅れていき、ときに深夜になってやっと宿営地で追いついた。休憩する時間もなく、道を歩くことで、一生のすべてを終えようとしている。

勘の鋭いゾウ使いが、ゾウの群れに兆した奇妙な空気を感じ取り、兵士に伝えた。兵士は医務兵を呼んだ。医務兵からの報告を聞き、軍医は馬三頭分の薬剤をゾウ一頭に注射した。ゾウを診た経験はなく、自信はまるでなかった。案の定、病気のゾウたちはみるみる生気を失っていった。

次の日の昼、巨大な音がドンッドンッと二回響いて、地面が揺れた。オスのゾウと年老いたメスのゾウが、自らの糞尿のなかに倒れていた。声も発せず、なんの反応もない。オスの牙は倒れたときに、ガラスのように折れた。群れで唯一のオスの成獣で、マスト（粗暴になる興奮期）が終わったばかりだったが、このときはもうすっかり痩せて、四本の脚以外なにも残ってないようだった。尿からはまだ、強烈なフェロモンの香りがした。

二日後、三頭が立て続けに大地へ倒れた。静かになにかを聴いているように巨大な耳を地面に貼り付けている。長い息を吸って、一気に吐く。口はわずかに開いて、頭は揺れ、熱のこもった息が最後、体から離れるまで続いた。

そして翌日。夕暮れのころ、群れのなかでもっとも尊敬されていた長老のメスゾウもこと切れた。

かった。

ゾウは突然訪れる死に――それが人のであろうと、ゾウのであろうと、もう慣れていた。自分の母の死さえも、目の当たりにしていた。流れ弾がトーチカに落ちて、周辺に数えきれないほどのレンガと石のかけらが飛び散ったとき、母ゾウの頭と脇腹に鋭く尖ったかけらがいくつも突き刺さった。ゾウ使いは傷口を洗い、鉄くずや石を抜き取り、数週間も続けて最後、バケツいっぱいになったが、しかし死神を追い遣ることはできなかった。

ゾウも人と同じように、暗い夜と森と雨季、そして感情がなにか理解していることを、人間はいつか知るだろう。長老ゾウが倒れたとき、ほかのゾウはみな足を止めて、周りを囲んだ。鼻を伸ばして互いの背中をさすって、不思議な低音のやわらかい鼻声を出した。夜、気温が逆転し、温かい地表近くに音の伝導層ができるおかげで、低い鼻声ははるか遠い山の谷間まで届いた。そして、オンオンというエコーが宿営地へ返ってきた。増幅され、重なり合ったその音は、そばにいた兵士たちにもあたたかさとみじめさを同時に感じさせた。彼らはゾウの気持ちを理解し、だから同情した。そしてまた、遠くにいる恋人や家族のことを思い出した。あるいは、死んでいった戦友を。そしてかつては自分の体とつながっていて、ぎゅっと陰茎と銃を握った手と、二度と蘇ることがない眼球のことを。

ゾウの睡眠は人よりもずっと短い。だから兵士たちはそんな悲しい夜でも、先に休んだ。眠らないゾウは、立ったまま遠い星や山脈、樹影を眺めた。そして夜がずっと深くなってようやく、生命力が枯渇しかかった残りのゾウも眠りについた。ゾウたちのいびきは少しずつ長く、ゆるやかになり、まるで潮の満ち引きで岩礁が鳴らす教会音楽のようだった。

次の日、太陽が出ると、億万の微塵と花粉、一ミリに満たぬ小さな昆虫が四方へ八方へと飛散し、世界は混濁した。兵士は大きな穴を掘り、長老ゾウを埋めた。このとき、いちばん前に並んでいたメスのゾウが低く、でも透き通った音階を奏で、リフレインした。音は階段をひとつひとつ上っていくように高まり、ピークに達して、しばし休止すると、今度は下へひとフレーズひとフレーズ下りていき、沈黙へ返った。それを三度繰り返したところで、二頭目のゾウが加わった。ふたつの音像は、たがいにエコーしあい、さらに三頭目、四頭目の唱和を誘った……ユニゾンでもなく、ハーモニーでもなく、ただそれぞれの哀しみが即興的にあふれるままの鳴き声だった。そして、同時に、互いを慰め合うスキンシップのようだった。ゾウたちがそろって、額にある鼻道と頭骨のあいだをかすかに脈動させ、空気へ発した音は、それ自身に意思があるように兵士の体のなかへ潜り込んで膨張していき、彼らに苦しさと恐れと虚しさを伝えた。十数分後、音は停まっていた。リード役だったゾウは足を前へ踏み出し、兵士たちはそのとき初めて、自分たちが泣いていることに気づいた。その涙にはなんの意図もなく、だから涙を流したあと彼らはかつて経験したことのない、静けさと清らかさを感じた。

その村へ足を踏み入れた途端、ゾウはそれまで自分たちが見知った村とはまるで違うことに気づいた。影の位置が違う。空気に充満する、煮炊きの香りもだいぶ違う。村落の人びとは、軍隊を見てもとりたてて驚きはしなかった。兵隊など掃いて捨てるほどいる時代だ。ただゾウ部隊を見た村人はいたずらだと思った。互いに頭や肩を叩いて、今夢を見ているのか、現実にいるのかを確かめあった。どうしてゾウがいるのか？世界には本当にこんな大きな動物がいるのか？　この眼の前の群れがそうなのか？

そこらの家よりずっと巨大なゾウたちが、村の通りを静かに通り過ぎる。あるいは街道や線路、不安定な橋を歩いていく。ゾウの後ろを人間たちが、悪魔に取り憑かれたようについていく。貧しく、薄汚い村だった。ゾウはその入り口で、死んだものの魂がうろうろとたむろしているのを見た。家族が近くを通ると、魂は手を伸ばして触れようとした。そして同じようにゾウを囲んで観察し、村民に聞こえぬ声で、驚きをこぼした。

ゾウは鼻を高々と上げて地面へ戻し、左右に大きく揺らして、空中と地面にあるすべての臭いを嗅ぎ分けた。舗装の隙間にへばりついている菜っ葉、割れてこぼれ出た卵の濃い黄身、ふいごが吐き出す鍛冶屋の熱気、肉を売る屋台の両端に一層一層重なり固まっていく油脂……。ゾウにとってすべてが新しく、すべてが苦痛だった。長い鼻を口の下に巻き取り、臭いを探ったり、体内へ入るのを拒んだりした。魚屋の前では、鼻に突き刺さるような生臭さを感じ取った。エビやハマグリの臭いだった。のちに軍用艦に押し込められて小さな島へ運ばれるとき、ゾウはその臭いを思い出し、それがなにか知った。

つまりこのとき、ゾウはまだ海を理解していない。海を体験していない。多くの大人は、ゾウに惹かれる子どもを抱き上げてあわてて逃げたが、でも隙さえあれば子どもはゾウに近づく。なにしろ、こんな不思議な――鼻が長く、巨大な動物がそこにいるのだ。それはまるで今しか読むことができない童話の本だった。

ゾウは久方ぶりに、人の赤ん坊の匂いを嗅いだ。

戦場には死しかなく、産まれる命はなかった。でもここには物売りの屋台のかたわらに置かれた乳母車で、赤ん坊がぐっすり眠っていた。ゾウは鼻を伸ばした。赤ん坊の母は押し止めようとするが、とても力が足らない。ゾウ使いがあわててやってきて、ゾウを止めた。赤ん坊の匂いに、馴染みがあるようなないような――ゾウは、かつて自分たちのテリトリーで、メスゾウが子どもを産んだときのことをうっすらと思い出した。そしてまた、故郷のジャングルの縁で、人類の赤ん坊が生まれ落ちる瞬間の高ぶりを遠く嗅いだことも。

その一瞬、脚の短い黒豚が一頭、部隊の先頭に飛び出して来た。あるいは、さっきの赤ん坊の余韻に加え、予期しなかった黒い影が交錯し、ゾウたちは興奮したのかもしれない。あっというまに鼻が伸びて、豚を中空へと巻き込むと、力いっぱい地面へ打ち付けた。悲鳴を上げる間もなく、豚は死んだ。ゾウは鼻を上げて、高音の鳴き声を発すると、なにごともなかったように、また静かに、厳かに歩いて行った。

兵士たちはゾウの群れから焦りを感じとった。もし今後、小さな町を通ることがあれば、きっと大きな混乱を引き起こすだろう（民家の壁を倒したり、植えたばかりの稲を踏み潰したりすることは、ゾウにはごく容易い）。そしてこれ以上死なれては困る――十三頭いたゾウはもう七頭しか残っていない。彼らにとって、ゾウは象徴だった。ジャングルのなかで敵を殺し、勝利し、生きて戻ってきたことの象徴。彼らが受け取った命令は、その象徴を生きたまま連れて帰ること、であった。

そうして指揮官は、ゾウを車で運搬することに決めた。載せるときに騒ぎ出すのを避けるため、膿みが出る脚に鎖を嵌め、かつ食塩水と薬を無理に飲ませた。薬物の幻覚作用で、ゾウは水に浮くことができるようになったと思った。そんなスピードで移動するのも、そんな風景を見るのも初めてだった。村がひとつ、眼前をかすめた。空気は見知らぬ樹木や果実の臭いが満ちていた。空に奇妙な色合いの霞がかかっている。兵士たちが荒野を行軍している。夜色がスカートの裾のように彼らの背へと落ちていき、霞が消え、光が消え、星と銀輪のような月がその代わりに草原のすべてを照らした。

なにかが聞こえたようにゾウは耳を広げた――第一波が草を押しつけるようにして伝わり、第二波がすぐあとに続いた。第三波はゆるやかで、花盛りのツバナがその響きと風に低く倒されてはまた元通りに起きあがった。大きなツルが数十羽、草原から飛び立ち、パタパタパタパタと隊列を組む車の上方を飛んでいく。

車はゾウたちを大きな町まで運び、しばしそこで停留した。石畳や熱を帯びたアスファルトの路面が足の裏に触れ、河の音がときおり耳に届いて、ゾウは湿ったジャングルを思い出した。そして、木の葉や枝が背中に触れたとき、神にくすぐられている感覚がした。

大自然は好みも偏りもなく、同じようなサイクルを繰り返す。春が去って秋が来る。老いて死に、また生まれる――そこにはなんの感情もない。ゾウが唯一かすかに感傷的になったのは、ある日の早朝、カレン族のゾウ使いが消えたことだ。それに替わったのは、実地で学んだ中国人のゾウ使いだった。ゾウの群れを育てた人びとは跡形もなく、消えてしまった。

慣れないゾウの言葉を操る、新たなゾウ使いの命令に従い、ゾウたちは人混みの前で跪き、立ち上がり、横になり、寝転がり……ゾウたちは兵士でなく、サーカス団員になった。それを取り囲んで眺める人びとは、長い戦争の抑圧の下、ずっと緊張を強いられてきた。今、こうして巨大な動物の滑稽な芸を見ていると、自分の尊厳を少しだけ取り戻したような気持ちになった。ある人は、芸を見て大笑いしたあと、ポケットから小銭を取り出して、手足を失った兵士に渡すか、ゾウの鼻の先が摑んだ帽子のなかに入れた。

あまつさえ、ゾウは地面に落ちたコインを拾うことができた。その鼻の動きの巧みさに、だれもが拍手を惜しまなかった。

ゾウ部隊は芸を披露しながら、旅程を進めた。そして数日後、新しい都市へたどり着いたとき、機関銃のような爆発音に出迎えられ、ゾウたちはパニックになった。なぜならその音が、山奥にある都市の人びとが戦争終結を祝って放ったものだとまるで理解していなかったから。

まるで節句の日のように、人びとはゾウ部隊に寄り添って歩いた。それぞれの手に砂糖や果物、マントウを抱え、テーブルと穀物を運び、子どもと若い娘を抱きあげた。兵士は桶に水をいっぱいに溜めると、ゾウたちにたらふく吸わせ、人びとに吹きかけさせた。飢えたものは、空襲で屋根を失い、薄暗く静まり返る廟の広場に集まっていた。そんな彼らがゾウの水を浴びて放った歓声は、まるで泣き声と同じだった。

しかし、喜びが過ぎ、夜の帳が下りるころ、この部隊の人間とゾウはみな、戦争は消え去らないのだと理解した。戦争は人びとから家と体を奪い、眠りを妨げた。かりに眠れたとしても、一生その夢に邪魔され続ける。

ゾウ使いは知らないが、ゾウたちは夜中にときどき、ざらついてシワがびっしり重なる鼻を人間の頭から五センチほど上に置いて、その夢を嗅いだ。ただ、このときできるのは吸うことだけで、吐くことは許されなかった。その夢のせいで、ゾウが苦しみや楽しさなどの感情を持つことはなかった。あるのはただ、好奇心であった。

その夜、ゾウは、いびきをかいてぐっすり眠る兵士の頭の上に、鼻を浮かせた。するとゾウの頭にとてつもなく大きな樹木のイメージが浮かんだ。世界を突き広げるような樹冠は、ゾウの足で五百歩歩いてやっと一周できるほどだ。幹から伸びた気根が四方に落ち、一部はしっかり地面に突き刺さる。それがまた別の幹となり、ゾウの力でもぴくりとも動かせない壮大な樹海を形作っていた。

樹木の葉はどれもナイフのように輝き、その隙間を砲火が鳥のように出入りし、樹木を中心にして網状の炎を描いた。樹木を殺そうとする火線は近隣のジャングルと背の高い草原から乱れて発し、樹木からも夥しい砲火が反撃された。枝葉はみっしり繁茂し、すくんだハリネズミにどんどん似てきた。

樹木の上方へ浮かび上がったゾウは、兵士の脳のなかでくり広げられる樹木と樹海と草原とジャングルの砲撃戦を見ていた。そしてこらえきれず、鼻を使って樹の葉を押しのけ、木の股に隠れる兵士ひとりひとりの姿を暴いていった。兵士たちはゾウの姿が見えないまま、石を摑むようにぎゅっと銃を握り、前方を見回した。ゲームのように、兵士が隠れていそうな場所をあて推量し、鼻で葉を開いて、答え合わせをする。ある兵士はちょうどツル植物から水分を摂取していて、ある兵士はバナナの根と竹を食べようとし、ある兵士は天を睨んで雨が降ることを願っていた。ある兵士は手を骨折し、ある兵士は包帯を巻いた膝の下になにもなく、ある兵士はついさっき眼球をひとつ失ったばかりで、欠落した世界に適応しようとし、ある兵士は歯を一部失い、ある兵士は骨のかけらを肌身離さず持っていた……。彼らの体から流れ出た黒色の血が、まるで多すぎたよだれのように軍服を汚した。草に覆われた地面はむしろその湿気を待ち構えていたようだったが、ただ、色は鮮やかな緑ではなくなった。ある兵士は、草むらで子どものように泣きじゃくっていた。どうして泣いているか、自分でもわからないまま。

突然ゾウによって木の葉が開かれたことで、ある兵士の位置が露呈し、弾が命中した。うめくような声とともに樹木から落ちた彼を、ミミズやフンコロガシ、カラスがこれ以上のチャンスはないと木の下で待ち構える。

夢から覚めたあとの世界とは異なり、捕食者たちはただ眼球だけを残し、それ以外は骨まで食べ尽くした。だから樹木の下や草地には数十の、いや数百もの目玉が残されていた。生い茂るシキミのなかで真珠のような光を放ち、ジャングルを球形の反転世界で切り取った。ゾウは鼻を伸ばすとその眼球をつかんでは、ポッ、ポッと口のなかへ吸い込んでいった。味は説明できない。瞳孔の反対側に視神経があり、大脳とつながっているという。だから兵士の大脳の働き次第で、眼球の味が変わった。

しばらくして、銀のハエのように光る雨が急角度で樹冠を打ち始めた。太陽が昇って、沈み、星が明るく、また暗くそこに輝く。青黒いハエが葉の隙間と樹木の上下に集まり、昆虫はそれぞれなにかのテレパシーのようにウォンウォンと音を発した。夜明け前、千億もの葉が同時に葉先の露を落とした。そのささやかな音はジャングルのなかでトトト、トトトと響き合い、夜間行軍の兵士は、木に登る足の動きを水滴の落ちるテンポと同じにし、その行動を隠蔽した。砲弾は樹木の気根を真っ二つにし、その先をまた細かく裂いていく。ゾウは月が二度満ち、二度欠けた時間を見つめた。そして巨大な樹木には弾痕がびっしり広がり、でも同じように立っていた。

死は雨雲のように低くたちこめ、夥しく、荒々しく広がり、空を暗くした。そして気根と同じようにあちこちへ取りつき、貼りつき、夢にのめり込んだゾウを閉じ込めた。

息を吸うことしかできなかったゾウは、窒息を恐れ、あわてて鼻を口元へ戻してきて、大きな息を吐いた。おかげで、額にあるシワが数本増えた。胃のなかにジュルジュルした眼球が残っている。ゾウは自分の好奇心に後悔した。欲望を抑えきれずに、兵士たちの夢を感じ取りに行ったことを後悔した。

都市を離れてから、部隊はまた故郷によく似たジャングルの山道を歩いた。おかげでゾウはしばしの慰めを得た。樹の葉も柔らかいものがあったし、サルに荒らされていないバナナを食べられた。木陰はゾウの皮膚にやさしく、森の力で傷はゆっくり治癒していった。

森林が終わると大河があった。

船に乗るのは初めてだった。そして二度とこの苦痛を味わいたくないと思った。嫌がるゾウを船に乗せるため、兵士たちはナイフでゾウの耳を刺した。そして一歩一歩引っ張って、やっと上船に成功した。しかし、船中ずっと立たされ、ゾウはなんどとなくめまいで倒れそうになった。その恐れから、いちばん近い船着き場で陸に上がることにし、ゾウと人びとはまた歩き始めた。

ゾウの群れはゆらゆらと、ときどき立ち停まりながら、下流へ向かった。草原の道、畦道（あぜみち）、ジャングルのなかの道、水路、舗装路、敷石路……を歩き、ゾウと兵士はついに目的の都市にたどり着いた。

ここは千里の行軍の仮の終点だった。

この都市で、ゾウは石や木材を運び、小石の路面を踏みならした。兵士たちの話を盗み聞きしたゾウは、今自分たちが、死者を悼む施設を建築しているのだと知った。死者たちの鉄帽やベルト、残された手足、衣服が土のなかに埋められた。当番兵が鐘を鳴らしたとき、てっきり銃声を聴いたかとゾウは思った。

慰霊塔が完成したあと、四頭のゾウがまず車両で運び出され、残りのゾウは麻縄で作った網でお腹を包むように釣り上げられ、巨大な船に載った（今回はすぐ揺れる小舟ではなかった）。四本の脚を残らず、鋼で作られた鎖で甲板に繋ぎ、大海原へと出発した。海は、ゾウの前に果てしなく続いていた。立ったまま星空を、雨や霧を、光と影を見た。そしてこれまで見かけたことのない動物が、海面から太い水柱を放出する光景を目にした。でもそれが、陸地最大の哺乳類と海洋最大の哺乳類の邂逅（かいこう）だと理解するゾウはなかった。ただ水面から勇躍して姿を現したクジラの、麗しく堂々たる姿には心を動かされた。クジラが、ゾウの厳かで神々しい姿に圧倒されたのと同じように。

夜が垂れてきて、海上の空はやわらかくなる。まず灰色に変わり、それからほとんど無色になったあと、だんだんと暗色を重ねて最後、黒に包まれた。それは草原やジャングルの黒夜と異なり、ずっと深く、底がない黒で、かつ動きに満ちていた。空はまるで無数の黒いチョウに覆い尽くされたかのようだった。海には、ジャングルと同じように縁(へり)があるのかどうかゾウは知らず、また満天に輝く星が、じつは太陽と同じものということも知らなかった。

熱さと臭いが故郷のジャングルに少し似ている――でもまったく同じではないこの島に到着して、ゾウたちは気づいた。兵士の日課やその身のこなし、表情から、いつなんどき死ぬかもわからぬ動物から感じたのと同じ、ギリギリの息づかいが消えていた。兵士が見る夢は、嘘をつかない。戦火はやっと、遠くへ去ったのだ。ゾウはただ、自分の記憶力をときどき恨んだ。ほかのゾウが経験したことも同時に感知する能力を恨んだ。毎日ある時間帯はいつも自動的に、痛みに満ちた戦争のなかへと引きずり込まれてしまう。きっとあまりにたくさんの夢と、死者の眼球を食べたせいだろう。

ゾウはその夜、自分の子宮に小さなゾウがいる夢を見た。爆弾の破片で体中が傷つき、出血している。長い鼻を自らの膣(ちつ)から入れて、小さなゾウを掻き出した。助け出す方法はそれしかなかった。まだ完全な形に成長していないが、小さな鼻を母の鼻にひっかけ、でも引く力が強すぎ、道が狭すぎ、掻き出されたゾウはもう窒息していた。母ゾウの女陰に、ひと筋ひと筋破片で刻まれた傷が残った。

縺れた夢は日に日にゾウを苦しめた。あるときは気づかないうちに頭をレンガの壁にぶつけたり、あるときは岩石のように堅い骨でゾウ使いや兵士へ向かっていったりした。またその日の朝、前後左右もわからないまま、兵士が掘っている散兵壕に脚を踏み入れてしまった。自分の衰えを知り、ただ虚しく自分が生きていることを後悔した。いやゾウに後悔などわからない。

助け出されたゾウは食べ物を摂取することを拒否した。命を棄てる意志は固く、ゾウは自分の体から魂をひとつひとつ追い出していった。そしてある日の朝、空がまだ明るくなってないころ、ゾウは、樹木によく似た足音を聞いた。全身が心地いい。ゾウの群れの長老たちが一心不乱に、鼻でやさしくその皮膚に触れてくれているのだ。体じゅうのシワのその奥、眼窩の凹み、そして生殖器まで。

地面と空気、眉と瞳孔、頭皮あるいは舌、耳、ほお、口、喉、まぶた、脚……なにもかもがおだやかになっていくように感じていた。四本の脚はこれまで、無限のような距離を歩き、今また、人生の終点まで運んで来てくれた。古い家屋が崩れるように、右前足を跪くと左前足が地面に突っ伏した。肛門がゆるみ、四本の脚から体を支える力が失われ、巨石が山から転げ落ちるように、長いまつげがその小さく輝く瞳を塞いだ。

それきり、自分のためにほかのゾウたちが手向けてくれた低い音は聞こえなくなった。

草原の向こうから伝わっていた、静かな雷のような哀しい響きは消えた。これからは永遠にリンボで──地獄と天国の縁で歩き続けるのだ。そこには故郷のジャングルと高い山、そして激流が天地逆さになったイメージしかなかった。

ノートⅦ

文物の修繕、あるいはいかなる修復の技術とその過程も、毎日のたゆまぬ肉体労働が支えている。そこに必要とされているのは、理論や言説ではない。もはや「記憶」と呼べるまでに浸透した専門的知識と経験、技術なのだ。

イタリア・国立貴石修復研究所教授、ガストーネ・トナッチーニ

それを避けることはできない。古い鐵馬(ティーベ)が手に入れば、それにまたがって走行したくなるのは当たり前だし、レストアしてオリジナルの姿に戻るよう願うのはごくごく自然なことだ。ただそこで向かい合わなければならないのは、長年の雨と湿気のせいで車体に広がった錆と、有無を言わせず万物を朽ちさせていく時間の力だ。

修理でオリジナルと違うパーツに交換されて、新しくなってしまった鐵馬を本来の姿へ戻すことを、我々仲間内では「レストア」でなく「レスキュー」と言う。

鐵馬——古い実用車を実際に見たことがない人にはとても理解できないだろうが、自転車の錆からはその個体が育まれた時代や地理環境、さらには保有者のくせ、自転車造形の美しさまでが見えてくる。日本統治時代の尚武車はフレームとマッドガード、リムなどの部品は多くが鉄製だった。だからぼくは、古代ローマの詩人・オウィディウスを思い出す。彼は人類の歴史を「黄金の時代」「銀の時代」「銅の時代」「鉄の時代」に区分した。人類は鉄の時代に航海と資源を知り、戦争に夢中になり、いっぽうで信仰を失くした。

「鉄」とは、すなわち鋼を指す。長い歴史があり、使用範囲も広く、ただ剛性、靭性ともに、のちのステンレスには及ばない。そして腐食した箇所に視覚と触覚の凸凹が生まれ、おかげで火成岩の質感を持つ。まるで自転車そのものが大きな隕石から時間をかけて削り出され、打ち出されたもののようにさえ思えた。ぼくの仲間も、みなこの黒い鉄の馬に夢中になった。残されている台数が少ないことがまずその価値だが、いっぽうでこの特殊な質感が大きな魅力だった。

技術の向上で、ステンレスは自転車のフレームにも使用されるようになった。台湾の海側にある都市では一時期、海風対策で、わざわざステンレスのフレームを使うのが流行った。鉄と比べて、ステンレスの錆は除去しやすい。しかし長年の錆はやはり脆い箇所から広がっていき、仲間内では「しぶき」がつくとよく言った。

「しぶき」は、車体を識別する目印にもなった。

鉄とステンレスの時代のあいだに、鉄に電気めっきをする方法が現れた。電気化学の範疇(はんちゅう)で、酸化還元の応用である。その基本原理は金属塩溶液に浸したパーツを陰極にし、めっきする金属を陽極にして直接通電することで、パーツにめっき層が形成される。

めっきは当然、時間とともに剝がれる。つまりめっきの技術と材料のよしあしが時間に試され、露呈していく。古い自転車には銅で一層、その上にクロムで一層めっきするものがある。すると、上のめっき層が剝がれたあとに銅の赤い斑点が浮かび上がってきて、完全に剝がれ落ちないあいだは点在しているが、そんな模様を好むマニアもいる。錆の状況を細やかに比べてみると、地域性や気候条件以外に、持ち主のくせ、ないしは扱い方までが見えてくる。雨の多い台湾では垂直方向に雨が垂れ、錆もまっすぐ下へ走る。いっぽうヨーロッパから輸入したヴィンテージ自転車は、乾燥した土地柄から全体的に色あせている。ぼくは以前、車体の後ろ半分が激しく錆びた個体を手に入れたことがある。尋ねると売り主のおじいさんはかつて、金山(きんざん)の漁港と士林(しりん)のあいだで魚売りをしていたそうで、つまり自転車の後部荷台に毎日、魚を載せていた。魚の血と海水と氷水は混じって下へ落ち、特殊な錆の「しぶき」を描いた。

クリーニングとレストアを繰り返すなかで、どのパーツも自ら外し、拭いて、組み立てなおす。だから錆がどこにあり、どれほどの深さがあるかも、しっかり覚えてしまっている。また、そうならないと個体ごとに「識別」できる持ち主とは言えないだろう。

ナッツさんは古い鐡馬に関して言えば、自然主義者である。車体をクリーニングするとき、ナットの溝の油汚れまで拭いとるくせに、ペンキは絶対に足さない。タイヤも替えない。オリジナルのタイヤに穴が空いてしまえば、パッチで補うだけで、ついに走行不能になれば、もう乗るのは諦める。あとは博物館の収蔵品のように壁にかけておくだけだ。新品パーツに替えるのも嫌いで、レトロ風はもちろん、あらためてめっきを施すとか、ペンキを塗り直すことも断固拒否する人なのだ。そもそもナッツさんは、新しいネジを使うこともしない。彼はいつもこう主張した。誤ったパーツとメンテナンスのやり方は、その自転車が持っていた美しくも完全なる時間の継承を断ち切ってしまう、と。

ナッツさんはこう考えている。自転車において積み重なる時間はすべてその自転車本体で完結させるべきで、そうでなければ本当の鐡馬とは言えない。だから彼は自転車を売るとき、買おうとする人間とこのことについてじっくり話し合う。彼が、自転車の時間を破壊しうる人間に売ることは、絶対にない。

自転車を「レスキュー」するときに、いちばんよくでくわす障害は、破損したパーツが錆のせいで分解できないことだ。みぞは潰れ、山は丸くなり、工具の力が伝わっていかない。ネジ山を切る道具を借りられればいいが、さもなければ、ただ辛抱強くやるしかない。

以前ハンドルがカチカチで、まったく外れそうにない個体を購入したことがあり、前の持ち主があとで付け加えた買い物かごを取り外すため、ぼくは毎日、錆取り剤を少しずつ塗っては、丁寧に余分な錆を削ったうえ、力の限りにハンドルを動かした。だがゴムハンマーで逆方向に叩いても、びくともしない。ワニにがっちり噛みつかれたように、時間はそれきりピクリとも進もうとしない。

ところがある日、朝飯を食べたあと、出かける前にちょっとだけ叩いてみると、ハンマー一発でカラリと音がしてハンドルがゆるみ、外れた。そのとき作業場にはぼくひとりで、喜びをわかちあう人がいない。しょうがないので部屋と自転車に向かって、「ゆるんだぞ！」と大声を出した。「ゆるんだぞ！」「ゆるんだぞ！」「ゆるんだぞ！」それはきっと、「噛みあった」ネジとハンドルを一発で外した気持ちよさだけでなく、自分の心の奥でガチガチだったなにかが同時にゆるんで、癒やしを感じたのではないか。

「レスキュー」時のもうひとつの難関が、同じ時代の同じ型のパーツを見つけ出すことだ。これには経験、知識にくわえ、さらに「足」と「運」が必要となる。

出物がある場所はいくつかある。まずはかつての工場か卸売り店。そこにはパーツの在庫が眠っている。もう数十年間、包装されたままの美品が、だれからも引き合いがないまま薄暗い倉庫に放置されていて、見つけ出した我々はそれを「熟成」パーツと呼んだ。次にありそうなのは、くたびれた古い自転車店だ。最新型の車種はとうに売らず、ただ年老いた店主が奥で腰掛けている。そこにはたいがい小さな倉庫か中二階があって、中古パーツが置いてある。鐵馬マニアにとってそこはまさしく、ツタンカーメンの墓だった。

あとは、ボロボロでもはやレストアに耐えない車体から、唯一使えるパーツを見つけ出す。つまり「部品取り」のことで、中古自動車業界の用語と同じく、我々も「肉削ぎ」と呼んだ。乗ることができなくなった車体からは少なくないパーツが取れる。それ以外にも古い鐵馬は、都会や田舎町の道端、あるいは古い家の庭先に棲息していて、我々は「野生」と呼んだ。

街に出て鐵馬を探し始めた初日から、これほど多くの「野生」の自転車が、野良犬と同じように打ち捨てられていることに、ぼくは驚いた。持ち主は？　彼らは自転車とともに過ごした時間を忘れてしまったのか？

外出するときぼくは忘れず、メモ紙と輪ゴムを携行している。文言は先に書いてある。「古い自転車を買い取りします。誠意を持って」と電話番号。そして、まだいけそうな自転車なら、メモをくっつけておく。またもし、おじいさんが普通に跨がって目の前を鐵馬が通り過ぎたら、いかなる躊躇もなく走って追いかけ、声をかける。買えるかどうかは二の次だ。ぼくが彼の古い自転車にいたく興味を持っていると知れば、持ち主は道端でたっぷり話してくれるかもしれない。あるいはそのおじいさんが長年修理を頼んでいる自転車屋があるなら、さらに別の店主の新しいエピソードを開く鍵が見つかるかもしれない。

あるとき自転車でぐるぐる走りながら、ナツさんやアブーなど「自転車探偵」がそれぞれ自分の場所で、自分のレーダーを立てながら捜索している姿を想像してみたことがある。そんなときは必ず、ナツさんの声が聞こえてくる。たとえば――この壁の裏側に「70型幸福印三段変速スポーツ車」が（一台でなくてもいい、半分でも）転がってないでしょうか？ いや、これまで見たこともない車体がそこにあるんじゃないでしょうか？ いや、きっとあるはずです。

サビナと静子からあの自転車が譲られることになったあと、ぼくはインターネットで各地のコレクターとの接触を始めた。牛革のサドル、チェーンカバーの後半部、そしてマッドガードにつく幸福印オリジナルのエンブレムがふたつ、そしてマッドガードの補助金具……を見つけ出し、この自転車を「レスキュー」したい。空いた時間はずっと汚れを落とし、油を塗り、磨いた。この車体の表情が少しでも生き生きしてくれるなら、ぼくはいくらでも体を動かす。

それから自転車の写真をネットにアップし、コレクターたちの反応を見た。彼らは車体に評価を下し、どこが「ふぞろい」か討論を繰り返した。そのあいだにぼくは、屏東(へいとう)のコレクター・曾(そ)さんから完全なチェーンカバーを購入し、台南の「谷さん」というベテランからは銅製ナットを入手した。また、ぼくが保有する「ふぞろい」の「伍順」マークの自転車を売り、工場出荷状態の「幸福」印・牛革サドルを手に入れた。

　ぼくの手のなかでやさしく捌かれ、集めて繋がれ、ゆっくり叩いて磨かれた自転車は時間とともに徐々に、オリジナルの姿へ近づいていく。ぼくは自分の人生の時間を使って、この自転車の時間の「減衰」を押し留めているのだ。ぼくはそう思う。

　リンワンは「アクリル立体剝製術」で剝製にされたという記事を以前に読んだ。動物園が依頼したのは海外の剝製師でなく、林文龍率いる国内チームだった。リンワンの病気が重くなった段階で、林文龍さんはなん度も動物園を訪れて、その姿をなん枚も写真に収めた。そうすることで、リンワンの細々した動きまで理解しようとした。リンワンが亡くなった日、スタッフはさっそくメスと電気鋸で皮膚の部分を切り分けていき、作業用に空けてあった動物園の職員食堂まで急いで運び、塩漬けにした。リンワンの体が部位ごとに計量された。そのとき初めて、戦後台湾人の成長を見守ったこの巨大なゾウの体重が判明した。五・五トンであった。次に多くの人手を使って、皮膚下の脂肪と肉が取り除かれ、さらに切り分けられた頭部の型が専門チームによって作成された。一分一秒を争う彼らの姿を目の当たりにすると、そこで処理されているのは「死」ではなく、「生」であるのだと実感した。

　剝ぎ取られた皮膚は宜蘭まで送られた。操業休止中だった現地の革工場でなめし作業を行い、低温で保存する。その期間を利用して、別チームは鋼材と木材で骨格の作成にかかった。そのうえに、高硬度樹脂でリンワンの体や筋肉を再生していく。樹脂は湿度・温度の変動に応じて、毎日攪拌し、新しい状況に対応しなければならない。リンワンの数千キロもの道のりを歩いた筋肉と、すでに処分された脂肪、そしてかつて感情を伝え、生命を支えた骨、血、神経がそこにあったことを再現するため、スタッフは必死だった。躯体の仮組みを行ったところで、スタッフは電気鋸や彫刻刀で微調整を行い、最後はグラスファイバーで作成された頭部の型に発泡剤を充塡して取り出せば、かつて戦争と欲望に苦しめられ続けた大脳がしっかり収まるリンワンの頭が現れた。リンワンの陰鬱と沈思がここに露わとなっている。

続いて、剝製師たちが人工の躯体に合わせて、低温保存してあった皮を縫い合わせていく。薄く剝がされ、継ぎ合わされ、押し伸ばされたゾウの皮は、四、五人のスタッフが地面とはしごの上から引っ張って、中心線を定めた。このとき、皮膚と躯体がきっちり密着されていなければならない。なめして冷やした過程のなかで、皮はわずかだが縮み、やむを得ずスタッフは体を削って絶えず修正しながら、正確な位置に戻した。

さっきまで冷凍状態だった皮の弾性と柔軟性を取り戻すため、まず四五度の温水に長時間、浸けた。一旦乾くと、また柔軟性がない状態になってしまうため、縫製の工程は非常にタイトで、食事やトイレなどは最低限の時間しか設けず、会話もアイコンタクトで済ませた。

縫製担当者はそれぞれの持ち場で立ち尽くし、ペンチと太い針で縫合作業を続け、それだけで三十時間もの時間がかかった。最後のひと針を縫い上げたところで、すべての

幸福印文武車

スタッフが地面にへたり込み、呆然とこの巨大な動物を見上げた。そのとき彼らは、自分たちが神殿のなかにいるように感じたという。

作業灯がつけっぱなしの作業室にいたら、岡山二高村から阿公店渓へ流れていた不思議な地下水道や、マレー半島を縦断する銀輪部隊、そしてビルマ北部の森を往くゾウの輸送部隊の光景がとめどなく頭のなかに浮かんできた。それからぼくは、死後、後ろ脚を切られ椅子にされたゾウのことを思った。ラオゾウがどこで入手したかわからない銀輪部隊の自転車のことも。イメージはどんどん繋がっていく。今ここにある幸福印の自転車が、これまで走ってきた長い道のり。毎日朝早くから修理道具を握って仕事を始めた自転車職人たち。獣舎の前で静かに絵を描いている静子……。

数週間が経って、自転車のすべてのパーツがやっと本来あるべき場所へ戻った。サドルを装着する前に、ぼくはシートポストを覗き込んだ。それはまるで暗くて狭いトンネルだった。管のなかには、細長く永遠に続く暗闇が存在しているようだった。

レアな幸福印ダイナモを装着したあと、手でペダルを空回しした。ペダルはチェーン、ギアを連動させ、カラララカラララと響き始める。タイヤとダイナモのローラーが接触して、一二ボルトの電流が生まれる。そして、ッザザッザザとぼくに聞き取れないほどの微細な音でソケットからフィラメントへと伝わり、あたたかい色合いで、実際に熱を帯びた光が生まれる。そのときぼくも、リンワンの剝製が完成したときに剝製師が感じたように、神殿に自分がいるような気がした。

窓の外はもう明るくなっていた。ぼくは執筆の手を止め、少しぼんやりした脳と目を凝らして、空と雲と街を見ていた。この世界は、ひと目見たところまるでいつもとなんの変わりもない。でもぼくにはわかっていた。昨日より前とはわずかに異なる世界が、もうそこに生まれている。風のなかにいる小さな虫も、はるか遠い恒星がここまで届ける光も、ガラスについたほこりも、二度と同じであることはない。

10 樹

The Tree

おじさんたちがおじいさんの家を売ることに決めたらしい、と教えてくれたのは母だった。もともと、十なん人の家族がにぎやかに住んでいた家だったが、嫁を取った息子たちがひとり、またひとりと台北へ上京していき、娘もどんどん片付き、残された祖母も十数年前に亡くなっていた。だからその家は忘れられ、荒れ果てるに任せたままだった。田舎の不動産は売ってもたいした金にならない。しかも権利は子どもたちで共同継承しているから、処分するにはおじたち全員の同意が必要だ。だからずっと放ったらかしだった。

ベッドに横になってそれを伝えた母は、ついては長姉たる責任があるから、ぼくにいちど帰って、おじと家の片付けをしてこいという。体が万全なら自分で行くのだが、とまで。

ぼくは、おじの息子たちはどこへ消えたか訊ねた。母はひとりひとり洗い出して、教えてくれた。上のおじのふたりの息子は海外にいる。二番目のおじに息子はいない。三番目は家族ごとカナダへ移民した。四番目のおじは腎臓を悪くしてこのなん年かはずっと臥せっている。五番目は数年前に事故で亡くなり、息子はいつでも印鑑は押すと言うが、なにも動いてはくれない。

その家のことはよく覚えている。台湾中部の小さな漁村にある、ものすごく「奥まった」二階建ての家屋だった。裏手にある大きな台所は、農繁期に大鍋でおかずを作り、日雇いの農務者にそこで食事を摂らせた。台所の裏には空き地があり、その先に豚小屋が続いていた。子どものころ、旧正月は田舎で越したが、そのとき、祖母が人に頼んで家の豚を捌いてもらう光景をぼくはこの目で見た。豚は甲高い悲鳴を上げて逃げ回っているのだが、ふとすると、なにかによろこんで歓声を上げているようにしか聞こえなかった。大男数人の手で捕まえられた豚は、棍棒にくくりつけられて運ばれていき、帰ってきたと思うと、体のあちこちに赤い印が押されていた。納税済みの証明らしい。

ぼくは車を持っていなかったから、二番目のおじのトヨタのセダンを運転して、祖父の家へ向かった。道中、二番目のおじは人なつっこく話題を見つけては話しかけてきた。ただぼくは正直、彼と話したいことはなく、いつしか車内のムードは気まずくなっていた。ぼくは人と気安く付き合うタイプではなく、とりわけ親戚関係は苦手だった。ときどき、母さんが、父さんと同じように親戚と縁を切ってくれればどれほど楽かと思うほどだった。だからこの任務はぼくにとって苦痛でしかなく、心中、早く終わらせることだけを考えていた。

昼飯はおじと、媽祖廟の向かいにある昔ながらの店でサワラのとろみ汁（魠魠魚羹）を食べ、それからやっと、目的地のさびれた漁港へ車を走らせた。空はガラス板のように輝いていた。漁港は百メートルほどの商店街が続いているほかは、ひっそりしていた。海に近く、風が強い。だから家はどれも海と九〇度の角度を保って建てられている。祖父の家につき、ぼくらはさびついた鎖を叩き落とし、戸を開けた。するとそこは、空っぽのリビングだった。もともと裏庭に向いてあった窓は、とうの昔に壊されていた。なかのものは、なにものかによって運び去られたあとで、屋内はほぼ空だった。

ぼくはほうきを手に、部屋にころがるビール缶と分厚いほこりを掃き集めた。おじは泥棒に文句を言いながら、どこかしんみりと歩きまわっていた。

この部屋の間取りはちょっとおかしいと思った。昔の農家なら、刈り取ったあとの稲を天日干しする前庭が、敷地に入ってすぐのところにあるのが標準的だが、でもこの家は道路からそのまま玄関で、庭は後方にあった。道路を挟んで魚の棲む池があったはずだが、いつしか埋められて一列の建物が建った。でも、増築してもそこに住んだ人は多くなかったのが見てわかる。

裏庭の角にはロンガンの樹が生えていたが、ぼくの記憶にはなかった。なにしろロンガンはあちこちで花を咲かせていて、実が落ちればそこらじゅうで大量のハエがたかる。

「これはいつ植えたんだろう？」

「たぶん、お前のばあさんが亡くなるなん年か前だろう」おじは木を揺らして、実を落とした。「じいさんがいたころはここで稲を干したんだ」そう言って、ロンガンの実でいっぱいになった裏庭を指さした。

「じいさんの田んぼは大きかった？」

「一甲（およそ一ヘクタール）もあったかな。小さいころ、オレたちはカカシを揺らした」

「カカシを挿すのを手伝ったの？」

「違う。自分でカカシになった」おじは中国語が流暢でなかったから、台湾語に切り替えた。「あのころ、おさなじっこが集まっても、小さすぎて野良の手伝いはできない。でも稲が実を結ぶころには、大人に言われて、いっしょに『スズメっこ』を追い払った。田んぼの底にしゃがんで、ぎゅっと握ったカカシの棒をやさしく揺らす」

「スズメっこは、動かないカカシは怖がらないからね」

「そう。スズメっこは、かしこい。揺れないと怖がらないさ。ご近所はみんなそうやって、子どもを田んぼにやった。用がなければみんな行く。子どもの体は田んぼに隠れて、揺れるカカシが見えるだけ。それで声だけが聞こえるとぎょっとする」

「その話、母さんから聞いたな」

「そうか。おもしろいだろう」おじはなにかを思い出したらしく、ため息をひとつついた。「でも、事件が起こった」

「事件、というと？」

「ある日、お前のおっかさんがカカシを揺らしに行ったら、空襲が来た」

「空襲？」

「そう。実際問題、アメっ子の飛行機がこんな小さい村に空襲に来るはずがない。でも、わかるだろう。あのころの爆撃は今ほど精密じゃない。しかも空襲に来たうちの一機が、うちの村に落ちてしまった。田んぼでカカシを揺らしていた子どもが爆撃と墜落でやられて、死んだ」おじはタバコに火を点け、吸い始めた。「お前のおっかさんが死ななかったのは、本当に運が良かったんだ。田んぼのなかで眠ってしまったんだろう。爆弾が落ちたときもぐっすり眠っていて目覚めたら、仲間はひとりもいない。起き上がって畦を見ると、孔明車があった。だれのものかはわからなかったが、村へ帰りたい一心で急いでそれに乗った。変な話だ。お前の母さんは、あのとき自転車に乗れなかったはずだ。ましてあんなでかい大人用の自転車は無理だ。でもどこから来た霊感なのか、乗ったと言うのだから乗れたんだろう。自転車を走らせながら、泣いて、途中まで帰ったら、村からも子ども探しの人が出ていた。でも、田んぼで見つかったのは幼な子三人の死体だった」

　ぼくはさらに訊いた。「それから？」

「じいさんが、媽祖さまがどれほど霊験（れいげん）あらたかだったかって大感謝して、お前のおっかさんを連れてお参りの準備をしていた。ところが、だれも知らなかったんだが、あの孔明車は日本人警察官のものだった。しかもその警察官は、空襲のときに田んぼで死んだ。警察官が死んだのだから、当然捜査が行われる。半日もたたずにうちへも調べが来て、しかも自転車が入り口に置いてあった。もうなにを言っても、無駄だろう。日本の警察はお前のおっかさんに、自転車を盗んだ罪をかぶせた。じいさんは弁解した。娘はたしかに自分の命を守ろうと、そのとき目の前にあった自転車に乗って、逃げた。でもそれが警察のものだなんて知らなかった。しかも三人の子どもが死んで村じゅうが悲しみにくれていたから、すぐに通報できなかった、と。だからじいさんは、その年の稲の収穫で警察官に弁償すると提案した。ところが、じいさんはそれより前に、『野田(のだ)』という警察官から嫌われていた。だから野田は嫌がらせに、じいさんに水をかけ、乱暴を加えた。じいさんは豚のように日本人からいたぶられ、最後、ばあさんが家から人を出して、やっと連れて帰った。

お医者を呼ぶお金はなく、怪我も自分たちで膏薬(こうやく)を塗って終わりだ。でも、じいさんは前より張り切って田んぼ仕事に励み、疲れも見せなかった。ちょっとお腹が痛くなったときも、モグリの医者の薬で痛みを散らした。そして戦争が終わったあの年、二期目の稲を収穫したら、まるで大事なことをやり終えたように、じいさんは田んぼのそばで飯を食っていてそのまま意識をなくし、ご近所が家へ連れ帰ってきたときにはもう亡くなっていた。ばあさんはずっと自分を責めた。でもどうしようもない。運命ってやつだ」

それで、そのまま亡くなった?

そう。亡くなった。あの時代、人の死はマッチの火が消えるのと大差なかった。

火が消えるのと同じ、か。

タバコの煙が、目に見えぬほどささやかな風に乗って、おじの頬を拭った。おじが両目を細めた。彼もたしかに年をとった。とくに声の強弱は顕著だった。ぼくは祖父に会ったことがなく、リビングにかかっていた肖像画を見たきりだった。さて、その絵は今、どこへ行ってしまったか……。思い起こせば、おじはその絵といくらか似た面影があった。

そしてぼくは「運命」という言葉をまた耳にした——「運」が「命」の前にあるほうだ。祖父がどう死んだか、母はぼくらになにも話さなかった。ぼくはずっと、家族のなかで父がいちばん物静かで、言葉をなにも残さなかった人間だと考えていた。そして母が家でいちばんよく喋り、愚痴でもなんでもあけっぴろげで、同じことをなんどもぐちぐちと……。

でも、事実はそうではなかった。人生はときにカラスに似て、またときにハマグリにも似ているわけだ。

「それから、オレはお前のおっかさんといっしょに台北へ出た。田舎の田んぼを全部売っ払い、商売をする店舗を一区画買った」おじはそこにいない母を慰めるように言った。「考えてみれば、じいさんとばあさん、そして姉さんが歯を食いしばって働いたから、われわれチビたちも大きくなれたわけだ」

「そうだ。じいさんの鉄の缶カンって覚えてる？　なかに自分が生まれた日の新聞紙が入っている」

「覚えてる。でも今、どこにあるのかはわからないな」

また、どこへいったかわからなくなった。

最近耳元でいつも聞こえてくる、些細で奇妙な響きが気になっていた。梅雨の雨の音よりも小さく、でもしつこく、どこからでも現れる。頭を振ってみて、気づいた。それはまるで遠泳の最後のターンで水面の下へ頭を潜り込ませたとき、沈みゆく体が包まれる疲労と同じ感覚なのだ。まさか意識のなかを移動しているだけで、実際の疲れが肉体に蓄積するのだろうか？

福じいが話した、ゾウの椅子のことを思い出した。どうしてそんなふうに言うのか、と、ぼくは訊いた。ゾウの脚になにか秘密があるのか？　すると福じいは、秘密なんてない、と答えた。あるわけがない。なにをどう見るかは、自分の経験が決めるものだ。そしてつけ加えた。古物商の露店でもう人生の半分を過ごした。だから、なにかが起きたら必ずどこかに、なにかが残されている――そのくらいのことは信じられる。「タネ」みたいなもんだ。

ぼくは言った。でも、見えるものはいつか壊れる。なくなる。見えなくなる。

福じいは言った。もしそうなら、目に見えないものも同じだ。いつかは壊れ、なくなり、そしてやはり見えないまま。

それなら、こうした残されたものに、なんの意味があるんだ。「壊れる」かどうかは問題じゃない。「空っぽ」かどうかも問題じゃない。福じいはそう言った。

ちょうど敷地を入ってすぐのところから続く廊下に、つがいのツバメが今年も巣を作っていた。まるでセンサーがついているがごとく、すばやく飛んできて、またすぐ飛んで出ていく。裏庭のロンガンの枝のあいだを、電光石火のようにくぐり抜ける。ぼくは空を仰ぎ、それに見入っていた。ツバメの飛ぶ軌跡に釣られて、なにかよく見知ったものが壁に打ち付けてあることに気づいた。それは鉄片で作られた線香立て――「香座（こうざ）」であった。

母に連れられて年越しに来ていたころ、旧暦正月の九日は「天公さま」にお参りした。手順通りに祖母が家族全員に拝礼をさせると、最後に長男が香座に線香を挿した。長年使われてきたものだから、天井には真っ黒のくすみが、雨雲がひとつ浮かぶように残っていた。線香の煙は、いつもこの天井板で遮られてきたのだろう。

ぼくはおじに、この線香を挿す鉄片を貰っていっていいか、訊ねた。おじは、いい、と言った。そんなの使うやつはもういない。

姉たちの携帯電話にメールし、故郷の任務を終えて帰ってきたことを母に伝えてもらった。明日は自分が当番だ。いちばん上の姉から返事が来た。「検査の結果、膵臓(すいぞう)と脊椎にあやしい影があるそうです。脊椎は前から症状があったからわかるけど……。膵臓にたいして、お医者さんは追加でMRIの検査をする予定です」あやしいってなんだ。その曖昧でどっちつかずなやつが、いちばん腹立たしい。

仕事場に戻り、横になったけど、どうにも眠れなかった。胃、肝臓、腸の形がはっきりと頭に浮かんできた。でも、膵臓だけはどうしても形が思いつかない。ぼくを妊娠して産んだ母の、おなかに同じようにあった膵臓があやしい？　開漳聖王へお参りに行くよう、母さんが姉さんに頼んでいたことを思い出した。果たして、姉は行ったのだろうか？　聖王さまは母のおなかのなかで、変な腫瘤(しゅりゅう)を形成していく老いた膵臓をその目で見たのだろうか？

次の日、ぼくは早めに起きてひげを剃り、レストアが済んだ幸福印自転車を隅々まできれいに拭くと、いつもどおりそこに鎮座する牛革のサドルをひとつひっぱたいて、出発した。

低いなめらかな走行音を発し、大通りの車は高速のまま途切れずに流れていく。ドライバーたちは互いにひやひや、接触を避けてハンドルを切る。体に路面のリズムを感じながら、ぼくは中山北路から自転車を走らせ、基隆河(キールン)を渡り、さらに地下鉄新北投(しんほくとう)駅近くの路地にあるマンションの前にたどり着いた。住所を確認し、ドアベルを鳴らした。

ドアを開けたのはサビナとチェンチェン、そして初対面の女性だった。

昨夜、サビナがメッセージをくれ、チェンチェンと台北に来て、アニーのところに泊まると言った。だからぼくは彼女に自転車を披露しようと考えたのだ。ふたりの隣にいる女性はきっとアニー、その人だろう。

ゆったりしたシルエットの、シンプルな麻色の服を着たその人は、素顔のままだった。ただ、とぼくは考えた。彼女と初めて会う人の多くはまず、その横顔に引きつけられるだろう。どう言うべきか。角度によって、彼女はフェルメール『真珠の耳飾りの少女』にとてもよく似ている。美しい、というのとは少し違う。でも、たしかに人をひきつける魅力があり、もう一度会いたいと思わせる。その後ろに立っていたサビナが、ぼくに微笑んだ。その表情は前回よりも他人行儀で、恥じらいと遠慮をいくらか帯びていた。

ぼくは背中で隠して置いた自転車を、彼女たちに見せた。サビナはしゃがみこんで、フレームにある、少し色が落ちた琺瑯のエンブレムに触れて、言った。「もうすっかり別の自転車みたい」

アニーがぼくに向かって言った。「あのときは、直接メールを差し上げなくて、すみませんでした」

「いいんです。曲がってない道など、この世に存在しないのだから」

ぼくはふたりに、どのパーツを交換したかや、この車種を見分けるときの識別ポイントを教えた。チェンチェンはまったく興味を示さず、それを聞いていた。彼の人生はまだ始まったばかりで、「物」にたいする心の動きも生まれたばかりなのだ。トランスフォーマーやきかんしゃトーマスならともかく、こんな自転車への感情はまだ芽生えてもいない。ぼくは彼を抱き上げ、後部座席に座らせるとアニーとサビナに言った。「彼を乗せて、一周してきてもいいかな」

北投渓を上流に向かって、自転車を走らせた。あたりに漂う温泉の硫黄臭が懐かしい気持ちにさせる。子どものころ、父に連れられて家族で来たことがある。この「地獄谷」（本当は「地熱谷」なのに、ふざけてそう呼んだ）では、温泉卵を売っていた。そこそこきつい坂だったので、変速ギアのないこの幸福自転車を漕いでいたら、あっというまに背中から汗が吹き出した。ぼくは自転車をUターンさせて、坂を下ることにした。チェンチェンはぼくの腰にしがみつき、キャッキャと笑った。どうしてだろう、ぼくの背中に吹きかけられた息とはりつく小さな手のひらが、とても温かく感じた。

今ぼくは、父になるという感覚がどういうものか思い浮かんだのだろうか？　子どもが必要とする環境を与えるのと、自分が子どものように一日じゅうだれかを必要としているのとはいったいなにが違うのか？

サビナとアニーが待つオープンカフェに戻ったとき、ぼくはふいに得心がいった。あるいは兄貴やアッバス、そしてぼくのような人間は、あまりにも子どもに近いんじゃないか。席に座り、たいしてうまくもないコーヒーを啜りながら、ぼくはふたりに、静子から聞いた物語をもういちど話して聞かせた。

「マーちゃんは……、マーちゃんはいったいどうなったんでしょう？」アニーが悲しそうな目で、訊いてきた。

「これから静子さんに会うので、訊いてみます」

席を立つとき、サビナがぼくに封筒をさし出した。

「これはなんです？」

「小説の結末です」サビナは笑った。「もし読むお時間があったら」

街をぐるぐる自転車で走りながら、まるでぼくは彼女のことがわからなくなってしまったように感じていた。彼女はどんどんその姿を変えていき、それまでの殻――不名誉で悲しみに覆われ、あまりに常軌を逸した過去を、早く脱ぎ捨てようとしている。生まれ変わった都市からは、かつて多くの人の記憶のなかで光を滲ませていたものが消えていた。ぼくは残念で、寂しかった。「そうか。あれも、なくなってしまったんだ」次の通りに出るたびに、必ずそんな言葉が必要となるくらい。

大稲埕までやってきたぼくは、メモ紙に書かれた住所を見ながら、細い路地へ入っていった。そして昔ながらのファサードが残る三階建てビルの前に自転車を停めた。壁の隙間からはワラビなどが育ち、ベランダの植物は花柄のレリーフや窓柵を越えて伸びている。壁はツタで一面に覆い尽くされている。一階の木戸があざやかな赤に塗り直してなければ、きっと、人が住まない廃ビルと勘違いしただろう。

チャイムを鳴らすと、鳥の鳴き声が階上へ響いていった。しばらくして、ミナがドアを開けてくれた。まるでここでは時が止まっているかのように、階段の壁には昔ながらの牛乳瓶型のガラス電灯が点り、階段の段鼻はモザイク状にタイルが敷かれ、滑り止めになっていた。現代風なのは唯一、手すりに設置された電動エレベーターだった。自転車をかついで二階へ上がると、背もたれの高い椅子に腰掛けた静子が、満面の笑顔で迎えてくれた。そして手招きをして、自転車を自分の傍らに置くよう指示した。

ぼくは静子の家のリビングを見回した。太陽の光は、マンションが建っていない隣地側の、壁一面の窓から降り注ぐ。きれいに磨かれた床のタイルが室内の光景をそれぞれ反射させている。この家は奥行きがある間取りで、うちの母のよく言う風水の考え、「家族部屋は明るく、ひとり部屋は暗く」に則っていた。リビングには植木鉢が四つ置かれ、テレビはまだブラウン管だった。日めくりカレンダーはきれいに切り取られ、毎日定規で押さえているらしい。

陽光のとどかない壁には、静子の作品だろう絵がいくつも掛かっていた。描かれているのはどれも動物だった。しかし普通の動物ではない。例えば、華麗な縞柄を持つトラは、後ろ脚から分解可能なプラスチックのおもちゃに継がれ、描かれている。木の上のフクロウは、羽が一本足らず、形状を似せた木の板がネジで装着された絵だ。またシフゾウの絵は、いっぽうの角が木の枝に替わって、針金で固定され、まるで義肢だった。捕食者の目がまっすぐ前方を見て、草食動物の目は顔の両側にひとつずつついている。

だが、絵を鑑賞するものは、正面から見つめられているように感じる。動物たちのまなざしは鮮明で、平面の画像ではなく、たしかに憤りと痛み、警告や恐怖の感情を持った生物だった。

掛けられた絵と絵のあいだの距離は正確に測られていて、彼女が細やかで、かつこれらの作品を大事にしていることがわかる。

そんななか、いちばん端っこの絵だけは動物がモティーフではなく、自転車に乗った男性が橋をわたろうとする場面が描かれていた。背中を曲げて、腰をゆがめ、おしりをサドルから浮かせた動作は、まさに右腿を踏み込む、立ち漕ぎの瞬間だった。風が強く、男性のコートは船の帆のように広がり、鑑賞者は男がペダルを踏むときどれほどつらいかを、同時に感じるだろう。

さらにその絵の傍らの一枚は、森の遠景だと思った。近づいてみてようやくそれが、チョウの翅を貼り合わせた絵だと知った。樹木の枝と幹が絡み合う絵のなかほどを、渓流がさらさらと流れている。いろいろ試してみたが、二メートル離れるともうチョウの翅だと見分けられなくなる。その絵は間違いなく、サビナが自転車と交換でムーさんにプレゼントしたものだろう。つまりサビナの母の手製だ。

視界が現実に戻ってきたとき、静子はまるで熟睡しているようなおだやかで、満ち足りた表情で、ぼくの自転車を眺めていた。彼女は言った。「ムー隊長はこの自転車に私を乗せて、川辺まで連れていってくれました」そしてしばらく沈黙が続いた。ぼくは自転車についてひとつ解説を加えた。同時代に製造された牛革サドルが見つけられたのは、本当に運がいい。でもつくづく、オリジナルのサドルがなくなっていたのが惜しい。牛革は乗れば乗るほど、その人のお尻の形になじんでいく。当然、そのチャンスは、牛革一枚に一度しか与えられない。

「そうだったんですね。あのころはいつも、後ろの荷台に座っていたものですから、ムー隊長はざぶとんを敷いてくれた。これですね?」静子が訊いた。

「荷台は替えていません」ぼくは答えた。

彼女は、かつてはさぞ美しかったであろうその手を、荷台に置いた。

ここでぼくは、心のなかでなんども練習してきた質問を、静子に向けた。「そうだ。たしか、お父様はあなたを自転車に乗せて、動物園を訪れたとおっしゃった。じゃあお父様が行方知れずになってから、その自転車はどこへ?」

「あるとき、私がその自転車に乗って西門町まで行ったら、ひとりの兵士に呼び止められました。自転車から降りろと言う。私が言われたようにすると、彼はその自転車に乗っていってしまった」

「乗っていった?」

「そうです。乗っていきました。それがさも、自分のものだと言わんばかりに」

ミナがジャスミンティーをポットに入れて、持ってきてくれた。ぼくは静子と自分のお茶を淹れ、静子がひとくち啜った。

「それから、ムー隊長はあちこちで木に登る人だったと、おっしゃっていた」

静子は頷いて、言った。「そうでした」

「どうしてなんでしょう？」

「頭から話してもよろしい？」

「ぜひ」

「ムー隊長は孤児でした。少年時代は四川で物乞いをしていた。そして兵隊の募集を見つけて、中国軍インド遠征軍に入った。彼にしてみれば、兵隊になることは、生きるための手段でした。入隊したとき、自分の年齢も誕生日も知らなかったそうです。軍隊は彼にある年月日を与え、彼はそれを誕生日にした。ムー隊長は私に言いました。父がなく、母がないのはしょうがない。でも自分の誕生日がないというのは、本当に屈辱的だった、と。自分の故郷も、牛角坡（ぎゅうかくは）という坂道の名を覚えているだけで、それがどこなのか、まったく手がかりもない。

前に、北斗七星と生年月日で占う偉い先生のところへ連れていったことがありました。逆算で本当の誕生日が調べられないかと考えたのです。先生から隊長に運勢の結果がすでに『わかっている質問』をしてもらい、さらに『わからない質問』にも挑戦してもらい、出た答えをできるだけ積み上げ、穴埋めしていけば、最後は生年月日にたどり着けないか、と考えたのです。でもそもそもなにを訊いても隊長が答えを知らないか、記憶にないばかりで、隊長自身も辛抱が続かず、うまくいきませんでした。彼は自分に兄妹があるかどうかも知らず、なん歳で兵隊になったのかもわからない。終わってから、私は文句を言われました。生年月日という人生の起点を、人生であとに起こった出来事から遡って見つけようだなんて、道理があわない。もし、本当に生年月日を見つけろというなら、自分が参加したあの戦いがそうだ。あの戦いが自分の生年月日そのものだ。彼はそう言いました。

そして――その戦いは、一本の樹とつながっている」

一九四三年の冬が始まったころ、中国軍インド遠征軍第百十二聯隊（團）と「菊兵団」と呼ばれた日本軍の精鋭、第十八師団が戦った。フーコンという谷で繰り広げられた肉弾戦である。それより以前、遠征軍は日本軍と戦う英印軍を援護していたが、日本軍がラングーンを攻略すると、イギリス側は撤退した。しかし、一部のイギリス軍部隊が日本軍の追撃部隊に取り囲まれてしまった。このとき、新編第三十八師団・師団長は孫立人（そんりつじん）であった。七千人ほどのイギリス軍部隊を救出するため、孫立人は兵数で劣る麾（き）下（か）部隊に出撃命令を下した。歴史にその名を轟かす「イエナンジャウンの戦い」である。日本軍はタウンジーとラシオを攻め落とし、中国・イギリス連合軍のマンダレー奪回構想は泡と消え、部隊は目標を失った。中国軍は杜聿明（といつめい）将軍が率いる主力部隊を一路、雲南まで撤退させることにした。しかし、この決定は部隊をさらなる地獄へ引きずり込んだ。険峻なクモン山系は、瘴気をみなぎらせてその前に立ちはだかり、部隊をなんヶ月も足止めしたうえ、三万人以上の命を奪った。その森は、人の血で水分を得て生きていると言っても過言ではなかった。

ところが、軍命に反して西へ撤退し、インドに到達した部隊があった。つまりそれが、杜聿明の指示で撤退時のしんがりに配置されたあと、孫立人が率いることになった新編第三十八師団である。戦史研究家によれば、新編第三十八師団は黄埔軍官学校（1924年に中国国民党が設立した士官学校。校長は蔣介石）の直系部隊ではなく、だからこそ、全滅の可能性があるしんがりを務めさせられたという。ただ孫立人の部隊は軍紀厳正で、戦力も強大であった。結果、主力部隊が無事撤退するまで援護を全うし、自らにも大きな損失は出さなかった。クモン山系を眼下に孫将軍は考えた。すでに幾万もの兵士がこの山に入り、動く動物はもとより、草の根さえも食べ尽くされてしまっただろう。そこへ自らの部隊を進めるのは、まさに死路に向かうのと同じことだ。だから彼は軍命を拒否して、部隊をインドへ撤退させた。また、この部隊は結果としてその後一年間、ビルマへの反撃を続けた主力部隊となった。

第百十二聯隊はまず先遣部隊をチンドウィン川上流へと派遣し、支流が集まる合流点にある密林に展開した。急流のため、渡河可能な地点は極めて少なかった。指揮官はさらに偵察小隊を出し、山刀を使っておよそ五〇センチ幅の道を切り開いた。そうして

「ユパンガ」と呼ばれる無人の渡河地点に達した。

先遣部隊は「リンコン（林空）」で、日本軍と遭遇した。「リンコン」とは森のなかでも土壌が薄く、水分が少なく、低灌木や草が密集して、巨木が成長しない場所のことを言う。そんな地形では、敵に行動が露見しやすい。日本軍は「九二式重機関銃」と「九六式軽機関銃」をリンコンに向け、掃射した。中国軍は前後に身動きがとれない。銃弾はシュシュシュシュと草を断ち、地を削った。ときにプゥッと地中に入り込み、兵士の体に命中すれば、一陣の煙が上がる。射速の異なる機関銃は、音がそれぞれ異なる。老兵は耳を頼りに発射地点を聞き分け、秘密の合図で若い兵士を安全な場所へ誘導する。死地において命を拾ってきた経験が、この包囲を突破し、部隊を密林へ逃れさせることに成功した。しかし不運にもディロン川付近で、盛り返す日本軍にふたたび取り囲まれた。

数日後、ムー隊長が所属する第百十二聯隊第一大隊は一個中隊増強のうえ、救援に向かった。包囲されている部隊と呼応して、日本軍を挟み撃ちする作戦であった。だが、戦力が足らず、同じ渡河地点でずるずると膠着状態となった。日本軍は真夜中になると必ず、勝算のない渡河行動をかけてきた。分断した友軍を集結させることが狙いだったが、こちらの河岸の守備隊は、暗闇のなか耳で位置を探って機関銃を放ち、日本軍の動きを阻止した。朝、空が明るくなると、川面いっぱいに死体が浮かんでいた。それでも、ひとりふたりと生き延びて、合流する日本兵はいるわけで、戦力はいつしか日本軍に優勢となりつつあった。

同じころ、新三十八師団司令本部は日本軍将校の死体から秘密文書を入手した。そこには日本軍の砲兵隊がユパンガへ増援に向かうという情報があった。ところが指揮権を掌握するイギリス人参謀長はそれを信じなかった。メンツを潰し合う激論の末、孫立人は師団の主力を押し上げることに決めた。ただし、インドより険しいナガ山系を越えて進軍するには、最低でも三週間必要だった。つまり第百十二聯隊がこの死地より脱出するには、絶体絶命のまま二十日間を持ちこたえねばならない。

渡河地点で日本軍と交戦中の中隊はすでに、百三十幾人までに数を減らしていた。

中隊が守るのは長さ二〇〇メートル、幅一〇〇メートルの空間で、そこにリンコンが大小一箇所ずつあった。そのあいだに巨大なガジュマルの木が一本そびえ、ここを制圧するには格好の高みであった。このガジュマルは四方に気根が垂れて伸び、普通の大木の幹よりなお太いものさえあった。こうした支持根（しじこん）のおかげで、老齢のガジュマルは数十メートルの範囲を覆っている。指揮官・李克己（りこくこ）は部下に命じ、ガジュマルの木の股に機関銃と迫撃砲の発射台を設置し、地上の機関銃とも連携し、綿密なる砲火網を構築した。兵士たちは戯言（ざれごと）にこの樹を「李一族の砦（とりで）」と呼んだ。

日本軍はこの樹にたいしてしつこく、いくども攻撃をかけてきた。ときには支隊を出し、背の高い草地に潜り込んで、接近を企てた。だがそのたびに、樹木の上に設置された陣地から反撃をくらい、撤退した。このあいだ、「李一族の砦」に暮らす人びとは米軍のけして正確とはいえない食糧と武器の投下によるわずかな補給を得て、飢えをしのぎ、戦いを続けた。

乾季、兵士たちはバナナの根や竹から、水分を摂取した。「砦」の住民たちが毎朝やることはまず防水布で、木の葉の露をその一滴まで集めることだった。そして勿論、それを飲み切るより先に、自分の尿を飲んだ。

兵士たちはツル植物を切り、断面に小さな孔を穿ち、水筒のなかへ一滴ずつ入れた。すると一本のツルから二、三リットルの水が取れた。しかし、大部分の時間、喉はからからで、刀で削がれるような苦しさが続いた。皮膚は強い太陽と水分の欠乏のせいでひび割れ、膿んだ血がにじみ出た。

樹木のツルや周辺にある食べられる植物、さらにカタツムリや鳥はどれもこの砦の「補給物資」となった。兵士たちは歯を食いしばり、当初見込まれていた三週間の倍の時間を耐えた。新三十八師団の主力部隊がやっと追及した。これにより形勢は一気に逆転し、体重を四分の三にまで減らしここまでどうにか生命をつないでいた数十名の兵士は生きて、後送された。

反撃を開始した新三十八師団にたいし、戦力的に劣勢となった日本軍は別の巨大なガジュマルの樹を武装して、死守しようとした。しかし、米軍の山砲や機関銃を保有する新三十八師団は日本側の樹の上の見張り役から狙撃手、射手までをひとりひとり撃ち落としていき、食いしばる歯は容赦なく引き抜かれ、血はすっかり流れて、乾き切った。

日本軍は潰走してディロン川以外に逃げ場を失い、多くはそのまま岸から上がってこなかった。

ビルマ北部のジャングルで、運命はどこまでも公平に、あくまでも残酷に、交戦する双方の若者を扱った。

いっぽうムー隊長はこの「樹木の戦役」を、樹の庇護のもと生き残り、その後リンワンがいるゾウ部隊と出会うこととなる。ムー隊長はその戦役を自分の誕生日にし、一生の起点とした。そして出会ったゾウたちを、自分の兄妹とした。孤児で、故郷へ帰る気もないムー隊長は、つらい戦争のなかで人生のよっかかりを得たのだ。

巨大なガジュマルの木が、まるで小さな村のように兵士たちを幹や枝に載せて戦う奇妙な光景をぼくは想像した。人びとはそこで眠り、血を流し、手を失い、心臓を鼓動させた。そして太陽を避け、霧のように密集する蚊に耐えた。いっぽう樹は塊がひとつ、またひとつと撃ち砕かれていく。人の血液、死んだ魂、内臓は、もう樹木の一部分となっていた。

「それがムー隊長が木に登る理由ですか？」

顔を一方に傾げた静子は、まるでなにかを注意深く聴いているようだった。「彼は、木に登る、とは言いませんでした。いつも、木に『隠れる』のだと。あの時間が彼を見つけて……、苦しみがどこからかドアを叩くとき、彼は木の上に隠れるのです。変に思われると思います。樹木は、彼にとっていちばん苦しい時間の象徴に思えませんか？でも彼は、反対だと。なぜなら、あの樹木がなければ、自分を含む部隊はひとりとして生き延びることができなかった。
日本軍と対峙していたとき、短いながらも眠ることができて、目を覚ますと、樹木からなお新芽が出ているのが見えた。太陽の光が、そんな葉の合間から零れてくる感覚。彼の人生において、もっともすばらしい経験だった。自分は生きているのだ、樹は生きているのだ、と知ることができた。彼はそう言いました。苦しみはそのとき、ドアを間違えて立ち去る」

ぼくは静子の話をたどりながら、言った。「おそらく、その話をぼくの父にもしたんでしょうね」

「そうだと思います。お父様はあの夜、港のベンチに腰掛けて、たがいにいつまでも自分から消えていかない時間のことを語り合ったのでしょう。私はこう考えています。それがきっと、あなたのお父様が自転車を置いていった、理由だった。ええ……、私は、お父様が自転車を意図的に彼のもとに残して、去ったと考えています。

お父様がどこへ行かれたのか、私にはわかりません。でも、明らかにムー隊長に知られないよう、なにも説明せず、黙って消えたわけですから。考えるに、お父様はまた、ご家族のみなさんにも知られたくなかった。お会いしたことはありませんけれど、でもムー隊長に、お父様が戦時中に日本へ行った話をしたと聞いて、ふたりの気質がとても似ていると感じました。だからふたりが決めたことがいくらか理解できるような気がするのです。そうだ、お父様はあなたにとても厳しかった？」

ぼくは黙って答えなかった。

「私はこう考えています。彼やお父様のような人はどうやら、つい、なにかのはずみで、自分の手元に残してあったものを手放してしまう。でも、あなたのお父様が最後にどんな選択をしたとしても、なにか別のものを、やっぱり最後、自分の身辺から断ち切ってしまう人だと思います」

静子のおだやかな声を聞きながら、ふとぼくの頭に、ムー隊長が木に隠れているイメージが浮かんできた。若くて、毅然とした顔が目を閉じ、樹木の葉から落ちるしずくの音を聞いている。樹の幹にもたれた片手が、風に晒され、雨に刻まれた樹皮のざらつく感触を味わっている。でも、目を開いたそのとき、手の甲にはすでにしみがあり、陰嚢は垂れ下がり、腹の表皮はシワだらけになっていることに気づく。あの樹木の下を、ゾウの群れが黙って、ゾウの道を歩いていく。すこやかそうに前へ歩いていたゾウの群れは、理由もわからないまま、前触れもいっさいないまま、一頭一頭、バタリと地に倒れていく。でも残されたゾウは、なおゆったりと、堂々たる歩調で前へ進んでいく。

「ムー隊長がどう亡くなったか、まだお話ししていませんでしたね」

ぼくは頷いた。

「彼は、烏来(ウーライ)山の木から落ちて、数日後発見されたときにはもう亡くなっていました」

「……余計なことを訊いてしまい、申し訳ありません」ぼくは言葉が継げなかった。

「このことは、だれかが悪いということではありません。当時の新聞を、私は切り抜いて、残してあります。自転車の持ち主を探す広告を掲載した新聞といっしょに、箱に入っています。しばらくのあいだ、私は彼のことを許せませんでした。なにしろ烏来に行ったことを教えられてなかったのですから。仮に知らされていたとしても、どの木に登っているのかなど、わからない。

彼はかつて、こんなことを教えてくれました。台湾の木はあまりにも美しい。若いころは、ザイルを使って、北插天(ほくそうてん)山（新北市三峡区にある山）にあるタイワンベニヒノキに登った。木の上では、霧と雲が自分の体のかたわらを流れていく。葉っぱの上で、初めて見る昆虫が交尾をしている。空気は、ほとんどの人が一生のうちに嗅ぐことのない、新鮮な香りがする。

もう腹を立てることはなくなったけれど、やはり考えてしまう。ひとりで木に登ることがどれほど危険か、考えてくれなかったのか？　どうして私に黙ってまで、そんな危険なことをしたのか。私とおだやかに生きていくことは、微塵も望んでなかったのでしょうか？」

まるでぼくの胸元になにか、突きつけられているように感じた。

「今はもう、そんなふうに考えなくなりました」静子はからっぽのカップにジャスミンティーをなみなみと入れると、手のひらのあいだで転がした。

　ぼくは立ち上がると、ゾウの絵の前まで歩いた。ゾウは鼻を伸ばして、葉っぱがたっぷりついたツル植物を摑んで、自分の頭から足先、体じゅうをはたいている。

「そうだ、ひとつ訊いてもよろしいでしょうか？　勝沼さんとはその後、お会いになれたのでしょうか？　あの日、動物園ではおっしゃらなかった」

　静子はぼくに背を向け、スマートフォンをいじっているミナに、部屋へ行ってなにか取ってくるよう指示した。ミナは昔の貼り付けるタイプのアルバムを持って戻ってきた。表紙は堅く、鍵がかかっていた。彼女はポケットから小さな鍵を取り出し、鍵穴に挿した。そしてゆっくり、真剣に、まるで金庫を開けるのと同じように開け、あるページをめくった。

　そこにはゾウと子どものころの静子の記念写真が数枚貼ってあった。輝くような笑顔だった。ほかに一枚、静子がふたりの中年男性と映った写真があった。背景のアーチ橋とヤナギの木から写真館で撮影されたものとわかる。きっとうちひとりは勝沼さんで、もうひとりは静子の父親ということだろう。

「右の、恰幅（かっぷく）のいいほうが勝沼さんです。私を娘のようにかわいがってくれた。彼の故郷は岐阜県美濃で、そこには私と同年代の娘さんが暮らしていた。休暇になると日本へ帰り、そのとき私の写真を娘さんに見せたこともあったそうです。それから台湾に帰ってきて、娘さんの写真も見せてくれました」静子はアルバムの別のページをめくった。

そこにはベージュ色で、手漉きらしいざらついた紙の便箋と封筒が挟まっていた。

「終戦後、父が行方不明になったあと、動物園に行って、勝沼さんの美濃の住所を尋ね、手紙を書いたことがありました。もし勝沼さんがおられなくとも、代わりに娘さんが受け取ってくれるだろうと。しかし、時は過ぎ、いつしか私は勝沼さんの知らせはもう届かないと考えるようになりました。そこに突然、この返事が届いたのです。ここには、勝沼さんのその後が書かれていました。そしてどうしてマーちゃんがしばらく消えていたのか、その秘密が解き明かされていました」彼女は封筒から油紙のようなペラペラの手紙を取り出して、ぼくに渡した。恐る恐る開くと、手紙は美しい毛筆で書かれ、漢字がところどころ混じっていた。最後の署名は、「勝沼美緒」とある。

「読んで聞かせましょうか？」日本語をスムーズに読み進めることのできないぼくに気づき、静子はそんな提案をしてくれ、ぼくは頷いた。

静子様

父のことをずっと気にかけて下さり感謝いたします。また静子さんのお父様が無事戻ってくるよう、心からお祈り申し上げます。かつて父は、手紙でよくあなたのことに触れていました。ですので、まるで南国に暮らす姉妹のように感じていました。

ご存知のように、父は失踪しました。戦後、岐阜・美濃には帰って来ませんでした。同僚に尋ねても、手がかりはありません。母と毎日涙ながらに、父が突然帰ってくる奇跡をただただ待っています。これまでに頂戴した手紙もすべて、届いております。ただ悲しくて、どう返事を差し上げたらいいかわからなかったのです。

ただ最近、浜崎勇という男性が、わざわざ大阪からうちへ来てくれ、父の手がかりをもたらしてくださいました。そしてあなたもきっとこのことを知りたいと思うはずだと、筆を執りました。

浜崎さんは当時円山動物園の獣医のひとりで、父と、もうひとりの飼育員・谷次郎さんと親しかったといいます。手紙でもお書きくださった通り、あなたが最後に私の父を見たのは「猛獣処分」のあと。そのとき処分の対象となったのは、動物園のなかで第一級危険動物に区分された、トラやライオン、そしてクマなどでした。でも事実として、のちに第二級危険動物についても、処分が行われました。そこに含まれていたのがオランウータンの一郎と、ゾウのマーちゃんでした。

飼育員たちはみな動物と友達のような長い付き合いがありましたから、最初の処分が済んだあと、二度目を担当しようというものはひとりとして現れません。まるで自らの手で家族を殺すような苦痛でしたから当然です。そして軍部の疑念を晴らすため、一郎が逃げられないよう、鉄柵をさらに一層増やし、防弾壁を強化しました。

でもそんな努力を軍が認めるはずもなく、命令は予定通り施行されることとなり、処分の日が近づいてきました。飼育員はやむを得ず、仲よしだった一郎を薬殺することにしました。みんな泣きました。次はマーちゃんの処分期限が近づいてきます。

そんなとき、うちの父と浜崎さんと谷さんが、やけっぱちなアイデアを考え出しました。それは、マーちゃんを「隠して」しまうことでした。

マーちゃんを助けることにはみな賛成ですが、でも実際にどうやって、あんな巨大な動物を隠しとおすことができるのか？

浜崎さんが言うには、大正十二年、皇太子・裕仁さまが台湾を行啓されたとき、基隆からお召列車で台北までやって来て、そのあとは勅使街道と明治橋を通って神社に参拝されたそうです。太平町や若竹町、新起町、老松町、八甲町に奉迎門が作られて、出迎えのお飾りが盛大に準備された以外に、滞在中の安全のため、台湾神社の地下に、緊急事態に対処するための巨大な地下空間が開削された。その後、備蓄倉庫に流用されていたが、知るものはほとんどなかった。

そのうちひとつは基隆河の底にあり、それきり封鎖されていた。経験豊富な浜崎さんはその地下工事にも関わったことがあり、円山動物園近くにまで抜け道が通じていることを把握していた。そこなら、マーちゃんをしばらく匿うことができる。あとは自分たちで飼料を調達さえすればいい。私の父と谷さんは即座に決断し、順番でマーちゃんの世話をすることにした。

そんな奇妙な提案が、動物園の一部職員の承認を得て、本当に実行された。彼らは、この情報を絶対外部に漏らさないと申し合わせた。そして、私の父はマーちゃんを連れて、地下へ潜った。いつか米軍の空襲が終わる日に、あるいは戦争が終わるその日が来たら、再び動物園へと戻るのだ。どれだけ時間がかかるか、だれにもわからない。いやそのときは、そんなことまで考える間もなかった。

こうして、だれも見たことのない地下空間――川の下にゾウが一頭いて、地上で暮らす人びとと同じように、戦火が遠ざかるのを待っていた。これに関わる動物園の職員は毎日集めた牧草やチカラシバ、サツマイモを台車に載せて、電灯が数個ぶら下がるだけの暗闇のなか、運んだ。

彼らは死んだ馬や野生の牛の肉を混ぜてゾウの肉と騙り、一部の市役所や軍の人間に贈り、マーちゃんがすでに処分されたと信じさせた。

昭和二十年五月三十一日、台北大空襲がありました。米軍機はフィリピンを発ち、台北にたいして数時間にもわたる連続爆撃を行った。目標は台北城内であったが、静子さんが住む大稲埕もまた被害を被り、無情なる爆撃によって台湾総督府さえも破壊されたと噂を聞きました。戦後数十年経ったあとでもなお、多くの不発弾が発見されている、と。

空襲のあと、浜崎さんと谷さんは秘密通路の入り口へ急ぎました。マーちゃんと私の父の無事を確認するためです。しかし、思わぬことに、付近に落ちた数発の爆弾によって、石と土砂が入り口を塞いでいました。

浜崎さんと谷さんは秘密を知る職員に招集を掛け、父とマーちゃんを助けるため、塞がれた通路を掘り出そうとしました。数日が経ち、人びとの心が折れかかってきたころ、土砂の奥でなにかが動いているのが見えました。巨大な石が不思議な力で少しずつ、押し開かれていく……。希望に満ちた声で彼らは叫びました。「勝沼さん！　マーちゃん！　勝沼さん！　マーちゃん！」

夜の帳が下りるころ、地下の電灯に照らされた石と土砂の隙間から、ゾウの鼻が伸びてきました。それを見た仲間たちは再び力を振り絞って、土砂を掘り始めました。そして深夜、やせ細ったマーちゃんが、埋められた地下通路からようやく姿を現しました。

ただ、私の父の遺体は見つかりませんでした。もっと深い場所で落石に遭い、埋まったか、川の底で静かに横たわっているのでしょう。浜崎さんは、人間として受け入れがたくとも、合理的な決断を下しました。これ以上危険を冒すのはやめ、捜索を諦めたのです。浜崎さんはそのためにわざわざ、私の母と私に謝りに来ました。できることなら、自分が代わりたかったとおっしゃってくださいました。

事実はどうであれ、もし父が地下通路で亡くなったなら、きっと全力でマーちゃんのために、出口を見つけている最中だったでしょう。

——親愛なる静子様、これが浜崎さんより聞いた、真相です。谷さんは戦後病気で亡くなったそうです。ほかの職員も、このことは絶対の秘密だと考え、世に漏らすことはなかった。彼がわざわざ報告に来てくださったのも、その不安が根っこにあったのでしょう。

静子さん。歳月が経って、私と母の心がよりおだやかになったのちに、台湾にお邪魔して、父が働いていた動物園を見たいと思っています。あるいはそのころ、お父様の消息がわかっておられるかもしれません。それもまた、マーちゃんが私たちにもたらした縁でしょう。

静子が手紙を読むのを聞きながら、ぼくは深く、長い息を吸った。物語とはいつだって、自分がどうやって過去から現在のここにやってきたか、知ることができないからこそ存在している。最初は、物語が時間に摩耗されてもなお、冬眠のようにどこかで生き残っている理由がだれもわからない。でも、耳をそばだてているうちに、呼び覚まされた物語は呼吸とともに体内に入ってくる。あとはまるで針が脊椎から脳のなかへ滑り込むように、冷たく熱く、また冷たく……心に刺さる。

「見えるものはいつか見えなくなる」ぼくは福じいにそう言った。

福じいはシロアリの燭台をさすりながら、ぼくに答えた。彼の左目はやはり彼の右目を探している。「わかってないな。『空っぽ』かどうかは問題じゃないんだ」

静子のマンションを出たあと、身体じゅうに部屋の植物の香りが残っているようだった。なんだかざわざわと落ち着かず、どこか静かな場所でゆっくりしたかった。ぼくは自転車で元は「鏡子の家」、今は「林檎」と呼ばれる喫茶店へ行き、タツにリンゴジュースを頼んだ。

それから、リュックのなかに入っていたものをすべて順番通りに取り出し、テーブル上に置いていき、そして順番通りにしまった。ぼくはそんな方法で、自分の気持ちを整える。数年前の水不足のことを思い出した。あのときは台湾じゅう、どうやって節水するかで大騒ぎしていたが、スナはぼくを強引に車に乗せて、人がほとんど訪れない森へ連れて行き、いっしょに「シロアリ掘り」をした。それはスナが日頃よく観察に行く平地の森で、その時期は緑色から灰黒色へと色味を変えつつあった。スナはすぐに、枯れ木のなかから印をつけてあったシロアリの巣を見つけ出し、働きアリが作った水平の通路の行き止まりから、下へ掘り始めた。

「わざわざ働きアリ代わりに連れてきたのか？」ぼくは文句を言った。

スナはメジャーを下に向けて差し込み、シロアリの通路を掘り出していく。少しずつ姿をあらわす蟻道は、垂直でなく、無駄な彎曲がいくつもあることがわかった。働きアリと兵隊アリは入り乱れて、でもなんらかの規律があるように通路を行き来している。地中から出てきた働きアリの大アゴは、わずかな土くれを咥えている。

一時間、二時間、そして三時間が過ぎて、なんとなくスナが下に向かって掘り、ぼくが上で土を受け取るようになっていき、いつのまにかまた上下を交代する。掘った穴は我々ひとりぶんの背丈になり、ふたりぶんの背丈になった。スナには予定通りだったらしく、長いロープと夜営の準備がしてあった。

その日、ぼくらは森のなかで露営し、朝からまた続けて掘った。翌日の夕方、延べ一二メートルの長さになるシロアリの通路が、ぼくらの前に現れた。スナはそのうち太くなっている部分を指さした。そして、そこがシロアリの「菌園」だと教えてくれた。シロアリはその空間の湿度を保ち、真菌は自然な形でそこに育成され、シロアリの幼虫の餌となる。ただその時期は水不足だったため、菌園はカラカラでなにもなかった。スナはぼくに手袋を取らせ、穴のいちばん最後の菌園に触れさせた。するとわずかにだが湿り気があり、シロアリはぼくの指など構わず、そこからもっと深い地中へ向かっていく。

「もう少し掘れば、必ず水源がある」スナは疲れた素振りも見せずに、むしろ興奮にギラついた顔つきで、言った。

「どのくらいかけて作ったんだろう？」

「わからない。深さを言えば、水と出会うまで少なくともあと数メートルはあるはずだ」

「ただ水のために？」

「そう、水のために。シロアリは水がない環境に耐えられない。だから仲間がどれだけ死のうが、時間がどれだけかかろうが、地下に向かって、穴を掘る。それは運命であり、また本能でもある。天敵に邪魔されることもない」真っ暗な穴のなかで、スナの表情がよくわからなかった。そこでぼくは蟻道に沿って上から下へ、懐中電灯を照らした。するとふいにまったく新しいイメージが浮かび上がった。シロアリが水を運ぶ太い通路が地面からまっすぐ伸び、それ以外の多くは目標はあれど途中で放棄され、ちりぢりに乱れた細い通路だ。この組み合わせはあたかも、大地の中心を指し示す燭台に見えた。湿った菌園はまさに、その末端にある小さな炎だろう。

そんなことを考えていたとき、ぼくのタブレットから、メッセージを知らせるチャイムが鳴った。起動させると、アッバスからだった。

程くんへ

レストアが済んだ幸福自転車の写真を送ってくれてありがとう。私の店に置いてあった自転車と同じものには見えなかった。まるである時間まで遡っていき、改めて組み立てなおしたようだ。自転車はやっと本来収まるべき場所――つまり、君の手元に戻ったわけだ。私としても、うれしい。そうそう、しばらくのあいだ返事をしなかった事情を君に説明しなければならない。自分の気持ちと情況が落ち着くのを待ってから、連絡しようと思っていたんだ。

私がふいにどこかへ消えうせてしまい、君も困惑したに違いない。メッセージを貰ったとき、私はちょうどラシオ近くの村落を離れたところだった。それは、バスアがカセットテープのなかでも触れている、彼が戦後しばらく滞在した村だ。

またそれは、典型的なシャン族の村でもあった。寺がひとつ、小学校がひとつあり、噂では、寺の鐘は第二次世界大戦の不発弾で作られたものだという。澄み切った音で、朝に和尚が撞けば、遠くのジャングルまでも貫くような音が響いた。

私は故郷にも似たその村のなかで、父・バスアのことを考えていた。そして君が話してくれた、君のお父さんの物語のこと。手紙で書いてくれた静子さんの話——ムー隊長が初めて（そして最後に）、君のお父さんを目撃した状況。当然、君がサビナと……アニーと会ったときのことも想像して、考えを巡らせた。安心してくれ、アニーがどうしていたかなんて、訊きはしない。

私はただ、君に面と向かっては言えないことだけを伝えようと思う。

退役後のある日、うちの管区の警察官が我が家へやってきて、バスアが死んだことを告げた。バスアはタクシーを人里離れた場所まで走らせ、そこで排気管にビニールホースをつないで、排気ガスを車内へ引き込み、死んだ。家族で遺体を確認し、車を確認した。車はありとあらゆる隙間が塞がれていて、それは彼の性格と同じく、異常なまでの偏執さが感じられた。バスアは頭を運転席の向こう側に寄っかからせ、子どもだった私を連れて台北動物園へ行ったとき、列車で眠っていた格好とまるで同じだった。

思い出してみれば、バスアは私のことをとてもかわいがってくれた。その旅行のころ、私は四、五歳だった。台北駅につくと、バスで円山へ向かった。まず児童公園へ寄って、私にコーヒーカップや観覧車で遊ばせ、それから動物園へと入って行った。覚えているのはクロヒョウやトラ、ライオン、そしてクマを見たことで、クマは檻のなかを左から右へ、そして右から左へとうろうろして、そのせいか頭の毛がうすくなっていた。

そのあとゾウ舎に行ったときに、奇妙なことが起こった。ゾウの前に立って、バスアは声も出さずに唇を突き出し、目をギラギラと輝かせた。するとゾウは、だれかの呼び声を耳にしたようにゆらゆらと歩き出し、影から出て柵の手前で鼻を伸ばし、バスアの肩に載せた。頭と比べて極端に小さいゾウの目が、ギラギラと光る。私の手を握るバスアの手はじっとり熱く、湿っていた。もういっぽうの手はゾウの鼻に載せ、まるでふたりの親友が久しぶりに挨拶をしているかのようだった。それから母が、ゾウと記念写真を撮ってくれた。前に見せた写真の一枚だ。もう一枚は、バスアが大事なカメラを私に貸して撮らせてくれた、バスアと母さんの写真だ。なん年も経ってから、それが自分にとって最初の作品であるうえに、いちばん美しい作品であることに気づいた。

そのころ、ゾウはもう「リンワン」と改名されていた。バスアは最初、あきらかにリンワンが「アーメイ」とは気づいていなかった。数えきれないほどの数の人と動物を死に至らしめたビルマ北部の森からそれぞれ逃れ出て、まさか今、こんな大都会で顔をあわせるなどとは考えてもみなかったのだ。そしてそれは、私の一生のなかでも、唯一見た、感情をあらわにするバスアの姿だった。

バスアはそれ以降、家に帰ることが減った。外に女がいることに、母はだんだん気づいた。ふたりは喧嘩が絶えなくなり、そしてある日、バスアが酒を飲んでいるとき、また言い争いになり、バスアは興奮して、箸で自分の右耳を刺した。

君に言ってなかったはずだが、バスアはあの戦争で左耳の聴力を失った。音の水流を石で塞いでしまったように、聞こえるのはアリのような細やかな音だけだった。母からも聞いたことがあるが、バスアは毎晩、もういっぽうの耳から聞こえる耳鳴りに苦しんでいたから、その夜、音が聞こえるけれど同時に雑音が満ちた方の耳を刺して、両方聞こえなくした。

それ以降、母はもうバスアと言い争いするのを止めた。ふたりともすっかり静かになり、静かすぎて、家が大きくなったように感じた。私はそんな家に住みながら、まるで心のなかの荷物が、知らないなにものかによってひとつひとつ運ばれていき、家が空っぽになっていくように感じていた。

知っているとおり、その後私は彼のことを、父とも父さんとも呼ばなくなった。それがバスアだ。バスアはその後ひとりで都会に出て、タクシーの運転手で稼いだ。裏から手を回して、ろうあ者であることを人に知られないまま、旅客運送免許を取得した。読唇術ができたうえ、子どものころから教わって、爆弾で傷ついたほうの左耳は、普通の人間が聞き取れない人の心の声が聞けたから。そう、まるで、ゾウと同じように。

ラオゾウが死んで、二高村（にこうそん）が解体されたあと、私は岡山（こうざん）という場所の歴史を調べていた。そこで暮らした二年間、私はあの場所に愛着などまったく感じておらず、歴史について知りたいなどと考えたこともなかった。ところが不思議なことに、ラオゾウが死んでから、ふいに彼の代わりに、彼が埋められたこの土地のことをもっと知りたいと思うようになった。ここはいったいどんな場所だったのか。

するとその場所はこれまで二度、多くの人のための共同の無名墓地となった場所であった。

台湾が植民地となってすぐ、日本人は抗日事件を鎮圧するため、この地方のいくつかの村の若者を無差別に殺した。十六歳以上の男性が集合をかけられ、刺されるか首を落とされ、火をつけられた。反抗するものも武器は保有しておらず、だから廟のなかの練り歩きに使う法具を武器にした。それはあまりにも弱々しい反乱であった。まるでかすかな泣き声が聞こえるばかりの……。

一九四四年、アメリカ軍は日本軍の軍工場と航空隊が集中していた岡山に大空襲をかけた。B-29は「日本海軍第六十一航空廠」を目標とし、落とされた爆薬は六五〇トン。これにより、岡山は廃墟になった。ラオゾウが拾ったゴーグルは、おそらくこの空襲の際、爆弾で吹き飛ばされたもので、そのまま第二航空隊の基地——のちのラオゾウの庭で、爆弾でひっくり返った土砂や建物の壁や垣とともに地下に埋まっていたのを、ヘチマを植えようとしたラオゾウが見つけ出した。

これは私の推測に過ぎない。あるいは想像、ただの幻想の域を出ない。でもあの経験を忘れることは永遠にない——。田んぼのあいだに打ち捨てられた建物の地下室から、ダイビングスーツとタンクを身につけたまま阿公店渓の底まで流された、本当か幻想かわからない時間。まるで、ふたつの世界をつないだワイヤーの上を歩いているようで、マレーシアの山で遭遇したこととは違うけれど、それでも手のひらにびっしょり汗をかく感覚は同じだった。私は鳥のことを思い出した。あのシロガシラのことも、永遠に忘れないだろう。ラオゾウの肩に止まって、星くずのような眼でこちらを見て、そしてラオゾウの耳をついばみ、なにか秘密を告げていた。

そんな時間のあいだ、私はずっと考えていた。君のお父さん、そしてバスア、あるいはラオゾウ……みな、なにか尖ったとげのようなものが体に刺さっているような気がしてならない。時間をかけて、必死になってそれを抜いているのだが、最後の一本のところになるとどうしても、また押し込んでしまう。

アフガニスタンとチェチェンには行ったことがある。有名フォトグラファー、あるいは戦場カメラマンになるという夢をかなえるためだったが、どこでも遠巻きに数ヶ月眺めるだけで、あきらめた。「遠巻き」とは、国境の内側には入っているのに、自分の気持ちもいっしょに湧き上がるような、問題の核心部分に足を踏み入れられなかったということだ。以前、国際路線バスでモスクワへ行き、さらに北カフカースからグロズヌイへ入った。トラックを改造した乗合バスに乗ったまま、燃やされた油田や荒廃した田畑、崩れた農舎、そして用水路に落ちた犂(すき)を目にして、カメラを取り出し、自分ではなにかを撮っているつもりだったが、ただ、それだけのことだった。いろんなものを撮ったが、いろんなものを撮っただけだった。私には、その土地の精神性のなかまで立ち入ることができなかったし、作品のなかになにか人の心を揺さぶるような力を持ち得ることも、独自の世界観を確立することもできなかった。

本当の戦場カメラマンは、戦争の物語を訴え、その戦地で撮影することで、人類がいつまでも続けているこの行為を止めることなどできないと知っている。でも少なくとも彼らの作品は、見た人にもっと複雑ななにかに触れさせ、心のどこかを撃たれて、天国から地獄へ落とされたように思い込ませる。でも私には、そこまで到達できない。

その時間のあいだに、私も考えが少し吹っ切れてきた。ラオゾウやバスアの話をそれまで真面目に聴いてこなかった人間が、見る人の心を動かす本当のカメラマンになれるわけがない。ただ歴史の教科書を読んだのと同程度の理解で、彼らが被った経験をファインダーからなぞるだけでは、やはり自分は偽物。見せかけの戦場カメラマンだったんだ。

あの時代を生きた人びとにはきっと、ハイギョが乾季を仮眠状態で生き延びるのと同じ方法で、その時間が過ぎ去るのをただ耐えている人がたくさんいたはずだ。今の私なら、なにができるだろう。あるいはピッケルを持って、彼らのそばに黙って立ったまま、月光の下、それをどこかに埋めるだろう。もしくはそれがなにかなど、わからないまま、試しに掘り起こしてみる。いや、なにかを掘り起こすとかでなく、ただピッケルでこつこつと、彼らといっしょに下に向けて掘っていく。

でも、もう間に合わない。そうだろう？

さあ、今いる村の話に戻ろう。君に説明しないといけない。私はバスアが例の紙の箱に残した地図をたどって、カセットテープのなかで語られた村を探し当てた。村人はもう戦争を知らない世代で、もともといた住民以外に一部、日本や中国との混血児もいた。村は農業で生計を立てていた。農舎はまるで霧雨でできたような簾（すだれ）で仕切られ、家々のあいだを縫って、ぼんやりした路地が数本伸びていた。午後の太陽が立ち並ぶ農舎へと注ぎ、草地と農作物を光り輝かせるころ、家々からは安らかさと確かさが煮炊きの煙となって、立ち上った。

私は村民の空き部屋に住まわせてもらい、地図を参考に、ここはと思う場所を暇さえあれば掘りに行った。村の子どもたちは面白がって、ついてきて、ピッケルをわたすといっしょに掘ってくれた。そのたびに私は台湾から持っていったビスケットやインスタントラーメンをわけてやった。子どもたちはそこらに生（な）っている果物を採ってきてくれた。うちに呼んで、ご飯を食べさせてくれることもあった。

泊まっていた家の男主人が、下手くそな英語で、なにを探しているのか訊いてきた。しかし、これほどややこしい物語を、理解しやすい英語で話すのはとても無理だった。ただどうしてか、彼は「樹」と「自転車」の単語を知っていて、だから彼は、私がなにを探しているか、すぐ理解した。彼と子どもたちは翌朝早く、私を連れて村の西のはずれの森へ行くという。

村からおよそ一時間ほど歩いたころ、森の縁に出た。遠くに巨大なガジュマルの樹が見えた。まるで骨盤の寛骨（かんこつ）が露わになったような枝が重なり合い、その地肌にワラビやツル植物がびっしり生えていた。男は、流暢ではないが自信満々の英語で、これが「天国へ向かう魂を捕まえる」樹だ、と言った（だいたいそういう意味だったろう）。彼が指さした先に――天を覆いつくす枝葉にぶら下がる自転車のフレームを、私は見つけた。

そういうことだったのか。

私はずっと、バスアの自転車は地下に埋まっていると考えていた。でももし、果物を食べた小鳥が空で糞をすれば、種は地面に落ちる……。ならばバスアが大地を掘り、自転車を埋めたときにそんな種が自転車とともに掻き回されたら……。雨季が来て、雨季が去り、種が芽を出す。腐るものがあれば、生き残るものもある。そしていちばん強かったものが、土壌から茎を伸ばして幹を成し、埋まっていた自転車もろとも上へと押し上げる。ある年、自転車は地表へ出た。そしてまた別の年、自転車は人の背の高さまで押し上げられた。そして十年が経ち、枝葉はびっしりとフレームとからまり、鉄の車体とまるで一体となった。その後、樹木は自転車を包みこんだまま、少しずつ地面から離れていき、ついにはこんな姿になった。

男は私に言った。村人たちは最初、この樹のことをすっかり忘れていた。戦争が終わって、村の中心は東側の新たな開墾地へ移り、ここはとうの昔に遺棄されていた。そして数年前、ある人がここで「自転車を抱いた樹」を見つけた。村人たちはこれを奇跡だと考え、また畏怖すべきことと考えた。だから私に、夜はここへ来るなと言った。その樹と自転車を見たとき、私はバスアが自転車を埋めた状況を想像した。そしてラオゾウとラオゾウの自転車のことを思い出した。あるいは、ラオゾウの自転車も別のバスアが別のどこかに埋めた自転車だったのかもしれない。

時間は多くのものを盗んでいき、そして多くのものを手放していく。そうだろう？——憂鬱で厳しい気候の北ビルマの森へ、ぼちぼち動き出すつもりの、アッバスより

ぼくは添付されていた画像を開いた。それはまさに、「自転車を抱いた樹」だった。鬱蒼とした枝葉は、ひとつの都市に見えた。自転車はとても小さく、幹の真ん中あたりであいまいに抱かれて、しっかり目を凝らさなければ、もはや樹の一部分としか思えなかっただろう。

ぼくはただ呆然と写真を見ていた。あまりにたくさんのことが、心に浮かんでは流れた。このとき「林檎」の店内にじんわり、雑音が混じる音楽が流れてきた。思わずカウンターに目をやると、以前と比べて、巨大なスピーカーがひとつ増えていることに気づいた。

「こんなでかいものに気づかないなんて、魂でも落としてきたのか？」

「これはなんだい？」

「SP盤の蓄音機だ。台湾で最初の流行歌手、純純(じゅんじゅん)の『望春風(バンチュンホン)（春風を望む）』。天然樹脂

製だ」

「どうやって手に入れた？」

「紹介してくれた、アブーから。ただ、これは借りものだ。しばらく置かしてもらってる。もし店が潰れたら返せ、買った価格で買い取ってやるからってね。このレコードは、台湾で今、三枚しか残ってないと言われている。でもやつは四枚目をコレクションしていた」

タツはうれしそうに、デモンストレーションしてくれた。ゆっくりとハンドルを回せば、レコード針は、スケート選手が凍った川面を滑るようにいつまでもくるくる回っていく。盤の溝に記録された信号は、鋼の針を通じて音に戻り、スピーカーから放たれる。純純のやや硬質な声が不思議な力でじわり浸透し、この店全体の空気がその絶妙な響きを受け止めている。

「この手のレコードはラックカイガラムシの分泌物で、『シェラック』と呼ばれる樹脂が主原料だ。そこにロジン、カーボンを足し、黄土と混ぜて成型する。なかには『絵の具』レコードと呼ぶ人もいる。不思議だろう。音が、こんなものを使って保存された。いや、むしろこう言うべきか。人間は音を保存するため、図らずも、こんな方法を思いついてしまった」

ぼくらはそのすべてを聴いたわけではないけれど、でもたしかに音は、いろんな方法で保存されてきたんだろう。ぼくはそこで静かに「望春風」を聴き終えた。母さんがこの曲を歌うのを、なんど聴いたかわからない。彼女はいつも中華商場の軒下で料理をしながら、あるいはぼくに行水をさせながら、歌った。「ひとり過ごす夜の灯りの下 冷ややかな風が吹いてくる……」母の甲高い声をからかったこともあった。彼女の分厚い手とゆるめのウェーブパーマの髪が、この歌とちっとも合ってなかったからだが、母は構わず、歌い続けた。

いつのまにか、外が真っ暗になっていることに気づいた。

ぼくが「林檎」を離れたころ、空から強弱がまだらの霧雨が舞っていた。ぼくはこの都市を自転車でぐるり一周した。そしてもう一周してから、ぐるりとまた一周。それからさらに一周。どの車両もぼくの自転車より速く、だからぼくは、いろんな人に追い越されていく風景を見ながら、走った。雨は強まったり弱まったりして、まだ降っている。だいたい夜中の十二時になったころ、ぼくは病院の裏門に到着した。こっそりと、本来は食堂のスタッフが出入りするドアを開け、自転車を牽いて入った。この時間はゴミ出しのために施錠されないことを、ぼくは調べてあった。病棟に出入りするようになって数日、ぼくはあちこちうろうろし、看護師や病院スタッフの動線をたどって、覚えた。そしてだれも見ていないすきに、非常階段に自転車を引き入れることに成功した。

この自転車は、今のように軽量化を目指して設計されてはいない。だから毎度持ち上げるたびに、肩にずしりと来る。片手で自転車を持ち、その手をもういっぽうの手で支え、一歩一歩、母が眠る十二階の病室まで上がっていく。母の部屋は非常口から右へひとつ目の部屋だ。たどり着いたときには、下着からズボンまで汗でぐっしょり湿っていた。

ドアを開けてまず目に入ったのは、テーブルに俯せて眠る兄貴だった。やっと帰ってきたわけだ。照明が彼の横顔を照らしている。どうしてかぼくは、昔のできごとをひとつ思い出した。

ぼくは兄と十なん歳の差があるため、いつも好きなようにからかわれていた。でもあるとき、とっくみあいのケンカになって、いつまでも食らいついて離さないぼくに腹を立てた兄は、ぼくの胸をすごい勢いでパンチしてきた。一瞬息ができなくなったぼくは、強烈な痛みのせいで泣き出し、母に言いつけると言った。すると兄はこう言い返してきた。そんなことしても無駄だ。さっきの拳は「七傷拳」七日後お前は絶対に死ぬ！

そんな話を聞いて、両親に言いつけることができなくなり、ぼくは黙って我慢するしかなかった。もしこのまま死んだとしても、ふたりは知らない。そんな考えはぼくの心に、憐憫と自傷の悦びをもたらした。

ただ同時に、そのときの絶望感を今もはっきり覚えている。本当に死ぬのなら、つまりぼくはもう崖から足を踏み出し、飛び降りたあとで、あとは体が地面にぶつかる衝撃を待つだけだった。

そのころ我が家は、商場の三階にもうひとつ部屋を借りて、子どもたちが勉強したり、寝るのに使っていた。夜、兄貴が勉強机によっかかって寝たあと、ぼくは道具が入った父の引出しからこっそりと布裁ち鋏を取り出し、ぼくを殺した兄貴の首めがけて突き刺そうと考えた。その鋏は、父がもっとも気に入っている道具だった。

正面に立ったとき、兄貴の小さないびきが聞こえてきた。幼いその横顔にはりつくようにある、迷いとやさしさ、そして命の存在が、説明のつかないままぼくに伝わってきた。ぼくもいつか同じような横顔と、同じような姿勢で眠るだろう。そしてなん日かして。ぼくはなにもなかったように、父の鋏を引出しにしまった。

七日後、ぼくはもちろん死ななかった。兄貴もそうだ。騙したな！　と、ぼくが言ったら、兄は、信じるやつが馬鹿だ、と答えた。本当だ。こんなこと、馬鹿以外は信じない。

いっぽう母はこのとき、ベッドで深い眠りと浅い眠りのなかにあって、なぜか体から赤ん坊の香りがしていた。でも歩くたびに痛むほど、体が衰弱していることをぼくは知っていた。彼女の膝はもう自らの体重を受け止めることができない。壁を手でつたい、あるいは歩行器を使ってやっと、一歩ずつ苦しそうに脚を運ぶ。数日前、カーテンの外から覗くと、姉貴が母に靴下を履かせていた――先に左足、そして右足。小さいころぼくら姉弟が母さんに履かせてもらうのと同じ順番だった。当時は靴紐も同じように結んでもらった。先に左足、そして右足。今、病院の布団からあらわになった脚は、ゾウのように浮腫んでいて、くるぶしのところに深く、靴下の痕がついていた。

ぼくはまたひとつ思い出した。商場が解体されるより前、父は自分のスーツをだれかに頼んで作らせたことがなかった。ところがある日突然、父がぼくに採寸をやらせた。型紙を取り出し、巻き尺をぼくに持たせ、着丈、袖丈、肩幅……と指示されるまま測って、書き込んでいく。腕を水平に保つよう、言われた。そうしないと、サイズが正確にならないというのだ。ぼくはそのとき初めて、父の肩が左が高く、右が低いことに気づいた。それに背骨の頸椎から腰椎のあいだのいくつかが、出っ張っていた。後ろから巻き尺を回して腰にあて、戻したところで父は言った。「これでいい。あとは我がやる」そして父はぼくを見て、言った。「お前は、手間を学ばなかったからな」

自転車のスタンドを立てると、ガタッとバネの音がして、兄が目を覚ました。意識をぼんやりさせたまま、どうして病室にぼくの自転車があるのか、理解できてないようだった。

ぼくはかまわずサドルに腰掛け、カラカラとペダルを踏み始めた。

子どものころ、商場のアーケードでこんなふうに父さんの自転車を空漕ぎするのが、いちばん好きだった。幼かったあのころは脚も短く、ペダルはいちばん下まで踏み込めなかった。だから力強く足を蹴り下ろし、ペダルの下半分の回転を惰性の勢いにまかせて、足が届く高さへ返ってくるようにしなければならない。そして、加速をつけるように重ねて力強く踏み込み、次の回転につなげる。そんな乗り方でやっと、フリーホイールとチェーン、ハブに力がみなぎり、スムーズで心地よいカラカラという音がする。

勿論、自転車のスタンドを立てた状態だから、どこへも走ってはいかない。でも頭のなかで幻想は広がり、ぼくは自転車で大通りを走っている。目の前に、移動する街の風景が現れる。山を走れば、大きな樹木があり、鳥や猛獣が出てくる。空を駆ければ、雲と月、お星様が横切る。自転車でどこそこへ行ったなどと話せば、姉と兄貴に馬鹿にされたが、兄貴がぼくが眠っているあいだに、ぼくにはできない大技でぼくにかけた七傷拳を解いたように、ぼくも意固地に、空漕ぎであろうと自転車はどこかへ連れていってくれると信じていた。きっとそうだ。そうに決まっている。

ぼくはほどよい力加減でロッドブレーキのレバーを握り、ときに軽やかなタッチでブレーキをかければ、ササという音が、ほどよいリズムとなって聞こえてくる。カラカラササ。カラササ。そら、見てくれ。錆だらけだったフレームが今は黒くぴかぴかになり、ナツさんが譲ってくれた黒のマッドガード、表面が剝がれた牛革サドルも油を塗って表面がふたたび黒光りし、きらきら光っても制動すればバンドブレーキのギーギー音が鳴り、あのころ流行の最先端だったマッドガードの風切りが揺らめく……。ぼくはどんどんスピードをあげていく。

ぼくは中華商場の「忠」棟と「孝」棟をぐるりと一周して、さらに一周。そしてまた一周した。そのあと重心をわずかに傾けて、美しいカーブを描きながら円を広げる――小南門、西門町、中山堂、漢口街、開封街、北門郵便局、台北駅を過ぎていく。父さん、ラオリー、ガリ、ホラぞうがいる、おばさん、フォン、母さん、トム、マーク、カラス、アザ、テレサ、アカや姉さんたちがいて、それから兄貴も、三周目には後ろへ放り出され、この街の中心から飛び出ていく。ぼくは台北城の城門と城壁を越えて、大稲埕の大千百貨を通過して、港町、千秋街、永楽町と太平町をぐるっと回って、かつての台北橋についた。それは鉄橋。コンクリート橋では、けしてない。かつて、鉄道がこの橋の上を走り、川を渡った。ぼくの自転車は橋の上へ。静子はそこからサメのような死体が、淡水河の彼方から漂ってくるのを見ている。子どもたちは傘の形を空に描くようにジャンプして、水に飛び込む。そこから遠くないところに観音山があり、台北橋小児科の林先生は若い砲兵で、米軍に空襲されて黒煙をたなびかせるこの街をそこから見ている。耳をそばだてて彼は、屋根が崩れ、レンガが落ち、しっくいが粉々になる音を聴く。まるで終戦後、聴診器で数千人の子どもたちの心音の合唱を聴くのと同じように。

ぼくは煙と霧のなかをぐるぐる、自転車を走らせている。

山道を上っていく。頭の毛から足の先まで、全身の気力を振り絞って、山頂にたどり着く。乳酸がふとともに抗議をし、膝は痛みを発し、肺は破裂する寸前だ。そこは都市と村の端境で、遠い太平洋が望めた。山の峰から峰へと自転車を走らせる。森を越え、川の源流を越え、生まれたばかりの雲の巣をくぐった。鳥さえも息絶え絶えになるような薄い空気しかない。ぼくは大声で叫んだ。風に吹かれ、背中の後ろへと流されたその声は、雹（ひょう）に打たれて地面に落ちたあと、小さなくぼみをたくさん作った。息を切らせてペダルを漕ぎ、そんな寒帯の森から下山する。かたわらの木には水玉の氷が揺れ、ぼくの頰と心臓を削いで風が吹き抜ける。熱帯ゴム林から流れ出た汁で作られたタイヤは温帯の林を、亜熱帯の森を走り抜け、ついに汗が止めどなく流れる熱帯の森林へたどり着いた。そこはアーメイとマーちゃんの故郷。炎で焼かれた土地だった。どんな生物もそこを行軍する。その渓流と森は、人の脚と希望をノコギリのように断ち切る。アーメイとマーちゃんの尾は、兵士によって火をつけられ、耳はナイフで貫かれ、ただ前に向かうしか、前に向かって進むしかなかった。四本の太い脚があたかも馬のように交錯し、駆け出した。

ぼくの自転車で入り込んだ川の底は、世界中のあらゆる川とつながっていた。どの川の底も、魚となった人が無数に漂い、行き先もなくぐるぐる泳ぎ続ける。一生分の呼吸で吸われる気体の総和が、細やかな泡となって吐き出されている。そこが、彼らの「リンボ」だ。ぼくは濡れねずみで、川から出てきた。テレサが顔を洗っているほうの川から、自転車で出てきた。それはぼくらにとって初めての野外デートだったから、彼女は困惑と警戒を露わに、またためらいがちな期待を胸に秘めていた。ぼくらはその「リンコン」で口づけをした。弾丸がふたりの耳元や体のそばをシュシュシュと掠（かす）めていく。ぼくの燃えるような陰茎が彼女のなかに入り、彼女の体は少しずつ冷めていった。なぜって、ぼくが子どもだったから……。

彼女を捨てたあとも、ぼくの脚はまだペダルを漕ぎ続けていた。角閃石(かくせんせき)でいっぱいの山の壁を滑るように走った。声が聞こえた——すべての川の源泉はここで、あらゆる骨壺もまたここにある。サビナの小説にも、こんなことが書いてあった。チョウを一羽殺し、翅を切り分けるごとに、アフンはフーッと息を吹きかけた。体を失ったチョウはそれで活きる力と、鮮やかな色を取り戻す。彼女はそれを部屋の壁に貼る。部屋全体がチョウ画になるまで貼る。そこに描かれているのは、もうなくなってしまった眉渓上流の森だった。ぼくは、チョウを追いかけて飛んでいった。チョウは目的もなく、ただ大海へ向かっていく。すべての沈没船が大海から浮かびあがり、そのうちの一隻の甲板に少年・三郎がいて、嘔吐しているのをぼくは見た。それは彼の胃のなかに残っていたわずかな、そして最後の故郷の食べ物だった。

親潮に乗って、ぼくは南へ向かった。自転車は別の海流の渦に巻き込まれてひっくり返り、またひっくり返って別の海流に乗った。ぼくと自転車はある島にたどり着いた。まるでティクターリク(デボン紀に絶滅。魚類と四肢動物の中間の生物種)のような島で、樹木がびっしりと生えていた。樹木の根が島の心臓部へ向かっているように、ぼくは自転車を進めていく。オランウータンの一郎が母に抱かれたまま、別の樹からふわりと飛び移ってきて、ぼくに難解な微笑みを見せると、またどこかへ消えていった。ぼくとぼくの自転車は一本の樹に捕らえられた。根がハブとフリーホイールのなかに忍び入り、ボルトとナットの隙間を進み、ボトムブラケットからダウンチューブ、シートチューブ、チェーンステーへ広がり、バルブから直接チューブへと伸びて、タイヤのなかを一周回ると、すべてのスポークから発芽した。兵士は機関銃をぼくの体と後部荷台に据えつけ、ぼくの指を切り落として、水を受けさせた。早朝、熱々の尿液がぼくの体を湿らせた。各種口径の銃弾は途切れずぼくの体を貫き、自転車のフレームは撃たれてゆがみ、穴が空いた。ときおり銃声が止むと、上空の枝のどこかでだれかが手淫を始めた。精液となった苦痛が樹木の枝から葉へと垂れ、樹根と大地に零れた。

そうやって自転車に乗るぼくに、遠方のいっさいは近づいてきて、近くのいっさいは遠ざかっていく。飛行機のエンジンが発する鈍い爆音は空でためらい、あの見知らぬ男はトイレの個室の外に立ち、木戸の隙間からぼくの目を見つめて、言った。「お前は四十五歳までしか生きられない」

ぼくは遠方にある、別の島の海岸でひとりの少年を見つけた。少年は自転車に乗って、暗闇から、霧のなかから現れた。自転車を下りると彼は、その暗黒のなかから意味深なまなざしでぼくを見た。距離がありすぎたから、その視線がぼくに届いたのは二十年経ってからのことだった。彼はゆっくり歩いて、真っ暗な港のとば口を下りていく。港は黒く、海水も黒く、眼光も黒かった。彼は振り返ると、自分でそこに倒した自転車を見た。まるで長年飼い慣らした老犬を見ているかのように。それから、あまりサイズが合っていない服を身に着けたまま、水のなかへゆっくり入っていった。自分はその大きな海を泳ぎ切ることができると信じているように。あるいはいつも通り、家に帰るのと同じように、水のなかへと歩いていく。ぼくは、樹に抱かれた自転車から、暗黒の海水に銀の水紋が幾重にも描かれていくのを見ていた。

ある人が、ぼくの耳元で訊いてきた。あの自転車はいったいどこへ行くんだろう?

ぼくが自転車のペダルを踏む音がようやく、母に届いた。母はその音を聞き取り、その目を開けた。彼女はまず兄を見た。そして汗びっしょりで自転車を空漕ぎするぼくを見た。病室の戸が外から開いた。次の当番で来た姉だろう。いちばん上か、二番目か、三番目か、四番目か。あるいは名前に「満」がついた、五番目かもしれない。

母は病室にいるぼくに、あるいはだれかに向かって、言った。「それは、だれだ?自転車を漕ぐ背中が、父さんそっくりだ」その言葉を聞いて、ぼくは母に自分の顔を向けた。彼女の瞳のなかに潮が満ちて、そして静かに引いた。

後記「哀悼さえ許されぬ時代を」

台湾の少年が日本へ行き、戦闘機を作る小説――『睡眠的航線（眠りの航路）』の執筆を開始したのは二〇〇六年のことだった。小説に登場する歴史的風景をより感じるため、ぼくは二度日本を訪れた。うち一度は、神奈川県のかつて高座（こうざ）と呼ばれた小さな町に滞在した（高座海軍工廠は今の海老名市と座間市にまたがって、寄宿舎は大和市にそれぞれあった）。一日は、Mと森まで歩いた。入り口に「野鳥の森」という小さな看板があり、かたわらに年季のいった自転車が停まっていた。まるで、その自転車の持ち主が森のなかへ入っていって、それきり戻ってこないとでもいうように。そしてその森は静かで、深く、一歩踏み込めばそれだけ、森のなかへ陥（お）ちていくのではと思わせた。

一年後、小説が刊行されたあと、ある読者から手紙を貰った。小説の結末は、主人公の父親が自転車を中山堂の前に停めるところで終わっている――けれど、「そのあとは？」

手紙をもらうまで、そんなこと考えたこともなかった。でもその一瞬、ぼくは自分がなった。

こうして道はつながり、小説が始まった。

「野鳥の森」の前に自転車を停め、ひとり森へ入っていった人になったような気持ちに台湾の自転車史に関連する資料を泥縄式に読んでいくと現実にけむに巻かれているような気がした。しかもあまりに、まどろっこしい。インターネット上にあるデジタル資料は、カットアンドペーストを繰り返し、どれが重要でどこに信憑性があるか、もはやわからない。

そのころぼくは、インターネット上で鐵馬のパーツを買うようになっていた。まずフロントフォークにつく琺瑯製エンブレムをいくつか買い、次に、ダイナモの前照灯をひとつ購入し、さらに納税証が貼られた幸福印のチューブを二本買い……つづいて、ぼくは最初の幸福尚武車を保有することになり、さらに二台目は勝輪、三台目は台湾ラレー、四台目は幸福印の男女兼用スポーツ車、五台目は……こんなふうにぼくはなん人かの売り手、コレクターと知り合いになり、自分自身も路上で「野生」の古い鐵馬を探し始めた。まったく知らない持ち主とも接触し、ベテランの職人さんから鐵馬の知識、技術を学び、自分で修理を試みた。街を自転車で走行しているとぼくの目はいつも、道端に捨てられているだろう自転車を探していた。ぼくはまるで、自分の人生の大事な場面をどこかに落としてしまった人のようだった。

そしてある瞬間、虚構の自転車がひとりでに走り出し、ぼくを、自分では永遠に訪れることがなかっただろう場所にまでつれていってくれた。

あるタイプの小説家にとって、人生に起きたことは、小説に書かずにはいられない理由があるらしい。でもぼくは、小説のかたちにすることで人を理解し、人を思考するために書いている。ぼくは平凡な人間なので、執筆によって自分がそれまで理解できなかったことが少しでも理解でき、それまで感じることができなかった人のあり方や気持ちが少しでも感じられるようになればと思う。言い換えれば、ぼくは、この世界をはっきり見通すことができないから、自分の心に不安と無知があるから、小説を書いている。

古代ギリシアの歴史学者・ポリュビオスはこう言っている。「もっとも教訓的意義があるのは、他人の災難の回想のほかにない。それが、運命が変わりゆくことを堂々と受け止めることを学ぶための、唯一の方法だ」ぼくは小説を書くことで、「運命が変わりゆくことを堂々と受け止める」ことができるかを試みている。

この小説は第二次世界大戦史、台湾史、台湾の自転車史、動物園史、チョウの工芸史……などと関わりがある。執筆の過程でそれらが、自分の知識量を大きく超えていることに気づいた。だから今回は参考文献を読むだけでなく、それぞれに詳しい団体や初対面の人に助けを乞うことになった。おかげで、この本はひとまずは「完全な」ものとなった。そしてぼく自身、多くの発見や学びがあった。

ぼくの問い合わせに、熱心かつ専門的な回答をくださった台北市立動物園と台中・国立自然科学博物館にまず感謝したい。大橋小児科の林彦卿先生には、子どものころからぼくの体の面倒をみてくれたこと、さらに父と同世代でありながら、社会を見る異なる視点に気づかせてくれたことに感謝を申し上げる。自然科学博物館の教育チーム・譚美芳さんと生物学チームの副研究員・詹美鈴さん、地質学チーム・卓佩妏さんの提供してくれた台湾チョウ加工の貴重な資料と、関連するゾウの脚椅子の神秘的な情報にお礼を言いたい。そして地平線伝播工作室（メディア関係オフィス）の蔡育霖さん、民間古物のコレクター・呉柏宣さん、幸福自転車コレクター・蔡旺峰さん、自転車コレクター・張玉樹さん、「幸福63腳踏車店（自転車店）」のオーナー・張啓明さん……彼らは惜しみなく愛するコレクションを提供してくれ、かつ多くの自転車の知識を授けてくれた。三重の「順発車料行（パーツ店）」の黄師傅、北投の「無名車行」の荘師傅はぼくの手に負えない自転車修理をやすやすやり遂げてくれ、またそのとき、ぼくにとって忘れられない人生経験を聞かせてくれた。また、東華大学歴史学部蔣竹山教授は資料蒐集の方向性についてアドバイスしてくれ、また動物学者・張東君さんとのあいだの、動物園の歴史にかかる討論の結果、ぼくは多くの問題を解決することができた。

本書は、麥田出版社から刊行された。数年前、林秀梅副編集長から、王徳威教授のオファーをいただいた（本書は王徳威監修・序論の『現代小説家』シリーズ第Ⅱ期の作品のひとつとして刊行された）。それから五年のあいだ、なんどかお目にかかるうちに、オファーは固まっていった。王教授の編集方針はつまり、最大限のあたたかさと寛容だった。林秀梅さんは編集過程においてつねに全力で作業にあたってくれ、陳瀅如副編集長もまた各処に細やかな気遣いを発揮してくれた。そして最後、かつてぼくの生徒で、今は優秀なデザイナーである呉欣瑋さんが本書の画竜点睛を全うしてくれた。

彼らのおかげでこの本は完璧なものとなった。

一点、説明が必要なのは、本書の多くの箇処で「多言語表現」を取り入れていることだ。執筆のなか、どうしたら読者のみなさんに物語に入り込んでもらえるか、そしてまた同時に、言語の本質にある魅力を感じ取ってもらえるか、ずっと考えてきた。結果、理解しにくい、あるいは特殊な単語・フレーズは標準的な「音」で表記することにした（原著では一部の台湾語や先住民の言葉で辞書の発音記号に則ったアルファベット表記を採用している）。これなら読者はまず文字から異なる言語の意味を咀嚼しうるうえに、最後はその音感までも感じ取って、口にしてくれるのではないか。言語はコミュニケーションの道具というだけでなく、本来的に「詩」の本質を持っている。軽々しくすべての言語を等質にすることはできないし、それは乱暴で、かつ、もったいないことだ。ぼくもまた、ただたゆまぬ執筆と書き直しを通じてのみ、言語のなかにある美しさを再発見し、そして再現することができると信じている。

小説の初稿が完成したあと、テクストに、より正確を期したい箇所があることから、出版社に台湾の小説としては例外的に長い校閲期間をお願いした。ぼくたちはツォウ族・トフヤ集落の長老である高徳生さんに小説に登場するツォウ族の文化や言語について意見を乞うた。また台中教育大学台語系（台湾語学科）の楊允言副教授と李思慧さんの協力でテクスト中の台湾語を正し、中央研究院・近代史研究所の任天豪博士には日本時代の歴史にかかるディテールについてアドバイスをちょうだいし、Christopher Reaさんに各章の英文タイトルの確認をお願いした。また版権エージェンシーの譚光磊さん（彼には出版絡みの雑務をいつも安心して預けられる）に原稿を渡し、それからこれまでぼくの作品を翻訳してくれた訳者たちにアドバイスを乞うた。彼ら――フランスのリヨン第三大学異文化・異言語研究所のGwennaël Gaffric博士、台湾大学翻訳修士課程で教鞭を執るDarryl Sterk教授、そして「聞文堂」天野健太郎さんからはぼくと異なる視座を持つ、プロ読者としての意見をもらった。もしこれで至らぬところがあれば、それは当然ぼく自身の責任ということになろう。

東華大学華文系（中国語系文学部）の同僚たちもまた最大限の寛容とともに、ぼくを支えてくれた。そして、母・鄭秀玉はずっとぼくのストーリーの宝箱だった。あとは、いささかの躊躇もなくMの名前をあげよう。彼女はわがままなぼくを見守り、ぼくの生活面の面倒をみてくれたうえ、執筆中もなお一貫した厳しい態度で細やかな意見を述べ、校正をサポートしてくれた。彼女はいつも作品の肌理（きめ）の部分まで入り込み、ぼくにじっくり考えさせるような意見を静かに投げかけてくれる。

執筆時期にヘミングウェイ、カズオ・イシグロ、ジョナサン・フランゼンなどの翻訳版に序文を書いた（台湾では文芸作品に推薦序文を数篇入れるのが一般的）。だから同じ時期に、それぞれのタイプの小説をたくさん読んだことになる。たとえばジョナサン・フランゼン『How to Be Alone』はこう書く。小説を書くとは「経験の灰汁を言語の黄金へと変えることだ。世界に捨てられ、道端に放置されたゴミを拾い、美しく変えることだ」。この謂いはよく、自転車に乗って街を回っているときに、頭のなかに浮かんできた。なぜなら本書はたしかに「ゴミを拾う」ことから始まった小説だから。通りやりサイクル回収所、記憶の廃墟に捨てられた自転車はぼくを乗せて、ものやこと、そしてその魂がある場所まで連れていった。そしてどこかの作品で読んだ言葉を思い出した。「それは、ひとりの人を愛することさえできない、哀悼さえ許されない時代」

ぼくは、ゴミから拾い集めた、このボロボロな古自転車に乗って、ここまでやってきた。てっきり、この物語を旅するサイクリストは自分ひとりだと思っていた。でも読者のみなさんがこの小説を開いて、ここまで読み進めてくれたおかげで、無限にある道を互いに気づかずに走っているサイクリストがほかにもたくさんいて、見えない力によって、神秘的で巨大な歴史の流れに引き寄せられ、この旅路をともに走っていることを知った。

この小説は「なつかしい」という感傷のためではなく、自分が経験していない時代とやり直しのできぬ人生への敬意によって書かれた。自転車を探すうち、意外な時間の流れに巻き込まれてしまう物語を通して、読者のみなさんが本のなかの人物と心をふれあわせ、ペダルを踏むリズムや汗の臭い、乱れる呼吸、涙を流す（あるいは流さない）ほどの悲しみを、互いに感じとってほしい。

でも、みんな足を止めて、声をかけあったり、キスをする必要もない。それぞれが辛くとも、飢えようとも無言で、そのまま淡々とペダルを踏んでいけばよい。

参考文献

ここで列記した参考文献リストは、この小説を完成させる助けとなったうちの十分の一に過ぎない。そしてぼくの心を静かに打ち震わせた小説作品が含まれる。

Jim Fitzpatrick, The bicycle in Wartime: An Illustrated History, Star Hill Studio, 2011

R.S. Kohn, Bicycle Troops, lulu.com, 2011

辻政信《潜行三千里》増補版・毎日ワンズ・二〇一〇年一月

Andrew Wiest & Gregory L. Mattson,《血戰太平洋》(The Pacific War) 孫宇・李清譯・初版・台北：知書房・二〇〇四年三月

Arthur Zich and the Editors of Time-Life Books,《肆虐的太陽旗》(The Rising Sun) 胡修雷譯・初版・北京：中國社會科學出版社・二〇〇四年九月

Arthur Swinson,《新加坡淪陷——日軍入侵馬來亞》(Ballantine's Illustrated History of World War II) 李伯鷹譯・初版・台北：星光出版社・二〇〇三年八月

Basil H. Liddell Hart,《第二次世界大戰戰史》（History of the Second World War）（一）（二）・鈕先鍾譯・初版・台北：麥田出版・一九九五年二月

Katy Payne,《大地寂雷》（Silent Thunder）唐嘉慧譯・初版・台北：大樹文化・二〇〇一年十一月

小俣行男《日本隨軍記者見聞錄——太平洋戰爭》周曉萌譯・初版・北京：世界知識出版社・一九八八年八月

大貫惠美子《被扭曲の櫻花》堯嘉寧譯・初版・台北：聯經出版・二〇一四年九月

濱野榮次《臺灣蝶類生態大圖鑑》初版・台北：牛頓出版社・一九八七年二月

文高明《北美鄒再發現》初版・台中：白象文化・二〇一〇年三月

台灣總督府警務局《高砂族調查書（第三編、一九三七年發行）》增訂再版・台北：南天書局・一九九四年十月

朱耀沂《台灣昆蟲學史話》初版・台北：玉山社出版事業・二〇〇五年一月

吳幸慈《台灣埔里地區蝴蝶產業發展》逢甲大學歷史與文物研究所碩士論文・台中：逢甲大學・二〇一二年

李業霖主編《太平洋戰爭史料匯編》初版・馬來西亞：雪隆海南會館青年團・一九九六年八月

周婉窈主編《台籍日本兵座談會記錄并相關資料》初版・台北：中央研究院台灣史研究所籌備處・一九九七年一月

林彥卿《無情的山地》增補版初版・台北：大橋小兒科・二〇〇七年二月
林春長《戰爭與林旺》林義隆編・馮如瑄譯・初版・台北：臺灣商務印書館・二〇〇六年九月
徐聖凱撰述《臺北市立動物園百年史》初版・台北：台北市立動物園・二〇一四年十月
徐逸鴻《圖說日治台北城》初版・台北：貓頭鷹出版・二〇一三年十月（繪圖參考）
曾慶國《二二八現場：檔案直擊》初版・台北：台灣書房・二〇一〇年一月
楊剛・馮杰《滇緬戰役（1942-1945）》初版・台北：知兵堂・二〇一〇年八月
蔡棟雄《三重工業史（精）戀戀三重埔系列三》初版・新北市：三重區公所・二〇〇九年六月
蔡慧玉編著・吳玲青整理《走過兩個時代的人：台籍日本兵》再版・台北：中央研究院台灣史研究所・二〇〇八年十月
蔣竹山《島嶼浮世繪》初版・台北：蔚藍文化・二〇一四年四月
鍾堅《台灣航空決戰》初版・台北：麥田出版・一九九六年四月
羅曼《今日台灣的活國寶——象瑞林旺小傳》初版・中壢：宏泰出版社・一九九七年十月

訳者あとがき

本書は二〇一五年六月に台湾の麥田出版より刊行された呉明益（ごめいえき／ウー・ミンイー）の長編小説『單車失竊記 The Stolen Bicycle』の邦訳である。売上げ部数は、日本より市場規模が小さく、また近年は文芸書の売上げに伸び悩む台湾において、およそ三万部という異例の好成績をあげている。評価においては、二〇一五年の台湾文学金典獎（最優秀賞）、「開巻十大好書」（年間ベストテン）などを受賞したあと、二〇一八年イギリスで英訳作品に贈られる国際ブッカー賞（The Man Booker International Prize）のロングリスト作品となった。これは台湾人作家として初の快挙で、メディアでも大きな話題となった。

また本書は呉明益にとって『歩道橋の魔術師（原題「天橋上的魔術師」）』に次ぐ二冊目の邦訳となる。一九八〇年代台北の子どもたちが見た、街の現実と幻想を描いた同書は、二〇一一年の台湾公刊後、二〇一五年に白水社より刊行（天野健太郎訳）された。台湾の小説としては初めて、広く日本の読者のみなさんに読んでいただき、やっと台湾人が書く小説のおもしろさを知ってもらえた。

呉明益の台湾人作家としての評価を概観してみる。戒厳令が解除され、政権交代がなされたあとの文学的テーマは「批判」や「純化」ではもはや物足らず、純文学であっても「普通におもしろい」小説を求められるようになった新世紀の台湾人作家のなかで、呉は質・量ともにその先頭を走っている。また、海外の小説が翻訳されて大量に流入することで、国内読者の国際的基準に曝され、いっぽうで長く海外での評価も得てこなかった台湾文学だが、彼の作品は『歩道橋の魔術師』がフランスと日本で刊行され、台湾を思わせる島で都市と自然、山と海の価値観がぶつかり合うSF的世界観を描く『複眼人』（二〇一一年）は日本を含む十数カ国に版権が販売された。世界文学と同時代性を保持し、台湾で評価されることとなった最初のケースだろう。つまり、新たに育ちつつある、カルチャーという「産業」のなかで、文学的評価と商業的価値を併せ持つ（純文学とエンタメのバランスが取れた）新しい作家像を示すことに成功した数少ない例として、呉明益は今、成熟期を迎え、本作はキャリア最初の高みにまで読者を連れてきた。

結果、彼の作品は、内外の政治・経済情勢及び自然環境の影響をほぼ時差なく受け、その対処に忙殺され、自らを「振り返る」ことを長らく忘れてきた台湾で、それまで世代間、エスニックグループ間、地域間などで断絶し、共有されてこなかった「記憶」を互いに再発見しようという社会的な関心を呼び起こすきっかけとなった。例えば、台湾では文芸作品の映像化というのはめったにないが、『歩道橋の魔術師』は台湾の公共テレビ局「公視」によるドラマ化が決まり、二〇二〇年の完成を目指して、「中華商場」を3Dで再現するため、まず市民の記憶（写真）に残った商場の姿を広く募集している。また本書の刊行プロモーションにおいては、SNSと個性的な小型書店、そして自転車を連携させて、積極的に読者と直接交流した。さらに、トークとサインだけでは飽き足らず、二〇一八年九月から、高雄港のコンテナヤードを使った展示場で「呉明益小説科遊展（小説と科学で遊ぼう展）」が開催され、本書に現れるさまざまなモチーフ——自転車はもちろん、ゾウやオランウータン、ツォウ族、中華商場などを使った展示が行われた。作品を読めばまさに「センスの塊」のような彼だが、今回は文学の枠を超えて絵、写真、収集（自転車）、自然観察（チョウ）、そして農業など、マルチな趣味と才能が、作品のディテールを補強するに加え、プロモーション活動にまで余すところなく生かされている。

本書の『自転車泥棒』というタイトルは、原著のいわば直訳である。小説テクスト中でも触れられているが、イタリア映画『自転車泥棒』のそれぞれ中国語、日本語への翻訳タイトルを、そのまま使っている。また本書のクレジットは「呉明益　小説　手繪（絵）」であり、表紙や口絵、さらに本文ページに収録されたイラストは呉明益自身の手による（文庫版ではほとんどを収録）。精緻な筆致で描かれたイラストの多くは自転車である。そう、この小説は自転車などの「もの」にまつわる壮麗なエピソードとディテールから幕開く物語だ。

とはいえ、ストーリーはある意味、非常にシンプルだ。主人公である「ぼく」が、二十年前の父の失踪事件の鍵となる「幸福」自転車を見つけだし、その結果、百年にわたる主人公の家族史を振り返り、母を始めとする家族や地元コミュニティでくりひろげられる有象無象の語りをかき分け、自分と家族の心に刺さっていつまでも取れないトゲ――父の「理由」を解き明かしていく。言い換えれば、自転車をめぐる、家族の「愛と記憶」の物語である。ただ、本書の台湾文学としての素晴らしさを特筆するなら、ストーリーが、主人公（とその家族）からだけでなく、台湾を構成するエスニックグループのさまざまな人（とその家族）の記憶からも拾い上げられ、語られていることだ。そして、そこには台湾における「外部」――戦後の競争社会において零落した日本語世代であったり、社会的に生産性のない元軍人やホームレスなどであったり、自らのコミュニティを出た先住民族（台湾では「原住民族」と呼称）であったり、もっと言えば人ではない豊かな台湾の自然であったり、自然の摂理を超えてしまう運命のゾウであったり――が多く含まれている。そのおかげで家族の断絶と回復というシンプルなテーマが、読前の想像をはるかに超えて、ぶ厚く脳天を打ちのめしてくれる。

「もの」が基点となって「記憶」が樹木のように広がっていく（そして鏡のように複数の視点が見つめ合うような）ストーリー展開とキャラクター造形のすばらしさはもとよ

り、この小説の魅力は、圧倒的な強度を持つ文章そのものである。アブーの洞窟のなかや、アッバスとラオゾウが潜った水のなか、バスアが歩いた山と森のなか、ゾウの思考のなかまで……それは現実を超えたいくつもの描写を支えてくれるうえ、ダイアローグやフレーズのひとつひとつが——例えば、「サルは私たちのために死んだ。いつか私たちも、サルのために死ぬだろう」——虚構を超えるパンチラインとして、読者の大事な「よっかかり」となっている。

さて、本書の世界観は呉明益の作品群のなかで、連作短編集『歩道橋の魔術師』、著者最初の長編小説『睡眠的航線（眠りの航路）』（二〇〇七年）とつながっている。主人公（ないし語り手）はライターか小説を書いている「ぼく」という中年の未婚男性で、母との会話を通じ、家族史（とくに父との関係）を振り返るのだが、彼が育ったのは、かつて台北人ならだれもが一度は訪れたことがあるという代表的なショッピングモール「中華商場」である（詳しい解説は『歩道橋の魔術師』巻末にある）。ただ「前作」と目される『睡眠的航線』だが、実際に自転車に触れられている紙幅は多くない。また、『睡眠的航線』を読まなくても本書の読解、享受になんの支障もない（ちなみに父が最後に乗っていた自転車のメーカーは、「幸福」でなく「ＦＵＪＩ」である。主人公の父は『歩道橋の魔術師』では靴屋、『睡眠的航線』では電器店、本作では仕立て屋となっている）。

彼の作家としての裏テーマとも言えそうな、真実と虚構の扱いについては、本文テクスト中にも作者の見解が述べられている。だから、彼の作品はあくまで「新テクスト主義」で、虚実ないまぜの語りを楽しむのがいちばんだろう。その点でも、ラオリーや「具なし麺」がキーワードになる「商場シリーズ」は、続編・スピンオフをどんどん期待したいところだ。

世界観のつながりという意味では、呉明益は実際に本作に描かれるような自転車（古い台湾製実用車）のマニアである。かつて訳者が台湾文学振興のための日台出版人交流イベントに参加したとき、日本の文芸誌編集長、作家と台湾人作家との昼食会で（刊行間近であった『歩道橋の魔術師』のプロモーションも兼ね）呉明益に声をかけたが、彼は本当に「鐵馬」に乗ってさっそうと会場に現れた（一時間以上かけて自宅から乗ってきたそうだ）。いやあるいは、彼からしたら、いかにも当たり前の日常生活かもしれないが。

また二〇一四年刊行のエッセイ、写真論集『浮光』では、兵役で二高村を訪れたのは呉明益自身であると書かれており、チョウも（台湾がチョウ王国という大前提以上に）、著者本人の趣味である。『迷蝶誌』というイラスト入りエッセイ集が初期に刊行され、うち「十元アゲハ」が翻訳され『飛ぶ教室』（2018年冬号、天野健太郎訳、光村図書出版刊）に掲載されている。ぜひご一読いただきたい。

著者の背景以外に、本作品には台湾や登場人物が関わる多くの歴史的背景、エピソードが登場する。まずは父と母、バスア、静子らが深く関わる日本統治時代（一八九五－一九四五年）の台湾、同時にラオリーやラオゾウ、ムー隊長が関わる国民党の時代。またバスアが参加できなかったマレー戦（銀輪部隊の戦い）と、バスアが参加してゾウと出会い、その敵としてムー隊長が参加してゾウと出会った、ビルマの戦い（主に連合国軍の反攻以降、インパール作戦やフーコン作戦）である。

もし詳しい解説を加えれば本が一冊書けるくらいだが、本書では訳注なども最低限に留めた。史実をベースとしながらも、あくまで虚構として描かれた小説世界なので、その妨げにならないようにした。史実はストーリーを支える裏の柱であり、見える必要はない。

ただ、台湾人読者に比べフェアでないので付け加えれば、本作中で登場するゾウ、リンワン（林旺）が、孫立人将軍とともに抗日戦争に参加し、戦後はビルマから中国（広州など）を経て台湾にやってきたストーリーは台湾で知らぬものはいないエピソードである。戦後一九五四年に台北市立動物園へ寄贈されたリンワンは、五二年にタイより来園していたマーラン（馬蘭）と夫婦ゾウとして長く愛され、二〇〇三年に八十六歳の長寿を全うして亡くなるまで、台湾の子どもたちの共通の「記憶」となった（マーランは前年に亡くなっている）。この小説によって戦前の人気ゾウ・マーちゃん（一九二六年に来園して、一九五〇年に死んだ）の記憶と、史実の断絶が物語によってつながれたわけである。

また作品において語られる（あるいはあえて語られない）主人公の父の人生は、まるで特殊な例に思えるかもしれないが、台湾で世代間の断絶は、ひどく普遍的で、沈黙する父（特に戦後を生きた、日本時代生まれの台湾人）というのはむしろ物語の典型として描かれてきた（「二二八事件」はまさに戦後台湾に最大の断絶をもたらした起点である）。また、この作品で描かれる戦争体験もけして特殊でなく、先住民、外省人、台湾人（本省人）という台湾において最低限の視座が描かれているにすぎない。これが台湾でよく言われる「多様性」のひとつであり、それが必ずしもポジティブな意味を持つとは限らないことがわかる。

外省人と国共内戦、あるいは台湾人日本兵についてもっと知りたいというかたは、拙訳の龍應台『台湾海峡一九四九』をお読みいただきたい。また日本統治時代の台湾人については同じく陳柔縉『日本統治時代の台湾』と鄭鴻生『台湾少女、洋裁に出会う』を参考にしていただけたら幸甚である。

翻訳について、いくらか補足する。本文テクストには既存の刊行物より引用がなされている。ただし、台湾と日本とは引用の考え方にいくらか齟齬（そご）があるため、辻政信の『これだけ読めば戦は勝てる』をはじめ、原則としてすべて、日本語既発表テクストを使用するのでなく、原著者の中国語をそのまま新たに日本語に訳した（無論、訳文中に歴史的用語の誤りがあれば、それは訳者の責任である）。また『かわいそうなぞう』が、作品と史実に大きな隔たりがあることは日本ではすでによく知られている（動物園のゾウが処分された時期、東京は空襲に遭っていないなど）が、同様に、本文において修正したり、訳注を補ったりはしていない。

マレーシア、ミャンマーの地名は、時代によって日本語においては表記が変動するが、便宜的にマレーシアは今の呼称を、ミャンマーは戦前の旧称を原則用いている（それぞれの語り手の時代に合わせた）。いっぽう台湾の人名・地名について、原則は「音読み」でルビを付してあるが、すべて統一するのでなく、文脈で適宜調整してあるので、各自読みやすいように読んでいただければありがたい（例えば「中華商場」は当時の在台日本人は「ちゅうかしょうじょう」と呼んでいたという証言を、『歩道橋の魔術師』刊行後に複数いただいた。しかしオランウータンと間違えるので、この作品世界では語呂がよい「しょうば」のままにした）。また、食べ物に中国語表記が付してあるのは、いつものサービスである。ぜひ現地で本書を指さして、台湾料理を食べながら、台湾人の庶民の物語に、思いを馳せていただきたい。いずれにせよ、メタ的な読解が、小説世界に没頭することの妨げにならないと信じている。

著者の後記にあるとおり、本テクストには主なテクストの中国語以外に台湾語、原住民族の言葉が多く用いられて、その一部はアルファベットの発音表記を補うことで、翻訳の安易な「等価性」を回避し、原語の音感の美しさを読者に感じさせるほか、同音な

い し類音異義語を区別する現実的な機能で意味を確定させている。ただ日本の翻訳出版ではマイナー言語であり、読者へのハードルが高い中日翻訳において、なお多言語を保持することで読みやすさが失われる懸念がある「方言の翻訳」だが、日本語文脈は、カタカナという表音記号を日常に使える（言語的武器がひとつ多い）いっぽう、「漢字」を使うことで、「多言語」が権力によって特定の意味へと縮小する恐れを回避できない（同「字」異音語・異義語で混乱する）。

いずれにせよ、著者の新しいトライアルに、音の違和感程度でしか応えられなかったのは、率直にいって訳者の力不足である。

最後に本書の刊行にあたり、まずは素晴らしい作品を作り続ける原著者に感謝を。また本書の翻訳出版を無事、契約締結にこぎつけたのは現・太台本屋の黄碧君さんである。編集・校正作業にあたって出版局の吉安章さんの粘り強いサポートと、権利取得から制作、販売まで文藝春秋のみなさんのチームワークと併せて、お礼を申し上げる。さらに拙訳書をずっとお待ちになり、ツイッターやイベントで応援してくださった読者のみなさんにも最大限の感謝を届けたい。

正直、今回のような翻訳の苦労をだれかと分かち合うのはなかなか難しい。ただ、圧倒的な「野生」たるテクストを、体で受け止めて理解し、それに見合う文章をまったく別の広大な言語世界から見つけて拾い出し、当てはめては交換・調整し、結果「ふぞろい」であってもできるだけきれいに磨きあげる。恣意的に翻訳するタイプではないので、残ったものは訳出テクスト以外にない。読者のみなさんも、どう翻訳したかなどの講釈や言い訳は気にせず、ただこのおもしろい小説を存分に楽しんでいただければ、うれしい。幸い、そんなぶつかり稽古のような翻訳後の疲れは格別である。

二〇一八年十月

天野健太郎

解説

鴻巣友季子

わたしは幸運なことに、呉明益さんと直接会って話したことがある。ある文芸誌の企画で、呉さんの短編集『歩道橋の魔術師』をめぐり、台湾出身の作家・温又柔さんと三人で鼎談を行ったのだった。

鼎談の最後に、呉さんが「記念に」と差しだしてくれたのは、白地の表紙に美しい――そしてどこかシュールな――花木が描かれた大判のソフトカバーの本で、ページをひらけば、自転車の細密画も収載されていた。そう、この『自転車泥棒』の原著『單車失竊記』だった。作中の凝った挿画もすべて呉さんが描いたものだと知って、わたしはその多才さに仰天した。

とはいえ、悲しいかな、ページの上に書かれた言葉が読めない。それでも、わたしはこの原著を居間の窓辺に、古いＳＦの洋書ペーパーバックと隣り合わせに並べて置き、いまも折々に眺めている。

ちなみに、その鼎談の場で、台湾語も中国語も解せないのはわたしだけだったから、呉さんの言葉はすべて、彼を日本に紹介した翻訳者である天野健太郎さんに通訳してもらった。天野さんがそれから数年のうちに鬼籍に入られるとは夢にも思わなかった。もちろん、世界がコロナ禍に見舞われることなど予想もしていなかった。皆でひとつ部屋につどって、大いに論じ、声を出して笑ったあの鼎談の場を思いだすと、まさに僥倖のひと時であったことを痛感するのである。

■

『自転車泥棒』は自転車が主人公の大河小説だ。語り手は小説家にして自転車マニアの「ぼく」。「ぼく」が生まれ育ったのは、『歩道橋の魔術師』の舞台にもなった中華商場である。日本でも高い評価と人気を得たこの短編集は、歩道橋で連繫した巨大な商業施設と団地周辺の暮らしを、八人の語り手が回顧する形で展開する。中華商場界隈の子どもたちは、歩道橋に現れるマジシャンとそれぞれ人生の微妙な時期に出会い、この体験がのちのち大なり小なり人生の転機につながるという見事な構成だった。

個々人の人生を短編に結晶させた『歩道橋の魔術師』の精緻さはそのままに、『自転車泥棒』は長編小説の大河を悠々とくだる。まず、「ぼく」の家族の歴史は「盗まれた自転車」に始まると言い、時を一九〇五年にまで遡行する。旅順でロシア軍が日本軍に投降した年だ。その年に生まれた「ぼく」の祖父は子どもの頃から、自分の自転車をもつという夢があり、妻がお産のときには、その自転車に乗せて運んでやりたいとも思っていた。

この祖父の夢の起点には、自分が生まれた日の「台湾日日新報」の記事がある。字の読めなかった曽祖父が、自分の息子は識字力を身につけるようにとの思いから、彼の誕生日の新聞を保管していたが、ここに自転車の盗難事件が報じられていたのだ。自転車を盗られるのは、いまの価値で言えば、高級車一台、いや、戸建ての家一軒に匹敵する経済的打撃だったという。

祖父は自分の自転車をもつに至らなかったが、父は何台か所有した。そして三台目の「幸福印」の自転車とともに失踪したのだった。

■

後年、小説家になった「ぼく」のもとに読者から、彼の先行作の小説のなかで、商場が解体されたあと中山堂で行方不明になったあの自転車はどうなったのか？　という質問のメールが届く。

ここで作者がイタリアの大作家ウンベルト・エーコの論を引きながら、創作論を少し展開しているのがおもしろい。エーコの「小説を読む際の基本原則」は、要約するとこうだ——読者はそれが虚構のものだと暗黙の裡に了解し、それでいて作中のできごとを作者の「嘘」とは考えず、本当に起きたことと思い込むこと。これはおそらく、エーコの「経験的読者とモデル読者論」（『開かれた作品』）から引いているのだろう。

メールを送ってきた読者はこの原則どおりに「ぼく」の本を読み、読了後もその世界を漂っているらしい。虚構と現実の境を教える返事を書けば済むことだが、「ぼく」はそうはしなかった。読者が指さしてみせたのは、彼がフィクションのなかに混ぜ込んだ実在の自転車だったからだ。それは「ぼくの実生活の心に突き刺さっていた針」だった。彼は父不在の過去と、その痛みに向きあうことになり、「幸福印」の自転車探しの旅が始まる。それから数年後に、父のものと似た自転車に行き会うのだが、本当の「旅」はその先にあるのである。

「ぼく」はその道程で個性的な人たちに次々と出会う。戦場カメラマン志望の原住民青年アッバス、その父で日本軍に従軍したバスア、四川で中国軍インド遠征軍に拾われたムー元隊長、動物と動物園を愛する人たち……。日本統治時の戦火や、日本軍に使役された象の一生、マレー半島で日本軍によって組織された「銀輪部隊」のことも明らかにされる。

■

父親と失われた自転車というモチーフは、作者の実体験から来ているという。メタフィクショナルな半自伝小説と言えるが、作中には「ぼく」の語り以外にも、多彩なフォームの文章が盛りこまれてくる。前述の「銀輪部隊」や、ビルマ方面軍のことは、原住民族のツォウ語と日本語が混ざりあい、「山肌と風のように、あるいは樹木と寄生植物のように寄り添い、もはや分かつことができない」という混合言語（からの翻訳文）で語られる。それから、アッバスのミャンマーでのサバイバル記や、美しい蝶と蝶の貼り絵にまつわる小説の断片、はたまたある動物園飼育員の娘から送られた日本語の手紙なども挿入される。

技法として非常に興味深いのが、章と章の間に「ノート」と題してはさまれる自転車の博物誌だ。台湾の自転車史の黎明には、資生堂の創始者福原家が関わっている。この「ノート」に、自転車産業の発展、販路拡大、人気デザインやブランドの移り変わりなどが記され、その自転車小史だけで、台湾の戦争をふくむ歴史や社会状況が如実に語られることになるのだ。

幕間に自転車史をはさみ世界観を語らせるというこの手法は、ウクライナ系イギリス人作家マリーナ・レヴィツカの『おっぱいとトラクター』なども想起させられた。こちらの小説では、若い妻を迎えたウクライナ人の父が調子づいて「ウクライナ語版トラクター小史」と題する大真面目な論文を書き、これが章間にはさまれていく。一台の農業トラクターの発明がソ連にコルホーズを誕生させ、英国で自動車に革命を起こし、武器を生み、米国における株価大暴落と世界恐慌まで引き起こした(!?)のがわかる仕組みだ。

■

呉明益の文学には、外国のさまざまな作家作品の影響が見られるが、『自転車泥棒』というタイトルからも察せられるように、イタリアのヴィットリオ・デ・シーカ監督の名画「自転車泥棒」には、ずいぶん傾倒したようだ。あるいは、ダミアン・ハーストなどの西洋現代美術についてもさりげなく考察されている。

呉さん本人から聞いた話では、一九七〇年代前半生まれの彼ら世代がいちばん触れている文学は欧米のものだという。その影響は考え方のみならず、言葉自体にもおよび、呉さんたちの書く中国語は欧米の語彙や文法の影響を強く受けている。上の世代の作家からは「中国語らしくない」と言われることもあるとか。わたしはそれを聞いて、アメリカ文学を読みこんできた村上春樹の書く文章が「翻訳調で日本語らしくない」と、言われつづけてきたことを思いだした。

実際、台湾語ではなく中国語で書く時点で、「翻訳」している感覚があると、呉さんは言った。それでも中国語で書かざるを得ない事情がある。そのことに対する思いを彼は声高に語らなかったが、自らの小説言語について話す言葉のなかには繊細な考察と感慨が鏤(ちりば)められていた。その小説世界と言語には、当然ながら、台湾と中国と日本の歴史と文化が複雑に入り混じり、その混交が刻印されているのだ。それは本作の序盤のこんなくだりにも表れているだろう。

いつごろからか忘れたが、異言語を操る人に出会ったら必ず、「自転車」をなんと言うか訊くようにしていた〈中略〉
自分が育った環境においても、自転車という単語から地域的属性を見出すことができる。台湾で今「脚踏車」という単語が指すものを、もし「自転車」と言ったなら、それは戦前台湾の日本語教育を受けた人だろう。「鐵馬」や「孔明車」と言うなら、その人の母語は台湾語ということになる。「単車」や「自行車」という単語を口にすれば、おそらく中国南部からやってきた人たちだろう。もっとも今は、それぞれ交じり合って、明確な区別はなくなってきている。

原住民族の作家が中国語で書いた文章には、失われゆく民族の言語のスタイルがいまも残っているという。たとえば、と呉さんは言って、拓拔斯・塔瑪匹瑪（Topas・Tamapima）という布農（ブヌン）族の作家が書いた作品では、「少し待った」という場合、「牛がおしっこする時間ほど待った」と表現するということを笑いながら教えてくれた。

そうして各々の民族の言語がもつ響きの独特の美しさと優雅さについてひとしきり語ると、彼はほうっと息をついた。それは、悲嘆のため息ではなく、あくまで言葉そのものを愛おしむ吐息であった。

（翻訳家）

文春文庫

自転車泥棒（じてんしゃどろぼう）

定価はカバーに表示してあります

2021年9月10日 第1刷

著者 呉明益（ごめいえき）
訳者 天野健太郎（あまのけんたろう）
発行者 花田朋子
発行所 株式会社 文藝春秋

東京都千代田区紀尾井町 3-23 〒102-8008
TEL 03・3265・1211㈹
文藝春秋ホームページ http://www.bunshun.co.jp

落丁、乱丁本は、お手数ですが小社製作部宛お送り下さい。送料小社負担でお取替致します。

印刷・萩原印刷 製本・加藤製本

Printed in Japan
ISBN978-4-16-791758-6